김성일과 임진왜란

의병과 진주대첩

경상대학교 남명학연구소 남명학연구총서 21

김성일과 임진왜란

의병과 진주대첩

이태진 · 허태구 · 하태규

김학수 · 김시덕 · 허선도 · 이재호

보고사
BOGOSA

초유문초

왜군의 침입으로 동요하는 백성을 결집하고, 의병 봉기를 호소하는 檄文인 「招諭一道士民文」의 초고이다.
초유문이 도내에 布告되자 '一道가 바람에 쏠리듯 일어나서, 충성과 의리의 도가니로 변하였다'고 한다.

철퇴

김성일이 초유사, 관찰사로 활동할 때 휴대
했던 철퇴이다. 지휘봉 겸 호신용으로 사용
했다. 은 상감으로 용무늬를 새겼다.

검

김성일이 임란 때 차고 다녔던 佩刀이다.

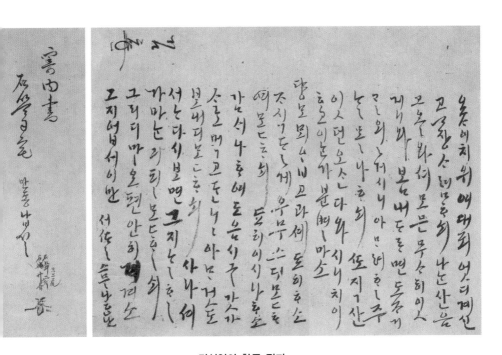

진주수성절차 전문

임진년 10월 경상우도 관찰사로 진주성 전투를 총괄 지휘한 김성일이
진주대첩 전말을 적어 왕에게 보고한 「晉州守城勝捷狀」의 초고이다.

김성일의 한글 편지

임진년 12월 24일 산음에서 안동 본가에 있는 부인에게 보낸 마지막 한글 편지이다. '살아서
서로 다시 보면 그 지나 나을까 마는 기필 못할세. 그리워하지 말고 편안히 계시오'하는 애틋
한 정을 담은 비장한 永訣의 편지가 되었다.

촉석루 三壯士 詩 현판

임진년 5월 김성일이 조종도, 이로와 함께 촉석루에 올라, 誓死報國의 결의로 진주성을 死守할 것을 다짐하며 지은 「촉석루중 삼장사」 시를 새긴 현판이다. 1632년 합천군수 류진, 경상도관찰사 오숙, 진주판관 조경숙 등이 촉석루에 모여 임진년의 일을 회상하면서, 류진이 부친인 류성룡에게 들은 이 시를 암송했다. 시가 비장하여 모두 무릎을 치고, 글자마다 눈물을 흘렸다. 조공이 현판을 촉석루에 높이 걸었다.

촉석루 중 삼장사 기실비

임진왜란 당시 김성일의 「촉석루중 삼장사」 시를 기념하기 위해, 1960년 영남유림 325문중이 뜻을 모아 촉석루 앞 광장에 세운 비석이다. 비문은 重齋 金榥이 짓고 시인 최재호가 번역했다.

서문

이 책은 2013년 11월 27일에 경상대학교 남명학연구소 주최로 성균관대학교에서 열린 학술대회의 논문을 근간으로 하고, 몇몇 자료를 추가하여 이루어진 것이다. 당시 이태진·허태구·이상훈·김학수·김시덕 등 다섯 분이 발표를 하였으나, 여러 사정으로 인해 이상훈 박사의 논문이 실리지 못하고 하태규 교수의 논문이 추가되는 과정을 겪었기 때문에 간행이 이처럼 많이 늦어지게 되었다.

또한 이 책의 대주제가 '임란의병과 진주대첩'이지만 애초부터 학봉 김성일의 활동에 초점을 맞춘 것이므로, 1976년 발표된 허선도 교수의 「鶴峯先生의 壬辰義兵活動」이란 논문과 1993년 발표된 이재호 교수의 「鶴峯 金誠一의 慶尙右道 討賊救國活動」이란 논문이 부록으로 실리게 되었다.

학봉은 왜적이 밀어닥치자 당당하고 단호하게 목숨을 걸고 왜적을 막아내었으니, 이는 평소 그의 학문적 역량을 여실히 보여준 것이다. 이 과정에서 경상우도 지역의 남명학파가 남명의 학문 정신에 크게 영향을 받아 의병을 일으키게 되었고, 관군과 의병이 합심하여 임란 초기 진주성 전투를 승리로 이끄는 데 학봉이 결정적인 역할을 하였다. 그러나 전쟁이 끝나기도 전에 진주성에서 자신의 몸을 돌보지 않고 공무에 진력하던 중 병을 얻어 작고하였으니, 선비로서 벼슬한 자가 국란을 당해서 '大夫死官守' 해야 한다는 옛말을 직접 하나의 전형으로 실천해 보여주었다고 할 수 있다.

이 책은 이러한 일련의 과정을 각종 자료와 주변의 정황 등에 근거하여 다양한 시각으로 논증하고 있다는 점에서, 그리고 퇴계학파인 학봉이 남명학파 지역에서 남명학파 핵심 인물들과 합심하여 국난을 극복하는 과정을 상세하게 보여준다는 점에서 커다란 의의가 있다고 생각된다.

2019년 8월 30일

경상대학교 남명학연구소장 李相弼 씀

차례

[부록]

임진왜란 발발기의 官軍과 義兵

– 당파적 인식의 청산을 위하여 –

1. 머리말

1592년 4월에 발발하여 1598년 11월에 끝난 임진-정유 왜란(이하 임진왜란으로 통칭함)은 근대 이전에 한반도에서 일어난 전쟁 가운데 가장 큰 피해를 준 전쟁이다. 이 전쟁은 한·중·일 3국이 모두 관여된 국제전의 양상을 띠어 한국뿐 아니라 중국, 일본에도 왕조 또는 정치 중심체가 바뀌는 영향을 주었다.

임진왜란에 대한 인식에는 당파적 성향이 강하다. 두 가지 문제에서 특히 그렇다. 첫째, 난이 일어나기 9년 전(1583)에 栗谷 李珥가 10만 양병을 주장한 것에 대한 對蹠的 인식이다. 10만 양병은 진실이 아니라 栗谷 李珥 계열의 西人들이 윤색하거나, 날조한 것에 불과하다는 인식이 남인 계 후손 또는 제3자 입장에서 제기되고 있다. 둘째로, 1590년 3월에 출발하여 이듬해 1월에 돌아온 通信使 일행의 보고가 正使(黃允吉), 副使(金誠一) 간에 서로 달랐던 것에 대한 논란이다. 이에 대한 당파적 인식 문제는 세밀하게 검정된 바 있다.[1] 서인 계의 安邦俊의 「壬辰錄」에서 비롯된 당파적 곡해가 일제 식민주의 한국사

---

1) 한일관계사학회 편(2013.4.), 『1590년 통신사행과 귀국보고 재조명』, 경인문화사. 이 책은 학봉 김성일의 순국 420주년 기념 학술회의의 성과물이다.

왜곡에 그대로 활용되어 더욱 굳어지고 또 그 여파가 오늘에 미치고 있는 경위가 자세히 밝혀졌다.

임진왜란에 대한 역사 인식에서 거론되는 주요 인물로는 율곡 이이, 鶴峯 김성일 외에 西厓 柳成龍이 있다. 그는 임란 戰局을 주도적으로 처리한 인물이기도 하지만 율곡 이이의 10만 養兵을 반대한 대표적 인물로 거론되기도 한다. 임란 전후 정국에서 3인의 관계에 대한 사실적 이해의 규명은 곧 임란을 둘러싼 당파적 인식의 當否를 판별하는 데 필요한 기본적인 과제이다. 결론적으로 말하면 3인 사이에 서로 견해가 엇갈린 순간이 있었던 것은 사실이지만 당대에 스스로 잘못을 바로잡아 구국에 기여하는 기회를 놓치지 않은 것이 역사의 실제였다. 그런데도 이런 사실은 오랫동안 당파적 이해로 바르게 드러내지 못하였다. 이 발표는 곧 이에 대한 고찰로 임진왜란 극복에서 당대 지도자들이 보여주었던 진정한 모습을 새롭게 정립하는 데 이바지하고자 한다.

임진왜란이 일어나기 직전에 東·西 分黨을 신호로 士林社會는 朋黨政治의 시대로 접어들었다. 붕당정치의 시대에 時勢에 대한 당론적 인식은 존재하기 마련이다. 그러나 당파적 인식에는 배타적인 것과 和合的인 것 두 가지가 있을 수 있다. 여기서 극복의 대상으로 삼고자 하는 것은 배타적 인식이다. 화합적 인식은 붕당 간의 상호 비판 속에 義理, 公道를 실현하려는 붕당정치 본연의 모습에 해당하는 것이다. 이이, 김성일, 류성룡 3인 간에 일시적으로 존재했던 견해의 차이는 본인들이 당대에 스스로 후자의 차원에서 해소해 나간 면이 있었다. 이를 밝혀 보려는 것이 이 글의 목표이다.

2. 栗谷 李珥의 10만 양병설 검토

율곡 이이의 10만 養兵에 관한 주장은『栗谷全書』「年譜」에 선조 16년(1583) 4월과 6월 사이 부분에 다음과 같이 기록되어 있다. 經筵 자리에서 제안한 것으로 되어 있다.

> 國勢가 부진함이 극도에 달하였다. 10년이 못가서 土崩의 화가 있을 것입니다. 원하옵건대 미리 10만의 군사를 길러서 도성(서울)에 2만을 배치하고 각 도에 1만씩 배치하여 그들의 租稅를 덜어주고 武才가 있는 자를 훈련하여 6개월로 나누어 교대로 都城을 지키게 하였다가, 변란이 일어났을 때 10만 명을 합쳐서 파수하게 하여 위급할 때의 방비로 삼으십시오. 이렇게 하지 아니하면 하루아침에 갑자기 변이 일어났을 때 장거리 사람들[市民]을 몰아 전투하게 됨을 면치 못하여, 결국 나라가 끝나고 말 것입니다.

이 건의는『선조실록』이나『선조수정실록』에 직접 올라 있지 않다. 그래서「연보」를 작성한 율곡의 문인[金長生]이 과장 또는 위조한 것이란 따위의 비판이 제기되었다.[2] 이 기록에는 이 제안에 대한 서애 류성룡의 반응까지 소개되어 있다. 經筵 자리에서 류성룡은 이이의 제안에 대해 "무사할 때 군사를 양성하는 것은 곧 禍端을 양성하는 것"이라고 반대하였으며, 그의 의견은 다른 참석자들에게 바로 영향을 주어 모두 율곡의 제안이 지나친 염려라고 하여 채택되지 않았다고 하였다. 이이는 물러 나와 류성룡에게 "俗儒들이야 진실로 時宜를 알지 못한다고 하더라도 공이 어찌 그런 말을 하는가."라고 말하고

---

2) 10만 양병설에 대한 그간의 논난은, 김택·정남채·하종필, 「율곡 이이의 '10만 양병론'에 관한 소고 -천재지변과 당파싸움으로 인한 한국 내 변란 예방 차원의 국방전략에 대하여-」 참조. kapa21.or.kr/data/data_download.php?did=6006

오랫동안 수심에 잠겼다고 하였다. 이이는 류성룡보다 8년 연장으로,
류성룡의 인물됨을 잘 알고 한 토로였다.

두 사람 사이의 대담 소개에는 「연보」 편찬자의 의지가 작용한 면
도 느껴진다. 위에 이어 편찬자는 "임진년에 왜란이 일어나자 柳公이
廟堂에서 탄식하기를 '李 文成公(이이 - 필자)은 참으로 聖人이다'."라
고 하였다고 적고 있다. 이것이 사실이라면 9년 뒤 임진왜란이 실제
로 일어나 류성룡이 戰局을 처리해나갈 때에 한 발언이 되겠다.

『선조실록』은 불행하게도 전란으로 史草가 많이 유실되어 연대기
적 기술에 빈자리가 많다. 임진왜란 발발 이전 부분이 특히 그렇다.
이이가 선조 15년(1581) 12월에 병조판서에 임명되어 이듬해 6월에 사
직하고 파주 율곡으로 돌아갈 때까지의 기간도 기록이 부실하다. 10
만 양병의 건의는 바로 이 기간에 있었던 것이지만 『실록』에 오르지
않아 이 때문에 부정적인 의혹이 많이 제기되었다.

선조가 이이에게 병조판서의 직을 내린 것은 그때 함경도 방면에서
오랑캐가 준동하기 시작하였기 때문이다. 이이는 같은 해 1월에 이조
판서, 8월에 형조판서를 거쳐 9월에 종1품의 의정부 右贊成을 역임하
였다. 그런 끝에 주어진 병조판서는 원칙적으로 한 등급 낮춰진 인사
였다. 이는 이이가 전부터 군정 개혁을 거듭 건의한 점을 왕이 유념
하여 특별히 내린 조치였다. 병조판서의 직을 받으면서 이이는 바로
時務 6개조의 상소를 올리고, 4월에 時弊를 극력 진언하면서, 貢案
개정, 軍籍 개정, 州縣 병합, 監司 임기 연장 등의 개혁들을 다시 거
론하였다.[3]

류성룡의 『西厓全書』 「연보」에도 당시 상황을 전하는 기록이 있다.

---

3) 이태진, 「栗谷 李珥의 社會改革思想」, 『문화비평』 1-2, 1969.

류성룡은 1월에 안동으로 휴가를 얻어 내려갔다가 2월에 이탕개의 난으로 돌아오라는 왕명을 받고 상경하여 應旨 상소로「備邊五策」을 올렸다. 그 내용은 대체로 현 상태에서 방어의 기본 요건을 갖추어야 한다는 내용으로 개혁적 조치에 관한 것은 없었다.4) 연보의 기록은 다음과 같은 일화를 細註로 함께 소개해 놓고 있다.

> 당시 조정의 의론으로 몰래 군대를 동원하여 오랑캐의 땅으로 들어가 그 소굴을 쓸어 엎어버리자는 의견이 있었다. 선생은 이르기를, 오랑캐(賊虜)가 順理를 범한 것은 죄이지만, 당당한 大朝(조선을 가리킴 – 필자)가 그 죄를 성토하여 토벌하지 못하고 몰래 군사를 동원(潛師)하여 기습전을 펴서 늙은이와 아이를 죽이는 것이 어찌 王者가 사물을 아끼는 어짊이 되겠는가? 라고 말하여 의논이 중단되었다.

오랑캐라도 기습전으로 도륙하는 것은 옳지 않다는 류성룡의 의견은 성리학적인 仁愛, 名分의 사상에서 나온 것이다. 그리고 군정 개혁을 적극적으로 표방하지 않은 것도 궁핍한 백성들을 개혁으로 더 힘들게 할 수 없다는 견지에 따른 것이다. 이것은 스승 李滉에게서 배운 '居敬窮理'의 哲理를 조정의 政事에서 그대로 실현하려는 자세로 이해된다.5) 반면에 이이의 군정 개혁론은 현재의 모순과 부조를 타개하는 것을 중요하게 여기는 견해로서 같은 성리학자이면서도 理 절대를 벗어나 '理通氣局'을 주장한 그의 독특한 성리학 사상과 무관

---

4) 그 내용은 첫째 禍源을 없앨 것(杜禍源), 둘째 방어체제를 바로 할 것(定戰守), 오랑캐의 동정을 살필 것(察虜情), 군량을 지급할 것(給饋餉), 구황 대책을 제대로 할 것(修荒政) 등이다.

5) 理 本體論에 바탕을 두었으며, 理=義理=名分과 같은 고정불변의 절대가치를 중시하였다. 하우봉「김성일의 일본인식과 귀국보고」앞, 『1590년 통신사행과 귀국보고 재조명』 수록.

하지 않아 보인다.[6] 김성일이나 류성룡은 평상에 이처럼 군정 개혁에 대해 조심스러운 태도를 보였으면서도 임진왜란이란 대 전란이 눈앞에 현실로 나타났을 때는 지극한 忠君·愛民 사상으로 渾身의 힘으로 왜적을 격퇴하였다. 임진왜란 발발 시기의 '패전' 책임 추궁 중심의 역사 인식 논쟁은 이러한 사상적 차이를 유의하여 새로운 차원에서 풀어나갈 필요가 있다.

율곡 이이에게 북방 여진족의 잦은 국경 침범은 성리학적인 仁愛의 사상으로 대응하기에는 너무 비현실적인 것으로 인식되었던 듯하다. 두만강을 건너와 慶源을 위협하는 적의 규모는 최대 2만에 이르기까지 하였다. 이런 상황은 전통적인 交隣의 외교가 아니라 직접 대적하여 극복해야 할 문제였다. 병조판서로서 兵士와 戰馬, 군량을 직접 조달하면서 겪은 애로가 컸기 때문에 위기의식은 그만큼 더 절실할 수밖에 없었다. 병조판서가 된 지 4~5개월이 된 시점에서 나온 10만 양병 주장은 실무적 경험을 통한 절박성을 실은 것이었다.

북방 여진족에 대한 방략 강구 중에 '養兵'이란 용어는 『실록』에 국왕 宣祖가 처음 쓴 것으로 확인된다. 즉 선조 16년(1583) 1월 22일(병자)에 病中에 출사한 이이가 인사를 하고 辭意를 표명했을 때, 이에 대한 답으로 다음과 같이 말하였다.

"우리 조정의 兵力이 前朝[앞 王代]에 못 미치고 오랫동안 昇平을 누린 나머지 兵政이 해이해 진지 오래되었다. 나는 가끔 그것을 생각하고 남몰래 걱정하였으며, 실로 적당한 인재를 얻지 못한 것을 한탄하였다. 경은 更張과 개혁[改紀]을 부단히 주장해 왔으니 이것은 바

---

6) 윤사순, 「성리학적 실학설과 사림정치관—李珥의 개혁사상—」, 『한국유학사』 상 (제20장), 2012, 지식산업사, 335쪽 참조.

로 경의 평소의 생각이다. 지금 경이 참으로 기발한 계책을 세워 전래의 폐습을 모조리 혁파하고 이어 **養兵의 계획**을 세운다면 국가로서는 다행일 것이다."[7]

선조는 알려진 것과는 달리 軍略에 대해 관심이 많았다. 같은 해 2월 10일에 왕은 비변사에 "추로(醜虜-오랑캐)들이 강포해지니 후일 큰 적이 되어 계속 덤벼들지 않으리라는 것을 어떻게 보장하겠는가. 후일을 위한 대책을 강구 하지 않을 수 없다. **나에게 拙計[계획의 낮춤말]가 있어** 그것을 열거하여 물으니 의논하여 아뢰어 달라."고 傳敎를 내렸다. 왕은, 도순찰사가 함경도로 출발하기 직전에 비변사에 다음과 같이 자신의 의견을 내어 의견을 들어보려고 하였다.[8]

(1) 경상도 연해 지역의 쌀을 六鎭으로 옮기고 백성도 함께 보내 戰守를 강화하는 것
(2) 私奴가 존재하는 것은 부당한데 이번에 安邊 이북의 사노들을 징발하여 방어에 임하게 하고 상을 내리게 하는 것
(3) 육진과 갑산 지역에서만 은광을 채굴하게 하여 이 지역 兵食에 보탬이 되게 하는 것
(4) 동서 兩界의 胡馬 무역 통로를 개방하여 전마 조달을 원활하게 하는 것
(5) 인재를 널리 천거하는 것

선조 재위 연간은 '北虜南倭'가 교린의 틀에서 벗어나 침략을 일삼는 外難의 시기였다. 이런 새로운 상황에서 군주가 兵政에 대해 관심을 가진다는 것은 당연한 일일지 모르나 그 내용이 구체적인 것이 많

---

7) 『선조실록』 17권, 16년(1583 계미) 1월 22일(병자).
8) 『선조실록』 17권, 16년(1583 계미) 2월 10일(계사).

아 주목된다.

율곡 이이는 나라 운영에 관한 '時弊' '時務' 등 현안에 관한 상소를 여러 차례 올렸다. 당상관이 된 이듬해인 선조 7년(1574) 1월에 임금의 명에 따라 올린 「萬言封事」를 비롯해 주요 직책을 맡게 되었을 때, 「陳海西民弊疏」(같은 해 10월), 「萬言疏」(선조 11년 5월), 「陳時事疏」(선조 14년 5월), 「陳時弊疏」(선조 15년 9월), 「陳時務6條疏」(선조 16년 2월) 등을 올렸다. 호조 銓郎 때 현안으로 가장 폐단이 많은 공납제도의 문제점을 파악하고자, 貢案을 직접 살핀 결과, 토산물이 아닌 것을 과도하게 징수하여 백성들의 원성을 사고 있는 것이 연산군 학정 기간에 생긴 것임을 확인하면서 시폐를 개혁해야 한다는 뜻을 강하게 가지게 되었다. 군역과 요역의 문제점도 같은 차원에서 살피게 되었다. 연산군의 학정에서 생긴 제도의 폐해가 中宗反正 후에도 척신들의 권력을 이용한 私利 추구로 방치되어 백성들이 도탄에 빠지고 국력이 약해진 상황을 고치지 않으면 士林이 목표한 聖君政治는 물론 나라의 防守도 제대로 이룰 수 없다고 본 것이다. 병조판서가 되어 실무를 점검하고 올린 〈陳時務6條疏〉는 그의 군정 개혁의 요지를 전하는 대표적 상소문이다.

이 상소문은 앞에서 본 그의 사직 의사에 대한 국왕 선조의 답변에서처럼 '養兵'이란 용어를 직접 쓰고 있어서 주목된다. 상소문의 서두는 "우리나라가 오래도록 昇平을 누려 태만함이 날로 더해 안팎이 텅 비고 군대와 식량이 모두 부족하여 하찮은 오랑캐가 변경만 침범하여도 온 나라가 이렇게 놀라 술렁이니, 혹시 큰 적이 침범해 오기라도 한다면 아무리 지혜로운 자라도 어떤 계책도 쓸 수가 없을 것입니다." 라고 군비의 부실 상태부터 지적하였다. 이런 상황에서 지금 慶源을 침범하여 노략질하는 적도 1~2년 안에 진압할 수 없을 것이며, 지금

만약 군대를 크게 일으켜 그 소굴을 소탕해 버리지 않는다면 육진은
평온해질 기회를 영원히 얻지 못할 것이라고 하였다. 그런 다음 지금
최소한 서둘러 취해야 할 계책 여섯 가지를 들었다.[9] 그 가운데 두
번째 "軍民을 양성할 것"에서 "養兵은 養民이 밑바탕이 되어야 합니
다. 양민을 하지 않고서 양병을 하였다는 것은 지금까지 들어본 적이
없습니다."라고 하였다. 〈陳時務6條疏〉는 국왕 선조가 한 달 전에 그
에게 "전래의 폐습을 모조리 혁파하고 이어 **養兵의 계획**을 세워 달라
고" 한 주문에 대한 회답 형식을 취한 것으로, '양병'은 두 君臣이 주
고받은 주요한 話頭였다.

왜란이 일어난 뒤, 선조가 의주 파천 중에 전투력 회복 대책에 관한
의견 진술에서 '10만 군사'란 표현을 쓰고 있는 것도 주목된다. 왜란
이 일어난 그해(1592) 9월 12일에 왕이 宣諭使로 전라·충청 등지를
다녀온 尹承勳을 인견한 자리에서 "中原(충청 지역)의 군량은 믿을 수
가 없다. 10만의 군사가 두서너 달 동안 먹을 양식을 마련해 두어야
한다. 급히 민간에서 추수할 때 거두어 모으거나 곡식을 사들여야 할
것으로, 순전히 豊原(도체찰사 류성룡을 가리킴, 당시 安州에 머물러 있으
면서 군량 확보에 주력하고 있었다)만 믿고 있어서는 안 된다. 좌상[윤두
수]과 호판[李誠中]이 조치하도록 하라. 또 중원의 兵勢는 멀리서 헤아
릴 수가 없는데 만일 중지되면 어떻게 하겠는가? 나의 뜻으로는 **10만
의 군사**가 두서너 달 동안 먹을 군량을 마련해야 할 것으로 안다."고
하였다. 이어서 "명분이 없는 것에는 구애될 필요가 없다. 어떻게 해
서라도 많이 모아야 한다. 만일 이 시기를 놓친다면 어디서 (다시 기회

---

9) 여섯 가지는 (1) 현능(賢能)한 자를 임용할 것, (2) 군민(軍民)을 양성할 것, (3)
재용(財用)을 풍족하게 만들 것, (4) 번병(藩屛)을 튼튼하게 할 것, (5) 전마(戰馬)
를 갖출 것, (6) 교화(敎化)를 밝힐 것 등이다.

를) 얻을 수 있겠는가. **10만의 군사**를 지탱하고도 남는 것이 있다면 기민을 구제하면 된다."고 하였다.[10] 추수기를 맞아 군량을 먼저 확보할 것을 당부하는 간절한 발언이다. 왕이 거듭 **10만의 군사**를 거론한 것은 지난날 병조판서 이이와의 의논을 염두에 두고 한 느낌이 강하게 느껴진다.

율곡 이이의 '10만 양병'은 단순히 개인적으로 허물어진 군사제도를 개탄하여 우국충정에서 나온 주장이 아니었다. 병조판서로서 이탕개의 난 극복의 임무를 부여받아 이를 수행하면서 국왕의 의중에 공감하면서 구체적인 대책을 세워나가는 가운데 나온 목표치 발언이었다. 거기에는 兵政의 개선에 큰 관심을 가진 군주 선조의 뜻이 담겨있는 것이었다.

3. 鶴峯 金誠一의 의병 招諭의 역할

임진왜란에 관한 당파적 인식으로 오래 회자 된 다른 하나는 1590년 通信使 일행이 돌아와 정사와 부사가 서로 다른 관점에서 왕에게 보고를 올린 문제이다. 正使 黃允吉과 副使 金誠一이 이듬해 1591년 초에 귀국하여 도요토미 히데요시(豊臣秀吉)가 전쟁을 일으킬 가능성에 대해 서로 반대되는 의견을 왕에게 올렸다. 정사가 전쟁을 일으킬 것이라고 한 것에 반해, 부사는 그렇지 않을 것이라고 하였다. 이듬해 왜란이 실제로 일어나자 西人 측에서 東人에 속하는 김성일의 '잘못'을 자주 문제 삼았다. 하지만, 최근 부사 김성일의 보고에 대해 학술적 검토가 시도되어 상당한 성과를 거두었다.[11] 그가 통신사 본연

---

10)『선조실록』 30권, 25년(1592 임진) 9월 12일(기사).

의 업무에 충실하여 국위를 저해하려 드는 일본 측의 행위와 태도를 엄중히 꾸짖으면서 대처한 것에 반해, 일본에 대해 시종 경계심을 가지지 않는 正使에 대한 불만이 엇갈린 보고의 배경이 되었다는 것이 소상하게 밝혀졌다.

부사로서 김성일은, 가는 길에 쓰시마 번의 平調信의 결례를 보고 크게 꾸짖고, 교토에서 國書 전달 의식을 제대로 갖출 것을 요구하고, 돌아올 때 일본 측의 회답서의 거친 언사를 수정하게 한 것 등 통신사로서 수행한 공로가 컸던 것이 밝혀졌다.

일본은 당시 수십 년간 전란이 계속된 '戰國'의 상황이었다. 대소의 세력이 하극상의 분란을 일으킨 가운데 도요토미 히데요시가 통일을 눈앞에 두고 자만심에 차 있었다. 이런 상황에서 일본에 대해 지금까지 교린정책을 취해온 조선으로서는 외교적 관례를 엄격히 지키도록 하는 것이 최선의 대응이었다. 김성일은 부사였지만 정사와 書狀官이 일본 측의 고압적 농단에 휩쓸려 드는 것을 못마땅하게 여겼다. 게다가 정사 황윤길이 부산에 당도하자마자 驛馬를 이용해 왕에게 적침의 가능성을 담은 보고서를 먼저 보낸 것이 그를 다시 한번 더 자극하였다. 김성일은 정사의 이런 품위와 법도에 어긋난 행동이 민심을 크게 동요시킬 것을 우려하여 왕에게 "병란은 일어나지 않을 것이라"고 보고하게 된 것으로 밝혀졌다.

부사 김성일의 보고는 1년여 뒤, 도요토미가 전쟁을 일으킴으로써 잘못된 것으로 드러났다. 그러나 그렇다고 하여 전쟁 발발 초기의 官軍 패퇴가 전적으로 그의 '잘못된 보고'에 말미암은 것으로 볼 수 있을까? 지금까지의 당파적 인식에서 그를 비판하는 압정은 그런 것으로

---

11) 한일관계사학회 편, 앞의 책.

간주하였다. 安邦俊은「임진록」에서 김성일의 잘못된 보고로 그 전에
이루어진 戰守의 기반이 해체되었다고 하였다. 일본의 하야시 다이스
케(林泰輔)의『朝鮮通史』(1912)는 '文祿·慶長의 役'을 도요토미가 승리
한 전쟁으로 전제하여 조선의 패배 원인을 당시 만연한 당쟁으로 지목
하면서 정사, 부사 간의 서로 다른 보고를 대표적인 예로 들어 패전의
요인으로 간주하였다. (319面)

김성일이 귀국 후 전쟁 대비의 기반을 손상했다는 것은 무엇을 말
하는 것인가?『鶴峯全集』의「연보」는 선조 25년(1592) 4월 11일에 김
성일이 경상우도 병마절도사에 임명된 것에서 이에 관해 다음과 같이
자세한 설명을 붙였다.

> 통신사로 갔다가 돌아온 뒤에 조정에서는 전적으로 城池를 수축하
> 는 것을 방비하는 方策으로 삼아, 民丁을 끌어모아 곳곳마다 성을 쌓
> 았다. 예전에는 성이 없었던 內地에도 새로 성을 쌓았다. 이에 성을
> 개축하는 일이 여기저기서 벌어져 인심이 크게 무너졌다. 그러자 선
> 생이 (전에) 玉堂(홍문관)에 있을 적에 箚子를 올려 왕에게 아뢰기를,
> '오늘날에 두려워 할 것은 섬 오랑캐가 아니라 인심입니다. 만약 인심
> 을 잃는다면 金城 湯池가 있은 들 어디에 쓰겠습니까?' 하면서, 우선
> 役事를 정지하여 인심을 진정시키는 것이 마땅하다고 하고, 이에 내
> 지에 새로 성을 쌓은 폐단에 대해 陳達하였다. 그러자 경상도 관찰사
> 가 아뢰기를, '영남의 사대부가 작은 폐단을 싫어하여 異議를 떠들어
> 대면서 갖가지로 방해한다'고 하였으며, 선생을 좋아하지 않고 있던
> 척리[척신]들도 유언비어로써 헐뜯었다. 조정에서 의논하여 閫帥를
> 뽑을 때 軍務를 잘 안다고 하는 武弁을 골라 올렸는데[擬望], 상이 하
> 교를 내려 특별히 선생을 뽑아서 본직에 임명하였다.

위 기록에서 선생이 옥당에 근무할 때라고 한 시기는 1591년 7월에서 12월 사이였다. 통신사로 다녀온 5개월여 뒤였다. 김성일은 병란 대비 자체를 반대한 것은 결코 아니다. 安民을 제대로 이루지 못한 상태에서 兵備를 이유로 백성을 혹사하여 민심이 떠나면 그것이 土崩의 화를 초래한다고 보고 이를 경계한 것이다. 김성일은 그해 겨울에 다시 부제학으로 시국을 논하는 箚子를 세 차례나 올리면서 安民과 軍政을 함께 이루는 방략을 논하였다.

첫 번째에서는 天災를 만나 修省하기를 청하면서 (1) 貢賦에 대한 일 (2) 力役에 대한 일 (3) 軍政에 대한 일 (4) 朝廷에 대한 일 (5) 왕위 계승과 왕자 교육에 관한 일들을 논하였다. 또 두 번째 차자에서는 대상을 늘여 10가지를 논하였는데, 그 가운데 백성들의 폐막을 제거해서 나라의 근본을 굳건히 하는 것, 軍政을 닦아서 변방을 견고히 하는 것, 그리고 이어서 刑獄을 審理해서 억울함을 풀어 주는 것 등을 들었다[12] 이로써 보면 김성일은 민심이 조정을 신뢰하는 기반을 먼저 닦지 않고 군비만 서두르면 孟子가 경고하듯 성문을 안에서 여는 꼴이 된다고 생각하였다. 앞에서 거론한 內地 축성의 중지 건의는 세 번째 차자에서 한 것이라고 하는데 여기서 그는 "백성들이 아래에서 원망하고 있는데도 위에서는 알지 못하고, 속이는 일이 안에서 일어나고 있는데도 임금께서는 듣지 못하여 마침내 정치가 없는 나라가 되었다."고 직언하였다. 세 번이나 차자가 올려지는 가운데, 왕은 그

---

12) 두 번째 차자에서는 (1) 조정을 바르게 하여 百官을 바르게 하는 것 (2) 학교를 일으키면서 교화를 밝히는 것 (3) 內治를 엄하게 해서 집안을 가지런히 하는 것 (4) 백성들의 폐막을 제거해서 나라의 근본을 굳건히 하는 것 (5) 軍政을 닦아서 변방을 견고히 하는 것 (6) 형옥을 심리해서 억울함을 풀어 주는 것 (7) 대신에게 내맡겨서 조성을 높이는 것 (8) 간쟁하는 말을 받아들여서 언고를 여는 것 (10) 사치 풍조를 금지시켜 節儉을 숭상하는 것 등을 들었다.『국역 학봉전집』3, 48~49쪽.

를 동부승지(12월), 첨지중추부사, 형조참의(1592, 봄)로 옮겨 임명한 다음, 1592년 4월 일본군이 부산 앞바다에 출현하기 며칠 전에 경상 우도 병마절도사에 임명하였다. 그의 진달과 관련이 있는 직임에 잇따라 임명된 것은 곧 왕의 공감이 있었다는 것을 뜻한다.

임진왜란이 일어나기 전의 조선 사회는 한두 가지의 조치로 국방력이 갖추어질 상황이 아니었다.

조선왕조는 成宗(1470~1494) 재위 말부터 근 한 세기 동안, 소빙기(little ice age) 자연 대재난의 天災에 시달리고 있었다. 소빙기 현상은 지구 대기권의 기온이 내려갔다는 뜻으로 붙여진 명칭으로서 1970년 대부터 서양 지리학계와 역사학계의 일각에서 지구 환경 변화에 관한 연구로 활발하게 이루어졌다. 한국학계에서도 이에 주목하여 『조선 왕조실록』의 자연 이상 현상에 관한 기록 분석으로 그 원인이 다량의 유성(소행성)이 장기적으로 지구 대기권에 돌입하면서 일어난 현상인 것을 밝혀 서구 우주 과학계가 이를 주목하였다.[13] 즉, 유성 떼를 싸고 들어온 먼지(cosmic dust), 유성이 대기권에서 마찰로 폭발하면서 생긴 먼지 등이 누적되면서 대기권은 태양의 열과 빛이 그만큼 차단됨으로써 기온이 내려가 우박, 서리, 大雪 등 추위와 관련된 현상이 빈발하는 한편, 氣圈 이상으로 홍수와 가뭄이 자주 교차 발생하는 기상 이변이 수없이 자주 발생하여 지상의 농사가 정상적으로 이루어질

---

13) 이에 대해서는 이태진의 다음과 같은 일련의 연구가 있다. 「소빙기(약 1500~1750)의 천체현상적 위원 -조선왕조실록의 관련 기록 분석-」, 『국사관논총』 72, 1996; 「소빙기 천변재이 연구와 조선왕조실록 -global history의 한 章-」, 『역사학보』 149, 1996; 「외계충격대재난설 (Neo-Catastrophism)과 인류역사의새로운 해석」, 『역사학보』 164, 1999; 「외계충격설의 관점에서 본 울산 암각화」, 『미술사학연구』 252, 2006. "Meteor Fallings and Other Natural Phenomena During 1500~1750 as recorded in the Annals of Choson Korea", Celestial Mechanics and Dynamical Astronomy 69-1·2, Kluwer Academic Publisher, Netherland, 1998.

수 없었다. 잇따른 실농과 폐농은 장기 기근을 초래하고, 잦은 기근
은 다시 전염병의 만연을 가져와 사망자가 늘어났다.

지구에 돌입하는 유성들은 화성과 목성 사이의 소행성 벨트(asteroid
belt)라고 불리는 공간에 떠돌면서 태양과 지구의 중력에 끌려 지구
대기권으로 들어오게 되는 것으로서, 지구 어느 곳이나 그 영향을 받게
될 수밖에 없는 전 지구적 현상이었다. 서구 연구자들은 소빙기의 존속
기간을 17세기 70년 정도로 추정한 것과는 달리, 『실록』 기록 분석의
결과에 따르면 이 현상은 1490년부터 1760년까지 무려 270년간 계속된
대 재난으로 밝혀졌다.14)

소빙기 재난에 대한 대응은 지역마다 달랐지만, 동아시아 세계에서
는 농업경제 기반이 강한 중국(明)과 한국(조선)에서는 농사의 피폐로
사회적 동요가 심하게 일어났다. 두 나라처럼 兵農一致의 군사제도를
가진 나라는 농민의 군사적 기능이 마비되다시피 하여 국방력이 크게
위축되어 외침에 대한 대응력이 크게 저하였다.15) 북방 유목민족은
목초지 변동에 따른, 그리고 최소한의 곡물 확보를 위해 남하하였고,
남쪽의 일본도 대소의 지역 세력이 각축을 벌이는 '戰國時代'가 전개
되는 가운데 연안 지역의 小民들은 배를 타고 조선, 명나라의 해안지
역을 노략질하는 '왜구'가 되었다. 결과적으로 보면, 명나라나 조선처
럼 중앙집권적인 거국적 통치체제보다 북방 유목민의 부족 중심 체제
나 일본의 藩 체제와 같이 소단위 集積型의 통치체제가 재난 대응에

---

14) 소빙기 현상이 계속되는 기간에 조선왕조에서 성리학이 발달한 것 자체가 이 장
기 자연현상에 대한 사상적 대응의 결과로 조명할 필요도 없지 않다. 李泰鎭
(2007.6.), 「16세기 한국의 天道 사상과 외계충격 현상」, 『한국사론』 53(서울대
학교 국사학과) 참조.
15) 이태진(1998), 「자연재해·전란의 피해와 농업의 복구」·「상평창·진휼청의 설치
운영과 구휼문제」·「인구의 감소」, 『한국사』 30, 국사편찬위원회.

서 더 유리했던 것으로 보인다.

조선은 장기 대재난 속에 중종 중반까지 2, 30년은 군자곡 제도를 통해 비축 곡을 확보하면서 버틸 수 있었으나, 그 이후로는 제도 외적으로 진휼곡 마련에 급급하였다. 정부가 納贖空名帖을 발부하여 私穀을 구휼곡으로 동원하는 것이 年例 행사처럼 되었다. 이런 가운데 16세 이상 良人 男丁은 모두 병역의 의무를 지는 '皆兵制' 아래 전국의 행정 단위를 국방 단위로 삼은 鎭管體制는 기능을 상실하여 갔다. 조선왕조 사회는 天災에 더해 人災까지 겹쳐 피폐가 더욱 심하였다. 소빙기 현상 초기에 연산군(1495~1506)의 虐政이 시작되어 貢案에 비토산물까지 집어넣어 과도한 징수가 자행되고 力役까지 남발하여 농민들이 살아남기가 어려웠다.

反正으로 폭정은 제거되었으나, 反正功臣 집단인 勳臣·戚臣 부류가 中宗(1506~1544) 조정에서 小民의 처지를 거의 외면한 채 권력을 사리 추구에 남용하여 국방체제는 날로 허약해져 갔다. 농민들에게는 정기적으로 立役 차례가 돌아와도 생계유지에 급급하여 군사로서 기능을 할 수가 없었다. 생업인 농사가 더 급하여 입역 대신 代役 비용을 내는 현상이 생기더니 代役價가 租稅化하여 실제 군사로서 기능할 수 있는 인력의 수는 급격하게 줄어들었다. 율곡 이이가 '10만 양병'을 목표로 군정 개혁을 부르짖은 것은 이런 지경을 크게 고쳐보려는 것이었다. 김성일이 임란 발발 수개월 전에 영남 지역을 중심으로 내륙지 축성의 역을 중단하고 민심의 안정 위에 군정 개혁을 건의한 것도 국방의 포기가 아니라 현실을 감안하면서 진정한 방어책이 될 수 있는 것을 찾고자 한 것이었다.

앞에서 밝혔듯이 김성일은 왜란이 일어나기 직전 4월 11일에 경상우도 병사로 임명되었다. 3일 뒤인 4월 13일에 도요토미의 군대가 부산 앞바다에 나타났다. 김성일이 임지로 향해 가던 중에 충주에 이르렀을 때 부산과 동래가 이미 함락되었다는 戰報를 들었다. 당시 右兵營은 창원에 있었다. 그는 임지가 이미 왜군에게 점령된 상황을 짐작하고서도 왕명을 받들어 그곳에 가 있어야 한다는 일념에서 사잇길을 이용하고자 호남 지역을 거쳤다. 그런데 왕은 임지로 가던 그를 다시 招諭使로 임명하였다. 『선조수정실록』은 4월 14일 자로 "경상 우병사 김성일을 잡아다 국문하도록 명하였다가 미처 도착하기 전에 석방하여 본도의 초유사로 삼고, 함안 군수 柳崇仁을 대신 兵使로 삼았다."고 기록하였다.16) 왜군이 실제로 침략해 오자 왕은 "병란을 일으키지 않을 것"이라고 보고한 김성일을 책임을 물어 다스리려[懲治] 하였지만 유성룡과 崔滉이 그의 충절을 높이 평가하여 긴하게 쓸 것을 종용하자 왕은 마음을 고쳐먹고 그에게 招諭란 특별한 임무를 내렸다.(연보 53쪽)

초유는 적을 征討할 때 군주가 토벌군을 모으게 하는 임무를 부여하는 용어이다. 『조선왕조실록』에서는 그 사용례를 달리 찾아볼 수 없다. 김성일에게 내려진 것 외에 유례를 쉬이 찾기 어렵다. 앞에서 언급하였듯이 당시 조선의 국방체제는 진관체제가 무너져 官軍이 제대로 기능하지 못한 상태였다. 그러므로 외적을 격퇴하기 위해서는 국가 파악의 범위 밖으로 나간 인력을 다시 왕의 이름으로 급히 모으는 길밖에 없었다. 김성일에게 주어진 초유의 임무가 바로 그것이었다. 그에게는 관군과 의병을 함께 단속할 권한이 부여되었던 셈이다. 그의 활동은 같은 해 6월 28일에 경상우도 초유사의 이름으로 義州에 파천 중인 왕에게 처음으로 보고되었다.17) 그는 보고에서 초유의 명

---

16) 『선조수정실록』 26권, 25년(1592 임진) 4월 14일(계묘).
17) 『선조실록』 27권, 선조 25년 6월 28일조.

을 받들어 "백성들을 血誠으로 開諭하고 忠義로써 격려하면서" 사방 산속으로 흩어진 도망 군사나 패전 병졸뿐만 아니라 대소인원(官員의 뜻)까지 설득하여 응모케 하였다고 보고하였다. 18) 이에 대해 조정은 그가 의병을 불러 모아 점점 형세를 이루어 한 道가 그를 믿게 되는 공을 세웠다고 평가하였다.19)

왜군이 상륙한 경상도는 관군이 거의 없다시피 한 상황이었다. 명종대(1546~1566)에 을묘왜변이 일어났을 때, 중앙에서 임명되어 현지에 내려간 防禦使나 助防將들이 현지에서 모아 동원할 수 있는 병력을 통솔하는 방식이 제승방략(制勝方略)이란 이름으로 관행화되었다. 임란 초기의 경상도도 마찬가지였다. 빈 들판에 이 관행에 따라 군사들이 모였다 하더라도 통솔자가 미처 당도하지 않은 경우가 많았다. 이런 상황에서 적은 파죽지세로 진격하였다. 진관체제가 무너진 상황에서는 당연한 결과였다. 김성일에게 내려진 초유의 임무는 관군의 이름이든 의병이든 병력을 모아서 방어체제를 갖출 수 있게 하는 것이었다.

경상우도 초유사 김성일은 위 보고에서 본도의 관군과 의병의 형세를 자세하게 아뢰면서 이웃 전라도와 경상좌도의 상황까지 참작하여 남쪽의 巨鎭인 晉州의 중요성을 짚었다. "이곳을 지키지 못한다면 이 일대에 보존된 여러 고을이 '토붕와해' 하여 朝夕을 보존할 수 없을 뿐만 아니라 적이 반드시 호남을 침범할 것"이라고 내다봤다. 호남에서 모은 병력은 그새 서북으로 파천한 왕과 조정을 지원하는 勤王의 임무로 북상하여 도내가 텅 비어있기 때문에 대단히 위험한 상황이라고 지적하였다. 그러면서 자신은 "진주에 머물면서 독려 조치하여 이

18) 위와 같음.
19) 『선조수정실록』 26권, 25년(1592 임진) 4월 14일(계묘).

고을을 견고하게 지키도록 하여 호남 및 내지를 방어하는 계책으로 삼으려고 한다."고 보고하였다.[20] 초유사로서의 그의 이런 단속이 곧 10월의 진주성 대첩의 기반이 되었다.

김성일은 이듬해(선조 26, 1593) 4월에 전염병에 걸려 일생을 마친다. 『선조수정실록』에 실린 그의 卒記는 왜란에서 보여준 그의 강한 氣節을 잘 담고 있다.[21] 주요한 대목을 옮기면 다음과 같다.

> 경상좌도 순찰사 金誠一이 죽었다. **당시 혹심한 병란에 백성은 굶주리고 전염병까지 크게 유행하였다. 이에 성일이 직접 나아가 賑救하면서 밤낮으로 수고하다가 전염병에 걸려 죽었다.** 一路의 군사와 백성들이 마치 친척의 상을 당한 것처럼 슬퍼하였는데, 얼마 안 가서 진주성이 함락되었다. 성일은 성품이 강직 方正하고 재질이 매우 뛰어났는데, 李滉에게 師事하였다. 젊어서부터 격앙하고 강개하여 기절이 남보다 뛰어났으며, 조정에 있을 때는 기탄없이 탄핵하였으므로 사대부들이 모두 두려워하였다. 일본에 왕명을 받들어 사신으로 가서는 예절을 철저하게 지켰으므로 왜인들이 敬服하였다. 그런데 동행한 사람과 서로 불화한 나머지 敵情을 잘못 왕에게 보고하였으므로 거의 罪辟에 빠질 뻔하였다. 그러다가 용서하는 왕명을 받고서는 더욱 감격하여 사력을 다해 적을 칠 것을 맹세하였다. 평소 軍旅에 대한 일은 알지 못했으나 지성으로 군중을 曉諭하여 **관군과 의병 등 모든 군사를 잘 조화시켰다.** 한 지역을 1년 넘게 보전시킬 수 있었던 것은 그가 훌륭하게 통솔한 덕분이었다. 그는 임종 시에도 개인적인 일은 언급하지 않았다. 그 아들 金㴒이 옆방에 있으면서 함께 걸린 전염병으로 위독하였으나 한 번도 그(의 병세)를 묻지 않고 오직 나랏일만을 돌보면서 종사자들에게 권면하였으므로 사람들이 그의 義烈에 감동하였다.……

---

20) 주 15와 같음.
21) 『선조수정실록』 27권, 26년(1593 계사) 4월 1일(을유).

그가 기아와 전염병에 시달리는 백성을 구하려다 아들과 함께 전염병에 걸려 일생을 마치게 된 것은 소빙기 재난 속의 구국 충절의 진실한 모습이라고 할 만하다. 군략을 잘 몰랐어도 충군·애민의 충절로서 관군과 의병을 잘 조화시켜 전세 만회의 기틀을 잡았다고 한 논평은, 통신 사행의 '잘못된 보고' 하나에 집중되었던 종래의 당파적 인식을 지양하는 데 크게 유의할 사항이다. 율곡 이이처럼 현재의 형세를 직시하는 經世觀으로 구국의 길을 제시할 수도 있지만, 퇴계 학통의 居敬窮理를 철저하게 실천하는 자세로서도 국난 극복에 기여하는 모습을 학봉 김성일이 보여주었다고 할 수 있다.

4. 西厓 柳成龍의 官軍 재건의 공로

서애 유성룡은 학봉 김성일과는 달리, 율곡 이이에 못지않게 軍政에 밝은 인물이었다. 宣祖는 통신사 일행의 보고를 들은 후, 도요토미의 침략을 예상하여 軍略에 밝은 류성룡을 중용하였다. 통신사 귀환 직후인 2월에 그를 이조판서로 임명하여 방위태세 정비에 필요한 인사를 조치하게 하였다. 이조판서 류성룡은 이때 제일 먼저 權慄과 李舜臣을 각각 국방상의 요직에 기용하였다. 전쟁이 일어나면 첫 전선이 될 경상도의 방어를 위해서도 나이가 많은 경상도 兵使 曺大坤을 당시 명망 있던 장수 李鎰로 교체하려고 하였다. 그런데 유능한 장수는 도성에 있어야 한다는 주장에 밀려 이를 실현하지 못하였다. 류성룡은 『懲毖錄』에서 이를 매우 안타까워했다. 김성일을 경상우도 병마절도사에 기용한 것은 1년여 뒤에 이루어진 일이지만 같은 선상에서 이루어진 戰守 대책의 하나였다.

『징비록』의 기술에 따르면, 위 인사 조처에 바로 뒤이어 류성룡은 鎭管制度 복구를 서두를 것을 제안하였다. 이 무렵에 9년 전의 율곡 이이의 10만 양병 제안을 떠올리면서 낸 제안이 아닌가 싶다. 그러나 그의 제안은 상황적으로 실현하기 어렵다는 반대론이 우세하여 부결되었다. 김성일이 이때 가세하였는지는 언급되어 있지 않다. 오히려 이해 중반 이후에 김성일이 箚子를 올려 같은 문제를 거론한 것은 같은 인식 아래 진관체제 복구의 진정한 대책 강구를 조정에 촉구한 것으로 해석된다. 이듬해 4월 실제로 대규모의 왜군이 부산에 상륙한 뒤, 말 그대로 '土崩의 화'가 눈앞에 벌어졌다. 文成公(이이)은 聖人이라는 찬탄이 실제로 있었던 것이라면 이 무렵에 토로한 것이 아닐까 싶다.

1592년 4월 13일 이후 왕은 류성룡에게 병조판서를 겸임하여 군무를 總治하게 한 다음, 17일에 都體察使로 지명하고 그의 지휘 아래 申砬과 이일을 남쪽으로 내려보냈다. 류성룡은 1593년 정월 명나라 원군의 도움을 받아 평양이 탈환될 때까지 安州, 義州 일원에서 남쪽의 관군, 의병과의 연계를 도모하는 한편, 명나라 군사들을 위한 군량 조달, 평안도 지역민들이 군사로 기능할 수 있도록 하는 진휼 방안 강구 등으로 쉴 틈이 없었다. 평양성 탈환전이 성공한 뒤 2월에 임진강에 도착하였을 때, 손수 부교(浮橋)를 고안하여 명나라 대군이 말을 타고 화포를 끌고 건널 수 있게 하였다.[22]

---

22) 「연보」에 따르면, 도체찰사 류성룡은 칡넝쿨을 채취하여 큰 새끼줄을 만들게 하고 또 강의 남북 안에 각각 두 개의 큰 기둥을 세워 마주 보게 하고, 1목을 눕히어 기둥 안에 가로 놓은 다음, 큰 새끼줄을 끌어 강 건너편의 기둥 안쪽 횡목에 연결하여 천 여인이 각기 짧게 만든 다리(短杠, 작은 다리)를 끼워 넣어 수많은 새끼줄(衆索)을 회전하여 여러 번 돌려 서로 당겨 팽팽해지게 하여 버젓한 다리가 되도록 하고, 그 위에 갈대, 가는 버들가지 등을 잡다하게 깔고 흙으로 덮었다. 명군이

임진 나루를 통과한 후, 그는 또 호서·호남·영남 3도 도체찰사란 직함을 새로 부여받았다. 全軍 사령관과 방면군사령관을 겸하는 임무가 계속 부여되었다. 여기서부터는 京城(당시 실록의 서울 호칭) 수복이 최대 현안이었다. 그러나 명군 총사령관 李如松이 벽제관에서 패퇴한 뒤, 명나라 南兵(절강성 부대) 부대와 함께 서울 수복을 위한 조선군 단속에 힘썼다. 이때 東坡(임진나루 건너편)와 坡州가 그의 활약의 중요한 거점이 되었다. 그는 전라도 순찰사 권율과 순변사 이빈에게 병력을 합해 坡州山城을 지키도록 하면서 부근에 근접하거나 체류하고 있는 장수들에게 각기의 임무를 부여하면서 京城의 일본군을 압박하는 전략을 실행하였다.

도체찰사 류성룡의 지휘는, 조선군 병력에만 의존하는 독자적인 것으로 경성에 들어가 있는 왜군에 상당한 압박을 주어 왜군이 수개월 만에 스스로 경성을 떠나도록 만들었다. 동파는 율곡 이이의 고향인 栗谷이 남쪽으로 건너 보이는 곳이다. 그는 여기서 파주를 왕래하면서 10만 양병을 주장하던 선배 율곡을 수없이 떠올렸을지도 모른다. 도체찰사부의 동파 체류는 전쟁과 기아에 시달린 백성들을 파주로 모이게 하였다. 적군이 2년여에 걸쳐 경성을 차지해 있는 동안 경기 일대의 많은 백성이 농사를 제대로 짓지 못해 굶어 죽는 자가 많았다. 그 가운데 아직 살아남은 자들이 도체찰사가 동파에 있다는 소식을 듣고 모여들었다. 도체찰사부는 이들에게 먹을 곡식을 마련해 군사로서 역할 할 수 있게 하였다.

이를 보고 크게 기뻐하여 다리 위를 따라 말을 채찍질하여 통과했고 화포 군기도 모두 무사히 지나갔다. 이태진, 「누란의 위기관리 7년 10개월 - 재상 柳成龍의 구국 활약 재조명-」, 이성무·이태진·정만조·이헌창 공편, 『류성룡과 임진왜란』 (2008, 태학사), 188쪽.

4월에 서울을 수복한 후, 류성룡은 도체찰사의 직책을 尹斗壽에게 물려주고 領議政으로서 비변사를 통해 계속 군사력 증강과 民力의 회복에 노력하였다. 그는 해안지역 고을들이 소금을 생산하여 내륙 고을에 제공하면서 곡식을 얻게 하고, 또 관에서 종자 곡을 조달하여 수확의 반을 관에서 취하여 군량 또는 진휼곡으로 쓰고, 군사적으로 주요한 지역은 屯田을 개발하여 식량을 확보하게 하였다. 이러한 경기도 군사력의 회복 강화는 뒷날 정유재란(1597) 때 일본군이 충청도 稷山을 넘어서지 못하게 하는 힘으로 작용하였다.

전란이 3년째로 접어드는 1594년 3월에 영의정 류성룡은 그간의 방어체제 구축 성과를 딛고 鎭管 제도의 복구를 제안하고, 4월에는 공납제도의 개선을 통한 군비 증강책을 제안한다. 이제 그만큼 여유가 생기게 된 것이지만 이 공납제도 개선은 사실은 내용에서 10여 년 전 율곡 이이가 대규모의 양병을 위해 貢案의 개정을 중심으로 제시했던 개혁안과 내용이 흡사하였다. 군역과 잡역 의무자 10만으로부터 거두는 代役價를 근거로 구상한 1만 명의 모병제는 李珥의 안에서 제시한 2만과 숫자만 다를 뿐 원리는 같다.[23] 1595년 영의정 유성룡

---

23) 「貢物作米法」으로 불리는 그의 제안은 대체로 다음과 같은 내용이다. 즉, 기병, 보병, 갑사, 정로위, 별시위 등의 兵種과 각 관청 소속의 노비, 各司의 여러 관원, 각사 소속의 조예, 장악원 樂工 樂生 등은 모두 군역 수행의 正戶, 정호의 활동시 필요한 경비를 부담하는 奉足(保人)으로 구성되어 그 수가 20여 만으로, 지금 전쟁을 치루는 상황에서도 10만 여는 될 것이다. 이들에게 실역를 면제하고 대신 연간 1石의 쌀을 내게 하면 그 수가 10만여 석은 될 것이므로 이것으로 경성에서 精勇한 자 1만 명은 모집할 수 있을 것이다. 이들을 5營으로 나누어 각 영 당 2천 명이 되게 하여 훈련을 시키면 나라의 중심처가 튼튼할 수 있다. 그 1만 명을 다시 2번으로 나누어 비번 중의 5천 명은 경기의 비옥하면서 버려져 있는 땅을 골라 屯을 나누어 농사를 짓게 하여 소출의 반은 자신이, 반은 관에서 거두어 군수비용으로 사용하는 방식을 취하면 응모자가 구름처럼 모여들 것이라고 하였다. 외방에는 진관제도를 부활시키되, 공물을 田稅로 전환하여 고을의 형편에 따라 1結에 1斗

은 경기, 황해, 평안, 함경 등 4도의 도체찰사 직을 임명받아 軍兵 교
련을 수행하였다. 진관제도를 부활시킨 고을이 늘어가는 가운데 국방
력은 증강되어가고 있었다. 10여 년 전 이이가 애써 추진하고자 했던
국방력 증강을 그때 반대자의 한 사람이었던 유성룡이 도체찰사, 영
의정의 직책으로 하나씩 실현시켜 나가고 있었다. 鎭管編伍에 奴軍을
포함시킨 것은 이탕개 난 때 선조와 이이가 노비의 유사시 兵力化로
함께 주장하던 것과 내용이 같은 것이다. 1597년 1월 도요토미 히데
요시가 14만 여의 병력으로 재침해 왔을 때, 4도의 병력은 서울 防守
에 배치되었다. 후방 병력의 이러한 우세는 일선 병력의 원활한 운용
을 가능하게 하여 적의 북상을 稷山 이상을 넘지 못하게 만들었다.

5. 맺음말

임진왜란을 둘러싼 파당적 인식의 중심인물이 되어온 이이(1536.12.
~1583.2.), 김성일 (1538.12.~1593.4.), 류성룡(1542.11.~1607.5.) 등 3인
은 거의 비슷한 연령대였다. 이이가 김성일 보다 2년 연장, 김성일이
류성룡보다 4년 연장으로 서로 거의 벗할 수 있는 사이 연령이었다.
세 사람은 실제로 선조 조정에서 뛰어난 사대부로서 서로를 존중하는
사이였다. 그런데도 후대에서 임진왜란을 둘러싼 당파적 역사 인식으
로 3인은 서로 적대적인 관계였던 것처럼 느끼게 하였다. 그들은 의견
을 달리하였을 때도 있었지만, 다 같이 국난 극복의 救國을 목표로
최선의 방책을 찾으면서 결과적으로는 앞에서 끌고 뒤에서 미는 모습

내지 2-3두 씩 내게 하면 일반 민의 부담이 가벼워져 군사로서 역할하는 데 큰
도움이 될 것이라고 하였다. 『西厓全書』(1991, 서애선생기념사업회 간) 부록편,
西厓先生年譜 권2, 517~518쪽.

의 역사를 후세에 남겼다. 지금까지 세 사람의 역할을 서로 다른 것으로 인식한 것은 당파적 인식이 앞서서 역사의 진실을 보지 못한 결과라고 하지 않을 수 없다. 임진왜란에 관한 실제적 연구의 활성화를 통해 이런 맹점들이 하루속히 걷어지기를 바라마지 않는다.

이태진 | 서울대학교 명예교수

참고문헌

『선조실록』.

『선조수정실록』.

『국역 학봉집』.

『西厓全書』(1991), 서애선생기념사업회 간행.

국사편찬위원회(1998)편, 『한국사』 30, 국사편찬위원회.

윤사순(2012), 『한국유학사』 상, 지식산업사.

한일관계사학회 편(2013), 『1590년 통신 사행과 귀국보고 재조명』, 경인문화사.

이태진(1996), 「小氷期(1500-1750)의 天體 現象的 원인 -『朝鮮王朝實錄』의 관련 기록 분석 -」, 『國史館論叢』 72, 국사편찬위원회.

이태진(1996), 「小氷期 천변재이 연구와 朝鮮王朝實錄 - global history의 한 章」, 『歷史學報』 149호.

이태진(1997), 「高麗-朝鮮中期 天災地變과 天觀의 變遷」, 『韓國思想史方法論』 소화, 한림과학원총서.

Yi Tae-Jin(1998), "Meteor Falling and Other Natural Phenomena During 1500-1750 as recored in the 「Annals of Choson Korea」" Celestial Mechanics and Dynamical Astronomy 69-1·2, Kluwer Academic Publisher, Netherland; Dynamics of Comet and Asteroid and Their Role in Earth History, ed. by Yabushita Shin and Jacques Henrard, Kluwer Academic Publisher, Netherland.

이태진(1998), 「자연재해·전란의 피해와 농업의 복구」, 『한국사』 30.

이태진(1999), 「외계충격대재난설(Neo-Catastrophism)과 인류역사의 새로운 해석」, 『역사학보』 제164집.

이태진(2006), 「외계충격설의 관점에서 본 울산 암각화」, 『미술사학연구』 제252집.

이태진(2007), 「16세기 한국의 天道 사상과 외계충격 현상」, 『한국사론』 53, 서울대학교 국사학과.

이태진(2008), 「누란의 위기관리 7년 10개월」, 이성무·이태진·정만조·이헌창·공편, 『류성룡과 임진왜란』, 태학사.

하우봉(2012), 「김성일의 일본 인식과 귀국보고」, 『한일괸계사연구』 제43집.

김택·정남채·하종필(2013), 「율곡 이이의 '10만 양병론'에 관한 소고 -천재지변과 당파싸움으로 인한 한국내 변란 예방 차원의 국방전략에 대하여-」, 한국행정학회 하계 학술대회.

金誠一 招諭 활동의 배경과
경상우도 義兵 봉기의 함의

1. 머리말

임진왜란이란 미증유의 전쟁을 극복할 수 있었던 3대 요인으로는
흔히 ①조선 수군의 활약, ②명군의 지원, ③在地 士族을 중심으로
조직된 의병의 활약이 거론된다. 외적 침입에 대한 民의 자발적 항쟁
이란 측면에서, 임진왜란기의 의병 봉기는 일찍부터 학계의 많은 주
목을 받아왔다.[1] 특히 그 활동이 두드러졌던 경상도 지역의 사례에
대해 대단히 많은 연구가 나온 상태이다.[2] 이를 통해, 의병의 개념,

---

1) 최영희(1975), 『壬辰倭亂中의 社會動態』, 한국연구원; 조원래(1982), 『壬亂義兵
   將 金千鎰硏究』, 학문사; 이장희(1983), 『郭再祐硏究』, 양영각; 송정현(1998), 『조
   선사회와 임진의병 연구』, 학연문화사 등. 임진왜란기 의병 연구의 성과와 한계에
   대해서는 다음의 논문을 참조하였다. 조원래(2000), 「임진왜란사 연구의 추이와
   과제」, 『조선후기사 연구의 현황과 과제』, 창작과 비평사, 136~142쪽; 계승범
   (2009), 「임진의병의 연구 동향과 군사사적 의의」, 『임진의병의 역사적 의의와 현
   재적 가치』, 선인; 노영구(2012), 「임진왜란 의병에 대한 이해의 과정과 새로운
   이해의 방향」, 『한일군사문화연구』 13, 한일군사문화학회; 정해은(2012), 「임진왜
   란 의병 연구의 성과와 전망」, 『임란의병사의 재조명』, 사단법인 임진란정신문화선
   양회.
2) 대표적인 연구서로는 다음과 같은 것이 있다. 김강식(2001), 『임진왜란과 경상우
   도의 의병운동』, 혜안; 최효식(2003), 『임진왜란기 영남의병연구』, 영남대학교 민
   족문화연구소; 영남대학교 민족문화연구소 편(2005), 『송암 김면의 생애와 의병
   활동』 등.

개별 의병장의 활동과 지역별 의병 봉기의 실상, 관군과의 관계 및
군사적 기여도, 舉兵의 주체와 사회적 기반, 조직과 인적 구성, 각 도
의병 활동의 특징과 비교, 의병에 대한 인식과 기억 등에 대해서 보
다 정밀한 이해가 축적되어 왔다.3)

金誠一(1538~1593)은 임진왜란 발발 직후 招諭使에 임명되어 경상
도 지역의 이반된 민심을 수습하는 한편, 의병 봉기를 독려하고 배후
에서 지휘함으로써 지역 방위와 일본군의 전라도 진출을 저지하는 데
크게 기여한 인물로 잘 알려져 있다. 임진왜란 및 의병 연구의 일환
으로서 김성일의 학문과 救國 활동, 庚寅年(1590) 통신사행과 귀국보
고가 주목되어 이미 많은 연구 성과가 학계에 제출된 바 있다.4)

본 발표의 주제와 관련된 기존의 연구 성과를 한 마디로 비유한다

---

3) 경상도 지역 의병 연구와 관련된 중요한 개별 논문으로는 다음과 같은 것들이
있다. 이태진(1983), 「임진왜란 극복의 사회적 동력-사림의 의병활동의 기저를 중심
으로-」, 『韓國史學』 5, 한국정신문화연구원; 허선도(1983), 「壬辰倭亂의 克服과
嶺右義兵: 그 戰略的 意義를 中心으로」, 『진주문화』 4, 진주교육대학교 진주문화권
연구소; 정진영(1987), 「壬亂前後 尙州地方 士族의 動向」, 『民族文化論叢』 8, 영남대
학교 민족문화연구소; 고석규(1988), 「鄭仁弘의 義兵活動과 山林基盤」, 『韓國學報』
51, 일지사; 나종우(1992), 「嶺湖南 義兵活動의 比較檢討」, 『경남문화연구』 14,
경상대학교 경남문화연구소; 이수건(1992), 「月谷 禹拜善의 壬辰倭亂 義兵活動」,
『민족문화논총』 13, 영남대학교 민족문화연구소; 김성우(2000), 「壬辰倭亂 시기
常人層의 동향과 士族層의 대응」, 『韓國史學報』 8, 고려사학회; 노영구(2003),
「임진왜란초기 양상에 대한 기존 인식의 재검토-和歌山縣立博物館 소장 〈壬辰倭亂
圖屛風〉에 대한 새로운 이해를 바탕으로-」, 『韓國文化』 31, 서울대학교 한국문화연
구소; 하영휘(2007), 「화왕산성의 기억-신화가 된 의병사의 재조명-」, 『임진왜란,
동아시아 삼국전쟁』, 휴머니스트; 이욱(2009), 「임진왜란기의 경상도 의병 양상」,
『임진의병의 역사적 의의와 현재적 가치』, 선인 등.
4) 鶴峯金先生紀念事業會 編(1993), 『鶴峯의 學問과 救國活動』에 수록된 연구논문
15편; 한일관계사학회 편(2013), 『1590년 통신사행과 귀국보고 재조명』(경인문화
사 刊)에 수록된 연구논문 6편; 허경진 외 8인 共著(2019), 『학봉 해사록의 재조명』
(보고사 刊)에 수록된 연구논문 9편 등.

면 '단 하나의 송곳도 꽂을 틈 없이 촘촘하게 이루어졌다'고 해도 과언이 아니다. 다만, 향토 방위와 밀접하게 연관된 '義兵'이라는 주제의 특성상 김성일의 초유 활동과 경상우도 의병의 봉기가 지방[지역사회]의 관점에 중심을 두고 이루어짐으로써, 초유사 파견과 의병의 봉기를 결정하게 된 중앙[집권 국가]의 의도와 고민이 세밀하게 분석되지 못한 감이 있다. 아울러, 김성일이 작성한 招諭文의 내용도 忠君·愛國 또는 勤王·鄕保라는 다소 피상적인 용어로 소략하게 설명됨으로써 조선시대의 의병 활동이 갖는 당대적 맥락과 역사성이 뚜렷하게 부각되지 않았다.5)

본고는 이와 같은 점을 염두에 두고, 초유사 파견과 의병 봉기의 배경을 지방관의 失政과 무능보다 軍備 확충을 둘러싼 중앙과 지방의 갈등이라는 관점에서 살펴보고자 한다. 이어서, 학봉 초유문에 내재된 당대의 사회적 또는 사상적 컨텍스트를 복원하고, 임진왜란기 김성일의 초유 활동과 이에 수반된 경상우도 의병 봉기의 정치적 함의와 기여를 중앙의 관점에서 재고찰해보고자 한다.

2. 개전 초기의 패인과 초유의 배경 재고찰

선조 25년(1592) 4월 13일 오후 5시경 고니시 유키나가[小西行長]의 1군을 태운 700여 척의 일본군 선박이 부산진 앞 바다에 상륙함으로써 임진왜란의 처절한 서막이 올랐다. 조선은 임진왜란의 개전 초기, 전력의 뚜렷한 열세를 드러내며 쓰라린 패배를 거듭하였다. 중로, 좌

---

5) 김시황(1993), 「鶴峯先生의 招諭文에 대하여」, 『鶴峯의 學問과 救國活動』, 442~450쪽.

로, 우로로 나뉘어 북진한 일본군은 4월 25일에는 상주, 4월 28일에
는 충주 탄금대 전투에서 조선군 주력을 궤멸시키고 5월 3일에는 마
침내 텅 빈 한양까지 접수하였다. 5월 27일에는 개성이, 6월 15일에
는 평양마저 일본군에 의해 점령당했다. 개전 1달 만에 삼도(三都: 한
양, 개성, 평양)를 잃은 선조는 6월 22일 조선의 서북단인 의주까지 피
신하였다. 당시 선조의 압록강 도하 여부가 심각하게 논의될 정도로
초기의 전황은 조선에 극히 불리하였다.

이러한 조선의 일방적 패배는 어느 누구도 예상치 못한 것으로서,
특히 원군을 요청받은 명에서는 이를 조선과 일본이 공모하여 명을
유인·공격하려는 계획의 일환이라고 오해할 정도였다.[6] 명은 결국
遼東鎭撫 林世祿과 崔世臣 등을 파견하여 평양에 피신해 있던 선조의
龍顔을 확인한 뒤에야 이같은 의심을 풀었다. 수·당 제국과 끈질기게
대적하였던 고구려의 강인한 이미지는 명 측이 조선군의 무력한 패배
를 이해하는 데 오히려 장애가 될 뿐이었다.[7]

개전 초기의 불리한 전황만큼이나 절망적이었던 것은 관군의 무력
한 패배와 도주로 인한 민심의 이반이었다. 특히 일본군의 주 진격로
였던 경상도 일대의 상황이 더욱 심각하였다. 관찰사 金睟 이하 대부
분의 수령과 무장들은 결사항전하지 않고 임지를 이탈하여 도주하였
고,[8] 저항의 구심을 잃은 道民들은 도주하거나 일본군에 빌붙어 생

6) 이형석(1974), 『壬辰戰亂史』上, 임진전란사간행위원회, 161~162쪽 참조.
7) 허태용(2009), 『조선후기 중화론과 역사인식』, 아카넷, 52~55쪽 참조.
8) 『선조실록』권27, 선조 25년 6월 丙辰(28일) "慶尙右道都巡察使金睟馳啓曰 倭
賊之猖獗 雖由於士卒奔潰 實由大小諸將 惜死退避之故 右道兵使曹大坤 當金海陷
城之時 在近不爲馳援 使雄城大府一朝見陷 自此以後 軍卒無所恃 幾盡逃散零賊 亦
不得措捕 人心日益憤惋 斯速擇遣威望素著之人 以代其任【此狀啓言 賊之猖獗 實
由大小諸將 惜死退避之故 其說誠然矣 都巡察使 獨非大將乎哉】"등.

존을 도모해야 했다.[9] 대부분의 사족들은 家率을 이끌고 山谷이나 遠處로 피신한 데 비해, 常人이나 賤民은 점령지 하에서 어쩔 수 없이 생존을 도모하거나 적극적으로 일본군에 부역하며 기왕에 쌓인 원한을 사족과 상전에게 푸는 경우가 많았다.[10] 도성을 떠나 황급히 피난길에 오른 선조가 민심 이반을 우려하며 조정 신료와 나눈 대화[11]는 당시의 사정을 생생히 전한다.

이곽   서울의 시장 사람들은 태연하게 옮기지 않고 있다고 합니다.

선조   경상도 사람들이 다 배반했다고 하는데 진정 그러한가[慶尙道 人皆叛云 然耶]?

이곽   김수는 監司로서 道民의 원망을 받고 있으니 장차 보존할 수 없는 형편인데 大臣은 실성한 듯이 머리를 숙이고 앉아만 있으니 인심을 수습하기 어렵습니다. 김수는 교체하는 것이 마땅합니다. (필자: 전라 감사인) 李洸 역시 실행한 일이 없으니 가히 놀랍다 하겠습니다.

선조   충청 감사 역시 멀리 공주로 피신했다고 한다. 유식한 사람도 오히려 이러한데 다른 사람들을 어떻게 믿겠는가?

---

9) 임진왜란 초기 경상도 지역 道民들의 대응 양상은 정진영(2006), 「경상도 임란의 병의 활동 배경과 의의」, 『지역과 역사』 18, 부경역사연구소, 244~248쪽; 김강식 (2008), 「임진왜란 시기의 의병운동을 통해 본 조선사회」, 『지역과 역사』 23, 부경역사연구소 105~108쪽 참조.

10) 김성우(2001), 앞의 책, 332~338쪽. 사족과 常人 이하의 대응이 상이했던 원인으로는 김성우의 지적대로 양자의 계급적 모순 관계를 들 수도 있겠지만, 일본에 대한 인식의 차이[문화적 華夷觀]와 함께 피난 생활을 유지할 수 있는 능력[경제력, 연고망]의 차이도 같이 고려해야 할 것이다.

11) 『선조실록』 권26, 선조 25년 5월 壬戌(3일)조의 기사를 재구성한 것임.

임진왜란 초전의 패인으로는 흔히 통신사의 의견 대립, 軍政의 문
란과 민생의 피폐, 국방 태세의 해이, 실정으로 인한 민력의 수탈, 조
총의 미확보 등이 언급된다.12) 특히, 전쟁 이전 경상도 수령들의 부
패와 虐政, 전쟁 이후의 무능과 비겁이 관·민 일체의 향토방위 체제
가 가동되지 못한 원인이라는 인식은 아래 사료뿐만 아니라 다른 당
대 사료에서도 반복적으로 등장한다.13)

　　招討使 김성일이 장계를 올려 郭再祐의 功過를 논하고 너그럽게 용
서하여 적을 토벌하게 할 것을 청하자, 그대로 따랐다.…이에 (필자:
곽)재우가 마침내 상소하여 "왜적이 쳐들어오게 된 것은 단지 인심이
이반되고 흩어져 흙이 무너지듯 손댈 수 없는 근심이 있었기 때문인
데, 대체로 인심을 이반하게 한 자는 감사 김수입니다. 김수가 두 차
례나 본도의 감사가 되어 政事를 행하는 것이 사나운 호랑이보다 더
가혹하였으므로 성상의 은택이 막혀 내려지지 않게 되어 흙이 무너지
듯 손댈 수 없는 형태가 이미 일이 일어나기 전에 나타났습니다. 그러
다가 왜구가 침입하자 자신이 먼저 도망침으로써 한 도의 守將으로
하여금 한 번도 서로 싸워보지도 못하게 하였으니, 김수의 죄는 머리
털을 뽑아 세면서 처벌하더라도 인심을 만족시키기에 부족합니다.…"
라고 아뢰었다.14)

이처럼, 경상도 지역의 사족들은 전쟁의 패인과 민심 이반의 원인

---

12) 임란 초기의 패인에 대해서는 최영희(1975), 제1장 1절 「壬亂前의 民衆動態」, 앞
　　의 책; 서인한(1986), 「임진왜란 초기의 패인과 그 교훈」, 『軍史』 12, 국방부 전사
　　편찬위원회; 이겸주(1992), 「壬辰倭亂前 朝鮮의 國防實態」, 『韓國史論』 22, 국사
　　편찬위원회 등 참조.
13) 정진영(2006), 앞의 논문, 246~247쪽 참조.
14) 『선조수정실록』 권26, 선조 25년 6월 己丑(1일).

을 지방관의 학정·비겁·무능에서 찾고 있지만, 이것만으로 개전 초
의 패배를 온전하게 이해할 수 있을지는 의문이다. 국방력이 한 나라
의 정치, 경제, 사회, 외교, 문화적 역량의 총체적 소산임을 감안한다
면, 지방관의 과실이란 人的 요인이 패인의 일부분일 수는 있겠지만
전부가 되기는 어렵기 때문이다.

　여기서 생각해보아야 할 점은, 김수 등의 지방관이 학정의 수령이
란 비난을 받게 된 원인에 무엇보다도 임진왜란 이전에 시행된 병기
점검과 축성 등의 군비 강화책이 연관되어 있다는 사실이다.

　　호남·영남의 성읍을 수축하였다. 비변사가, 왜적은 수전에 강하지만
　　육지에 오르면 불리하다는 것으로 오로지 육지의 방어에 힘쓰기를 청하
　　니, 이에 호남·영남의 큰 읍성을 증축하고 수리하게 하였다. 그런데
　　경상 감사 김수는 더욱 힘을 다해 봉행하여 築城을 제일 많이 하였다.
　　永川·清道·三嘉·大丘·星州·釜山·東萊·晋州·安東·尙州·左右兵營
　　에 모두 성곽을 증축하고 참호를 설치하였다. 그러나 크게 하여 많은
　　사람을 수용하는 것에만 신경을 써서 험한 곳에 의거하지 않고 평지를
　　취하여 쌓았는데 높이가 겨우 2~3丈에 불과했으며, 참호도 겨우 모양
　　만 갖추었을 뿐, 백성들에게 노고만 끼쳐 원망이 일어나게 하였는데,
　　識者들은 결단코 방어하지 못할 것을 알고 있었다.[15]

『선조수정실록』의 撰者는 효과 없는 축성의 방식을 들어 김수의 행
위를 비난하고 있지만, 당시 조선의 수준을 훨씬 능가하였던 명과 일
본의 축성 수준과 공성전 능력을 고려해 볼 때,[16] 방어에 적절한 축

15) 『선조수정실록』 권25, 선조 24년 7월 甲子(1일).
16) 허태구(2012), 「仁祖代 對後金(對淸) 방어책의 추진과 한계-守城 전술을 중심으
　　로-」, 『朝鮮時代史學報』 61, 조선시대사학회, 84~86쪽 참조.

성이 시행되었더라면 훨씬 더 많은 민력이 소모17)되었을 것이고 민
생은 더욱 피폐해졌을 가능성이 높았다.

경상 감사 김수는 의병장 곽재우와의 갈등으로 인해 교체된 이후에
도 謝恩副使18)·明軍 接伴使19)·호조 판서20) 등의 요직을 광해군대까
지 전전하였다. 『선조실록』에 남아 있는 김수의 능력과 인품에 대한
상반된 평가는 오히려 그의 꼼꼼한 일처리 방식과 이에 대한 이해 당
사자의 반발을 반영하는 것이라고도 볼 수 있을 것이다.21) 이상의 점
을 고려해 볼 때 축성을 지시한 중앙의 명령을 충실히 수행한 관찰사
김수를 간단히 당대인의 진술대로 학정과 민심 이반의 주역이라고 판
단하기에는,22) 이 기사 이면에 내재한 중앙[집권 국가]과 지방[재지 사

17) 임란 당시 築城役에 동원된 백성들의 고통에 대해서는 장필기(2004), 「壬辰倭亂
直後 築城役 動員體系의 한 형태-金烏山城 守城將 鄭邦俊의『築城日記』를 중심
으로-」, 『古文書硏究』25, 한국고문서학회 참조.

18)『선조실록』권34, 선조 26년 1월 丙寅(11일).

19)『선조실록』권37, 선조 26년 4월 丙戌(2일).

20)『선조실록』권62, 선조 28년 4월 癸卯(1일);『광해군일기』권7, 광해군 즉위년
8월 癸亥(9일).

21)『선조실록』권126, 선조 33년 6월 壬申(1일). "備邊司啓曰 度支之任 在平時 亦爲
關重 況此軍餉乏絶之時 無一人久於其職 而措備者 近尤數易 國計漸至虛疎 誠非細
慮 苟非才器相稱 難以擔當 行上護軍金睟【爲人聰敏有才 但器小量狹 處事瑣屬 壬
辰之亂 以嶺南方伯 先爲遁北 使列邑瓦解 臨亂如此 餘何足觀】累爲此任 長於綜理
至今稱之 頃因受由省親於延安不遠之地 以此人擬望 未爲不可 惶恐敢稟 傳曰允."

22) 곽재우가 김수에 대해 격렬한 반감을 갖게 된 데에는, 崔永慶의 獄死에 김수가
연관되었다는 점도 영향을 미친 것으로 보인다(『선조수정실록』권24, 선조 23년
6월 辛未(1일). "下前持平崔永慶獄…上不允 仍問 永慶與賊相從之說 出於何處耶
正言具宬啓曰 臣親聞慶尙都事許昕言前年除夕 與監司金睟夜話 睟有此語云 故啓
之矣 大司諫李海壽等 同辭以啓 上卽允之 永慶再下獄供云 通書事出於錯記 萬死無
惜 與賊相從之說 則全無此事 乃拿問許昕 昕果引金睟 睟時爲兵曹判書 鞫廳請拿
問 上命自政院招問 睟對曰 臣去年巡行列邑 適都事有故 密陽敎授姜景禧攝都事從
行 景禧以此語語臣矣 乃釋許昕 而拿問景禧 景禧引晉州判官洪廷瑞 又拿廷瑞來
獄事蔓延 永慶久繫牢獄 又悼其弟刑死 疾已作矣.")

족]의 갈등을 고려하지 않을 수 없다.[23] 김성일이 작성한 초유문에도 중앙의 군비 확충이 재지 사족의 이해관계와 충돌한 정황이 명백하게 드러나 있다.[24]

'富國強兵'이란 연칭어에서도 잘 드러나듯이, 국방력 강화를 위한 군비 확충은 대개 사회의 한정적 자원을 비생산적인 국방 활동에 집중시키는 방법으로 수행된다.[25] 더구나, 사회 전체의 생산력이 획기적으로 증가하거나 대내외 교역으로 인한 財富가 눈에 띄게 확보되지 아니한 상황에서 급속한 군비 확충을 위한 재원 조달은 필연적으로 증세나 노동력을 포함한 민간의 각종 부담을 가중하는 방향으로 추진될 수밖에 없었다. 따라서 중앙이 군비 확충을 추진하기 위한 인적

흥미로운 점은, 정작 김수가 곽재우와의 갈등으로 조정으로 소환된 뒤에는 이전과 달리 그에 대해 아낌없는 극찬의 말을 남겼다는 사실이다(『선조실록』권32, 선조 25년 11월 辛巳(25일). "上曰 郭再祐有智耶有勇耶 眸曰 臣未嘗見其人 而大抵其爲人 不平平也 少業武讀將鑑 而解綴文 嘗魁庭試 擧義最先於人 四月二十日間 起兵 初起時人頗疑之 而臣則不疑也 擒賊則不爲斬馘 灸其心而食之 宜寧三嘉之全城 再祐之功也.")

23) 다음 기록은 전쟁 발발 이후의 징발도 민심 이반의 주요 원인이었음을 알려준다. 『선조수정실록』권26, 선조 25년 6월 己丑(1일) "諸道義兵起時 三道帥臣皆失衆心 變作之後 督發兵糧 人皆嫉視 遇賊皆潰."

24) 金誠一, 『鶴峯集』권3, 招諭文「招諭一道士民文」, "…今則賊未至而士民率先逃竄 藏伏山林 爲苟活偸生之計 使守令無民 將帥無軍 將誰與禦賊乎 或者謂鄒魯之闕也 有司死者三十餘人 而民莫之死者 以有司不恤民隱也 今玆奔潰之變 豈孟子所謂出爾反爾者乎 嗚呼 此何言也 近年以來 賦果煩矣 役果重矣 民果不堪命矣 然城池防備之具 皆係陰雨之備 以今觀之 聖上保民之慮遠矣 夫豈厲民而【草本 以】自利者乎 況鄒魯之闕 雖有勝負 同是中國也 於民無甚利害…"

25) 임진왜란의 제반 軍務를 총지휘했던 유성룡은 전쟁 수행의 가장 핵심적인 요소를 糧餉, 軍兵, 城池, 器機의 순서로 정리한 바 있다(柳成龍, 『懲毖錄』권16, 軍門謄錄「移京畿巡察使文」, "其戰守大要 不過四條 一曰糧餉 二曰軍兵 三曰城池 四曰器機"). 유성룡이 임란 이후 구상한 경제정책론 중 상당수는 군량의 조달과 정예병의 양성을 목표로 한 것이었다(이헌창(2008), 「서애 류성룡의 경제정책론」, 『류성룡의 학술과 경륜』, 태학사 참조).

·물적 자원의 조달을 지방에 부담시키려 할 때, 시기별로 정도의 차이는 있었지만 양자의 갈등은 피할 수 없는 문제가 되었다. 김수의 축성 이전에도, 경상도 지역에서 중앙과 지방의 이해가 가장 격렬하게 충돌한 사건은 다름 아닌 병역 자원의 확보를 위한 軍籍의 정리 과정에서 불거진 것이었다.26) 선조 7년(1574) '甲戌軍籍' 작성 당시 경상도 사족층은 전국에서 가장 격렬하게 국가의 充軍 정책에 반발하며 軍籍敬差官으로 파견된 鄭以周를 사직시켰다. 이 때 재지 사족의 이해를 대변하여 정이주를 탄핵한 이가 바로 경상도 출신 사림파 관료인 金宇宏과 김성일이었다.

당시 조선이 대적해야 했던 상대는 불행히도 당대 세계 최고 수준의 군사력을 지녔다고 평가받는 일본이었다.27) 이런 수준의 적을 상대하기 위한 군사력을 단 기간 내에 갖추는 것도 어려웠겠지만, 그보다 앞서 군비 확충의 광범위한 공감대를 형성하고 재원 분담을 위한 사회 제 집단의 이해 관계를 조율하는 데에는 더 오랜 시간이 걸렸을 것이다.28) 임진왜란 당시 조선을 침략한 일본의 군대는 오닌의 난[應仁の亂, 1467~1477] 발발 이후 '戰國時代'라 명명된 100여 년 간의 살벌한 내전을 거치고서야 이룩된 고통스러운 결과물이었다.29) 이를

26) 이하에서 정리한 선조 7년 갑술군적의 작성시 경상도 사족층의 반발에 대해서는 김성우(2001), 앞의 책, 287~288쪽에 의거하여 서술하였다.
27) 케네스 스워프 著(2007), 「순망치한(脣亡齒寒)-명나라가 참전할 수밖에 없었던 이유-」, 『임진왜란 동아시아 삼국전쟁』, 휴머니스트, 320쪽 참조.
28) 조선후기의 군제개혁안을 둘러싼 논쟁 전반에 대해서는 제임스 팔레 著·김범 譯(2008), 제4부 「군제개혁」, 『유교적 경세론과 조선의 제도들-유형원과 조선후기』 1, 산처럼 참조.
29) 일본 전국시대의 통일 과정과 이에 수반된 사회 체제의 획기적인 변화에 대해서는 구태훈(2008), 「임진왜란 전의 일본사회-전국시대 연구 서설-」, 『史林』 29, 수선사학회 참조.

고려한다면, 당대 조선의 군비 확충이라는 문제는 집권 세력의 의지
나 통신사행의 결과에 좌우되는 단기적 과제가 아니라, 사회 체제의
근본적인 전환과 직결되는 좀 더 구조적인 문제라는 점을 쉽게 상기
할 수 있을 것이다.

　이러한 점을 종합적으로 고려해 볼 때, 초유사 파견과 의병 봉기의
독려는 중앙의 여러 가지 의도와 고민이 함께 내재된 결단이었다고
판단된다. 지방 세력의 자의적 무장을 허용한 전례 없는 이 결정이
필연적으로 官權·官軍과의 충돌을 수반할 것이라는 점을 당시 조정
의 신료들도 쉽게 예상하였을 것이다. 그러나 明軍의 참전 여부가 불
확실하고 역전의 실마리가 도무지 보이지 않는 상황 속에서, 조정은
저항의 풍부한 동력30)을 가진 지역의 재지 사족층에게 손을 내밀지
않을 수 없었다.

　특히, 일본군의 주 진격로에 위치하여 상당수 군현이 점령된 경상
도 지역의 의병 봉기는 더욱 중대한 의미를 갖고 있었다. 당시 인구
와 물산이 가장 풍부했던 경상도는 左道 지역 대부분이 패몰된 반면,
아직 右道 지역은 완전히 점령되지 않아 회복의 여지가 남아 있던 상
태였다. 만약, 이 지역의 의병 봉기가 활성화되어 성공한다면, 그 군
사적·심리적 기여는 가늠하기 어려울 정도였다. 따라서 조정에서는
초유사31) 파견을 통해 국왕의 대리인인 지방관을 잃고 동요하는 慶尙

---

30) 선행 연구에서는 그들의 성리학적 지향과 명망, 토지와 노비 등의 경제력, 서원
　·향약·유향소 등에 기반한 향촌 사회의 지배력과 네트워크 등이 강조되었다.

31) 김성일이 제수받은 초유사는『經國大典』에 기재되지 않은 특설직이었다. 이것은
　문자 그대로 '招兵諭民'의 직함으로서 적과 대적하여 싸우는 데 목적이 있다기보
　다는 흐트러진 민심을 바로잡아 起義하게 하는 관직이었다(이장희(1999),「義兵性
　格의 分析」,『壬辰倭亂史研究』, 아세아문화사, 203쪽 참조).
　　참고로, 임란 이전 '초유'의 주요 대상은 변경에 거주하거나 국경을 침입한 여진
　인·일본인이었다. 필자가 국사편찬위원회의『조선왕조실록』DB에서 검색하여 추

道民의 마음을 진정시켜 일본군에 적극 협조하지 않도록 宣諭하고, 동시에 재지 사족의 향촌 지배력을 활용하여 관군의 무장력을 대신할 의병을 일으키려고 시도하였다.

역설적이었던 것은, 이 때 조정에서 활용하려고 한 경상도 재지 사족층의 잠재력에는 그들이 불법으로 奪占한 토지, 노비로 위장하여 거느린 농민, 마땅히 수행해야 할 軍役을 회피하는 데 성공한 사족 일부가 포함되어 있었다는 사실이다. 이러한 것들은 두말할 나위 없이 임진왜란 패인의 배경으로 지적된 군정 문란을 포함한 실정의 결과물이었다. 조선전기 재지 사족의 성장은 그들 자체의 역량과 정당한 노력에 기인한 바도 있었지만, 불법적인 토지와 노비의 증식을 통하여 성취된 바도 적지 않았다.[32] 원인이야 어찌되었든 公私賤 인구의 과다와 이로 인한 병역 자원의 부족은 명군의 눈에도 쉽게 인지될 정도였으며,[33] 조정의 君臣들도 이를 모르지 않았다.[34] 그러나 군역

출한 '초유'의 사용례는 140건 정도인데, 그 가운데 임진왜란 이전에 기록된 횟수는 74건으로서 이것을 분석해 보면 '초유'가 단지 불러와 타이른다는 의미를 넘어 특정한 상황 아래 특정한 대상에 주로 사용되는 경향성을 보이고 있음을 쉽게 알 수 있다. 조선전기 '초유'의 사용례 74건 중 68건은 그 대상이 조선을 위협하거나 적대세력에게 빌붙으려 관망하는 일본인이나 여진인에게 사용되었다. 여기에 해당되지 않은 나머지 6건은 조선인이 대상이었는데, 불온한 움직임이 있는 탐라, 李施愛의 반란에 연루된 노비, 도적의 무리, 억지로 데려 오거나 소속이 불명한 노비, 捲堂을 하는 성균관 儒生을 대상으로 사용되었다(허태구(2013), 「鶴峯 金誠一의 招諭使 활동과 義兵」, 『임란의병과 진주대첩-학봉 김성일의 활동을 중심으로-』, 경상대학교 남명학연구소 추계학술대회 발표자료집, 23~25쪽 참조).

32) 정진영(1997), 『조선시대 향촌사회사』, 한길사, 104~125쪽 참조; 김성우(2001), 앞의 책, 220~225쪽, 308~319쪽 참조.

33) 『선조실록』 권33, 선조 25년 12월 己亥(13일), "(필자: 崔)滉曰…中原見我國執供億之役者皆丁壯 而編行伍者皆老弱 謂曰丁壯者何不赴戰 而請兵於上國云 此言甚可慙也."

34) 『선조실록』 권39, 선조 26년 6월 丁酉(14일), "上敎政院曰 我國自來 武略不競 兵力單弱 蓋公私賤人 其數必過於軍丁 而名不登簽兵之籍 然公賤則猶能役於公家

자원인 良人을 철저히 색출·확보하는 근본적인 대책은 (재지) 사족의 심각한 반발을 초래할 수 있는 것이었기 때문에 쉽게 시행할 수 없었고, 결국 공·사천도 군사 훈련에 동원하는 束伍軍制의 편성·시행으로 귀결되었다.

이에 덧붙여, 개전 초기 官·民의 무기력한 후퇴와 도주가, 아이러니컬하게도 이후 전쟁의 추이에 부정적 영향만 미친 것은 아니었다는 점도 지적하고 싶다.[35] 散卒이라 지칭된 관군 소속 도망병의 상당수가 의병 부대의 주요 자원으로 보충됨으로써[36] 의병 부대의 규모가 단기간 내에 급속히 증가하였다.[37] 아울러 개전 초기 일본군의 압승과 쾌속 진군은 급속히 전선이 확대되는 결과를 가져와 보급의 곤란, 부대의 분산 등을 초래하였다. 의병은 일본군의 이러한 약점을 집요하게 공략하였다. 압도적 열세에 몰린 상황이라면 결전을 통해 무의미한 병력 소모를 하기보다 전력을 최대한 보존하며 신속하고 정돈된 후퇴를 선택하는 것이 예나 지금이나 병법의 상식이다.[38] 병기·군량·진영

至於私賤 則有司不敢問 爲國內一種人 此古今天下之所無也…備邊司回啓曰 我國士族之家臧獲 以千百數 而官兵則日就削弱 此雖國俗流傳之舊 難可卒變 然簽名操鍊 不可少緩."

35) 임진왜란을 평가할 때 맹목적 殉國史觀을 지양해야 한다는 주장은 허선도(1985), 「壬辰倭亂論」, 『千寬宇先生還曆紀念韓國史學論叢』, 正音文化社, 572~586쪽 참조. 물론 조선군의 敗退는 나폴레옹의 러시아 원정 당시, 러시아군 수뇌부가 의도적으로 취한 초토화 전술 및 전략적 후퇴와는 차원이 달랐다. 무계획적이고 무질서한 후퇴로 인한 인적·물적 피해는 분명 국가와 지배층의 책임이었다.

36) 노영구(2003), 앞의 논문, 178~183쪽 참조. 이 연구는 또한 개전 초 관군의 신속한 동원 태세 등을 검토하여 기존의 무력한 관군, 유능한 의병이라는 시각이 조정될 필요가 있음을 강조하였다.

37) 노영구(2007), 「임진왜란 초기 경상우도 의병의 성립과 활동 영역—김면(金沔) 의병부대를 중심으로—」, 『역사와 현실』 64, 40~45쪽, 한국역사연구회 참조. 그러나, 원 소속이 관군인 敗殘散卒의 의병 부대 편입은 관군과 의병 갈등의 주요 원인이 되기도 하였다(최영희(1975), 앞의 책, 52~59쪽 참조).

을 불태우고 도주한 장수를 부정적으로 묘사한 당대 사료가 무수히
많지만, 적의 가용 자원을 소각하였다는 점에서 보면 이들의 행위는
오히려 본연의 임무에 충실한 것이었다고도 평가할 수 있겠다.[39]

> 左兵使 李珏은 동래가 패할 때 어물어물하다가 구원하지 않고 陣營
> 을 불사르고 먼저 달아나고, 밀양 부사 朴晉은 鵲院 一關에서 逆戰하
> 다가 참패를 당하고 물러나와 군량 창고를 불살랐다. 都巡察使 김수
> 는 밀양으로부터 달아나서 하룻밤을 지나 가야에 이르렀다.[40]

3. 초유문의 두 가지 설득 논리와 두 聽者

김성일의 초유문이 당대인들의 "마음을 움직여 눈물을 흘리게 했
다"라는 『선조실록』의 기록[41]을 다소 과장된 비유로 치부하고 넘어
갈 수도 있겠지만, 주목해야 할 점은 초유문의 성격상 그 내용은 초
유의 대상에게 가장 호소력 있는 논거로 채워졌을 것이라는 당연한
추측이다. 따라서 김성일의 초유문을 상세히 분석하는 것은 통시대적

---

38) 제2차 세계대전 당시 영·불 연합군의 덩케르크 철수 작전, 맥아더 장군의 필리
핀 철수 결정 등은 일시적 패배에도 불구하고 이후 전세 역전을 발판을 놓은 질서
정연한 후퇴 작전의 모범 사례로 세계 전사에서 높이 평가받고 있다(버나드 로 몽
고메리 著·승영조 譯(2004), 『전쟁의 역사』, 책세상, 846~847쪽, 890쪽 참조).

39) 吳希文, 『瑣尾錄』 권1, 「壬辰日錄」 "(필자: 七月)初四日…官中所儲軍粮及官廳
雜米 盡爲分給軍民等 民家有穀處 亦爲焚之 恐賊見粮久留也."

40) 李魯(1960), 『譯註 龍蛇日記』(부산대학교 한일문화연구소 譯), 36쪽.

41) 『선조실록』 권60, 선조 28년 2월 己酉(6일) "【史臣曰 金誠一 字士純 安東人…其
時朝廷 以誠一敢言倭寇不足畏 使防備廢弛 已命挐鞫 特原之 仍爲招諭使 還入嶺
界 倡奉同志 糾合義旅 遠近響應 淪陷之邑 還爲我有者 十六七矣 其招諭一檄 忠義
奮發 辭意激烈 雖使愚夫愚婦聞之 必皆心動而淚落也 陞授右路巡察使 癸巳夏 以
病卒於戎幕 聞者莫不痛之 嗚呼 誠一可謂古之遺直也.】"

인 忠君·愛國 사상을 확인하는 지점을 넘어 당대인들의 특징적인 의식과 심성을 확인하는 하나의 접근로가 될 수 있다.

현재『鶴峯集』에는 임진년 5월 5~6일 사이에 작성된 것으로 추정되는「招諭一道士民文」과 임진년 6월 말경에 작성된「通諭玄風士民文」이 남아 있다.[42] 앞서 살펴보았듯이, 초유의 두 가지 목적이 동요하거나 도주·관망 상태에 있는 常人·賤民과 사족을 회유하여 그들로 하여금 의병을 일으키게 하는 것이었기 때문에, 초유문의 설득 논리도 크게 보면 두 가지 차원에서 전개되고 있음을 알 수 있다.

먼저 경상도의 士民을 대상으로 한「招諭一道士民文」을 보면, 전반부에서는 利害와 生死의 관점에서 의병 봉기를 설득하고 있다.

　　지금 왜적들은 서울을 침범하는 일에 급급하여 지체하지 않고 행군해 갔기 때문에 兵禍가 여러 고을에 두루 미치지 않았다. 그러나 왜적들이 목적을 달성한 뒤에 흉악한 무리들이 국내에 가득 차게 될 경우, 그때에도 산골짜기가 과연 죽음을 피할 수 있는 곳이 될 수 있겠는가? 이를 비유해 보면 마치 큰 물결이 하늘까지 치솟고, 거센 불길이 들판을 불태우는 것과 같은바, 불쌍한 우리 백성들이 다시 어디에서 몸을 붙이고 살 수가 있겠는가?

　　산골짜기에서 나오지 않을 경우에는 시일이 오래 지나면 식량이 떨어져서 깊은 산속에서 앉은 채로 굶어 죽을 것이다. 그리고 산골짜기에서 나올 경우에는 부모와 처자식이 왜적에게 사로잡혀 욕을 당할 것이며, 예의를 지키는 士族은 짓밟혀 결딴이 나게 될 것이다. 왜적에게 항복하면 영원토록 올빼미같이 흉악한 족속[梟獍之族]이 될 것이고, 항복하지 않으면 모두가 왜적의 칼날 아래 죽은 귀신이 될 것이

---

42) 김성일이 작성한 초유문에 대한 전반적인 개관과 작성 일자에 대한 고증은 김시황 (1993), 앞의 논문에 자세히 정리되어 있다.

다. 이것이 어찌 지혜가 있는 사람이라야만 알 수 있는 것이겠는가. 그러나 이것은 단지 이해와 생사만을 가지고 말한 것이다.[43]

즉, 도성을 목표로 쾌속 진군한 일본군이 목표를 달성하여 전국을 장악하게 될 경우에는 사·민들이 피난 간 산곡도 결코 안전하지 못하게 될 것임을 경고하고 있다. 특히 이 경고는 예의를 지키는 사족[衣冠土族]을 향한 것이었다. 실제, 임란 초기 전라도 長水縣 靈鷲山의 골짜기를 전전하며 피난 생활을 했던 吳希文의 기록[44]이나 정유재란 때의 피난 생활을 일기의 일부로 남긴 鄭慶雲의 기록[45]을 보면, 일본군의 수색으로 화를 입은 사람들의 사례가 심심치 않게 보인다.

곧이어, 성리학적 修辭를 동원하여 사민들을 설득하는 부분이 나온다. 군신 간의 大義, 부자를 포함한 친족 간의 義理를 강조한 뒤에, 문화적 화이관에 기반한 설득의 논리가 등장한다.[46]

衣冠을 갖추고 禮樂을 배운 몸으로 치욕을 당할 수가 있겠으며, 머리를 깎고 문신을 새기는 야만인의 풍습을 따를 수가 있겠는가? 200

---

43) 金誠一, 『鶴峯集』 권3, 招諭文 「招諭一道士民文」.
44) 吳希文, 『瑣尾錄』 권1, 「壬辰 南行日錄」 "…間陷城州郡甚多 而至於避山之人 搜盡殺掠 星山尤慘云"; 「壬辰日錄」 "(필자: 七月)十二日 在山中 宿岩下…且問賊搜山之時 例以二三人登上高峰 擧旗發聲 或十人或十五六人 持杖亂擊林藪 如獵人驅雉 若無人聲則放過 如有聲則窮探云."
45) 鄭慶雲, 『孤臺日錄』 권2, 丁酉 秋八月, "十八日丙子 大小避亂之人 屯聚于山上者 不知其數 午時有白衣着笠者焚火于山腰 疑其爲賊嚴備弓矢 則頓無形影 日晡時人心解怠 倭賊十餘人潛由他路 大叫呼揮釼四突 人皆顚仆于山谷 喪其財寶不可勝計 日暮還聚問其家屬 則長女季女及奴婢三人 莫知去處 心魂俱喪痛哭哭 與盧參奉握手號哭 是夜行由中岾 投白雲外麓."
46) 김성일의 華夷觀을 경인년(1590) 통신사행과 관련하여 분석한 연구로는 오바타미치히로(1999), 「鶴峯 金誠一의 日本使行에 대한 思想的 考察-학봉의 사상과 華夷觀의 관련을 중심으로-」, 『한일관계사연구』 10, 한일관계사학회 참조.

년을 지켜 내려온 종묘사직을 차마 왜적들의 손에 넘겨줄 수가 있겠
으며, 수천 리의 山河가 차마 왜적들의 소굴이 되도록 내버려 둘 수
있겠는가. 中夏(=中華)가 변하여 夷狄이 되고, 人類가 변하여 禽獸가
될 것인데, 이것을 참을 수 있겠으며, 그렇게 되도록 내버려 둘 수 있
겠는가?[47]

임진왜란의 위기는 조선의 (재지) 사족이 영유한 中華, 곧 문명의
위기로 당대인에게 인식되었는데 이러한 점을 초유문은 강조하고 있
는 것이다.[48] 이와 연관하여, 임진왜란 당시 순절한 의병장 趙憲의
의식 세계를 중화적 심성의 차원에서 분석한 후마 스스무의 연구가
주목된다. 그는 『朝天日記』와 『東還封事』를 비교·검토하여, 저자인
조헌이 북경 사행에서 중화 문명에 대한 뜨거운 동경을 표출함과 동
시에 중화의 이상과 괴리된 명의 현실에 분노하고 이를 비판하였음을
예리하게 지적하였다.[49]

다시 전국시대 齊 나라 장수 魯仲連의 故事[50]를 언급한 초유문은,

---

47) 金誠一, 『鶴峯集』 권3, 招諭文 「招諭一道士民文」.
48) 고려말 조선초 이후 가시화되었던 중화 의식의 심화 또는 질적 전환이라는 현상
이 명나라에 대한 맹목적 종속과 모방의 의식에서가 아니라, 보편 문명의 실현 차
원에서 자발적이고 당위적으로 추구되었다는 점은 최근 여러 연구에서 지적된 바
있다(최종석(2009), 「조선초기 '時王之制'의 논의 구조의 특징과 중화 보편의 추
구」, 『朝鮮時代史學報』 52, 조선시대사학회; 정다함(2009), 「麗末鮮初의 동아시
아 질서와 朝鮮에서의 漢語, 漢吏文, 訓民正音」, 『韓國史學報』 36, 고려사학회;
문중양(2013), 「15세기의 '風土不同論'과 조선의 고유성」, 『韓國史研究』 162, 한
국사연구회 등).
49) 후마 스스무 著·정태섭 외 4인 共譯(2008), 제1장 「만력 2년 조선사절의 '중화'
국 비판」, 『연행사와 통신사』, 신서원 참조.
50) 노중련이 일찍이 趙 나라에 머무를 적에, 魏 나라에서 秦 나라 왕을 황제로 추대
하여 조 나라에 있던 진 나라의 군대를 철수시키려고 하자, 노중련이 平原君에게
진 나라가 無道한 나라임을 역설하면서, 진 나라가 稱帝한다면 자신은 東海에 빠
져 죽을 것이라고 하여 중지시켰다(한국고전종합DB 고전번역서각주정보 참조).

일본군에 저항하는 것이 형세와 강약을 고려하면서 실천해서는 안 되는 보편적이고 당위적인 도덕 법칙[義理]임을 강조하고 있다.[51] 덧붙여 형세상으로 보아도, 일본군이 적지에 깊숙이 진격하여 보급상의 애로가 장차 생길 것이므로 반격의 여지가 있음을 호소하였다.

마지막으로, 초유의 대상인 사·민에 해당하는 거의 모든 부류들에게 자발적 단결과 起義를 강조하며 의병 봉기에 협력할 경우 큰 상을 내리겠다는 내용으로 결말을 맺고 있다.[52] 戰時라는 비상 상황에서 신분과 상하를 구별하지 않는 사·민들의 일치단결이 강조되고 있음을 볼 수 있으며, 이들을 분발을 촉구하기 위해 利害와 義理 차원의 설득과 포상이 동시에 제시되었음을 알 수 있다.

이처럼 초유의 대상이 광범위하였던 것은 임진왜란 당시 반포되었던 선조의 敎書 역시 마찬가지였다. 절박한 전황 속에서 임진왜란기의 교서는 문자 해독층 이상의 많은 청자를 염두에 두고 작성되어야만 하였다. 한글로 다시 필사된 교서와 榜文의 제작은 이러한 사정을 반영한다.[53] 전쟁 초기 '廣取武科'의 응시자격과 納粟 대상에 공·사

---

51) 金誠一, 『鶴峯集』권3, 招諭文, 「招諭一道士民文」"…說者以爲彼勇我怯 彼銳我鈍 雖或起兵 無能爲也 噫此何不思之甚也 古之忠臣烈士 不以成敗易志 强弱挫氣 義所當爲 則雖百戰百敗 猶張空拳【一本參】冒白刃 萬死而不悔 況此賊雖强 懸軍深入 正犯軍忌 尙安能善其歸乎…"; 남명 학파의 의리 인식이 곽재우의 의병 봉기와 활동에 미친 영향에 대해서는 김강식(2001), 「16세기 南冥學派의 義理 인식과 郭再祐의 義兵運動」, 『釜山史學』 40·41, 부산사학회 참조.

52) 金誠一, 『鶴峯集』권3, 招諭文, 「招諭一道士民文」, "…誠願檄到之日 守令則曉諭一邑 邊將則激厲士卒 文武朝官 父老儒生各人等 轉相告諭 倡率同志 結以忠義 或保障以自守 或提軍以助戰 富民則運車達之粟以贍軍 勇士則奮沖甲之兵以勦賊 家家人人 各自爲戰 一時幷起 則軍聲大振 義氣百倍 鋤櫌棘矜 可化爲堅甲利兵 賊雖有長槍大劍 尙何可畏之有 事成則雪國恥於萬全 不成猶不失爲義鬼 諸君勉之 當職一腐儒也 雖未學軍旅之事 君臣大義 則亦粗聞之矣 受任於一道顚覆之餘 志切存楚 未效包胥之忠 哭廟起兵 徒慕張巡之烈 尙賴義士之力 冀辦取日之功 朝廷賞格在後 竝宜知悉."

천까지 포함되었다가, 명군 참전 이후 전세가 역전된 다음부터 이들
이 軍功이나 납속 대상에서 제외된 사실54)에서도 이러한 맥락을 엿
볼 수 있다.

　의병 봉기가 士와 民이라는 상하 계층의 단결이라는 원동력 하에
벌어진 활동이었다는 점에 대해서는 김강식의 선행 연구에서도 상세
하게 지적된 바 있다.55) 반면, 김자현은 임진왜란의 全 민족적 저항
이 기왕의 민족주의적 감성에서 기인했다라기보다, 오히려 임진왜란
이란 대위기가 신분적 차별 의식에 균열을 일으키는 계기로 작동하여
전근대 한국의 '원시적 민족주의[proto-nationalism]'를 형성하는 데
기여했다는 가설을 세운 바 있다.56)

　일본군의 점령지로 민심의 동요와 이반이 더욱 극심하였던 현풍과
기타 점령 지역에 보낸 「通諭玄風士民文」에서도 동일하게 전반부에는
군신 간의 대의와 친족 간의 의리가 강조되었다. 아울러, 鄭仁弘·김
면의 起義와 평안도와 함경도에 침입한 왜적의 패보, 명군 장수 祖承
訓 등의 참전 사실이 과장되게 서술되었다.57) 흥미로운 점은 군신의

---

53) 『선조실록』 권29, 선조 25년 8월 戊子(1일), "上敎曰 黃海道敎書 已爲製進矣 士
　　人則自能解見 其餘人則恐不能知之 此敎書則士人處曉諭 又入吏讀 去其支辭 多作
　　朝廷榜文 又令義兵將或監司等 飜以諺書 使村民皆得以知之事 議啓.";『선조실록』
　　권29, 선조 25년 8월 丙午(19일), "上敎曰 以諺書多書榜文 送于宋言愼 曉諭民間
　　聞柳成龍 得僧人往探北道云 又以諺書 送之曉諭."
54) 김성우(2001), 앞의 책, 395쪽 참조.
55) 김강식(2008), 앞의 논문, 109~117쪽 참조.
56) 김자현(2007), 「우리는 왜 임진왜란을 연구합니까」, 『임진왜란 동아시아 전쟁』,
　　휴머니스트, 34~36쪽 참조.
57) 金誠一, 『鶴峯集』 권3, 招諭文, 「通諭玄風士民文」, "…頃者陜川鄭宜寧仁弘 高靈金
　　佐郞沔 奮忠揭義 一呼列州郡響應 比來軍聲大振 恢復之功 庶幾可圖 本縣士民 勿爲倭
　　奴積威之所怯 益勵義烈之氣 一以復君父之讐爲念 則忠憤所激 勇氣百倍 彼惡敢當我
　　況今倭賊 懸軍深入 兇鋒已挫 大敗於松都之靑石 中沈於西京之大同 蹻鐵嶺者 又爲巡

의리만으로 설득되지 않는 자들에게는 아래와 같이 앞서 언급한 이해의 차원과 맥락이 같은 포상 및 처벌이 더욱 강조되었다는 점이다.

　생각건대, 백성들 가운데에는 무식하여 임금과 신하의 의리를 알지 못하는 자도 있을 것이니, 이들은 오직 상과 벌로써만 권장하고 징계할 수 있다. 그대들은 조정의 事目을 보지 못하였는가? 거기에 보면 "공천과 사천을 막론하고 적의 수급 1급을 벤 자는 及第를 주고, 2급을 벤 자는 6품직을 주고, 3급을 벤 자는 通政大夫를 주고, 왜장을 벤 자는 錄勳하고 嘉善大夫를 준다."고 하였다. 武夫나 勇士들이 급히 의병으로 나아가서 뜻을 가다듬어 힘껏 싸우면 위로는 2품의 벼슬까지 할 수 있으며, 아래로는 勳臣의 반열에 끼이게 되어, 영화는 한 몸에 가득하고 혜택은 후손에게까지 미칠 것이니, 또한 기쁜 일이 아니겠는가?

　만약 그렇게 하지 않고 줄곧 숲 속에 숨어 엎드려 있으면, 비록 왜놈의 칼날은 면한다 할지라도 깊은 산속에서 굶어 죽는 것을 면할 수 있겠는가? 설령 만에 하나 구차스럽게 살아났다고 하더라도, 하루아침에 난리가 평정되고 나면 나라에서는 떳떳한 형벌이 있을 것이다. 그럴 경우 자신이 목숨을 보전하지 못할 뿐만 아니라, 처자식들까지도 모두 잡혀 죽는 형벌을 면치 못할 것이다. 그러니 힘써 싸워 큰 공을 세우고 중한 상을 받는 것과 비교해 볼 때 그 이해와 禍福이 어떻다 하겠는가. 살아서는 烈士가 되고 죽어서는 忠魂이 될 것이니, 그대들은 힘쓸지어다.[58]

邊使李鎰之所殲 唐兵五萬 旣渡鴨江 祖郭王三大將 各率精兵數萬 分道馳援 又舟師十萬 自山東直擣倭人巢穴 我勢旣張 賊亡無日 此正志士奮袂立功之秋也."
58) 金誠一, 위의 글.

4. 초유 활동의 정치적 함의와 기여

이상의 논의에서 미루어 짐작할 수 있듯이, 동요하는 경상도 지역
의 민심을 진정시키고 의병 봉기까지 독려해야 할 초유사로는 경상도
재지 사족의 광범위한 지지와 존경을 받을 수 있는 인물이 반드시 임
명되어야 했다.

退溪 학통의 맥을 이었고, 전쟁 직전 경상도 지역의 축성 사업을 비
판하다가 선조의 노여움을 사 경상우도 兵馬節度使에 임명된 사
실,59) 앞에서 살펴보았듯이 甲戌軍籍 정비의 과정에서 지역의 입장
을 대변한 전력, '殿上虎'60)라 일컬어진 그의 강직한 인품과 명망 등
은 선조의 반감에도 불구하고 김성일을 일단 초유사 후보로 올려놓기
에 충분하였을 것이다.

김성일의 초유 활동61)에 대해서는 이미 많은 연구 성과가 축적되어
있음으로 상세히 논하지 않겠다.62) 선행 연구에서 밝혀진 초유 활동
의 성과와 의의는 민심 수습과 의병 봉기 독려, 의병과 관군의 갈등

---

59) 『선조수정실록』 권26, 선조 25년 3월 癸亥(3일).

60) 전상호란 御殿에서 군주에게 엄중하고 격렬하게 直諫하는 사람을 일컫는다. 송
나라 劉安世가 간관이 되어 직간한 고사에서 유래된 말이다(한국고전종합DB 고전
번역서각주정보 참조).

61) 『학봉집』에 실린 年譜에 의하면 김성일이 초유사 임명을 통보받은 시기는 대략
선조 25년(1592) 4월 중순 이후~말 무렵으로 추측된다. 김성일은 5월부터 8월까
지 초유사로서 활동하다가, 8월 11일에 경상좌도 관찰사에 임명되었다는 것을 뒤
늦게 통보받았다. 실제 임명된 날짜는 6월 1일이었다. 9월 4일에는 다시 경상우도
관찰사에 제수되었다는 명을 받았다.

62) 허선도(1993), 「鶴峯先生과 壬辰義兵活動」, 『鶴峯의 學問과 救國活動』; 이재호
(1993), 「慶尙右道에서의 鶴峯의 討賊救國活動-特히 官義兵의 領導와 飢民 救活
의 事功에 對하여-」, 『鶴峯의 學問과 救國活動』; 최효식(2004), 「임란기 학봉 김
성일의 구국활동」, 『新羅文化』 23, 동국대학교 신라문화연구소; 정진영(2006),
앞의 논문, 248~253쪽 등.

봉합,63) 경상도 지역 의병의 일원적 지휘·통제, 晉州城 고수와 호남
방어 전략 수립 등으로 요약된다. 여기에 덧붙여 초유사 임명의 정치
적 함의와 기여를 몇 가지 첨가·부연하면 다음과 같다.

제2장에서 살펴보았듯이 '초유'의 가장 큰 목적은, 기존의 지방관
이 여러가지 이유로 민심을 잃고 제 기능을 하지 못하는 상황 아래
크게 동요하고 있던 경상도 지역의 士와 民에 대한 충성과 지지를 확
보하는 것이었다. 그가 초유사로서 관할한 지역이 퇴계 학파의 영향
력이 강한 경상좌도가 아니라 남명학파의 거점인 경상우도였음에도
불구하고, 재지 사족층의 지지와 협조를 얻을 수 있었던 데에는 선행
연구에서 이미 지적되었듯이 남명 조식의 제자들과 종횡으로 연결된
인적 네트워크의 힘이 매우 컸다.64) 김성일의 오랜 親友로 가장 신뢰
를 받았던 幕僚 李魯가 조식의 外孫壻인 곽재우의 장인65)이었던 것
은 대표적 사례이다. 아울러, 북인 崔永慶의 伸寃을 호소하여 그의 職
帖을 돌려받게 한 김성일의 前歷66)은 경상우도 재지 사족의 신망을
얻는 데 적지 않은 기여를 하였다.

이러한 배경을 가진 김성일이라는 전직 高官이 초유사의 직명을 제
수 받고 파견되었다는 사실은 경상우도 지역의 이반된 민심을 진정시

63) 대표적으로 의병장 곽재우와 경상도 관찰사 김수의 갈등을 조정한 것이다. 이에
대해서는 이재호(1993), 앞의 논문, 324~329쪽 참조.
64) 김성일이 남명학파의 관련 인물들과 맺고 있던 인적 네트워크에 대해서는 김학
수(2014), 「김성일(金誠一)의 임란 중 활동과 인적 네크워크」, 『南冥學研究』 41,
경상대학교 경남문화연구원 남명학연구소 참조. 이 연구에 의하면, 김성일에 의해
경상우도 각 고을의 召募有司 또는 招募有司로 임명되어 그의 초유 활동을 적극
도운 인물 대부분은 조식의 제자인 鄭仁弘의 문인이었다고 한다.
65) 이노의 妾庶女가 곽재우에게 첩으로 출가하였다.
66) 『선조실록』 권25, 선조 24년 8월 庚子(8일); 『선조실록』 권25, 선조 24년 8월
癸卯(11일); 최영경은 남명 조식의 제자로 鄭汝立 모반 사건에 연루되어 獄死하였다.

키는 데 크게 기여하였을 것이다. 축성을 반대하다가 문책성 인사로
경상우도 병마절도사에 임명된 그를 초유사로 파견한 조치는 지역의
민심을 수습하겠다는 국왕의 상징적 의지로 여겨졌을 가능성이 높다.
지방관이 도주하고 국왕 선조까지 도성을 버리고 의주로 播遷한 상황
에서 백성들이 느낀 실망과 분노는 매우 큰 것이었는데,[67] 초유사의
파견은 이러한 상실감을 메워주는 데 크게 기여하였을 것이다.[68] 아
무리 전시라도 재지 세력의 자발적 무장은 매우 민감한 문제였는데,
초유사의 인정을 받는다는 것은 반란 세력으로 오해 받을 수 있다는
재지 사족의 우려를 불식시킬 수 있는 절차였다.[69] 수많은 자료에 남
겨진 기록대로 초유사 파견이 忠義의 감정을 더욱 분발시킨 측면도
분명 있겠지만,[70] 의병의 봉기라는 민간의 자발적 무장 행위를 공인

---

67) 왕의 존재 자체가 곧 國으로 인식되었던 전근대 왕조국가에서 전란시 국왕의 동
향은 士民의 사기에 직결되는 것이었다. 압록강을 넘어 요동으로 피난가려는 선조
를 필사적으로 만류한 유성룡의 발언은 이와 같은 점을 의식했기 때문이다(李恒
福, 『白沙集』권4, 遺事, 「西厓遺事」, "駕幸東坡傳舍 翌朝 召見大臣 鵝溪李相公
與公入對 余以都承旨侍 大臣至前 上引手叩膺 泣而號苦 以次名之曰 李某柳某 事
已至此 毋憚忌諱 各悉心以言 子何往乎 又問尹斗壽何在 素有計慮 亦願泣見 余承
命出召梧相 梧相卽進前 上亦云如此 時諸臣俯伏咽泣 莫敢仰視 不能遽封 上顧謂
曰 承旨所見如何 余卽對曰 可且住駕義州 若勢窮力屈 八路俱陷 無一寸乾淨地 則
便可赴訴天朝 梧相曰 北道士馬精强 咸興鏡城 皆有天險 其固足恃 可踰嶺北幸 上
曰 承旨言如何 公曰 不可 大駕離東土一步地 朝鮮非我有也 上曰 內附 本子意也
公又曰 不可.";『선조수정실록』권26, 선조 25년 6월 己丑(1일), "上次定州 遣使義
州 曉諭以駐駕本州 不卽渡遼之意 以安軍民 遣應教沈喜壽 修理行宮 續遣差官 咨
報遼鎭 且諭李德馨力陳危迫之狀.").
68) 이러한 효과는 광해군의 分朝가 민심 수습과 사기 고양에 이바지한 바와 유사하
다. 광해군의 분조 활동과 그 기여에 대해서는 손종성(1993), 「壬辰倭亂時 分朝에
관한 연구」, 성균관대학교대학원 사학과석사학위논문 참조.
69) 김성우(2001), 앞의 책, 338~344쪽 참조.
70)『선조실록』권60, 선조 28년 2월 己酉(6일), "經世曰 誠一雖在 晋州之得保與否
未可知也 倡義督戰 無如誠一者 觀其招募檄書 忠義奮發 令人感動矣."등.

함으로써 이를 촉발·양성했다는 점도 반드시 기억해야 할 것이다.

멀리 떨어져 지역의 실상을 제대로 파악할 수 없는 조정의 입장에서
볼 때, 관군[지방관]과 의병[의병장]의 갈등도 전시라는 비상 상황 아래
참으로 풀기 어려운 과제가 아닐 수 없었다.[71] 어느 한 쪽의 손을 들
어 주고 싶어도, 그 부작용은 실로 헤아리기 어려웠다. 그 첨예한 이
해 충돌의 완충 지대가 초유사 김성일이었다. 결국 김수도 죽지 않았
고, 곽재우도 죽지 않았다. 이 결과는 어느 쪽이 완승하였다기보다 양
자가 약간씩 양보하면서 타협한 것이라고 볼 수 있는데, 결국 이러한
조치의 최종 보증자는 (양측 모두의 입장에서 볼 때) 초유사 김성일이 아
니었을까? 의병장의 입장에서 볼 때 초유사는 간신들에 포위되어 총
명이 흐려진 국왕에게 자신들의 억울한 심사를 호소할 수 있는 통로
였지만, 국왕의 입장에서 볼 때 초유사는 왕명을 시행하되 이를 현장
에서 의병장의 요구와 적절히 타협·조정하는 자신의 대리자였다. 의
병 봉기를 독려하는 것이 초유사의 원래 임무였지만, 통제되지 않은
무력 행사를 절제시키는 것도 초유사에게 부여된 임무였다.[72]

이상의 사실을 종합적으로 고려해 볼 때, 신변의 위험을 무릅쓰고
적 주둔지가 태반이 넘는 경상도 곳곳을 돌아다니며 임무 수행에 열
과 성을 다한 초유사 김성일의 담대한 행적은 높이 평가할 만하다.

---

71) 『선조실록』 권29, 선조 25년 8월 甲午(7일), "上曰: 郭再祐有欲殺金睟之意 無乃
恃其兵勢而欲殺之耶 柳根曰 再祐通文于金睟檄裨曰 汝不殺金睟則我當擧兵殺之
云 上曰 金睟不可遞差 而郭再祐亦不可譴責 何以爲之乎 斗壽曰 使金誠一開諭禍
福爲可"

72) 李魯, 『譯註 龍蛇日記』, "公於鄭金兩大將 文移傳令之際 臨之甚嚴 言辭苛峻 不
少寬假 宗道從容言祉曰 兩君俱以一時名士 爲國憤忠 誠心討賊 何乃如是彈壓 公
曰 吾於兩人 豈有他意 共事內庭 則雖或有不識體貌 不合機宜 尙且饒之 以助其直
截底意思可也 今朝廷邈在西陲 陸沈之禍 古所未有 當此之時 可任諸將違令乎 辭
不嚴絶 無以折其橫"(1960, 앞의 책, 205쪽)

전시가 아닌 정상적인 상황이거나 전시라도 안전이 확보된 지역이었
다면, 초유사 김성일이 수행했던 임무는 마땅히 道伯인 관찰사나 奉
命出仕宰相 중의 하나인 (都)體察使 등이 감당했어야 할 소임이라고
판단된다.73) 아래 사료는 의병의 전공을 조정에서 의도적으로 폄하
한 것이라고 해석할 수도 있겠으나,74) 민심의 동요를 사전에 수습하
여 지역의 이탈을 방지한 초유사의 1차적 임무 수행을 적절히 평가한
것이라고도 볼 수 있을 것이다.

　　諸道에서 의병이 일어났다. 당시 三道의 帥臣이 모두 인심을 잃은
　　데에다가 변란이 일어난 뒤에 군사와 식량을 징발하자 사람들이 모두
　　밉게 보아 적을 만나기만 하면 모두 패하여 달아났다. 그러다가 道內
　　의 巨族과 名人이 유생 등과 함께 조정의 명을 받들어 倡義하여 일어
　　나자 듣는 사람들이 격동하여 원근에서 응모하였다. 크게 성취하지는
　　못했으나 인심을 얻었으므로 국가의 명맥이 그들 덕분에 유지되었다.
　　호남의 고경명·김천일, 영남의 곽재우·정인홍, 호서의 조헌이 가장
　　먼저 의병을 일으켰다. 이에 관군과 의병이 서로 갈등을 일으켰고 수

73) 조선시대 체찰사 제도의 성립과 발전에 대해서는 김순남(2007), 『조선초기 體察
　　使制 연구』, 경인문화사, 55~129쪽 참조.
74) 의병의 군사적 기여를 어떻게 평가해야 하는가라는 문제는 관군·명군의 역할과
　　관련하여 앞으로 좀 더 세밀하게 살펴보아야 할 문제이다. 그러나 이와는 별개로
　　일본군의 보급로를 위협하고 명군의 군량을 운송한 의병의 전공은 좀 더 부각되어
　　야 마땅하다. 최근 연구에 의하면, 임진왜란 당시 일본군의 보급·병참은 수레의
　　미사용, 卜馬의 왜소 등에서 기인한 육로 수송의 심각한 비효율성 때문에, 해로
　　수송이 원활하였어도 근본적으로는 현지 조달에 의존할 수밖에 없는 상황에 있었
　　다. 그리고 이러한 일본군의 수송 능력을 고려하면, 현지 조달을 어렵게 하는 점령
　　지 주민의 비협력이라는 소극적인 저항만으로도 일본군의 한양 철수는 불가피하
　　였을 것이었다고 한다(구보타 마사시 著·허진녕 외 2인 共譯(2010), 제7장, 「근세
　　초기 일본의 병참·치중대 정비와 그 한계」, 『일본의 군사혁명』, 양서각, 180~183
　　쪽 참조). 동요하던 경상도 지역의 민심을 수습한 초유 활동이 군사적으로 어떠한
　　함의를 지녔는지 잘 보여주는 연구 성과라고 생각한다.

신들 다수가 의병장과 화합하지 못하였는데 다만 초토사 김성일은 요
령있게 잘 조화시켰기 때문에 영남의 의병이 그 덕분에 정중하게 대
우를 받아 패하여 죽은 자가 적었다.[75]

5. 맺음말

이상에서 필자는 김성일의 초유 활동의 배경과 경상우도 의병 봉기
의 함의를 중앙[집권 국가]의 입장을 중심에 놓고 조망해 보았다. 본문
에서 검토한 내용을 요약하면 다음과 같다.

첫째, 경상도 사족층에 의해 지역 방어 체제의 붕괴의 주요 원인으
로 기록된 지역 수령들의 폭정과 민심 이반, 무능과 비겁 등은 좀 더
구조적 차원에서 분석될 필요가 있다. 100년 간의 전국시대를 거치면
서 성장한 일본의 군사력을 대적하기 위해, 전쟁 이전 조선이 단 기
간 내에 취할 수 있었던 선택의 폭은 매우 좁았다. 지방의 인적·물적
자원을 동원하여 군비 확충을 꾀한 시도는 지역민의 반발로 큰 실효
를 거두지 못했다. 개전 초 경상도 지역 민심 이반의 근본 원인이 전
쟁 이전 축성 시책에서 비롯된 것에서 볼 수 있듯이, 군비 확충과 지
역민의 이해는 첨예하게 충돌하고 있었다.

관군이 一敗塗地하고 명의 참전 여부도 확실하지 않은 상황 속에
서, 조정은 풍부한 잠재력을 가진 재지 사족층에게 손을 내밀지 않을
수 없었다. 초유사 파견을 통한 의병의 독려는 지역민의 자의적 무장
을 허용하는 부담스러운 조치였지만, 절박한 전황은 더이상의 고려를
허용하지 않았다. 재지 사족의 잠재력에는 휘하의 노비, 그들의 노비

---

75)『선조수정실록』권26, 선조 25년 6월 己丑(1일).

로 위장 등록된 농민, 군역을 회피한 사족들도 포함되어 있었다. 이것은 역설적이게도 임진왜란의 주요 패인으로 지적된 군정 문란의 결과물 중 하나였다. 개전 초의 급속한 도주로 온존된 병력도 의병 부대의 주요 병력원으로 활용되었으나, 이또한 관군과 의병의 이해관계가 첨예하게 충돌하는 지점이었다.

둘째, 김성일이 남긴 두 개의 초유문은 동요하는 지역민을 결집하고 의병 활동을 진작하기 위한 목적으로 작성되었다. 따라서 초유의 대상을 가장 적절하게 설득하기 위한 논리와 내용으로 구성되었는데, 여기에는 계서적 신분 구조와 화이관과 같은 당대인들의 특징적인 심성이 반영되어 있었다. 초유문은 크게 보아 의리와 이해라는 두 가지 논리로 지역민들을 설득하려 하였다. 초유문의 결론적 논지는 국왕 이하 모든 民人들의 일치단결과 저항을 장려하는 것이었다. 그러나, 각론에서는 사족[有識者]과 비사족[無識者]으로 초유의 대상을 구분하여 설득의 논리와 내용을 약간씩 조정하면서 작성되었다.

셋째, 중앙의 입장에서 볼 때 초유사 파견의 가장 큰 목적은 일방적 패전과 수령들의 도주·은신으로 인해 통치 질서가 空洞化된 경상도 지역의 士와 民에 대한 충성과 지지를 확보하는 것이었다. 남명학파와의 인적 네트워크와 유대를 가진 김성일이라는 명망 있는 전직 고관에게 초유사의 직명을 제수하여 파견한 조정의 조치는 경상우도 지역의 이반된 민심을 진정시키는 데 크게 기여하였다. 김성일은 의병의 봉기를 장려·보장함으로써 무장 起義할 경우 반란 세력으로 오인 받을 수 있다는 재지 사족의 우려를 불식시켰고, 도주·관망 상태에 있던 지방관과 지역민을 결집하여 저항의 장으로 이끌어 내는 데 성공하였다. 나아가, 전쟁 발발 이전부터 축적된 대립의 연장선상에 있던 관군과 의병의 갈등을 어느 한 편76)에 치우치지 않고 적절히 타협·조정하는

데 성공하였다. 김성일의 초유 활동에 분발된 경상우도 의병의 봉기는
지역의 방어뿐만 아니라, 이반된 민심을 돌이키는 데 성공함으로써
일본군의 宣撫 공작과 원활한 현지 조달을 저지하는 데 기여하였다.

허태구 | 가톨릭대학교 인문학부 국사학전공 조교수

참고문헌

1. 原典資料

『宣祖實錄』, 『宣祖修正實錄』, 『光海君日記』.

金誠一(1538~1593), 『鶴峯集』(정선용 譯, 민족문화추진회 국역본, 1998~2001).

吳希文(1539~1613), 『瑣尾錄』(이민수 譯, 海州吳氏楸灘公派宗中, 1990).

鄭慶雲(1556-?), 『孤臺日錄』(정우락 외 4인 共譯, 태학사, 2009).

柳成龍(1542~1607), 『懲毖錄』(허선도·김종근 共譯. 대양서적, 1972).

李魯(1544~1598), 『龍蛇日記』(부산대학교 한일문화연구소 譯, 1960).

2. 研究論著

김강식(2001), 『임진왜란과 경상우도의 의병운동』, 혜안.

김순남(2007), 『조선초기 體察使制 연구』, 경인문화사.

송정현(1998), 『조선사회와 임진의병 연구』, 학연문화사.

영남대학교 민족문화연구소 편(2005), 『송암 김면의 생애와 의병활동』.

이장희(1983), 『郭再祐研究』, 양영각.

이형석(1974), 『壬辰戰亂史』, 임진전란사간행위원회.

정진영(1997), 『조선시대 향촌사회사』, 한길사.

조원래(1982), 『壬亂義兵將 金千鎰研究』, 학문사.

---

76) 중앙[집권 국가]과 지방[재지 사족].

최영희(1975), 『壬辰倭亂中의 社會動態』, 한국연구원.

최효식(2003), 『임진왜란기 영남의병연구』, 영남대학교 민족문화연구소.

鶴峯金先生紀念事業會 編(1993), 『鶴峯의 學問과 救國活動』.

한일관계사학회 편(2013), 『1590년 통신사행과 귀국보고 재조명』, 경인문화사.

허경진 외 8인 共著(2019), 『학봉 해사록의 재조명』, 보고사.

허태용(2009), 『조선후기 중화론과 역사인식』, 아카넷.

버나드 로 몽고메리 著·승영조 譯(2004), 『전쟁의 역사』, 책세상[Bernard Law
    Montgomery(1983), A History of warfare, Morrow].

제임스 팔레 著·김범 譯(2008), 『유교적 경세론과 조선의 제도들-유형원과 조선후
    기』, 산처럼[James B. Palais(1996), Confucian statecraft and Korean
    Institutions : Yu Hyongwon and the late Choson Dynasty, University
    of Washington Press].

후마 스스무(夫馬進) 著·정태섭 외 4인 共譯(2008), 『연행사와 통신사』, 신서원.

구보타 마사시 著·허진녕 외 2인 共譯(2010), 『일본의 군사혁명』, 양서각[久保田正
    志(2008), 『日本の軍事革命』, 錦正社].

계승범(2009), 「임진의병의 연구 동향과 군사사적 의의」, 『임진의병의 역사적 의의
    와 현재적 가치』, 선인.

고석규(1988), 「鄭仁弘의 義兵活動과 山林基盤」, 『韓國學報』 51, 일지사.

구태훈(2008), 「임진왜란 전의 일본사회-전국시대 연구 서설-」, 『史林』 29, 수선사
    학회.

김강식(2001), 「16세기 南冥學派의 義理 인식과 郭再祐의 義兵運動」, 『釜山史學』
    40·41, 부산사학회.

김강식(2008), 「임진왜란 시기의 의병운동을 통해 본 조선사회」, 『지역과 역사』 23,
    부경역사연구소.

김성우(2000), 「壬辰倭亂 시기 常人層의 동향과 士族層의 대응」, 『韓國史學報』 8,
    고려사학회.

김시황(1993), 「鶴峯先生의 招諭文에 대하여」, 『鶴峯의 學問과 救國活動』, 鶴峯金先
    生紀念事業會.

김자현(2007), 「우리는 왜 임진왜란을 연구합니까」, 『임진왜란 동아시아 전쟁』, 휴
    머니스트.

김학수(2014), 「김성일의 임란 중 활동과 인적 네크워크」, 『南冥學硏究』 41, 경상대
　　　학교 경남문화연구원 남명학연구소.

나종우(1992), 「嶺·湖南 義兵活動의 比較檢討」, 『경남문화연구』 14, 경상대학교 경
　　　남문화연구소.

노영구(2003), 「임진왜란초기 양상에 대한 기존 인식의 재검토-和歌山縣立博物館
　　　소장 〈壬辰倭亂圖屛風〉에 대한 새로운 이해를 바탕으로-」, 『韓國文化』 31, 서
　　　울대학교 한국문화연구소.

노영구(2007), 「임진왜란 초기 경상우도 의병의 성립과 활동 영역-金沔 의병부대를
　　　중심으로-」, 『역사와 현실』 64, 한국역사연구회.

노영구(2012), 「임진왜란 의병에 대한 이해의 과정과 새로운 이해의 방향」, 『한일군
　　　사문화연구』 13, 한일군사문화학회.

문중양(2013), 「15세기의 '風土不同論'과 조선의 고유성」, 『韓國史硏究』 162, 한국
　　　사연구회.

서인한(1986), 「임진왜란 초기의 패인과 그 교훈」, 『軍史』 12, 국방부 전사편찬위원회.

손종성(1993), 「壬辰倭亂時 分朝에 관한 연구」, 성균관대학교대학원 사학과석사학
　　　위논문.

이겸주(1992), 「壬辰倭亂前 朝鮮의 國防實態」, 『韓國史論』 22, 국사편찬위원회.

이수건(1992), 「月谷 禹拜善의 壬辰倭亂 義兵活動」, 『민족문화논총』 13, 영남대학교
　　　민족문화연구소.

이욱(2009), 「임진왜란기의 경상도 의병 양상」, 『임진의병의 역사적 의의와 현재적
　　　가치』, 선인.

이장희(1999), 「義兵性格의 分析」, 『壬辰倭亂史硏究』, 아세아문화사.

이재호(1993), 「慶尙右道에서의 鶴峯의 討賊救國活動-特히 官義兵의 領導와 飢民
　　　救活의 事功에 對하여-」, 『鶴峯의 學問과 救國活動』.

이태진(1983), 「임진왜란 극복의 사회적 동력-사림의 의병활동의 기저를 중심으로-」,
　　　『韓國史學』 5, 한국정신문화연구원.

이헌창(2008), 「서애 류성룡의 경제정책론」, 『류성룡의 학술과 경륜』, 태학사.

장필기(2004), 「壬辰倭亂 直後 築城役 動員體系의 한 형태-金烏山城 守城將 鄭邦俊
　　　의 『築城日記』를 중심으로-」, 『古文書硏究』 25, 한국고문서학회.

정다함(2009), 「麗末鮮初의 동아시아 질서와 朝鮮에서의 漢語, 漢吏文, 訓民正音」,
　　　『韓國史學報』 36, 고려사학회.

정진영(1987), 「壬亂前後 尙州地方 士族의 動向」, 『民族文化論叢』 8, 영남대학교
　　　민족문화연구소.

정진영(2006), 「경상도 임란의병의 활동 배경과 의의」, 『지역과 역사』 18, 부경역사연구소.

정해은(2012), 「임진왜란 의병 연구의 성과와 전망」, 『임란의병사의 재조명』, 사단법인 임진란정신문화선양회.

조원래(2000), 「임진왜란사 연구의 추이와 과제」, 『조선후기사 연구의 현황과 과제』, 창작과 비평사.

최종석(2009), 「조선초기 '時王之制'의 논의 구조의 특징과 중화 보편의 추구」, 『朝鮮時代史學報』 52, 조선시대사학회.

최효식(2004), 「임란기 학봉 김성일의 구국활동」, 『新羅文化』 23, 동국대학교 신라문화연구소.

하영휘(2007), 「화왕산성의 기억-신화가 된 의병사의 재조명-」, 『임진왜란, 동아시아 삼국전쟁』, 휴머니스트.

허선도(1983), 「壬辰倭亂의 克服과 嶺右義兵: 그 戰略的 意義를 中心으로」, 『진주문화』 4, 진주교육대학교 진주문화권연구소.

허선도(1985), 「壬辰倭亂論」, 『千寬宇先生還曆紀念韓國史學論叢』, 正音文化社.

허선도(1993), 「鶴峯先生과 壬辰義兵活動」, 『鶴峯의 學問과 救國活動』, 鶴峯金先生紀念事業會.

허태구(2012), 「仁祖代 對後金(對淸) 방어책의 추진과 한계-守城 전술을 중심으로-」, 『朝鮮時代史學報』 61, 조선시대사학회.

허태구(2013), 「鶴峯 金誠一의 招諭使 활동과 義兵」, 『임란의병과 진주대첩-학봉 김성일의 활동을 중심으로-』, 경상대학교 남명학연구소 추계학술대회 발표자료집, 23~25쪽.

오바타 미치히로[小幡倫裕](1999), 「鶴峯 金誠一의 日本使行에 대한 思想的 考察-학봉의 사상과 華夷觀의 관련을 중심으로-」, 『한일관계사연구』 10, 한일관계사학회 참조.

케네스 스워프[Kenneth M. Swope](2007), 「脣亡齒寒-명나라가 참전할 수밖에 없었던 이유-」, 『임진왜란 동아시아 삼국전쟁』, 휴머니스트.

진주성 전투에 있어서
경상우도 관찰사 김성일의 역할

1. 머리말

조선 중기 학자이자 관료였던 학봉 김성일은 1592년 4월 임란이 발발된 때부터 다음해 그가 세상을 떠나는 1593년 4월 그믐까지 약 1년 남짓의 기간에 주로 경상우도 지역에서 구국활동을 전개하였다. 그는 이 기간 동안에 경상우병사, 경상우도 초유사, 경상좌도관찰사, 경상우도관찰사 등의 관직을 역임하였지만, 실제 대부분의 기간을 초유사와 관찰사로서 역할을 수행하였다.

그간 임란기 김성일의 생애와 학문, 통신사행, 그리고 임란구국활동에 대하여 많은 연구자들의 관심이 기울여져 왔고, 특히, 학봉선생기념사업회를 주축으로 김성일의 학문과 활동을 밝히려는 노력으로 수차에 걸친 학술대회도 개최되어 많은 연구성과가 축적되었다.[1]

김성일의 임란 구국활동에 대하여는 경상도 지방의 의병활동과 관련하여 많은 관심이 집중되었다.[2] 이러한 연구는 주로 김성일이 초유사로 재임하던 시절 영남 지역에서 의병을 규합하고 관군을 정비했

---

1) 학봉김성일선생 기념사업회(1993); 民族文化推進會(2002); 경상대학교 남명학연구소(2013); 한일관계사학회(2013); 김명준(2005); 김미영(2016).
2) 李載浩(1993); 許善道(1993); 崔孝軾(2004); 정진영(2006); 박용국(2011); 김강식(2003).

던 내용을 중심으로 이루어져 왔다.[3] 이에 따라 학봉 김성일이 임란 극복과정에서 경상우도 사림의 대대적인 호응 속에 의병을 조율 지휘하여 영남 및 국가를 보존한 지대한 역할을 수행하였다는 점이 밝혀지게 되었다.

이와 함께 김성일이 경상우도관찰사에 재임할 때 있었던 진주성 제1차전투, 즉 진주대첩에 있어서의 역할도 관심의 대상이 되어 상당한 연구성과가 이루어졌다.[4] 주지하다시피, 진주대첩은 김성일의 경상우도관찰사 시절에 그의 지휘를 받고 있던 김시민이 혈투를 전개하여 진주성을 수호하였던 승첩으로 알려져 있다. 진주성 전투에서 김성일의 역할에 대하여는 그가 초유사로 부임하여 진주성의 전략적 가치를 높이 평가하고, 일본군의 진주성 공격을 예측하고 대비하여 진주목사 김시민으로 하여금 이를 지키게 하고, 주변에 관군과 의병을 배치하여 방어체계를 갖추었던 것이라는 데 인식을 같이 하고 있다.

그러나, 그간의 진주성전투에 대한 연구가 대체로 승첩의 주역인 김시민이나 김성일의 개인적인 역량과 업적을 현양하기 위한 목적으로 진주대첩 자체에 초점을 맞추어 진행된 감이 없지 않다. 그러다 보니 당시의 전체적인 전황 변화나 경상우도의 상황과 방어체제, 그리고 관찰사의 직책과 지휘체계 등에 대한 검토가 부족한 감이 있다. 또한, 진주성 전투에서 관찰사로서 김성일의 역할이 무엇이었으며, 그러한 역할이 가능했던 요인이 무엇이었고, 수성장이었던 김시민의 역할과는 어떠한 관계가 있었는지에 구체적인 내용에 대하여는 검토가 미흡한 감이 없지 않다.

---

3) 김학수(2014); 하태규(2014).
4) 朴翼煥(1996); 지승종(1995); 北島万次(1997); 박성식(1992); 姜性文(2004); 김봉렬(2006); 김명준(2009).

본고는 김성일이 관찰사로 재임하던 시절에 전개되었던 진주성 전투에서의 역할을 구명하고자 한 것이다. 관찰사로서 김성일의 진주성 전투에서 역할에 대하여는 이미 이상훈이 정리하여 학술대회에서 발표한 바 있다.5) 사실 임란기 1년 동안의 경상우도에 있어서 김성일의 구국활동은 초유사로부터 관찰사로 이어지면서 연속적으로 이루어진 것이기 때문에 초유사와 관찰사 재임기를 나누어 설명하는 것은 어려운 측면이 없지 않다. 그러나, 김성일이 수행하였던 초유사와 관찰사의 직책과 권한이 상이하였다는 점과 그가 초유사에서 우도관찰사로 부임하는 기간에 상당한 전황 변화가 있었다는 점을 고려해보면, 김성일의 임란기의 역할을 구명하기 위해서는 시기를 나누어 보는 것도 의미가 있으리라고 생각된다.

이에 본고에서는 기왕의 연구성과를 바탕으로 학봉 김성일의 우도관찰사 부임경위와 진주성 전투에서 그의 군사 운영과 방어전략을 당시 전황과 관련하여 살펴보고, 나아가 진주성 전투 전후 경상우도 북부지역의 왜군의 동향에 대한 대응에 대하여 검토함으로써 김성일이 관찰사로서 진주성전투에 있어서 어떠한 역할를 하였는지 조명해 보고자 한다.

2. 김성일의 경상우도관찰사 부임과 진주성 수비강화

김성일의 초유활동으로 경상우도 지역이 점차 안정되어 가고 있던 1592년 8월에 이르면, 전국적인 전황도 극한 고비를 넘기고 점차 조선에 유리해지고 있었다. 이러한 상황이 전개될 때 조정에서는 김성

---

5) 이상훈(2013) 참조.

일을 경상좌도관찰사에 임명하였다.

김성일이 좌도관찰사에 임명된 시기는 명확히 나타나지 않는다. 『선조수정실록』에는 그가 경상좌도 감사에 제수된 것은 6월 1일로 기록되어 있지만, 『선조수정실록』의 편찬 방식에 비추어 볼 때 그대로 신빙할수 없다.6) 그런데, 『선조실록』에는 8월 7일에 김성일이 경상좌도 관찰사에 임명된 것으로 기록되어 있다.7) 이에 의하면, 우도관찰사에는 한효순이 임명되고, 그동안 경상좌우도 관찰사를 겸해오던 김수는 한성부윤으로 전임된 것으로 나타난다.8)

그런데, 이미 7월 27일에 김성일이 좌도감사에 임명되었다는 사실이 경상감사 김수에게 전해지고 있었다.9) 또한 「문수지」에는 김성일이 의령에서 도착하여 낙동강에 있는 일본군이 내려온다는 보고를 받고, 군사를 모아 군용을 갖춘 뒤 신반현까지 가서 곽재우의 군사를 돌아보며 위로하고 기강에서 대비하다가 일본군이 오지 않아서 곽재우 집으로 돌아왔으며, 이때에 선전관 이극신이 유지를 가지고 와서 좌도감사에 제수된 것을 알았다고 기록되어 있다.10) 또한 김성일이 경상좌감사 재임시에 올린 장계에 "임명된 지 이미 오래되었는데, 교서와 인신을 못 받았다"라는 대목이 있고,11) 우감사 재임시에 올린

---

6) 『선조수정실록』 권26, 선조 25년 6월 1일 기축; 선조수정실록에는 김성일이 경상좌도관찰사에 임명된 것이 6월 1일에 임명된 것으로 기록되어 있지만, 선조수정실록의 기록방식이 대체로 그달에 있었던 사실을 1일자에 수록하고 있는 경우가 많다.

7) 『선조실록』 권29, 선조 25년 8월 7일 갑오.

8) 이탁영(2002), 6월 5일 조에 의하면 김수는 근왕병 출동과정에서 6월 5일 경상좌우도 관찰사에 임명 교지를 받았다.

9) 이탁영(2002), 8월 27일.

10) 김성일(1998), 「문수지」.

11) 김성일(1998), 「우감사시장」.

장계에는 "8월 11일 교서를 받았으나, 길이 막혀 부임하지 못하고 있다가 9월 4일에 한 밤 중에 초계에서 낙동강을 건너 현풍, 창녕, 밀양, 청도 등의 경내를 몰래 통과하여 하양에 도착하였다"고 기록하고 있다.12) 따라서 김성일이 8월 7일 이전에 경상좌도관찰사에 임명되었을 가능성이 크다.

김성일이 좌도관찰사에 임명되자, 경상우도의 선비들은 김성일을 좌도로 가지 못하게 막기도 하고, 김성일을 우도에 계속 머물게 해달라는 상소를 연속해서 올렸다. 유학 강위 등 우도의 선비들은 향교에 모여 통문을 돌리며 김성일을 머무르게 할 방도를 찾기로 하였고, 유생 이대기는 김성일에게 만원서를 올리기도 하였다. 진사 박이문, 진사 정유명 등도 조정에 원류소를 올리기도 하였다.13)

김성일은 좌도로 떠나기 전에 우도의 의병 상황과 대응 방안에 대한 장계를 올렸다. 그리고 좌도로 가기 위해 산음, 초계, 합천으로 갔다가, 9월 4일 다시 초계를 거쳐 낙동강을 건너서 밀양, 청도, 하양으로 들어갔다. 그러나 이틀 후인 9월 6일 김성일은 신녕에 이르렀을 때 경상우도 감사로 돌아가라는 명령을 듣게 되었다.14) 이에 따라 김성일은 경상우도의 최고의 지방행정관이 됨과 동시에 순찰사를 겸하여 도내의 군사 지휘권을 갖는 최고의 군사지휘관이 되어 경상우도에 대한 방어 책임을 부여 받게 되었다.15)

경상우도관찰사 임명 소식을 전해들은 김성일은 다시 낙동강의 위

12) 김성일(1998), 「우감사시장」.
13) 조경남(1977), 임진년 8월 27일.
14) 이노(1974), 117~118쪽.
15) 조선시대 관찰사는 다양한 읍격의 병렬적 군현 수령을 통할하면서 도정 전체를 통할하는 상급 지방행정관인 방백으로서 행정, 사법, 군사 등 지방행정에 관한 일체의 권한과 책임을 지고 있었다.(이희권(2008), 22~40쪽 참조)

험한 곳을 건너기 위해서는 우도의 군사들이 와서 대기해야 하며, 고향인 안동까지는 불과 이틀 길에 불과하다는 상황을 고려하여, 고향의 선산으로 달려가 성묘하고 하루를 묵은 다음 대구 동화사에 이르렀다. 김성일은 마중해야 할 우도의 군사가 아직 오지 않자, 경상좌도 병사 박진에게 청하여 좌도 병사 100여명을 거느리고 어둠 속을 뚫고 100여 리를 걸어 밤사이에 팔거(八莒), 하빈(河濱)을 지나 9월 17일 아침에 고령에 이르게 되었다. 그가 좌도감사 임명 교지를 받고 좌도로 건너간 지 13일 만에 우도로 돌아온 것이다.

마침내 9월 19일 거창에 도착하여 김수와 만나 관인과 부절(符節)을 인계받고 곧바로 산음으로 가서 머무르게 되었다. 이때부터 비로소 김성일은 경상우도 관찰사 직무를 수행하게 되었다.[16) 이는 진주성 제1차 전투가 벌어지기 보름전이며, 실제로는 부산의 일본군이 진주성을 공격하기 위하여 이동하기 닷새 전의 일이었다.

결국 김성일은 초유사직에서 물러난 지 한 달 보름 남짓 시간이 흐른 뒤인 1592년 9월 19일부터 관찰사로서 경상우도에서의 활동을 시작하였다. 그런데 이때의 경상우도의 상황은 그가 초유사로 활동할 때와는 여러 가지 측면에서 바뀌어 있었다. 따라사 진주성 전투에서 김성일의 역할을 규명하기 위해서는 그가 좌도감사 임명 교지를 받고 초유사직에서 물러난 8월 11일 이후, 그가 좌도로 이동하였다가 우도로 돌아와 관찰사 직무를 수행하기 시작한 9월 19일까지 약 40여 일간의 상황 변동을 이해할 필요가 있다.

김성일이 좌도관찰사에 임명되었을 때 동시에 이성임이 우도관찰사로 임명되었지만, 부임하지 않았던 것으로 보이며, 이전 경상도 관

---

16) 이노(1974), 117~120쪽.

찰사였던 김수가 경상우도관찰사의 직임을 계속 수행했던 것으로 보인다. 그런데 이 기간 동안에 경상도 지역뿐만 아니라, 조선 전역의 전황이 상당히 바뀌면서 경상우도에 대한 일본군의 위협이 심화되어 가고 있었다. 이에 따라 초유사 시절 김성일이 취했던 진주성을 중심으로 한 수비태세도 변동을 맞게 되었다.

개전초기 파죽지세로 북상하던 일본군은 한양을 점령한 후 조선 8도를 분할지배하려는 전략으로 전환하였다. 하지만, 평양성 함락 이후 전황이 일본군에게 불리한 상황으로 바뀌어 갔다. 이에 따라 일본군은 서서히 전선을 축소하는 움직임을 보이고, 이에 따라 북상했던 일본군이 점차 경상도로 내려오고 있었다. 또한, 호남 곡창을 점령하여 물자 보급기지화하려는 목표로 전라도의 금산성에 주둔했던 고바야카와 다카카게(小早川隆景)가 거느리는 일본군이 호남 점령에 실패하고, 9월 17일 경 금산성에서 철수하여 경상우도의 성주, 개령지방으로 들어오고 있었다.

김성일이 잠시 자리를 비웠던 경상우도는 개전 이래 부산, 김해 등지에 주둔하고 있던 병력으로부터 지속적인 공격을 받고 있었는데, 여기에 분지지계의 전략에 따라 경상도를 장악하기 위하여 성주, 개령에 주둔하고 있던 모리 데루모도(毛利輝元)의 일본군과, 전라도 금산, 무주 등지에서 철수하여 합세한 고바야카와 다카카게가 거느리는 일본군의 위협이 더해지게 되었다. 따라서 경상우도의 상황은 김성일이 초유사로서 활동할 때 보다 일본군의 위협이 더욱 거세지고 있었다.

당시 거창 지방에서는 8월 초에 의병장 김면이 성주, 김산, 지례 등지를 점령하고 거창을 위협하는 일본군과 공방전을 전개하면서 일시적으로 지례를 수복하는 등 상당한 전과를 올리고 있었다. 그런데,

김면은 8월 17일 가조창으로 진을 옮기고, 이틀 후인 19일에 정인홍과 함께 성주성의 일본군을 토벌하기 위해 공격을 감행하였지만 실패하였다. 다음날인 20일 김면은 다시 성주성을 공격하였다가 개령에서 합세한 일본군 2천여 명의 공격을 받아 의병대기를 빼앗기고, 고령가장 전봉사 손승의가 전사하는 등 패배를 당하고 다시 가조창으로 물러나고 말았다.17)

일본군의 위협이 가중되자 의병장 김면은 감사 김수에게 구원을 요청하였고, 이에 따라 김수는 진주성 수성에 임하고 있던 김시민을 거창으로 보내 전투에 임하도록 하였다. 이전, 진주성 수성을 강조한 김성일이 좌도 감사에 임명되어 간 사이에 김수가 김시민을 거창 지역으로 보내 김면과 같이 싸우도록 한 것이다.18) 이러한 조치는 진주 수성을 위도(危道)로 보아 '진양불가수(晉陽不可守)'의 입장을 가지고 있던 관찰사 김수가 일본군의 호남 침입의 길목인 거창의 전략적 중요성을 감안하여 김시민에게 김면을 지원하도록 명하였던 것이다.19)

당시 김면은 거창을 진주 이북 지역의 두뇌와 같은 지역이므로 이 지역을 지키지 못하면 우도 10여개 고을도 지킬 수 없다고 생각하여 꼭 지켜야 할 곳으로 여겨 거창에 진을 치고 지례의 왜군을 막아 싸우고 있었는데, 감사 김수가 함양, 안음, 산음의 군사를 김면에게 예속시켜 주었다. 그런데, 일본군의 기세가 한창 왕성하여 전투가 쉬는 날이 없자, 감사 김수가 진주 목사 김시민을 시켜 김면을 위해 도와 막도록 하였던 것이다. 김수의 이러한 조치는 김면의 요청에 의한 것이었다.20)

---

17) 정진영(2005), 26~27쪽.
18) 金康植(1992), 95쪽.
19) 지승종(1995), 151~152쪽.

김성일이 진주의 전략적 가치를 주목하고 진주를 반드시 지켜야 할 곳으로 생각한 반면, 김면은 거창의 전략적 가치를 주목하고 거창을 지키지 않는다면 우도의 10읍 또한 지켜내기 어렵다고 생각하였던 것이다. 실제 이때부터 금산과 개령의 일본군들이 뒤이어 약탈을 계속하여 김면 의병은 9월부터 12월까지 전투를 하지 않은 날이 거의 없었고, 큰 전투를 치른 것이 10여 차례였으며, 예봉을 꺾어 물리친 적이 30여 번이나 되었다고 한다.[21]

김시민은 김수의 명에 따라 9월 8일경 기병 1천여 명을 이끌고 거창으로 이동하였고, 다음날인 16일에는 김산의 서쪽 지례 사랑암에서 일본군과 싸워 왜군 13급을 참수하고, 수 백여 명의 왜군을 화살로 쏘아 맞추는 등 전과를 올렸고, 17일에는 김면이 지례의 일본군을 공격할 때 이를 지원하였으며, 20일 경에는 소평태(小平太)라는 적장을 생포하기도 하였다.

그때 의병대장 김면은 정예병을 징발하여 요로에 매복시켜 적의 진로를 막았으나, 일본군 4천여 명이 김산(金山)과 지례 등지에 몰려와 복병의 막사를 불태워 버림으로써 아군이 크게 무너지게 되었다. 김면은 즉시 군관과 군사를 보내 독전하였지만, 김시민과 위장 김충민이 물러남으로써 지례는 또 다시 적의 수중에 떨어지고 말았다. 이 싸움에서 김시민은 약간의 부상을 당하였던 것으로 보인다.[22] 그러나 이 싸움이 끝난 직후 일본군도 곧 김산으로 돌아간 것으로 보인다.

이와 같이 김시민이 거창 방면으로 부원하여 의병장 김면과 함께 전투에 참여하여 김산을 점령하고 지례, 거창 방면을 위협하는 일본

---

20) 조경남(1977), 임진년 8월 9일.
21) 조경남(1977), 임진년 6월 3일.
22) 정진영(2005), 26~27쪽; 정경운(2009), 임진 9월 8일.

군을 물리쳐 전공를 세우기는 하였지만, 김시민의 거창 부원은 결과
적으로 볼 때 진주성의 전략적 중요성을 소홀히 하여 방어력을 약화
시킨 것은 분명하였다.

여기에 대하여 이노는 김시민이 김수에게 붙어 진주성을 버렸다고
표현하고 있지만,[23] 이 점에 대하여는 당시 거창 방면의 전황과 관련
하여 심도있는 검토가 필요하다. 당시 진주 지역은 앞서 김성일의 초
유활동에 힘입어 김시민을 중심으로 한 수성태세가 갖추어졌을 뿐만
아니라, 진주성 주변이 일본군의 위협으로부터 벗어나 어느 정도 안
정을 찾고 있었다. 또한, 진주성 동쪽 의령지방에는 곽재우 의병이
일본군을 막고 있었으며, 또한 그동안 고성, 사천 방면으로부터 끈질
기게 진주를 위협하던 일본군이 부산 방면으로 물러남으로써 남쪽이
안정되어 있었다.[24] 이와 같이 9월 초에 진주성에 대한 일본군의 직
접적인 위협이 없었기 때문에 김시민이 1천여 병력을 거느리고 거창
의 김면에게 부원할 수 있었다고 생각된다.

반면에 김면과 정인홍이 거창과 고령을 중심으로 활동하면서 경상
우도가 일본군의 침략으로부터 지켜지고는 있었지만, 개령, 성주에
주둔하고 있던 일본군은 김산, 지례를 통하여 거창 방면을 지속적으
로 위협하고 있었다. 특히 9월 17일 이후에는 호남침공에 실패한 고
바야카와 다카카게의 부대가 성주로 퇴각하여 합세함으로써 그 위협
은 더욱 가중되었다.[25]

이러한 상황에서 의병장 김면의 부원요청, 그리고 경상감사 김수의

---

23) 김성일(2007), 부록 권2, 「문수지」.
24) 김준형(1995), 113~116쪽 참조.
25) 임란초기 왜군의 전라도 침공과 왜군의 동향에 대하여는 하태규(2007); (2013)
    참조.

부원 명령이 있었으며, 김시민은 김수의 명령을 따르지 않을 수 없었을 것으로 보인다. 따라서 당시 거창 지역의 상황을 고려해 볼 때 김수와 김시민의 대응이 잘못되었다고만은 할 수 없다고 생각된다. 또한, 이 때 김면과 김시민 등이 김산, 지례에서 공격해오는 일본군을 막아 거창을 지켜내었기 때문에, 후일 진주성 전투가 벌어졌을 때 일본군이 거창으로부터 진주방면으로 공격해오는 부담을 갖지 않고 싸울 수 있었다는 점도 고려해야 할 것으로 생각된다. 어떻든 김시민이 병력을 거느리고 진주를 떠나 성주, 개령의 일본군에 대응하여 거창에서 활동함으로써 김성일이 초유사 부임 초기부터 강화했던 진주성의 수비력이 상당히 약화되었던 것은 사실이다.

앞에서도 언급했지만, 김성일은 9월 19일 거창에서 김수와 만나 관인과 부절(符節)을 인계받고 곧바로 산음으로 가서 머무르며 경상우도 관찰사 직무를 수행하기 시작하였다. 우도로 돌아온 김성일이 가장 먼저 주목한 것은 진주의 수비가 없다는 점이었다. 김성일은 곧바로 김시민을 소환하여 수비에 임하게 하였다. 당시 김산 지역 왜군의 동향에도 불구하고 김성일이 김시민을 진주로 돌려보낸 것은 그가 처음부터 진주성 수성을 중시했기 때문으로 보인다.

반면, 김면을 도와 지례의 적과 싸우던 김시민이 진주성으로 돌려보내 지게 됨으로서 김면의 군사력은 약화될 수밖에 없었을 것으로 보인다. 후일 진주성 전투가 끝난 직후에 김성일이 거창의 위급한 상황 때문에 진주로 바로 달려가지 못하고 삼가로 가게 된 것도 이와 무관하지 않다고 보여진다. 김성일의 이러한 조치로 그간 초유사 시절부터 맞서는 일이 많아 다소 소원해졌던 김성일과 김면 두 사람의 관계가 좀 더 벌어지게 된 것으로 보인다. 실제 진주성 전투가 전개되었을 때 김면 측의 적극적인 지원이 없었다는 점은 주목할 만 하다.

김시민이 거창으로부터 진주성으로 돌아온 날짜는 정확히 알 수 없지만, 상황으로 볼 때 일본군의 진주성 공격이 임박한 때였던 것으로 보인다. 진주로 돌아온 김시민은 김성일의 지시에 따라 곧바로 병력을 모아 수성태세를 갖추었다. 이러한 조치는 진주성을 공격하려는 일본군의 동향에 맞추어 시의 적절하게 이루어진 것으로 후일 진주성 전투에서 승리할 수 있었던 중요한 요인이 되었다.

김성일은 김시민으로 하여금 진주성 수비를 강화하게 하는 한편, 김준민을 합천가장으로 임명하는 등 비어 있던 여러 고을의 수령을 임시로 임명함으로서 우도의 각 고을의 행정체계 뿐만 아니라 관군의 지휘체계를 다시 한 번 정비하였다. 구체적으로 살펴보면, 삼가의 전적 박사제를 의령현감에, 거창의 훈련봉사 변혼을 문경현감에, 금산의 성균박사 여대로를 지례현감에, 진주의 훈련봉사 정기룡을 상주판관에, 진주의 주부 강덕룡을 함창현감에 임명하고, 제용정(濟用正) 정인홍을 성주목사로, 소모관 이정을 사근찰방에 임명하고 장계를 올렸다. 물론 이러한 조치는 김성일이 임의로 행한 것이 아니라, 조정의 명령에 따라 이루어진 것이었다.[26]

여기에서 주목되는 점은 그동안 의병장으로 활동하던 정인홍이 제용정을 거쳐 성주목사로 임명되었고, 김면이 경상우병사에 임명된 것이다. 이러한 조치로 볼 때 경상우도의 병력이 관군 중심으로 이미 전환되어가고 있음을 알 수 있다. 이는 이후 일본군의 진주성 공격에 맞서서 싸울 때 승전의 요인으로 작용하였다.

---

3. 진주성전투에 있어서 관찰사 김성일의 역할

김성일이 경상우도 관찰사로 부임한 직후 일본군이 진주성을 공격하기 위하여 움직이기 시작하였다. 부산의 일본군이 진주성을 목표로 본격적인 공격을 시작한 것은 김성일이 우도관찰사의 직임을 수행하기 시작한 닷새 뒤인 9월 24일경부터였다. 일본군이 진주성을 공격해온 이유는 진주가 경상우도의 중심지이기 때문이기도 하지만, 무엇보다도 개전 이래 경상도 우도 지역이 안정되면서 일본군의 공격을 차단하고 있을 뿐만 아니라, 경상도 군사들이 각지에 주둔하고 있던 일본군을 공격하여 막대한 피해를 입히고 있었기 때문이라고 보인다. 일본군이 경상우도에서 밀리게 되자, 김해에 주둔하고 있던 일본군의 장수들이 작전회의를 열어 경상우도의 병마의 주력이 진주성에 있다고 판단하고 진주성을 공격하기로 하였다는 것이다.

마침내 9월 24일 부산, 김해 등지의 일본군 약 2만 명이 김해를 떠나, 9월 25일에 두 패로 군사를 나누어 한 패는 김해에서 노현을 넘고, 다른 한 패는 웅천에서 안민현 고개를 넘어 들어와 창원성을 거쳐 10월 2일에 함안으로 들어왔다. 이후 일본군은 함안에서 진을 치고 사방을 분탕질하였다.[27]

일본군이 마산을 짓밟고 함안을 점령하여 노략질을 자행하자, 김성일은 산음, 단성, 삼가, 의령 등 네 고을 유생을 거느리고 의령의 정호(鼎湖) 언저리로 달려가 병력을 과시하였다. 이 때 오운, 조종도, 이노 등이 따르고, 초계 가수 곽율도 이에 참여하여 깃발을 많이 만들어 산위의 좌우에 열 지어 꽂아 놓았다. 이때 조종도와 이노 등은 정호를 건너 함안 땅에 군대를 배치하여 일본군을 막고자 하였으나, 의병장

27) 지승종(2011), 50~51쪽.

곽재우는 일본군이 들이닥쳤을 때 강을 등지고 싸우는 것은 불리하다
고 주장하였다고 한다.28) 어떻든 정진에서 김성일의 지휘 아래 아군
이 방어태세를 보이자 일본군은 군사를 거느리고 물러났다. 일본군이
의령으로부터 물러나자 김성일은 다시 산음으로 이동하였다.

　김성일이 거느리는 경상도 군사들의 대응에 의하여 정진을 넘지 못
한 일본군은 10월 1일 함안군과 진주의 경계인 부다현으로 공격해 들
어왔다. 부다현에는 진주, 사천, 곤양, 하동, 단성, 산음 등의 경상도
관군이 매복하고 있었는데, 일본군의 기습공격을 받고 무너져 버리고
말았다.29) 이에 일본군은 부다현을 넘어서 10월 2일 진주의 소촌역
에 주둔하였다.30) 이후 일본군의 본격적인 진주성 공격은 10월 5일
부터 시작되어 10일까지 계속되었다.

　마침내 진주성에서는 10월 6일부터 10일까지 전개되었는데, 진주
목사 김시민, 판관 성수경, 곤양군수 이광악 등의 제장과 그 휘하 사
졸, 그리고 진주 주민들이 사투를 전개하여 공격해오는 일본군을 물
리치고 승리를 거두었다. 진주성 공격에 실패한 일본군은 창원, 부산
등지로 철수하고, 다음해 6월까지 일본군은 진주 방면으로는 공격해
오지 않았다. 따라서 진주성 부근에서는 한동안 전투가 소상상태에
이르게 되었다.31)

　이제, 진주성 전투가 벌어지고 있을 때 김성일은 경상우도관찰사로

28) 이노(1974), 125쪽.
29) 조경남(1977), 권2, 임진년 9월 24일 참조.
30) 위의 책, 임진년 10월 2일.
31) 9월 이후 일본군은 수세에 몰려 있었고, 다음에인 선조 26년(1593) 1월 명군이
　　평양성 수복하였고 일본군은 서울까지 밀려나게 되었다. 이를 계기로 일본군은 명
　　과 강화교섭을 진행하여 4월 18일 서울에서 퇴각하여 부산을 향해 내려오기 시작
　　하였다. 경상도로 남하한 일본은 군사력을 집중하여 진주성을 재차 공격하려는 움
　　직임을 보였다.

서 어떠한 활동을 하였는지 살펴보기로 한다. 첫째로, 진주성 전투에
서 김성일의 역할은 무엇보다도 경상우도의 최고 지휘관으로서의 탁
월한 전략 운용와 수성군의 배치에서 나타났다. 물론 그는 진주성에
서 직접 전투를 수행한 것은 아니었다. 앞서 일본군이 의령을 향하여
움직이자 김성일은 정호로 달려가 무력시위를 함으로서 일본군이 정
진을 넘는 것을 차단한 바 있었다. 그 뒤 김성일은 산음으로 이동하
였던 것으로 판단된다. 김성일은 여기에서 10월 6일에 그의 구원 요
청을 받고 전라도에서 달려온 최경회와 만나 주둔지를 논의했다. 산
음은 함양과 함께 당시 경상우도에서 일본군의 공격 방향에서 볼 때
는 가장 멀리 떨어진 곳 중의 하나였다. 진주성 전투가 고비에 이르
렀을 때에도 김성일은 진주성에 있지는 않았다. 이는 김성일이 진주
성의 소식을 듣고 하경해를 시켜 남강을 통하여 화살을 전해주었다는
기사로도 확인이 된다. 진주성 전투가 끝났을 때에도 그는 진주성에
있지 않았다. 진주성의 승첩의 소식을 한밤중에 들었고, 바로 달려가
려 하였으나 거창의 급보를 받고 삼가로 이동하였다.[32]

  이와 같이 진주성 전투가 전개되고 있을 때 관찰사 겸 순찰사로서
경상우도의 행정과 군사적 업무를 책임지고 있던 김성일은 진주성에
서 멀리 떨어진 산음에 주둔하고 있었다. 초유사로 처음 진주에 왔을
때 진주의 전략적 가치를 주목하고 성을 나가지 않고 사수하겠다던
김성일이, 막상 진주성이 위급한 상황에서 왜 직접 진주성으로 달려
가지 않았을까 하는 의문이 생길 수 있다. 그것은, 뒤에 설명하는 바
와 같이, 당시 경상우도의 거창 방면을 위협하고 있던 성주, 개령, 김
산(金山)의 일본군의 움직임이 심상치 않았기 때문이라고 생각된다.

---

32) 이노(1990), 「鶴峯金先生龍蛇事蹟 文殊志」.

진주성 전투에서 김성일의 역할은 현장에서의 직접적인 전투 수행
이 아니라, 경상우도를 책임진 최고지휘관으로서 지휘와 통솔에 있었
다. 이점은 『선조실록』에 쓰여진 그의 졸기(卒記)를 통해서도 알 수
있다. 여기에서 보면 그가 "평소 군려(軍旅)에 대한 일은 알지 못했으
나 지성으로 군중을 효유하고 관군과 의병 등 모든 군사를 잘 조화시
켰는데, 한 지역을 1년 넘게 보전시킬 수 있었던 것은 모두 그가 훌륭
하게 통솔한 덕분이었다."라고 평가하고 있다.[33]

김성일의 장계에서 볼 수 있듯이, 진주성전투는 진주성 안팎에 배
치되었던 장수들과 그 휘하의 군사들에 의해서 이루어졌다. 전투현장
에서의 승패는 현장 지휘관의 전술운용과 지휘, 군사들의 임전태세가
승패를 결정하는 요인이 된다. 앞에서 살펴본 바와 같이 진주성 내외
에서 승리를 거둘 수 있었던 것은 김시민 등 현장에서 사투를 전개한
장졸들의 업적이었다.

그러나 이러한 진주성 내외의 장수 및 군사 배치 등을 전략적으로
운용하여 진주성 전투를 승리로 장식하게 된 것은 경상우도의 관찰사
로서 최종 지휘관인 김성일의 역할이었다. 즉, 진주성 전투에서 경상
우도 관찰사 겸 순찰사로서 김성일의 활동은 전략적 측면에서 군사배
치와 지휘. 그리고 물자의 지원이었음을 알 수 있다.

그 중에서 가장 기본적이며 중요한 것이 진주 수성병력의 배치와
방어전략의 운용이었다. 김성일이 일찍부터 김시민으로 하여금 진주
성 수성태세를 갖추도록 한 것은 잘 아려진 사실이다. 여기에 일본군
의 진주성 침공이 임박하자 김시민을 격려하여 진주성을 사수할 것을
명령하고, 곤양군수 이광악, 판관 성수경 등의 제장을 배치하여 관군

33) 『선조수정실록』 권27, 선조 26년 4월 1일 을유, 경상좌도 순찰사 김성일의 졸기.

중심의 수성 태세를 갖추었다.

일본군이 진주성으로 공격해오자, 김성일은 김시민에게 첩자(帖子)를 돌려서 "목사는 대대로 충효의 가문에서 나서 나라의 은혜를 후히 받았으니 마땅히 죽음으로서 보답해야 할 것이오."라고 격려하고, 곤양군수 이광악과 진주판관 성수경, 그리고 전만호 최덕량과 권관 이찬종을 시켜서 협력하여 지키면서 적을 격멸케 하였다. 이와 같이 진주성의 수성군의 편성은 경상도 지역의 병마지휘권을 갖고 있는 김성일의 지시로 이루어졌다.

요컨대, 김성일은 경상우도관찰사로 부임한 직후 부산, 김해 등지로부터 침략해 오는 일본군의 동향을 제대로 파악하고, 김시민을 비롯한 제장을 미리 배치하여 수성태세를 갖추도록 하였다. 물론 여기에는 그가 임란초기부터 초유사로서 경상우도에서 수행했던 활동이 밑바탕이 되었다. 따라서 진주성 전투에서 김성일의 역할은 무엇보다도 그가 경상우도관찰사로서 책임을 다하여 수성 제장을 배치하고 진주성 전투 전반을 지휘하여 이끌어 간 것이라고 할 수 있다.

둘째로, 진주성전투가 전개될 때 김성일이 주변 관군과 의병을 동원하여 수성군을 증원함과 동시에 진주성 외곽에 군사를 배치하여 일본군의 공격을 분산시킴으로서 진주성 수성군을 지원하였다는 점이다. 진주성전투가 벌어지고 있던 때에 김성일은 진주성의 상황을 파악하면서 부원병력을 동원하여 위기에 처한 진주성을 돕기 위해서 노력하였다. 김성일은 전투가 벌어지기 전부터 진주성 외곽에 경상우도 지역의 관군과 의병 및 전라도에서 달려온 의병 등을 배치하여 동서남북 사방에서 부원하도록 하였다. 이러한 김성일의 지휘에 따른 진주성 외곽에서의 군사 활동은 진주성을 공격하는 일본군의 병력을 분산시켜 진주성을 집중 공격하지 못하도록 함으로써 진주성 수성군의 부담을 줄여 진주성전투 승리 요인의 하나로 작용하였다.

우선 경상우도 관찰사로서 지휘권을 행사하여 지역의 관군으로 하여금 진주성을 부원하도록 한 것으로 보인다. 김성일은 일본군이 진주로 공격해 올 때부터 이를 막기 위해 각지에 관군을 배치하였다. 하지만 앞에서 살펴본 바와 같이, 일본군이 10월 1일 함안군과 진주의 경계인 부다현으로 공격해 들어왔을 때, 이곳에 매복하고 있던 진주, 사천, 곤양, 하동, 단성, 산음 등의 경상도 관군이 일본군에게 패하여 무너져버렸다. 그리고 함안에서 싸우다가 일본군에게 밀려 진주성에 이르렀던 우병사 유숭인도 김시민의 거부로 진주성에 입성하지 못하고 성 밖에서 싸우다가, 10월 5일 사천현감 정득열, 가배량 권관 주대청과 함께 전사함으로써 무너져 버렸다.

진주성 전투가 전개될 때 경상우도에 있어서 전선은 거창, 고령으로 이어지는 우도의 북부지역과 김해, 함안에서 진주로 이어지는 두 곳에서 형성되고 있었다. 그런데, 북쪽에서는 김면, 정인홍의 의병 부대가 거창, 함양, 지례 지역의 관군과 함께 전투에 임하고 있었으며, 남쪽에서는 함안, 진주 지역의 전선에 투입되었지만 무너져 버렸고, 일부 병력이 진주성 외곽에서 싸우다 무너져 버렸다.

따라서 진주성 전투가 벌어지고 있을 때 이를 돕기 위해 경상우도 지역에서 동원할 수 있는 병력은 삼가, 의령, 초계, 고성, 사천 지역 이외에는 사실상 더 이상 존재하지 않았던 것으로 보인다. 김성일은 삼가, 고성, 사천 지역의 관군과 경상우도의 의병을 동원하여 위급해진 진주성에 부원하도록 하였다.

삼가의병장 윤탁은 2백여 명을 거느리고, 초계 가장 정언충은 1백여 명을 거느리고 강변에서 모였다가 마현에서 적과 부딪쳐 오랫동안 크게 싸우다가 패하고 말았다. 진주성 수성병력이 일본군과의 공방전

을 전개하고 있던 10월 6일에 곽재우가 보낸 심대승의 의병 군사 200
여명이 향교 뒷산에 올라가 성내의 군사와 호응하면서 일본군을 견제
하였다. 진주 수성군이 일본군과의 접전을 앞두고 대치하고 있는 가
운데, 10월 8일 밤에도 고성 가현령 조응도, 진주복병장 정유경 등과
더불어 군사 500명을 거느리고 남강 밖 진현 위에서 늘어서서 뿔피리
를 불면서 성내의 군사들과 호응하였다.

또한 김성일의 요청에 의하여 의병장 정인홍도 가장 김준민과 중위
장 정방준 등을 보내 구원하도록 하였다. 즉, 처음에 진주가 여러 진
에 급함을 고하자, 정인홍이 가장 김준민과 중위장 정방준 등으로 하
여금 정예한 사수 5백여 명을 선발하여 구원하도록 하였다. 김준민은
10월 9일 단계 청고개와 단성현에서 일본군과 접전하여 격퇴하기도
하였다.

진주성을 공격하던 일본군은 10월 9일에 병력을 나누어 일부는 진
주성 주변 지역을 침범하고, 남아있던 일본군은 계속적으로 진주성을
공격하였다. 이 때 진주성 외곽에서는 합천가장 김준민, 정기룡, 조경
형이 이들과 접전을 전개였으며, 다음날에도 김준민은 물론 의병장
최강·이달이 거느리는 군사들이 일본군과 싸움을 전개하였다. 김준민
등의 활동상에 대하여는『난중잡록』에도 소상하게 기록되어 있다.[34]

김성일은 진주성이 위기에 처하자 전라도 관찰사와 전라우의병장
최경회, 전라좌의병장 임계영의 진중에 여러 차례 구원을 요청하였
다. 이러한 사정은 최경회와 임계영이 김성일의 구원 요청을 받고 보
냈던 서찰을 통해서 알 수 있다.[35] 사실 이에 앞서 의병장 김면이 먼
저 전라도 관찰사에게 글을 보내 구원을 요청한 바 있었다. 그것은

---

34) 조경남(1977), 권2, 임진년 10월 10일.
35) 조원래(2011); 이상훈(2008).

아마도 성주, 개령의 일본군이 전라도 무주와 금산(錦山)에서 경상도
로 철수한 일본군과 합류하여 김산(金山)을 거쳐 거창으로 공격해 올
조짐을 보였기 때문으로 보인다.

김성일의 구원 요청을 받은 전라도에서는 의병장 최경회가 이끄는
전라우의병이 먼저 달려왔다. 최경회는 김성일이 조종도를 보내서 구
원을 요청하자 곧바로 영남으로 출동하였다.36) 최경회는 2천명의 병
력을 거느리고 6일 함양에 이르렀고, 이를 따라 의승 인준도 200여
명의 승군을 거느리고 왔다.37) 김성일은 산음에서 최경회와 만나 진
주의 살천창에 주둔하도록 하였다. 당시 오장 등은 호남의병으로 하
여금 단성에 주둔시켜 적의 예봉을 꺾도록 하자는 주장을 하였으나,
김성일은 군량 조달 문제 등을 고려하여 살천에 주둔하도록 하였다.

김성일의 지시에 따라 최경회의 호남우의병은 살천에 주둔하여 단
성을 지키며 진주를 외곽에서 지원하기도 되어 있었는데, 10월 9일
진주성을 공격하던 일본군이 군사를 나누어 단성을 불태우고 공격해
오는 바람에 무너졌는데, 합천 가장 김준민의 용전으로 위기에서 벗
어나게 되었다.38) 이 때 최경회가 거느리는 전라우의병이 일본군을
격파하지는 못하였지만, 진주성전투의 외원부대로서 일정한 역할을
하였다고 보여진다.

진주성의 전투가 한창 전개되고 있을 때 김성일은 다시 정랑(正郎)
박성(朴惺)을 호남의 좌의병장인 임계영에게 보내어 거듭 구원을 요청
하였다.39) 그러나 임계영의 전라좌의병은 경상도로의 이동이 늦어져

---

36) 조경남(1977), 권2, 임진년 10월 2일.
37) 정경운(2009), 권1, 임진년 10월 6일.
38) 조경남(1977), 권2, 임진년 10월 6일.
39) 위의 책, 임진년 10월 6일.

서 일본군이 진주성 전투가 끝날 때까지 도착하지 못하였다. 정경운의 『고대일록』의 기사에 의하면, 임계영은 10월 18일에 병사 천여 명을 이끌고 함양군에 도착하였다고 한다.[40] 따라서 임계영은 김성일의 간절한 구원요청에도 불구하고 진주성전투에는 참하지 못했다.[41] 이후 임계영과 최경회가 이끄는 전라도 좌우의병은 경상도에 머물면서 김면, 정인홍 등과 함께 성주개령의 일본군을 막아내고 탈환하는 데 주력 병력으로 활동하였다.

이상에서 살펴보면, 진주성에서 수성전이 전개되고 있을 때 진주성 밖에서도 김성일의 지시에 의한 부원병력에 의한 지속적인 전투가 전개되었음을 알 수 있다. 이러한 부원부대의 역할을 단순히 진주성의 전투를 지원하는 것이 아니라, 진주성을 공격하는 일본군의 병력을 분산시킴으로써 진주성 수성병력의 방어부담을 덜어주는 역할을 하였다. 따라서 진주성 전투에 있어서 승리의 요인으로 진주성 외곽의 전투와 여기에 참여한 제장들의 역할도 주목되어야 할 것이다.

이형석은 '이 싸움에서 끝까지 성을 지키고, 6배에 달하는 병력을 가진 적으로 하여금 공위를 단념하고 물러가게 한 첫 번째 원인을 방수군의 외원을 꼽고, 성 밖에서 부원군이 책응한다는 것은 수성군의 사기를 높일 뿐만 아니라, 공위군의 병력을 분산시키거나 그 철저한 공위의지를 좌절시켜 공위군에게 상당한 부담을 줌으로써 승부에 큰 영향을 미칠 수 있었다'라고 지적하였다.[42] 또한 김강식은 진주성 전투의 승리의 요인에 대하여 첫째, 경상우도 관군과 의병의 연합전이

40) 정경운(2009), 권1, 임진년 10월 18일 갑진.
41) 이형석(1976), 556쪽에서 임계영 의병이 부원부대로 진주성전투에 참전한 것으로 되어 있으나 이는 역사적 사실과는 다르다.
42) 이형석(1976), 566~557쪽.

었다는 점, 둘째 경상우도 의병의 적극적인 외곽지원, 셋째, 전술적 측면의 우위, 넷째 분산전이라는 점 등을 제시하였다.[43]

그런데, 이러한 진주성 외곽 부원병력의 움직임이 김성일의 전략과 지휘에 의하여 운영되었다는 점이다. 이러한 전략적 병력지원이 전주성 전투가 승리하게 된 또 하나의 원인이 되었다고 보여진다. 따라서 관·의병의 배치와 그를 통한 분산전을 유도한 김성일의 전략 운용이 진주성전투에서 승리할 수 있었던 또 하나의 큰 요인이었음을 알 수 있다.

이와 같이 진주성이 위기에 처했을 때 김성일은 경상도 지역의 관군과 의병은 물론 전라도에 구원을 요청하여 최경회와 임계영이 거느리는 전라도 의병까지 진주성을 응원하였다. 이러한 진주성 밖의 구원군의 지원은 진주성 수성군에게는 사기를 높여주는 한편, 성을 공격하는 일본군에게는 분산전을 유도함으로써 전주성에서 승리할 수 있었던 하나로 작용하였다. 이러한 측면에서 진주성을 포기하지 않고, 진주성을 구원하도록 한 김성일의 전략은 진주성전투에 있어서 주목할 만한 역할이라고 할 것이다.

셋째로, 김성일이 진주성에 부족한 물자를 공급해 줌으로서 성내 군사의 사기를 진작시킴과 동시에 전력을 보강해 주었다는 점이다. 김성일은 포위 고립된 진주성에 대한 병력 뿐 만아니라 물자를 조달하여 지원해 줌으로써 진주성 수성병력의 전투력과 사기를 진작시켰다. 앞에서 살펴본 바와 같이 진주성에서의 수성전은 전적으로 목사 김시민을 중심으로 이루어졌다. 3천 8백 명의 수성병력이 진주성을 포위 공격해 오는 2만 여명의 일본군을 막아 수일에 걸쳐 전투를 전

---

43) 金康植(1992), 168~171쪽.

개함으로써 필연적으로 진주 수성군은 병력과 물자가 심각하게 부족
하게 되었다.

이에 목사 김시민은 야간에 성을 넘어서 군사를 김성일에게 보내어
전황을 보고하고, 군기 보충을 요청하였는데, 김성일은 큰 상을 걸고
영리 하경해(河景海)를 시켜서 장전 백여 부를 진주성으로 가져가게
하였다. 하경해는 남강을 통하여 진주성 밑에 도착한 뒤 성문을 통하
여 이를 전달함으로써 성안의 사기가 높아지게 되었다.[44] 이것은 물
리적으로 부족한 물자를 공급해 줌으로써 전투력을 유지시켜준 것이
다. 이 또한 김성일이 진주성 전투에서 보여준 역할의 하나라고 할
수 있다.

이상에서 살펴본 바와 같이, 진주성 전투에서 있어서 김성일의 역
할은 경상도의 행정·사법·군사권을 갖는 경상우도관찰사라는 지위
와 권한, 그리고 탁월한 역량으로 진주성 내외에 병력을 배치하고,
그들이 전투를 수행할 수 있도록 병력과 물자를 조달해 준 것이라고
할 수 있다. 진주성 전투의 승리는 직접적으로는 일본군의 침공을 저
지하여 진주를 비롯한 경상우도 남부지역의 여러 고을을 지켰으며,
결국 이는 일본군이 전라도로 침공할 수 있는 길목을 차단하는 결과
를 가져왔다.[45]

---

44) 조경남(1977) 권2, 임진년 10월 6일.
45) 지승종(2011), 95쪽. "진주성 전투의 승전이 곡창지대 호남을 지켜냄으로써 아군
　　의 전쟁 수행능력 유지에 크게 공헌하였다. 그야말로 진주성은 경상우도의 보장이
　　자 호남의 보장이 되었던 것이다"라고 하였다. 하지만 이는 일본군의 호남침공을
　　직접적으로 막아낸 것이 아니고, 간접적인 요인이라고 보아야 할 것이다. 이것은
　　일본군의 호남침공 과정, 그리고 당시의 상황과 일본군의 실태 등을 고려하여 보
　　아야 할 것이다.

4. 경상우도 북부지역의 상황과 김성일의 대응

진주성 전투의 승리는 일본군의 침략을 막아 내아 경상우도 남부지역을 지키고, 나아가 일본군이 호남으로 침공할 수 있는 길목을 차단한 대첩임이 분명하다. 김성일의 지휘와 김시민 등 제장의 역전으로 진주성을 공격하던 일본군을 물리치고 대승을 거두었지만, 진주나 경상우도에서의 일본군의 위협이 곧바로 사라진 것은 아니었다.

사실 진주성전투 당시 왜군이 진주방면으로만 공격을 가해오고 있었던 것이 아니라는 것을 주목할 필요가 있다. 경상우도의 남부 지역인 진주성에서 전투가 전개되고 있을 때, 우도의 북부지역의 거점이었던 거창지역도 일본군의 위협을 받고 있었다. 실제로 10월 2일 성주, 개령의 일본군이 거창을 공격해 오고 있었다. 이러한 상황은 김성일이 진주성으로 달려가 전투에 임하지 못하였던 이유가 아니었던가 생각된다.

그런데, 진주성 전투가 끝날 시기에는 이러한 상황이 더욱 급박해졌던 것으로 보인다. 승첩 소식을 들은 김성일은 곧바로 진주로 가서 장수와 군사를 위로하여 주려하였다가, 개령, 성주의 일본군의 동향 때문에 도사를 보내어 진주를 위로하게 하고, 자신이 직접 삼가로 이동하였던 것을 보면, 진주성전투가 끝날 무렵 거창 방면에 대한 일본군의 위협이 심각한 상황에 이르렀던 것으로 보인다.[46]

그런데, 일부 기록에서는 김성일이 거창에 있다가 승전소식을 듣고 바로 진주로 달려갔다고 전한다,[47] 그러나 이는 사실과 다른 것으로 보인다. 김성일이 진주성전투 직후 진주로 가지 못하고 급히 삼가로

---

46) 이노(1974), 129쪽.
47) 조경남(1977), 권2, 임진년 10월 10일; 이형석(1976), 「제1차 진주성 전투」, 554쪽.

이동해 갈 수 밖에 없었던 긴박한 상황은 무엇이었을까? 그 이유는
『용사일기』의 "이때 개령의 적이 지례를 범하고, 성주의 적이 고령을
엿보거늘 휘하의 용사를 나누어 보조해 싸우게 하고 나머지 군사는
성원하여 구원하게 하니 적이 패하여 달아났다."라는 대목을 통해서
짐작할 수 있다. 이로 본다면, 진주성전투가 전개되고 있을 때, 성주,
개령에 주둔하고 있던 일본군이 거창과 고령 방면으로 공격해 옴으로
써 경상우도의 북부 지방의 상황도 심각한 상황에 처해 있었다는 것
을 알 수 있다.

이미 앞에서 살펴본 바와 같이, 진주성 전투 이전부터 일본군은 개
령, 성주, 김산, 지례 등지를 근거로 경상우도와 전라도를 위협하고
있었다. 특히, 개령을 근거지로 경상도를 점령하여 지배하려는 모리
데루모도의 병력은 고령, 거창을 통하여 경상우도의 북부지방으로 침
공하고자 하였다. 위 『용사일기』의 기록에서 '개령의 적이 지례를 범
하였다'고 하는 것은 개령, 김산 방면의 일본군이 지례를 거쳐 거창을
위협하는 것이고, '성주의 적은 고령을 엿본다'고 하는 것은 일본군이
성주에서 고령, 합천을 거쳐 거창으로 공격하려는 것을 말하는 것으
로 보인다.

진주성에서 전투가 전개되고 있을 때, 의병장 김면은 이러한, 개
령, 김산 등지의 일본군에 대응하고 있었던 것으로 보인다. 일본군의
진주성 공격이 성주, 개령의 일본군과 연합하여 이루어진 것은 아닌
것으로 판단되기는 하지만, 진주성의 전투가 전개되고 있을 때 개령,
성주의 일본군이 거창 쪽을 공격함으로써 상황도 심각하게 악화되었
던 것으로 보인다. 진주성전투를 앞에 두고 김성일이 경상우도 의병
의 주력이 된 김면 휘하의 병력을 진주로 배치하지 못한 이유도 여기
에 있었으며, 이러한 상황이기 때문에 김면 또한 진주성 전투가 벌어

졌을 때 부원병을 보내지 못하였던 것으로 보인다. 반면 상대적으로 일본군의 위협이 약하였던 고령, 합천지역에 있던 정인홍은 합천 가장 김준민과 중위장 정방준 등으로 하여금 500여 명의 군사를 거느리고 부원하도록 할 수 있었던 것으로 생각된다.

그런데, 진주성 전투가 끝나고 승첩 소식이 김성일에게 전해질 때, 개령, 성주의 일본군이 거창 방면으로 공격해 왔던 것으로 보인다, 이러한 이유로 진주대첩 직후 김성일이 진주로 가지 못하고 삼가로 이동하였던 것으로 보인다. 이때 김성일은 휘하의 군사를 나누어 보내서 조전하게 하고, 나머지 군사로 하여금 구원하게 함으로써 일본군의 공격을 막아낸 것으로 보인다. 이후 거창 지역 상황이 어느 정도 진정되자, 김성일는 다시 산음으로 돌아온 것으로 보인다.

이와 같이 진주성 전투 이전부터 거창, 고령 지역에서는 의병장 김면, 정인홍 등이 성주, 개령, 김산 지역으로부터 거창, 고령 지역으로 공격해 오던 일본군을 막아 내고 있었으나, 진주성 직후 일본군의 공격으로 급박한 상황에 이르게 되었고, 그에 따라 김성일이 거창방면으로 달려가 이에 대응하던 것을 알 수 있다. 진주성전투가 끝난 뒤 취약해진 진주성의 상황을 고려해 볼 때, 거창을 중심으로 한 경상우도 북부지역의 안정은 진주대첩의 성과를 더욱 드러나게 한 것이 아닌가 생각된다.

김성일이 거창에서 일본군을 물리치고 돌아온 뒤에도 경상우도의 북부의 성주, 개령 지역에서는 조선군과 일본군 사이에 전투가 계속되었다. 의병장 김면과 정인홍이 거느리는 경상도 의병은 물론, 진주성 전투를 계기로 경상도로 달려온 임계영과 최경회가 거느리는 전라좌·우의병이 다음해 2월 성주와 개령을 수복할 때까지 지속적으로 전투를 수행하였다.[48] 특히, 임계영이 거느리는 전라좌의병은 개령

과 성주성 수복과정에서 중심적 역할을 수행하였다.[49]

성주, 개령 지역에서는 1592년 10월 하순부터 산발적인 전투가 전개되다가 12월부터 본격적으로 전개되었다. 앞서 있었던 진주성 전투는 적의 침공을 막아내기 위한 수성전이라고 한다면, 성주, 개령전투는 아군이 일본군을 공격하여 섬멸하고 탈환하기 위한 공성전의 성격을 갖는 것으로 성격 차이가 나타난다. 따라서 전투의 위기감이나 대응이 각 장수들의 태도에 따라 차이가 나타나게 되었다.

결국 성주, 개령 지역에서는 약 5개월 이상 조선군과 일본군의 공방전이 계속되었다. 성주지역은 낙동강 중류의 서쪽에 위치하고 있으며, 남북을 잇는 교통의 요지에 해당하였는데. 성주 지역이 수복됨으로써 남쪽의 고령, 거창, 산음 등의 경상우도 지역이 지켜질 수 있었고, 이로서 경상도가 안정됨으로써 일본군이 호남으로 침공해 올 수 없게 되었다. 이러한 점에서 볼 때 진주성 전투 이후 성주, 개령의 일본군의 침공을 막고 나아가 이를 수복한 것은 진주성전투 못지않은 상당한 전사적 의의가 있는 것이다.

그런데, 성주, 개령의 일본군을 막아 경상도를 지켜 내게 된 데에 있어서 김성일의 역할이 상당히 작용하였던 것으로 추정된다. 물론 성주, 개령 등지의 일본군에 대한 방어와 공격은 주로 김면, 정인홍을 비롯한 경상우도의 의병과 전라도에서 달려온 전라좌·우의병의 활동이 주가 되었음은 널리 알려진 사실이다.[50]

---

48) 임계영과 최경회가 이끄는 전라좌우의병의 활동에 대하여는 조경남(1977)에 자세히 서술되어 있다.
49) 임란기 성주 개령 등지에서 최경회와 임계영의 전자 좌우의병의 활동에 대하여는 趙湲來(1984); (2011); 하태규(2008); 신윤호(2014) 참조.
50) 김면과 정인홍의 의병활동에 연구로는 고석규(1992); 김강식(2012); 김영나(2012); 신윤호(2014); 정진영(2005); 정현재(1995); 최효식(2003) 등이 주목된다.

성주, 개령 지역에서는 김면, 정인홍 등의 우도 의병장들이 우도의 일부 지역의 수령과 장수, 그리고 지역의 관군을 아울러 지휘하면서 활동하였다. 그런데, 이를 단순히 김면이나 정인홍 의병장 개인의 역량에 의한 활동이라고 볼 수만은 없다. 수령이나 관군은 그 지휘체계 속에서 움직이는 것이 기본적인 원리이다. 물론 개전 초기 경상도에서의 관군의 지휘체계가 무너져 버렸다는 점도 있기는 하지만, 실제로는 경상감사 김수, 초유사를 거쳐 경상우도관찰사가 된 김성일의 활동으로 관군의 지휘체계가 복구되어가고 있었다. 김성일이 복구된 관군을 김면, 정인홍 등의 의병장에게 적절히 예속시킴으로써 관군과 의병의 연합작전이 가능하게 한 조치가 주목된다고 할 것이다.

이와 아울러 김성일이 정인홍, 김면, 곽재우 등에 대한 지휘권을 어느 정도 확보하였다는 점도 지적할 수 있다. 의병장들은 자신들의 향촌 지배력과 학연을 기반으로 의병에 대한 지휘권을 갖고 있었기 때문에 김성일이 그들을 통제하기는 쉽지 않았다고 보여 진다. 그런데, 초유사 시절부터 김성일은 단순한 관군의 지휘자가 아니라 왕권의 대행자로서 영남의 사족을 초유하였기 때문에 상대적으로 거부감이 덜하였을 것으로 보이거니와, 우도관찰사 겸 순찰사가 되어서 그러한 연대를 유지할 수 있었을 것으로 보인다. 그러나 실제 의병의 활동이 증대됨에 따라 의병장들이 순찰사의 명령을 듣지 않으려는 경향이 생기게 되었다. 특히, 김면이 의병장으로서 명성이 높아지면서 김성일과의 갈등과 대립이 커져 갔던 것으로 보인다. 이러한 상황에서도 김성일은 김면에 대해서 어느 정도의 지휘권을 행사할 수 있었던 것으로 보인다.

이와 같이, 진주성전투를 전후하여 성주 개령지방으로부터 거창 고령방면으로 공격해 오는 일본군을 막아내고, 나아가 전라도 의병과

연합하여 성주 개령지역을 수복하였던 의병장 김면, 정인홍의 활약의
이면에 경상우도 관찰사라는 행정·사법·군사적 직임을 맡은 지휘자
로서 김성일의 역할이 상당히 있었을 것으로 보인다. 따라서 관찰사
사로서 김성일의 열할을 이해하기 위해서는 진주성 전투 당시 경상우
도 북부 지역의 왜군의 동향에 대한 김성일의 대응에 대하여도 적극
적인 연구와 평가도 필요하다고 생각된다.

5. 맺음말

한강 정구는 학봉 김성일의 행장에서 진주성이 당초에 함락당하지
않은 것은 비록 김시민이 힘껏 싸운 공이라고는 하지만, 그 싸움을
지휘하고 책응하는 것은 전적으로 김성일의 계책에서 나온 것이라고
서술하고 있다. 진주성전투에서 학봉 김성일이 관찰사로서 전투를 지
휘하고 승리로 거둘 수 있었던 배경에는 그의 초유사 시절의 역할이
크게 작용하였다.

임란 초기 극한 위기 상황에서 초유사로 부임한 그는 혼란에 빠진
영남 우도에서 민심을 수습하고, 의병활동을 권유하고 지원함으로서
전투력을 확보하고, 나아가 관찰사 이하 수령을 초유하거나 가수, 가
장을 임명하여 행정체제 갖추어가면서 관군을 복원하여 나갔다. 또한
이 과정에서 드러난 관군과 의병간의 갈등과 대립을 조정 조화시킴으
로써 일본군의 공격을 막아내고 싸우는데 효과적으로 대응할 수 있도
록 하였다.

그는 진주성을 중심으로 경상우도를 지키고 나아가 호남을 지키고
자 하여 김시민을 중심으로 수비태세를 견고히 하였으며, 의병장 김

면, 정인홍을 지원하여 고령, 합천, 거창 방면으로 쳐들어오는 일본
군을 막도록 하였다. 또한 진주목사 김시민을 비롯한 영남우도의 관
군과 의병을 지휘하여 고성, 사천을 거처 진주를 위협하던 일본군을
부산 방면으로 쫓아내기도 하였다. 김성일의 이러한 초유사 시절의
활동으로 경상우도가 어느 정도 안정을 찾을 수 있었던 것이다.

이와 같이 진주를 비롯한 경상우도가 조금 안정되었을 때 김성일은
경상좌도 관찰사에 임명되었다. 그는 경상우도 사민들의 만류 속에
경상좌도로 떠났다가 도중에 경상우도 관찰사에 임명되어 다시 경상우
도로 돌아와 9월 19일 전임 관찰사 김수와 임무교대를 하게 되었다.

김성일은 경상도 관찰사 겸 순찰사로서 부임하자마자, 일본군의 대
대적인 침공을 막아내고 진주성을 지켜낸 승리를 거두었다. 진주성
전투에 있어서 김성일의 역할은 경상우도 최고 군사지휘관으로서 관
군은 물론 의병을 지휘하여 방어전략을 구사하였다는 점이다. 김성일
은 비록 의령으로 나아가 병력을 과시한 일이 있기는 하지만, 진주성
전투에 있어서 그의 역할은 경상우도의 군사 책임자로서 일본군의 진
주성 공격에 대응하는 전략 운용하는 것이었다. 김성일의 진주성 전
투에서의 전략운용은 크게 세가지로 요약할 수 있다.

첫째는 김시민을 비롯한 판관 성수경, 곤양군수 이광악 등을 주축
으로 한 관군 중심의 수성군의 편성이다. 특히, 김시민은 탁월한 전
술운용과 용병, 그리고 휘하의 장졸과 주민을 규합하여 사투를 전개
함으로써 진주성 수성의 가장 중심적인 역할을 수행하였다. 또한 성
수경이나 이광악 등도 죽음을 무릅쓰고 전투에 임하여 일본군의 공격
을 막아내었다. 이러한 진주 수성 체제는 김성일의 전략운용에 의한
것이었다. 이러한 진주성 수성체제를 갖출 수 있었던 것은 일찍이 그
가 초유사로서 활동함으로 수령을 초유하고, 가수를 임명함으로써 행

정체제를 복구하고, 관군을 복원하였기 때문에 가능하였다.

둘째로는 진주성 외곽에 관군과 의병을 배치하여 진주성을 구원하도록 한 점이다. 김성일이 운영할 수 있었던 군사력은 그가 초유사 재임시절에 재건하고 육성시킨 우도의 관군과 의병세력이었다. 또한 진주성이 위기에 처했을 때 전라도지역의 의병에게 구원을 요청하여 연합작전을 구사하였다. 이는 직접적으로는 일본군에게 포위되어 고립된 진주성 수성군을 구원하는 전투 병력의 증강을 이루는 것이었으며, 부차적으로 일본군으로 하여금 병력을 나누어 전투를 치르도록 함으로써 진주성을 공격하는 병력을 자연스럽게 약화시킴으로서 진주성 수성군의 부담을 줄여 승리를 거둘 수 있도록 하였다고 보여 진다.

셋째로는 일본군에게 포위된 진주성의 전황을 파악하고, 진주성의 요청에 따라 화살 등을 공급하여 전투력을 유지시키고 성내 군사의 사기를 진작시켜 준 점이다. 그가 산음을 중심으로 주변 군현을 중심으로 군사와 물자를 모아 대응하였기 때문에 적절한 시기에 물자를 공급해 줄 수 있었던 것으로 보인다.

또한, 관찰사로서 김성일의 진주성 전투에서의 역할을 올바로 이해하기 위해서는 전주성 전투를 전후로 한 경상우도 북부 지방의 왜군의 동향과 그에 대한 김성일의 대응에 대한 이해가 필요하다. 진주성 전투가 시작되기 이전부터 진주성 전투가 끝난 뒤에까지 상당 기간 경상우도의 거창 방면에 대한 왜군의 위협이 가해지고 있었다. 진주성 전투 직후 김성일은 전투 직후 거창 방면의 일본군의 동향에 대응하기 위하여 삼가로 이동하여 주변 지역 관군을 거느리고 지원하여 김면, 정인홍 등과 함께 거창 고령, 지례, 김산 등의 일본군을 막아내도록 하였다. 김성일의 경상우도 북부지역의 왜군에 대한 일련의 대응은 진주성전투의 전개 양상은 물론 이후 경상우도의 안정에 큰 영향을 미쳤을 것으로 생각된다.

　요컨대 진주성 전투에서 경상우도관찰사 김성일의 역할을 이해하기 위해서는 진주성전투 뿐만 아니라, 당시 동시에 경상우도 북부 지방의 왜군의 동향과 그에 대한 김성일의 대응 과정도 살펴볼 필요가 있다.

하태규 | 전북대학교 인문대학 사학과 명예교수

참고문헌

1. 原典資料

『宣祖實錄』, http://sillok.history.go.kr

『宣祖修正實錄』, http://sillok.history.go.kr

李魯(1974), 『龍蛇日記』, 을유문화사.

李魯(1990), 『松巖集』, 한국고전번역원.

趙慶男(1977), 『亂中雜錄』, 한국고전번역원.

吳希文(이민수 역, 1990), 『瑣尾錄』, 海州吳氏楸灘公派宗中.

鄭慶雲(2009), 『孤臺日錄』, 남명학연구원.

李擢英(2002), 『征蠻錄』, 의성군.

金誠一(2007), 『國譯 鶴峯全集』, 한국고전번역원.

2. 研究論著

姜性文(2004), 「진주대첩에서의 김시민의 전략과 전술」, 『군사』 51, 국방부 군사편찬연구소.

경상대학교 남명학연구소(2013), 『임란의병과 진주대첩 : 학봉 김성일의 활동을 중심으로』.

고석규(1992), 「내암 정인홍의 의병활동」, 『南冥學硏究』 2, 남명학연구원.

金康植(1992),「松庵 金沔의 義兵活動과 役割」,『南冥學硏究』2, 慶尙大學校 南冥學硏究所.

金康植(2003),『임진왜란과 경상우도의 의병운동』, 혜안.

김강식(2012),「임진왜란 시기 來庵 鄭仁弘의 의병운동」,『역사와 경계』81.

김명준(2005),『임진왜란과 김성일』, 백산서당.

김명준(2009),「임진년 진주대첩과 학봉 김성일」,『慶南文化硏究』30, 경상대학교 경남문화연구원.

김미영(2016),『학봉 김성일, 충군애민의 삶을 살다』, 예문서원.

김봉렬(2006),「忠武公 金時敏의 생애와 정신」,『加羅文化』20, 경남대학교 가라문화연구소.

김영나(2012),「송암 김면과 고령 지역의 의병활동」,『韓國思想과 文化』4, 한국사상문화학회.

김준형(1995),「진주 주변에서의 왜적방어와 의병활동 : 제1차 진주성 전투 이전」,『慶南文化硏究』17, 경상대학교 경남문화연구원.

김학수(2014),「김성일의 임란 중 활동과 인적 네트워크」,『南冥學硏究』41.

民族文化推進會(2002),『鶴峯 金誠一의 學問과 救國活動』.

박성식(1992),「진주성 전투」,『慶南文化硏究』14, 경상대학교 경남문화연구원.

박용국(2011),「임진왜란기 진주지역 남명학파의 의병활동」,『南冥學硏究論叢』16, 남명학연구원.

朴翼煥(1996),「壬亂時 一次晋州城大捷에서의 鶴峯과 金時敏의 功業」,『동국사학』30, 동국사학회.

北島万次(1997),「壬辰倭亂과 晋州城 戰鬪」,『南冥學硏究』7, 慶尙大學校 南冥學硏究所.

신윤호(2014),「임진왜란기 성주전투와 일본군의 동향」,『역사학연구』53, 호남사학회.

이상훈(2008),「임진왜란 연구에서 간찰의 활용 : 최경희 간찰을 통한 의병 연구의 보완과 사실 접근」,『古文書硏究』33, 韓國古文書學會.

李載浩(1993),「慶尙右道에서의 鶴峯의 討賊救國活動」,『鶴峯의 學問과 救國活動』, 학봉김성일선생기념사업회.

이형석(1976),『임진전란사』, 임진전란사간행위원회.

이희권(2008),「전라감영의 조직 구조와 관찰사의 기능」,『전라감영연구』, 전주역사박물관.

정진영(2006),「경상도 임란의병의 활동 배경과 의의」,『지역과 역사』18.

정진영(2005), 「松菴 金沔의 임란 의병활동과 관련 자료의 검토」, 『대구사학』 78,, 대구사학회.

정현재(1995), 「경상우도(慶尙右道) 임진의병의 전적 검토 : 김면(金沔), 정인홍(鄭仁弘) 의병군단을 중심으로」, 『慶南文化硏究』 17, 경상대학교 경남문화연구원.

조원래(2011), 「임란 초기 전라좌의병과 임계영의 의병활동」, 『朝鮮時代史學報』 57, 조선시대사학회.

趙湲來(1984), 「全羅左右義兵」과 義兵運動의 性格 : (-壬辰年 嶺南赴援活動을 中心으로-)」, 『論文集 人文社會科學篇』 3, 順天大學校.

지승종(1995), 「16 세기말 진주성전투의 배경과 전투상황에 관한 연구」, 『慶南文化硏究』 17, 경상대학교 경남문화연구원.

지승종(2011), 『진주성전투』, 문화고을.

최효식(2003), 「壬亂 의병 都大將 金沔 연구」, 『梨花史學硏究』 30, 이화사학연구소.

崔孝軾(2004), 「임란기 학봉 김성일의 구국활동」, 『新羅文化』 23, 동국대학교 신라문화연구소.

許善道(1993), 「鶴峯先生과 壬辰義兵活動」, 『鶴峯의 學問과 救國活動』, 학봉김성일선생기념사업회.

하태규(2007), 「임진왜란 초기 전라도 관군의 동향과 호남방어」, 『韓日關係史硏究』 26, 한일관계사학회.

하태규(2008), 「임란기 호남지역 의병운동의 추이」, 『전북사학』 32, 전북사학회.

하태규(2013), 「임진왜란 초 호남지방의 실정과 관군의 동원실태」, 『지방사와지방문화』 권16, 역사문화학회.

하태규(2014), 「金誠一 招諭 활동의 배경과 경상우도 義兵 봉기의 함의」, 『南冥學硏究』 41, 경상대학교 남명학연구소.

하태규(2015), 「임란 호남의병에 대한 연구현황과 과제」, 『역사학연구』 59.

학봉김성일선생 기념사업회(1993), 『鶴峯의 學問과 救國活動』.

한일관계사학회(2013), 1590년 통신사행과 귀국보고 재조명」, 景仁文化社.

김성일의 임란 중 활동과 인적 네트워크

1. 머리말

김성일(1538~1593)은 선조조를 대표하는 학자이자 관료로서 이른바 '穆陵盛世'의 주역이라 해도 손색이 없는 인물이었다. 그는 이황의 고제로서 순정하고 깊은 학문이 있었고, 투철한 사명의식에 바탕하여 관료로서도 많은 치적과 일화를 남겼다. 그러나 1592년 임진왜란의 발발과 동시에 그에 대한 평가는 크게 추락하였고, 그런 인식은 지금까지도 남아 있음을 부정할 수 없다.

특히 선조와 서인들은 경인통신사행에 따른 귀국보고를 문제 삼아 그를 '잘못된 보고로 나라를 그르친 장본인'으로 몰아부쳤는데, '失報誤國論'이 그것이다. 반면 동인[남인]들은 사행에서 보여준 대절과 임진왜란 당시 영남을 지켜낸 공로를 들어 충절로서 그를 평가하였는데, 그것은 '嶺南再造論'으로 요약할 수 있다.

이와 관련하여 필자는 김성일에 대한 상반된 평가를 '失報誤國論' 과 '嶺南再造論'으로 대비하여 분석한 바 있다.[1] 이 글은 '영남재조론' 의 타당성을 수용하는 시각에서 그것을 가능하게 한 인적인 네트워크의 실상을 진단하기 위해 작성하였다.

---

1) 김학수(2012), 「조선후기 사림계의 김성일에 대한 인식과 평가」, 『한일관계사연구』 43, 한일관계사학회.

미증유의 국난 앞에 관민이 단결해야 함은 지극히 마땅하고도 당연한 가치이지만 정파와 학파가 분리되어 있던 당시의 정치학문적 토양은 그러한 가치를 충분히 수용하기 어려운 측면이 있었던 것 또한 사실이다.

이런 측면에서 볼 때, 동인[남인] 퇴계학파의 핵심 인물이었던 김성일이 동인[북인] 남명학파의 거점인 강우지역 사람들과의 공조와 제휴를 바탕으로 초유사·감사로서의 책무를 충실히 수행했다는 것 자체가 이슈가 되기에 충분하다.

이 글은 크게 두 부분으로 구성되어 있다. Ⅱ장에서는 김성일과 남명학파 사이의 친연성을 개인적 성향과 정치적 관계에서 검토하고자 하며, Ⅲ장에서는 인적 네트워크의 성격과 활용의 면면에 대해 살펴보고 그 의미를 가늠해 보고자 한다.

2. 김성일의 개인적 성향과 남명학파와의 관계

1) 김성일의 인간적 성향

김성일은 尙仁의 기풍이 가득한 경상도 안동에서 출생했고, 30세를 전후한 시기까지 이곳에서 생활하며 학업과 행신의 도를 익혔다. 이 과정에서 그는 18세 되던 1556년에 도학에 뜻을 두고 이황의 문하에서 수학했고, 남다른 향학열로 인해 이황으로부터 그 재목을 인정받게 된다.

'士純 金誠一이 陶山에 와 있는데, 무더위를 무릅쓰고 산을 넘어 왕래하면서 의심나는 것을 질문한다. 이 사람은 민첩하면서 배우기를

좋아하므로 그와 학문을 함께 하노라면 몹시 유익하다는 것을 깨닫는
다.'하였다.2)

뿐만 아니라 1566년(명종21)에는 이황으로부터 堯舜 이래로 聖賢들
이 서로 전한 心法을 차례로 적은 屛銘(「題金士純屛銘」)3)을 전수받음
으로써 30세 이전에 퇴계문하에서 학통상의 위치를 강고하게 다지게
된다.

김사순의 병풍에 쓴 銘

공경과 정일로서 덕 이룬 건 堯舜이고	堯欽舜一
두려움과 공경으로 덕 닦은 건 禹湯이네	禹祗湯慄
공손하고 삼감은 마음 지킨 文王이고	翼翼文心
호호탕탕 드넓음은 법도 지킨 武王이네	蕩蕩武極
노력하고 조심하라 말한 건 周公이고	周稱乾惕
발분망식 즐겁다고 말한 건 孔子였네	孔云憤樂
자신을 반성하며 조심한 건 曾子이고	曾省戰兢
사욕 잊고 禮를 회복한 건 顔子였네	顔事克復
경계하며 조심하고 혼자 있을 때 삼가서	戒懼愼獨
명성으로 지극한 도 이룬 건 子思이고	明誠凝道
마음을 보존하여 하늘을 섬기면서	操存事天
바른 의로 호연지기 기른 것은 孟子였네	直義養浩
고요함을 주로 하며 욕심 없이 지내면서	主靜無欲
맑은 날 바람에다 비 갠 뒤 달 濂溪이고	光風霽月
풍월을 읊조리며 돌아오는 기상에다	吟弄歸來

2) 金誠一(1558), 『鶴峯年譜』, 〈戊午〉.
3) 李滉, 『退溪集』卷44, 〈題金士純屛銘〉, "堯欽舜一 禹祗湯慄 翼翼文心 蕩蕩武極
周稱乾惕 孔云憤樂 曾省戰兢 顔事克復 戒懼愼獨 明誠凝道 操存事天 直義養浩 主
靜無欲 光風霽月 吟弄歸來 揚休山立 整齊嚴肅 主一無適 博約兩至 淵源正脈."

온화하고 우뚝한 기상 지닌 明道였네   揚休山立
정제된 몸가짐에 엄숙한 기상으로   整齊嚴肅
전일을 주로 하여 변동 없음 伊川이고   主一無適
박문에다 약례까지 양쪽 다 지극하여   博約兩至
연원 정통 이어받은 그 분은 朱子였네4)   淵源正脈

'堯欽舜一'에서 '淵源正脈'까지 모두 80자로 구성된 이 병명은 김성
일에 대한 이황의 강한 기대감의 표명으로 여겨지는데, 이에 대해 金
涌·李玄逸·李象靖 등은 병명의 전수를 心法 또는 學統 전수의 의미
로 해석하였다.5)

한편 김성일은 이황의 묘지 및 묘갈의 찬술, 도산서원의 건립 및
퇴계집의 편찬 등 스승 사후 사문의 현양사업에 매우 중요한 역할을
담당했다.6) 그리고 1583년 7월에서 1586년 12월까지 나주목사 재임
시에는 大谷書院(景賢書院)의 건립, 『聖學十圖』, 『溪山雜詠』, 『朱子書
節要』, 『退溪先生自省錄』의 간행, 退溪遺墨의 모각 등 '퇴계현양사업'
을 사실상 전담하다시피 했다.

이런 흐름 속에서 김성일은 류성룡·조목과 함께 이황 문하의 3고
제로 인식되기에 이르는데, 아래 실록 기사는 김성일의 학통상의 존
재감을 잘 표현해주고 있다.

---

4) 정선용 역, 국역 『학봉전집』 (3), 민족문화추진회, 215~216쪽.
5) 권오영(2000), 「鶴峯 金誠一과 安東地域의 退溪學脈」, 『한국의철학』 28, 경북
   대 퇴계연구소, 52~54쪽.
6) 金誠一, 『鶴峯集』 續集 卷4, 〈與趙月川琴聞遠(辛未)〉; 〈與趙月川琴聞遠(壬
   申)〉; 〈與趙月川(甲戌)〉; 〈答趙月川〉; 〈與趙月川(甲申)〉; 〈與趙月川〉; 〈與趙月川
   (丙戌)〉; 〈答趙月川〉; 〈答趙月川(丁亥)〉; 〈與趙月川(戊子)〉; 〈答趙月川(己丑)〉;
   〈答李宏仲(壬辰)〉.

류성룡은 趙穆·金誠一과 함께 퇴계의 문하에서 배웠다. 성일은 剛毅, 독실하여 풍도가 엄숙하고 단정하였으며 너무 곧아서 조정에 용납되지 못하였으나 大節이 드높아 사람들의 異義가 없었는데 계사년 나라 일에 진력하다가 軍中에서 죽었다. … 조목은 성일을 낮게 생각하고 성룡을 못하게 여겼는데, 만년에는 성룡이 하는 일에 매우 분개하여 絶交하는 편지를 쓰기까지 하였다. 퇴계의 문하에서는 이 세 사람을 領袖로 삼는다.[7]

여기서 주목할 것은 사신이 김성일의 기풍과 행적을 剛毅·篤實·峻整·直道·大節이란 용어로 표현하고 있다는 점이다. 일견 물리침보다는 감싸 안음을 지향하고 尙德의 학문 풍토를 강조했던 퇴계학파의 종지와는 사뭇 어울리지 않는 평가라 할 수 있다.

『학봉연보』 등의 문헌에 따르면, 김성일은 유년기 이래로 남다른 강고한 氣節로 주위를 놀라게 했고, 이런 성향은 20대의 유생기를 거쳐 1568년 문과에 합격한 뒤로는 관직 사회라는 공적 영역에서도 일체의 굴절 없이 표출되었다.

① 여러 아이들과 장난을 하는데도 우뚝하게 두각을 드러냈으며, 뜻이 맞지 않으면 결연히 떠나가서 조금도 굽히는 일이 없었다. 이에 判書公이 기이하게 여겨 말하기를, "이 아이는 후일에 반드시 時勢를 따르지 않을 것이다." 하였다.[8]

② 일찍이 "벌로 맞을 매를 자진하여 가져오라." 하였더니, 선생은 굵은 것을 갖다 바쳤다. 누군가가 그 까닭을 물으니, 말하기를, "매가 아

---

7)『宣祖實錄』卷211, 宣祖 40年 5月 13日(乙亥), "誠一剛毅篤實 風裁峻整 以直道不容於朝 而大節卓落 人無異議 歲在癸巳 盡瘁王事 卒於軍中."
8) 金誠一(1545),『鶴峯年譜』,〈乙巳〉.

프지 않으면 징계가 되지 않아서이다."하였다[9]

예컨대, 유생시절인 1562년에 기획했던 禧陵 천장의 부당성을 주장한 상소는 문정왕후·보우 및 윤원형 등 당대의 권력 실세를 겨냥한 것이었고, 봉교 재직시인 1571년에 주장한 燕山後嗣論과 노릉 복위 및 사육신 복작론은 국가적 기휘를 건드리는 주장이라는 점에서 목숨을 담보로 하는 감언이라 할 수 있었다. 이 과정에서 그는 '鐵面御使' 또는 '展上虎'라는 별칭을 얻으며 경외시 되었다. 이런 측면을 고려한다면, 김성일은 이황의 독실한 문인이면서도 그 성향과 기절에 있어서는 조식 및 남명학파와 매우 유사한 점이 많았다고 할 수 있다.

2) 남명학파와의 관계 : 친연성을 중심으로

김성일은 조식을 사사한 적이 없거니와 일생 상면한 적도 없었다. 그러나 그가 당대 영남의 석학 조식의 존재를 몰랐을 리 없고, 정구·정탁·김우옹 등 퇴계·남명 양문을 출입한 사우들을 통해 조식에 대해 매우 자세하게 알고 있었음은 두 말한 나위가 없다.

예컨대, 김성일은 이황의 실기 및 언행록을 찬하면서 조식의 평가를 적극 인용하고,[10] 1591년에 올린 차자에서는 일찍이 방납의 폐단을 망국의 원인으로 지적한 조식의 주장을 시대에 절실한 의논 즉, '切時之論'으로 극찬한 것에서도 조식에 대한 친화적 인식의 일단을 살필 수 있는 것이다.

---

9) 金誠一, 『鶴峯年譜』〈丁未〉(1547).
10) 李滉, 『退溪集』, 「言行錄」 6, 〈實記〉(金誠一撰); 金誠一, 『鶴峯集』 續集 卷5, 「雜著」, 〈退溪先生言行錄〉, "陶山精舍下有漁梁 官禁甚嚴 人不得私漁 先生每當暑月 則必居溪舍 未嘗一到于此 曹南冥聞之笑曰 何太屑屑也 我自不爲 雖有官梁 何嫌何避 先生曰 在南冥則當如彼 在我則亦當如是 以吾之不可學柳下惠之可 不亦宜乎."

處士 曺植이 일찍이 아전들이 방납하는 폐단에 대해 아뢰기를, "국가가 망하는 것은 반드시 이것 때문일 것입니다." 하였는데, 신들이 일찍이 지나친 말이라고 여겼습니다. 그런데 지금 와서 볼 때에는 실로 이 시대에 절실한 의논이라고 하겠습니다.[11]

조식과 김성일의 기질적 동질성을 단적으로 보여주는 것은 '劍'과 '義'의 숭상이었다.[12] 조식의 학문이 敬義學으로 요약되고, 또 조식이 수양의 도구로서 칼을 지녔음은 주지의 사실이다. 공교롭게도 일찍이 김성일은 자제들에게 칼을 나누어 주면서 아래와 같이 훈계한 바 있는데, 의를 숭상하는 근본 정신에 있어서는 조식과 맥락을 같이하는 것임에 분명했다.

어느 날엔가 자제들에게 劍을 나누어 주면서 이르기를, '너희들은 내가 검을 나누어 주는 뜻을 알겠느냐? 모름지기 이 검으로 義와 利의 빗장을 깨뜨려서 취하고 버릴 것을 구별하기 바란다.' 하였다.[13]

조식에 대한 친화적 인식, 기질상의 동질성은 후일 김성일이 남명학파의 본산인 진주권을 중심으로 초유사 및 경상우병사로 활동하며 인근 사족들의 광범위한 협력을 이끌어내는 바탕이 되었음은 의심의 여지가 없다.

---

11) 金誠一, 『鶴峯集』 卷3, 〈請遇災修省箚(辛卯)〉 "處士曺植 嘗陳胥徒防納之弊 以爲 國家之亡 必由於此 臣等嘗以爲過 以今觀之 實切時之論也."
12) 김성일에 있어 劍의 의미에 대해서는 宋載卲(1993), 「鶴峯의 義理精神과 紀行詩에 나타난 劍의 이미지」(『鶴峯의 학문과 구국활동』, 학봉김선생기념사업회)를 참조하기 바란다.
13) 金誠一, 『鶴峯集』 附錄 卷3, 〈言行錄〉, "一日 以劍分贈子弟曰 汝等知所以贈劍之意乎 須以此斬斷義利之關 以別其取舍也."

사실 김성일이 남명학파 인사들로부터 우호적인 인식을 이끌어내
는데 결정적인 계기가 된 것은 '崔永慶伸寃論'이었다. 1589년 기축옥
사에 연루된 崔永慶의 죽음은 무고에 의한 寃死라는 것이 통념이었
다. 그러나 기축옥사 자체가 워낙 민감한 정치적 사건이었기 때문에
당시로서는 이 문제를 발론하기조차 어려운 것이 사실이었다.

그럼에도 김성일은 1591년 5월 부제학 재직시 최영경의 신원을 강
력하게 촉구했고, 선조의 거듭된 힐문에도 불구하고 뜻을 굽히지 않
고 자신의 입장을 고수했다.14) 최영경의 죽음을 정철과의 개인적인
원한에서 기인하는 것으로 판단하고 있었던 김성일은 동년 8월 8일
조강에서 이 문제를 다시 거론했고,15) 마침내 선조는 동월 11일 최영
경에게 직첩을 환급하라는 획기적인 명을 내리게 된다.16)『선조실록』
의 찬자가 최영경의 신원을 위한 김성일의 노력상을 '淸論을 부식하는
행위'라는 특별한 평가를 내린 것은 이 사안이 당대 정계의 묵시적 기
휘를 과감하게 깨트린 것이었기 때문이다.

> 간신 정철이 己丑逆獄으로 인하여 처사 崔永慶을 터무니없는 죄로
> 얽어 죽이니, 사람들은 모두 최영경의 원통함을 알고 있었으나 감히
> 말하는 자가 없었는데 김성일이 어전에서 항언으로 변명하여 설원과
> 복관이 되게 하였으니, 淸論의 한 맥이 이를 힘입어 이어졌다.17)

김성일과 최영경은 같은 영남출신으로 동인에 속했지만 최영경에
대한 김성일의 신원요청을 지역적, 정파적 연고의 결과로 해석하기는

14)『선조수정실록』권25, 선조 24년 5월 1일(을축).
15)『선조실록』권25, 선조 24년 8월 8일(경자).
16)『선조실록』권25, 선조 24년 8월 11일(계묘).
17)『선조실록』권60, 선조 28년 2월 6일(기유).

어렵다. 두 사람이 각기 이황과 조식의 고제였고, 기축옥사가 남인[퇴
계학파]과 북인[남명학파]의 분립을 재촉한 측면이 있음을 고려할 때
김성일의 '최영경신원론'에 당파·학파성이 개입할 여지는 없다고 본
다. 오히려 김성일은 충역과 시비의 엄정한 가림의 차원에서 이 사안
에 착목하여 괄목할만한 성과를 도출했던 것이다. 결과적으로 그의
이러한 정치적 조처는 남명학파 인사들에게 우호감을 심어주기에 충
분했고, 자신이 가장 어려울 때 협찬을 이끌어내는 바탕이 되었음은
앞에서 언급한 바와 같다.

3. 임란 중 김성일의 인적 네트워크와 그 활용

1) 남명학파권 : 의병조직을 중심으로

(1) 남명학파권 인사들과의 공조 및 제휴관계

김성일은 임진왜란 한 달 여 전인 1592년 3월 1일에 특지로 경상우
병사에 임명되었다. 1591년 11월 축성의 불합리성을 논한[18] 차자에
따른 문책성 인사였다. 김성일은 부임 도중인 4월 15일 충주 객관에
서 목사 민성휘와 대담하다 임란 발발 사실을 인지하였고, 상주를 경
유하면서 조정·정기룡 등 각기 의병과 관군으로서 국난극복에 힘을
합치게 될 동지들을 잠시 접견하고 임지로 갔다. 황급한 상황에도 김
성일은 기율을 강조하며 위엄을 잃지 않았고, '한번 죽어 나라의 은혜
를 갚는 것이 소원이다'는 신념을 바탕으로 직사에 임했다.

그러나 김성일은 우병사로서의 본무를 제대로 수행하기도 전에 나

---

18) 『선조수정실록』 권25, 선조 24년 11월 1일(계해).

문의 명이 내려 서울로 올라갔고, 류성룡·최항 그리고 세자 광해군의
원호에 힘입어 직산에서 초유사에 임명되어 남하하게 되었다.

김성일이 남원을 거쳐 함양에 도착한 것은 5월 초였다. 이 때부터
그는 1593년 4월 29일 진주 공관에서 사망하기까지 꼬박 1년 동안 국
난의 한 복판에서 '한번 죽어 나라의 은혜를 갚는 것이 소원이다'고
한 신념대로 부여된 책무를 다하기 위해 부심했다.

초유문의 찬술과 포고에서 비롯된 김성일의 구국활동은 국가의 공
권력과 의병이라는 민간조직의 조율과 조화에 바탕하였으며, 특히 남
명학파권 인사들의 적극적인 협찬 없이는 불가능한 것이었다.

이제부터는 동인[남인] 퇴계학파의 핵심 인물이었던 김성일은 어떤
자세와 방식으로 동인[북인] 남명학파의 거점지인 함양·진주 일원 사
민들의 적극적인 호응을 이끌어낼 수 있었는지를 살펴보기로 한다.

김성일이 함양에 도착해서 가장 먼저 한 일은 초유문의 찬술 및 포
고였다. 정경운의 일기 『고대일록』에 따르면, 초유문이 포고된 것은
5월 8일이었고, 이 과정에서 조종도·이로 등의 적극적인 협찬이 있
었다.[19] 이 두 사람은 김성일이 함양에 도착하는 순간부터 매사를 함
께 협의하여 처리한 동지였다. 이들이 처음 찾아왔을 때 김성일은 크
게 기뻐하며 '하늘이 나를 도왔다'[20]고 할 만큼 강렬한 의지감을 표
명하였는데, 특히 이로는 김성일의 사미시 동방으로 이미 25년 전부
터 교계를 맺어온 사이기도 했다.

---

19) 당초 김성일은 초유문의 찬술을 李魯에게 맡겼으나 수식이 많다는 이유에서 자신
   이 새로 지었다(金誠一, 『鶴峯年譜』, 〈壬辰〉, "李魯素以能文名 先生令製招諭文
   魯卽製進 先生覽之曰 君之作儘佳矣 第文勝耳 乃立草 悉從肝膈中出 筆不暇濡云.")
20) 金誠一, 『鶴峯年譜』, 〈壬辰〉, "五月初 由湖南路進次咸陽 前縣令趙宗道前直長李
   魯來見 初 趙李二公 因事入京 聞邊報日急 約還鄉倡義討賊 如不克濟 當同沈於水
   義不可辱 至是來見先生 先生大喜曰 天贊我也."

나 李魯는 참으로 어떠한 사람이기에 공과 함께 한 시대에 나란히
나서 일찍이 젊어서는 나란히 과거에 급제하였고, 늙어서는 松柏처럼
변치 않는 우의를 맺었는가. 學士樓 위에서 함께 招諭文을 지었고, 換
鵝亭 가에서 召募將의 節符를 나누었다. 2년 동안 幕下에 있으면서 터
럭만치도 보좌한 것이 없지만, 천 리의 關河를 떠돌면서 오래도록 전
쟁터를 내달리는 데 따라다녔다. 사람들은 나를 보고 미쳤다고 하였
지만 공만은 나를 버리지 않았고, 사람들은 나를 보고 어리석다 하였
지만 공만은 나를 버리지 않았다. 임진년 늦겨울에 베개를 나란히 베
고 누워 새벽까지 나눈 대화를 혼령께선 잊었는가. 지리한 공문서를
보면서 허실에 대해 반복하여 논한 것을 혼령께선 잊었는가. 아, 애통
하고 애통하다.[21]

결국 김성일은 조종도·이로 등 남명학파 핵심 인사들의 호응 속에
초유문을 완성하여 도내에 포고하는 한편 고을별로 소모유사를 택정
하여 의병활동을 독려할 수 있었던 것이다. 이 점에서 조종도·이로는
남명학파권 소통 및 제휴의 견인차에 다름 아니었고, 무엇보다 퇴계
·남명의 유풍을 언급한 초유문의 내용 또한 남명학파권 사림들의 의
기를 고양시키는 촉매가 되었다.

또 근래의 일을 가지고 말하더라도, 退溪와 南冥 두 선생이 한 시대
에 나란히 나서 道學을 처음으로 講明하면서 인심을 순화시키고 倫紀
를 바로잡는 것으로써 자신의 임무로 삼았다. 이에 선비들 가운데에는
두 선생의 교육에 감화되고 흥기하여 본받는 사람이 많았다. 이들은

---

21) 金誠一, 『鶴峯集』附錄 卷4, 〈祭文(李魯)〉, "魯誠何人 生并一時 夙攀蓮籍之聯翩
晚契松盟之膠漆 學士樓上 共草招諭之文 換鵝亭畔 分佩召募之符 二年油幕 縱蔑
絲毫之裨 千里關河 久陪驅馳之勞 人謂我狂 公獨不遺 人謂我愚 公獨不棄 壬辰季
冬之月 聯枕達曙之話 靈其忘也歟 支離盈尺之牒 反覆虛實之論 靈其忘也歟 嗚呼
痛哉."

평소에 많은 성현들의 글을 읽었으니, 이들의 자부심이 어떠하였겠는
가. 그런데 하루 아침에 왜변을 만나서는 오로지 살기만을 구하고 죽기
를 피하는 데 급급하여, 스스로 군주를 버리고 어버이를 뒤로 하는 죄
악에 빠지고 말았다. 그러니 구차스럽게 한 목숨을 부지한다고 하더라
도 장차 어떻게 한 하늘 아래에서 살 수가 있겠으며, 죽어 지하에 들어
가서는 또한 무슨 낯으로 우리 선현들을 뵐 수 있겠는가.[22]

아울러 김성일은 조식의 외손서이자 문인이었던 곽재우에게도 글
을 보내 '살아서는 충의의 선비가 되고 죽어서는 충의의 귀신이 되
자'[23]는 표현까지 쓰며 진심어린 마음으로 의병활동의 확대를 촉구
하였다. 이 두 편의 글은 금세 전국으로 퍼져나갔고, 9월 초 이 글을
접한 吳希文은 자신의 일기 『瑣眉錄』에 두 글의 전문을 초록함은 물
론 아래와 같은 논평을 남겼다.

이 두 글을 보니 말뜻이 간절하여 忠義를 권장하고 격려하였는바,
영남의 선비들이 모두 떨쳐 일어난 것이 어찌 이로 말미암아서 발한
것이 아니겠는가. 부여받은 직임을 저버리지 않았다는 것을 족히 볼
수가 있겠다.[24]

김성일과 남명학파권 인사의 제휴 및 공조상을 가장 자세하게 파악
할 수 있는 자료는 함양 출신의 선비 鄭慶雲의 일기 『孤臺日錄』이다.

22) 金誠一, 『鶴峯集』 卷3, 〈招諭一道士民文(壬辰)〉, "且以近事言之 退溪南冥兩先
　　生 竝生一世 倡明道學 以淑人心扶人紀爲己任 士子之薰陶漸染 興起私淑者多矣
　　平日讀許多聖賢書 其自許何如 而一朝遭變 惟貪生避死之是急 自陷於遺君後親之
　　惡 則偷生世間 將何以頭戴一天 死入 一本之死 地下 亦何以見我先正."
23) 吳希文, 『瑣眉錄』, 〈壬辰 9月 2日〉, "生爲忠義之士 死作忠義魂 足下勉之."
24) 吳希文, 『瑣眉錄』, 〈壬辰 9月 2日〉.

이에 따르면, 김성일은 함양에 도착하면서부터 초유사로서 본격적인 직무를 수행하기 시작했다. 그 신호탄이 된 것은 초유문의 찬술 및 포고였는데, 그 과정에 대해서는 전술한 바와 같다.

한편 김성일은 조종도·이로를 각 고을로 파견하여 소모 활동에 박차를 가하여 함양의 盧士尙·朴遜, 안음의 鄭惟明, 삼가의 盧欽·朴思齊 등을 소모유사로 차정하여 군사를 징발하게 했는데, 이 때 정경운은 초모유사로 활동했다. 여기서 한 가지 주목할 것은 소모 및 초모유사로 활동한 인물의 대부분이 정인홍의 문인(이하 내암문인)이라는 사실이다. 위의 인물 가운데 盧士尙·朴遜·朴思齊·鄭慶雲은 〈내암문인록〉에 등재되어 있고,[25] 정유명은 내암문인 정온의 아버지라는 점에서 정인홍 계열과 매우 가까웠다고 할 수 있다. 위 소모유사의 인적 구성은 당시 남명학파의 핵심인 내암계열이 김성일의 지휘에 호응하였음을 뜻했다.

이런 기반 위에서 초유활동의 탄력을 받은 김성일은 의병장으로서 맹위를 떨쳤음에도 인근 수령들에 의해 토적으로 몰리면서 다소 위축되어 있던 곽재우에게 글을 보내 의병활동을 권면하게 된다.

들으니, 足下께서는 閭閻에서 떨쳐 일어나 의병을 불러 모아서는 강 한가운데서 賊船을 섬멸하여 의로운 명성이 한 지역에 치솟았고, 이것을 들은 자는 용기가 북돋지 않은 이가 없다고 하니, 先大夫께서 좋은 후예를 두었다고 이를 만합니다. 군사들에게 이러한 意志를 완수토록 힘써 의로운 군대를 더욱 펼치시어, 지역 안의 封豕를 도륙하고 도탄에 빠진 백성들을 구제하셔서, 위로는 君父의 원수를 갚고 아래로는 忠孝의 문중을 빛내신다면 또한 통쾌한 일이 아니겠습니까.[26]

25) 이상필, 『남명학파의 형성과 전개』, 와우출판사, 2005, 142~146쪽.

〈학봉연보〉에는 이로 인해 곽재우가 감격하며 용기를 얻었고, 이 글을 깃대에 매달아 향리 사람들에게 보이자 그의 행동이 의거임을 알고 감사나 수령도 가로막지 못함으로써 의진의 위세를 다시 되찾게 되었다고 적혀 있다.27)

그러면 김성일의 이러한 조처가 남명학파권 인사들에게 먹혀들 수 있었던 또 다른 배경은 무엇이었을까? 그것은 충의에 바탕한 진정성으로 요약할 수 있는데, 정경운은 그것을 이렇게 표현하고 있다.

> 순찰사 金睟가 호남에서 왔다. 김수는 勤王을 칭탁하여 전라도에 주둔하고 있었는데, 길에서 초유사 김성일을 만났다. 김성일이 義理를 開陳했는데, 말의 논리가 바르고 절실했다. … 내가 초유사를 만났는데, 초유사가 힘주어 말하기를, "士子의 義氣가 이때가 아니라면 언제이겠습니까."라고 했다.28)

한편 김성일은 우도 곳곳을 누비며 초유활동을 전개했고, 산음·단성·진주를 순회하기 위해 함양을 떠날 때는 정경운에게 고을의 일을 신신당부하는 곡진함도 보였다. 내암문인이었던 정경운을 그만큼 신뢰했다는 뜻이었다.

충의와 진정성에 바탕한 초유활동은 사민을 감동시키며 금세 효과를 드러냈다. 김성일이 단성에 이르렀을 때는 곽재우가 관복 차림으로 예를 갖추어 알현했으며, 진주의 사민들 또한 그의 지휘에 크게 호응해주었다.29) 이 과정에서 김성일은 오운(吳澐)을 소모관으로 삼

---

26) 鄭慶雲, 『孤臺日錄』 卷1, 〈壬辰 5月 8日〉.
27) 金誠一, 『鶴峯年譜』, 〈壬辰〉.
28) 鄭慶雲, 『孤臺日錄』 卷1, 〈壬辰 5月 10日〉.
29) 金誠一, 『鶴峯年譜』, 〈壬辰〉.

는 가운데 군사 수천명을 얻어 곽재우를 돕게하는 등 전열을 크게 정
비해 나갔다. 퇴계·남명 두 문하를 출입한 오운의 소모관 차정은 명
분과 실리 모두 취할 수 있는 선택이었다는 점에서 주목할만 했다.

　이런 상황에서 노사상의 창의는 김성일의 초유활동에 큰 힘을 실어
주는 계기가 되었다. 아래 기사는 노사상이 향중 사민들에게 의병을
촉구하는 통고문인데, 여기에서 그는 자신의 창의가 김성일의 초유문
에서 영향을 받았음을 분명히 밝히고 있다.

　　　盧志夫가 글을 보내 鄕人들과 모여 의병을 일으키는 일에 대해 의논
　　했다. 나 역시 참석하여 이에 대해 논의하였다. 그 글에 이르기를, "海
　　賊이 갑자기 쳐들어와 君父가 蒙塵하게 되었으니, 올바른 뜻을 지닌
　　선비가 칼을 베고 누울 날이 온 것입니다. 초유사도 檄文을 보내 의병
　　을 일으키도록 했으니, 그 글 전체가 나라를 걱정하는 뜻이 간절하여
　　누군들 피눈물을 함께 흘리지 않겠습니까. 무릇 백성과 선비인 사람
　　들은 마땅히 한마음으로 힘을 다해 聲勢를 도와야 하니, 관련된 모든
　　사람들에게 通告하여 義氣를 진작시키도록 합시다."라고 했다.[30]

　김성일의 초유활동을 가장 긴밀하게 도와준 사람은 역시 조종도와
이로였는데, 초유사의 명으로 각 고을의 군사들을 사열한 것도 이들
이었다.[31] 남명문인들의 적극적인 협조 속에 5월 후반 경부터는 의병
활동이 더욱 활기를 띄기 시작했다.

　그런 정황은 5월 22일 노사상이 함양에서 의병을 일으키고, 김면이
열읍에 통문을 보내 기병유사를 정한 것에서도 확인할 수 있다.

---

30) 鄭慶雲, 『孤臺日錄』 卷1, 〈壬辰 5月 15日〉.
31) 金誠一, 『鶴峯年譜』, 〈壬辰〉.

盧志夫(盧士尙)가 다시 通文을 보내 鄕人들과 모여 의병을 일으켰는데, 나도 이에 참석했다. … 金松庵이 列邑에 통문을 보내 起兵有司를 정했다. 安陰은 鄭惟明·成彭年이, 咸陽은 盧士尙·盧士豫·朴遜이, 山陰은 吳偲·吳長·林應聘이, 丹城은 李魯·金景漢·李惟誠이, 三嘉는 盧欽·李屹·朴思齊가, 宜寧은 李雲紀·郭再祐·郭赾 등이다.[32]

김면·곽재우를 축으로 하여 노사상·오장·이로·이흘 등으로 구성된 기병유사진은 의병의 본체이자 당시 남명학파의 실체라 해도 손색이 없는 인적 구성이었다. 애초부터 김성일을 적극 도왔던 이로가 유사진에 포함됨으로써 의사소통 및 조율에 효율성을 기할 수 있었던 것은 재론의 여지가 없다.

이런 가운데 남명문인 내에서도 위상이 높은 인물로서 함안지역 의병을 이끌던 이정이 휘하에 들어오고, 내암문인으로 김성일과는 친구 사이였던 박성을 막하에 두게 됨으로써 김성일의 지휘력은 더욱 확대되었다. 특히 박성은 김성일이 진주 공관에서 사망하는 순간까지 간병하며 곁을 지킨 절실한 부하이자 벗으로 남게 된다.

전 正郎 朴惺이 와서 만나 보았다. - 박성은 본래 선생의 친구였는데, 이때에 와서 보고는 함께 일하기로 약속하고 幕下에 머물게 하였다. 의병장 李瀞을 咸安으로 보내어 군사와 군량을 모집하게 하였다. 이정은 함안 사람으로, 일찍이 南冥 曺植 문하에 있었는데, 어질고 믿음이 있는 長者라고 일컬어졌다. 이때에 이르러 군사를 모집하면서는 한 달 동안에 수천 명이나 모집하였으며, 군량을 모은 것도 수백 섬이었다. 선생이 회답하는 帖文에 이르기를, "죽음을 무릅쓰고 왜적들의 소굴로 들어가 수천 명의 향병을 모았으니, 충의가 본디부터 드러나지 않았다면 어찌 이렇게 할 수 있었겠는가." 하였다.[33]

32) 鄭慶雲, 『孤臺日錄』卷1, 〈壬辰 5月 22日〉.

이처럼 강우 사림의 적극적인 향응에도 김성일은 각 유사들에게 擧
義의 지연을 질책하는 등 초유사로서의 책무 수행에 만전을 기했고,
그 결과 6월 초중순부터는 의병의 수가 점차 증가함으로써 상황도 호
전되어 갔다.[34]

이 시기 김성일이 초유활동을 전개함에 있어 가장 중시한 것은 의
견의 합리적 수용과 신상필벌의 적용이었다. 훈련원 봉사를 지낸 최
변을 의병장으로 삼을 것을 요청한 정경운의 건의를 흔쾌히 받아들인
것은 현지 실정 및 사론을 합리적으로 수용하려는 마음의 표현이었
고, 선적·악적을 둔 것은 매사를 신상필벌의 원칙에 따라 처리하겠다
는 강한 의지의 표명이었다.[35]

여러 고을에 善惡籍을 두게 하였다. 왜적을 치는 자는 善籍에 적고
왜적에게 빌붙은 자는 惡籍에 적었다. 이에 왜적에게 빌붙었던 백성
들이 앞다투어 왜적들의 수급을 가지고 와서 앞서 지은 죄를 씻어 주
기를 청하였다.[36]

각 고을의 군졸들이 매복을 하거나 적과 싸울 때 흩어져 도망치는
것이 풍조가 되어, 비록 뛰어난 장수가 있다고 하더라도 속수무책으
로 온 도가 왜적들에게 함몰당하는 것이 실로 여기에서 말미암고 있
다. 도망치는 군졸들이 한꺼번에 많은 사람이 도망치면 일일이 군법

---

33) 金誠一, 『鶴峯年譜』, 〈壬辰〉, "前正郎朴惺來見 惺本先生故人 至是來見 約與同
事 留置幕下 遣義兵將李瀞往咸安 收兵募粟 瀞咸安人 早遊南冥門下 素稱仁信長
者 至是行收兵 旬月得數千人 募粟亦多至數百千石 先生回帖曰 冒死入賊窟 收聚
數千鄕兵 非忠義素著 何以得此."

34) 鄭慶雲, 『孤臺日錄』 卷1, 〈壬辰 6月 11日〉, "己亥 自願赴義者 稍稍來集 閭巷愚
夫愚婦 皆知討賊之義 而咸思敵愾者 以其有識士夫爲之倡導故也."

35) 鄭慶雲, 『孤臺日錄』 卷1, 〈壬辰 6月 14日〉; 〈壬辰 6月 15日〉.

36) 金誠一, 『鶴峯年譜』, 〈壬辰〉.

을 시행할 수가 없을 것이라고 여기고 있으니, 더욱더 통분스럽다. 지금 이후로는 統將, 都訓導, 領將의 명단을 작성해서 보고하되, 10명의 군사 가운데에서 도망치는 자가 있을 경우에는 통장을 참수하고, 통장 가운데에서 도망치는 자가 있을 경우에는 도훈도를 참수하며, 全軍이 모두 도망칠 경우에는 영장을 참수하라. 그리고 槍軍 등은 각자 戶首 및 主戶가 있으니, 각자의 이름 아래에 주호와 호수의 이름을 적어 놓았다가 도망친 뒤에 즉시 잡아 보내지 않는 자가 있을 경우에는 그들도 같이 죄를 주며, 한 번 도망친 사람은 재산을 籍沒하여 싸움을 한 군사들에게 나누어 주고, 재차 도망친 자는 모두 참수하라.[37]

威嚴論에 바탕한 원칙의 엄정한 적용과 慰悅論에 따른 포용으로 요약되는 김성일의 리더십은 일체의 흔들림없이 유지되었다. 7월 13일 소문을 날조하여 의병을 모욕한 산척 정흔의 목을 베고, 7월 21일 군관 장응린의 전사를 깊이 상심하며 부물을 전달한 것은 그 단적인 예라 할 것이다.

한편 김성일은 초유사로 부임한 지 한 달 여 지난 6월 22일 거창에서 강우 의병의 상징적 존재였던 김면과 정인홍과 합좌하여 토왜의 대책을 강구하게 되는데, 이날의 상황을 정경운은 이렇게 서술하고 있다.

大將 鄭來庵과 大將 金松庵이 군사를 거느리고 居昌으로 와서 招諭使 金誠一과 만나 적을 토벌할 방안을 의논하니, 신기한 智謀와 기발한 計策이 사람이 생각할 수 있는 정도를 넘어섰다.[38]

---

37) 金誠一, 『鶴峯集』 續集 卷3, 〈傳令列邑將領等〉.
38) 鄭慶雲, 『孤臺日錄』 卷1, 〈壬辰 6月 22日〉, "庚戌 鄭大將來庵金大將松庵 領兵來會于居昌 與招諭使金誠一相議討賊之方 神謀奇計 出人意表."

관을 대표하는 김성일, 민을 대표하는 김면·정인홍과의 3자회동은 관민의 공조체계를 상징적으로 보여준다는 의미에서 시사하는 바가 매우 컸다. 정인홍의 경우 당시 남명학파의 좌장적 존재라는 점에서 김성일과는 약간의 이질성이 있어 보이는 것은 사실이지만 김면은 퇴계문하의 동문이었으므로 김성일과는 친숙한 관계에 있었다고 할 수 있다.

김성일이 곽재우·김면·정인홍 등 당시 강우 의병의 실질적 지도자들과 이처럼 원활한 공조체계를 이룰 수 있었던 또 다른 배경은 무엇일까? 여기서 우리는 김우옹·정구의 존재에 주목할 필요가 있다고 본다. 주지하다시피 김우옹·정구는 퇴계·남명문인으로 김성일과는 각별한 교계를 맺어온 사람들이다. 특히 김우옹은 임진왜란을 전후한 시기에 재조 남명문인을 대표하는 인물로서[39] 김성일과는 환우인 동시에 정치적 입장도 함께 한 동지였다.

> 갑신년 겨울에 선왕께서 하교하시기를 '지금 재주가 있는 자를 내가 앞으로 크게 쓰겠으니, 대신들은 각각 추천하도록 하라.' 하자, 노수신이 金宇顒·金誠一·白惟讓·李潑·鄭汝立 등 다섯 사람을 추천하였습니다.[40]

> 대개 갑술년(1574) 무렵부터 사림이 당파로 나뉘게 되었는데, 이들을 지목하여 동인이라 하고, 서인이라고 하였다. 동인은 吳健·鄭琢·柳成龍·金宇顒·金孝元·金誠一이 영수가 되었다.[41]

---

39) 朴世采, 『南溪集』卷29, 〈再答尹子仁(辛酉十二月七日)〉, "退溪南冥兩門 多係黨論以後人物 極難稱停 蓋溪門則必以西厓鶴峯爲首 冥門則以守愚東岡爲首."
40) 『광해군일기』 권67, 광해군 5년 6월 15일(임인).
41) 『厚光世帖』卷2, 文靖公事蹟〈東西黨禍錄〉.

무엇보다 그는 김성일이 '실보오국론'에 몰려 곤혹을 치를 때 누구
보다 적극적으로 변호한 사람이기도 했다. 1596년 2월에 올린 상소
에서 그는 김성일을 강우 의병의 실질적 주도자로 자리매김하는데 주
저하지 않았고, 심지어 사행 및 임란 순국과 관련한 김성일의 행위를
大節로 평가하기까지 했던 것이다.

> 金誠一은 일본에 奉使하면서 그 높은 절의를 굽히지 않았기 때문에
> 비록 교활한 玄蘇라 할지라도 오히려 감히 그의 절의를 숭상하여 말
> 하지 않은 적이 없었습니다. 嶺南에 受任하여서는 의병을 규합하며
> 강개한 마음으로 애쓰다가 군중에서 죽고 말았습니다. 영남 사람들이
> 이를 생각하고 눈물을 흘리지 않는 자가 없습니다. 당시 鄭仁弘·金沔
> ·郭再祐의 무리가 의병을 일으켜 적을 토벌하고 큰 공로를 세운 것은
> 모두가 誠一이 주도하여 성취한 것입니다. 그런데 지금 追贈의 명이
> 沔에게만 미치고 성일은 여기에서 빠졌으니, 실로 聖世의 欠典입니
> 다. 성일이 일본에 사신가서 형세를 세밀히 살피지 못한 것이 단점이
> 되기는 하겠으나, 이는 실로 무심한 데에서 나온 것이니, 어찌 깊이
> 책할 수 있겠습니까. 비록 죄가 있다 하더라도 어찌 조그만 과실로 大
> 節을 가리울 수 있겠습니까.[42]

그리고 정구는 퇴계문하의 동문으로 일찍부터 책선해 온 김성일의

---

42) 金宇顒, 『東岡集』卷9,〈陳時務十六條箚丙申二月吏曹參判時〉, "金誠一奉使日
本 能抗節不屈 使異俗有敬憚之心 雖以玄蘇之狡黠 猶不敢不以尙節義爲言 其不辱
君命 可知矣 及受任嶺南 當搶攘奔敗之餘 乃能收合人心 糾率義徒 把截防守 使賊
兵不敢恣行踐躪 而子遺之民 得免魚肉 其功甚茂 忼慨焦勞 僵死軍事 南人思之 無
不隕涕 當時如金沔郭再祐之徒倡義討賊 顯立功勳 無非誠一主張成就之力 今追贈
之命 及於沔 而獨遺誠一 恩典欠闕 民情拂鬱 何以答一路之望而爲他日激勵之地哉
蓋誠一奉使 不能審察賊勢 此其短也 而實出無情 何可深罪 雖曰有罪 又豈可以一
眚揜大節 而不舉追邮之典乎 亦惟聖明垂察焉."

절친한 벗이었다. 그는 1607년 김성일의 묘소를 찾아 지은 제문에서
는 이른바 '대절론'과 '충의론'으로 망자의 충절을 기렸고,[43] 이런 맥
락에서 1596년 강원감사 부임시에 김성일의 치제를 건의하는 성의를
보였다. 특히 1617년에 지은 김성일의 묘표에서는 간결한 필치로 '대
절충의론'을 다시 한번 강조한 바 있었다.

> 일본에 使命을 받들고 가서는 강직함을 지켜 흔들리지 않아 왕의 위
> 엄을 멀리까지 선양했고, 명을 받들어 招諭함에 있어서는 지극한 정
> 성으로 감동시켜서 한 지방을 진정시켰는바, 그 충성심은 社稷에 있
> 고 그 이름은 역사책에 실려 있다.[44]

김우옹·정구는 곽재우·김면·정인홍과 상호 특별한 관계성을 가지
고 있었다. 김우옹에게 있어 곽재우는 남명문하의 동문인 동시에 동
서간이라는 특별한 인연이 있었고, 정인홍과는 각기 재조와 재야의
남명문인을 대표하며 매우 긴밀한 교유가 있었다. 정구의 경우에도
곽재우·정인홍과는 매우 밀접한 유대를 맺고 있었다. 물론 정인홍과
는 1604년 '東岡輓詞'를 계기로 불편한 사이가 되었고, 곽재우와는
1608년 임해군의 처리 문제를 두고 입장의 차이를 보이기도 했지
만[45] 임진왜란 당시까지는 동문적 유대가 굳건했다. 결국 김성일은
김우옹·정구를 통해 곽재우·정인홍이라는 남명학파의 두 거두와 소
통할 수 있는 계제를 마련함으로써 전란에 따른 대응책을 효과적으로
강구할 수 있었다고 생각된다. 그렇다고 해서 곽재우·김면·정인홍이

---

43) 鄭逑, 『寒岡集』卷12, 〈題金鶴峯墓文〉, "奉使異國 大節彌彰…忠義骨髓 道理心腸."
44) 鄭逑, 『寒岡集』卷13, 〈金鶴峯墓表〉, "其奉使日本 則正直不撓 而王靈遠暢 受命
招諭 則至誠感動 而控制一方 忠存社稷 名載竹帛."
45) 이상필, 앞의 책, 129쪽.

김성일의 지휘에 절대 순응한 것은 결코 아니었다. 때로 이들은 김성일의 통제를 벗어나는 행동을 보임으로써 약간의 난맥상을 초래하기도 했는데, 이에 대해서는 후술키로 한다.

곽재우와의 1차 회동, 김면·정인홍과의 2차 회동 이후 김성일은 병기 확보, 패졸의 수습, 영산·창녕·현풍 등지의 가장·별장·소모관을 차정하는 한편으로 이노·박성 등을 파견하여 곡식을 모아 의병에게 지원하게 하는 등 초유활동에 더욱 박차를 가했고, 그 결과로서 7월에는 사천·진해·고성 등지를 회복하는 성과를 거두었다. 이 회복은 김성일·김시민·곽재우의 공조체계가 만들어낸 쾌거라는 점에서 더욱 의미가 컸고, 그 여세를 몰아 곽재우를 보내 현풍·창녕·영산의 왜적을 치게하여 낙동강의 좌우가 통할 수 있는 길을 확보하기도 했다. 이 승첩은 김면·정인홍을 비롯하여 전치원·이대기 등 남명·내암문인들의 적극적인 지원이 있었기에 가능한 것이었다.

(2) '金睟·郭再祐 분쟁'의 조정을 통한 리더십 강화

김성일은 7월에 접어들면서 새로운 딜레마에 빠지게 되는데, 그것은 곽재우와 우도감사 金睟 사이의 불화였다. 이 사건은 순찰사 김수가 의병장 휘하의 병사들을 과람하게 징발한 데 따른 불만에서 비롯되었고, 마침내 곽재우가 순찰사 휘하의 장병들에게 격문을 보내 김수의 목을 베어 효시하겠다고 한 데에서 한층 격화되었다. 이유야 어떻든 간에 관군과 의병 사이의 대립이었고, 김성일로서는 초미의 현안일 수밖에 없었다. 이에 그는 탁월한 조정 능력을 발휘하여 난제를 원만하게 해결함으로써 초유사로서의 역할과 존재감을 더욱 강화하게 된다.

김수에 대한 강우 의병들의 불신감은 임란 초기부터 비등해 있었는데, 『孤臺日錄』에 바탕하여 주요 사항을 적기하면 아래와 같다.

① 근왕을 핑계대고 전라도에 주둔하다 김성일의 충고와 타이름을 받음[46]
② 성을 쌓는 일을 지연시키고 인심의 화합을 도모하지 못했다.[47]
③ 모양새와 명분만 차렸을 뿐 행색이 초췌했다.[48]

이처럼 김수는 강우 사민들로부터 전혀 신임을 얻지 못함은 물론 의병의 병사까지 강제 징발하는 무리수를 둠으로써 급기야 곽재우가 인심을 잃고 국가를 망하게 하는 장본인으로 지목하여 참수하려 했던 것이다. 이에 김수는 도리어 곽재우를 역적으로 지목하며 날선 대립을 서슴지 않음으로써 일촉즉발의 우려스러운 상황이 연출되었다.

당시 사민들의 정서는 김수에 대한 실망 또는 비난에 무게가 실려 있었지만 그렇다고 곽재우의 강경론에 대한 우려의 목소리가 없는 것도 아니었다.

(김수의 심복들이) 곽재우의 병사에 대항하여 말을 채찍질해 가서 깃발을 거두고서 회의장에 들어가 격문에 응답하여 그를 역적이라고 책망하면서 훙言을 많이 하니, 사람들이 모두 웃었다. 슬프다! 순찰사가 비록 나쁘지만 왕의 명령을 받드는 신하이니 진실로 감정에 치우쳐 함부로 죽여서는 안 되므로 郭公이 비록 의리상 잘못을 면할 수는 없지만, 원한을 품고서 함부로 입을 놀리며 大逆의 이름을 그에게 가하였으니, 선악의 판단은 반드시 분별할 수 있는 이가 있겠지만, 서로가 잘못한 책임은 면하지 못할 것이다.[49]

---

46) 鄭慶雲, 『孤臺日錄』 卷1, 〈壬辰 5月 10日〉.
47) 鄭慶雲, 『孤臺日錄』 卷1, 〈壬辰 6月 13日〉.
48) 鄭慶雲, 『孤臺日錄』 卷1, 〈壬辰 6月 17日〉.

이는 김수의 과오는 변명의 여지가 없지만 왕명을 받든 사신을 함부로 죽일 수는 없다는 것이 사론의 한 축을 이루고 있었음을 의미했다. 김성일은 바로 이런 사론에 바탕하여 곽재우에게 편지를 보내 그의 행동을 준절하게 책망하였는데, 왕사를 함부로 대해서는 안된다는 것이 그 골자였다. 이런 조처의 기저에는 官과 民을 엄격히 구분하는 공직자로서의 원칙 및 책무의식과 곽재우를 아끼는 책선의 마음이 아울러 깔려 있었다.

> 홀연히 듣건대, 의병장이 순찰사의 營門에 檄文을 보내어서 감히 패역스러운 말을 함부로 하였다 하오. 方伯이 어떠한 관원이고 의병장은 어떠한 사람이기에 감히 이런 일을 한단 말이오. 방백이 실제로 죄가 있다 하더라도 조정에서 처치가 있을 것인바, 道民이 손댈 일은 아닐 것이오. 의병장은 충의로운 집에서 태어났으며, 적을 치는 의병을 일으켜서 큰 공이 장차 이루어지려 하는데, 스스로 몸을 죽이고 일족까지 멸망당하는 지경에 빠지는 짓을 할 줄을 내가 어찌 헤아리기나 하였겠소.[50]

이런 맥락에서 김성일은 김수에게도 편지를 보내 갈등과 반목을 조정하는 한편으로 반적으로 몰린 곽재우를 신구하는 서장을 올렸다.[51] 특히 이 서장에서는 자신과 김면이 곽재우를 경계하여 신칙한 글 및 곽재우의 답서까지 첨부하며 반적설을 해명하려 했다는 점에서 곽재우에 대한 그의 강한 동지의식의 일단을 감지할 수 있었다. 여기서

---

49) 鄭慶雲, 『孤臺日錄』卷1, 〈壬辰 7月 1日〉.
50) 金誠一, 『鶴峯集』卷4, 〈與義兵將郭再祐〉.
51) 金誠一, 『鶴峯集』卷3, 〈申救郭再祐狀〉, "臣及金沔戒勅再祐之書及渠答書 並謄書上送."

한가지 분명히 해 둘 것은, 김수·곽재우의 분쟁 조정은 특정 개인을
위한 것이라기보다는 관민의 화합을 추구하는데 궁극적인 목적이 있
었다는 점일 것이다.

(3) '김성일원류소'에 나타난 인적 네트워크의 견고성

김수·곽재우의 분쟁 조정 이후 김성일은 강온 양면의 대민책을 펼
치며 초유활동을 간단없이 전개해 나갔다. 포로로 잡혀갔다가 돌아온
사람들을 석방토록 한 것은 모반을 우려한 온건포용책이었고, 관의
명에 따르지 않고 산으로 도피한 자에게 엄한 군율을 적용하면서까지
의병활동을 독려한 것은 강경론의 좋은 사례였다.

> ① 招諭使가 각 관아에 명령을 전달하고 각처 의병장에게 명령을 전달
> 하여, 포로가 되었다가 돌아온 사람들을 죽이지 말고 석방하도록 했
> 다. 그들이 자칫 모반할 마음을 가질까 걱정하였기 때문이다.[52]

> ② 초유사가 각 고을에 명령을 전하기를 관의 명령에 따르지 않고 즉
> 각 산을 내려오지 않는 자는 하나같이 軍律에 의거해 처벌할 것입니
> 다.”라고 했다.[53]

이런 흐름 속에서 영천 등 좌도 사족들까지 김성일의 지휘를 받기
를 희망하자 권응수를 좌도의병대장에 임명하여 영천성을 회복하게
했고, 정경세·권경호·신담 등을 상주·함창·문경의 소모관으로 삼는
등 영향력을 좌도로까지 확대하던 중 8월 7일 경상좌도 관찰사에 임

---

52) 鄭慶雲, 『孤臺日錄』 卷1, 〈壬辰 7月 23日〉.
53) 鄭慶雲, 『孤臺日錄』 卷1, 〈壬辰 7月 24日〉.

명되는 뜻밖의 상황이 발생했다.

이 인사는 김수와 곽재우 사이의 불화에 대한 선조 및 조정의 우려
가 반영된 것으로 불화의 장본인인 경상우도 관찰사 김수는 한성판윤
으로 전보하고, 김수의 자리는 한효순으로 채우는 형식으로 이루어졌
다.54) 이와 동시에 김면은 합천군수, 정인홍은 제용감정에 임명됨으
로써 의병활동에도 일정한 변화가 불가피해졌다.

8월 11일 경상좌도 관찰사 임명장을 받은 김성일은 우도의 機宜를
조목조목 보고한 다음 새로운 임지로 향해 떠나게 되지만 강우 사림
들의 만류운동으로 인해 부임에 상당한 곡절을 겪게 된다. 그런데 그
가 조정에 보고한 우도의 기의를 적은 장계, 경상좌도 관찰사로 막
부임해서 올린 장계 그리고 강우 사민들의 만류운동은 김성일의 관적
채널과 민적 연계망을 아주 생생하게 보여주고 있다는 점에서 매우
주목할만한다.

먼저 기의를 보고한 장계에 따르면, 김성일이 가장 신뢰한 인물은
김면·정인홍·곽재우·곽율·오운 등이었다. 특히 각기 합천군수와 제
용감정에 새로 임명된 김면과 정인홍의 경우는 의병의 사기 저하를
우려하여 부임을 연기시켜 줄 것을 건의할만큼 믿음이 컸다.55)

그리고 경상좌도 관찰사 재임시에 올린 장계에는 辛邦柱·辛邦楫·
成天禧·成安義·成天裕·曺悅·郭䞭·辛義逸·鄭彦忠·李大期·全致遠·
尹鐸·朴思齊·權鸞·吳澐·金大鳴 등 김성일을 협찬했던 영산·창녕·
현풍·거창·고령·합천·거창·의령·고성·함안 등지의 인사들의 명단

---

54) 『선조실록』 권29, 선조 25년 8월 7일(갑오).

55) 金誠一, 『鶴峯集』 續集 卷3, 〈移拜左監司時 論右道機宜狀〉, "今者金沔 蒙恩拜
陜川郡守 仁弘拜濟用正 三邑之軍 各失其帥 莫不解體 無意討賊 誠非細慮 姑待事
定間 各率其軍 仍前擊賊 而事定後赴任 似合機宜."

이 자세하게 기록되어 있다.56) 이들의 상당수는 남명학파에 속하지만 그 중에서도 정인홍·곽재우와 학연·척연으로 맺어진 인사들이 대부분이었다. 김성일이 초유사 또는 경상우도 감사로서 재직하며 정인홍·곽재우와의 유대를 더없이 중시한 배경도 여기에 있었다.

한편 김성일의 좌도 감사 부임을 만류하려는 강우 사민들의 움직임은 상상 외로 조직적이고도 거셌다. 우선 이들은 김성일에게 서한을 보내 강우 지역에 남아 초유활동을 계속 수행해 줄 것을 강청하는57) 한편 원류를 요청하는 상소를 서두르게 된다.

> 招諭使가 慶尙左道監司에 제수되어 장차 강을 건너 좌도로 향해 가려고 할 때, 여러 고을의 士子들이 실망하지 않는 이가 없었다. 이것 때문에 安陰·居昌·陜川·山陰·丹城·三嘉·宜寧·晉州 등의 관아에 通文을 보내 알렸다. … 左道나 右道는 모두 하나의 道이지만, 변란을 평정할 계기는 반드시 이곳 우도에서부터 시작해야 할 것입니다. 저희들은 인근 고을의 여러 君子들과 함께 우선 유임을 청하는 疏章을 작성하여 宣傳官이 가는 길에 맡겨 보내고, 또 초유사께도 머물며 활동하시라고 요청을 다 할 생각입니다. … 간곡히 원하건대, 제군들께서는 고을에 살고 있는 士子들을 창도하여, 11일 우리 고을 鄕校로 모여 주신다면 대단히 다행한 일이겠습니다.58)

이런 분위기 속에서 8월 10일에는 김성일의 부임길을 가로막자는 취지의 통문이 발송되는가 하면 8월 11일에는 願留疏를 추진하기 위한 소청이 함양에 차려졌다.

---

56) 金誠一, 『鶴峯集』 續集 卷3, 〈左監司時狀壬辰〉.
57) 金誠一, 『鶴峯逸稿』 附錄 卷1, 〈輓轅書〉(儒生李大期等).
58) 鄭慶雲, 『孤臺日錄』 卷1, 〈壬辰 8月 9日〉.

왕에게 상소하는 일로 인근 지역의 유생들이 일제히 본군(咸陽)의
향교에 모였다. 進士 鄭惟明 [桐溪 鄭蘊의 부친] 이 疏頭가 되고, 成彭
年·盧士尙이 掌議가 되고, 盧胄·姜繗이 有司가 되었으며, 製疏는 朴
汝樑, 寫疏는 박여량과 내가 맡았다.[59]

소두 정유명을 비롯한 소청 임원들의 대부분은 일찍이 김성일이 소
모유사로 차정했던 사람들임을 알 수 있다. 그 외 盧胄·姜繗·朴汝樑
은 내암문인이고, 이 가운데 강린은 김성일의 지우 정구의 사위이기
도 했다. 성팽년의 경우 두 아들 成辨奎·效奎 형제가 내암문인이었는
데, 특히 성변규는 정구에게는 질서·문인으로 장현광과는 동서간이
기도 했다.[60] 이런 정황을 놓고 볼 때, 이른바 '김성일원류소'는 안의
·함양지역 내암문인들의 공론에 바탕하여 추진되었음을 알 수 있다.

원류소에 대한 사림의 호응은 매우 커서 8월 12일 함양향교에서 개
최된 소회 참여자가 100여명에 이르렀고, 8월 14일에는 소본이 완성
되었다. 이 무렵 김성일은 정경운 등 소청 유생들에게 편지를 보내
성의에 사례하는 한편으로 김면·정인홍을 중심으로 토적에 더욱 힘
써 줄 것을 당부했다.[61]

김성일은 좌도 감사 부임길에도 초계에서 전투를 독려하는 등 서로
의 역할과 직무에 충실을 기하는 가운데 8월 22일에는 정소를 위해
소두 일행이 의주 행재소로 출발했다. 최종적으로 진사 박이문을 소두

---

59) 鄭慶雲, 『孤臺日錄』 卷1, 〈壬辰 8月 11日〉.
60) 성변규는 장현광에게 정온이 지은 傳[成石谷傳], 吳德弘이 지은 행록, 성변규가
지은 행적을 저본으로 제시하며 성팽년의 행장을 청했으나, 장현광은 건강의 악화
로 이를 반송하였다(張顯光, 『旅軒集』 卷10, 〈謝還成賓如辨奎家狀〉)
61) 鄭慶雲, 『孤臺日錄』 卷1, 〈壬辰 8月 18日〉, "招諭使回答云當職奉使無狀久主本
道不能平蕩寇賊常爲諸賢羞之今當渡江益無以爲心唯願諸賢終始戮力助大將討賊
期於雪恥復讎甚幸倡義人等併爲啓聞云云."

로 하여 봉진된 '김성일원류소'의 골자는 유임시킬 수 없다면 좌우도
감사를 겸직하게 해서 전시의 군무를 지휘하게 해 달라는데 있었다.

> 신들의 생각으로는, 한 방면을 나누어 맡는 책임은 비록 좌도와 우도
> 로 나뉘어 있으나, 왜적을 토벌하는 사세는 본디 저곳과 이곳을 나눌
> 수 없을 듯합니다. 이미 내리신 어명을 비록 다시 돌이킬 수 없으나,
> 김성일로 하여금 좌도와 우도를 아울러 살피면서 의용군을 격려하게
> 한다면, 이는 실로 兩道를 전담하는 중책을 맡아 영남 한 도를 주관하는
> 것이니, 위태로움을 되돌릴 기틀이 오로지 여기에 있게 될 것입니다.[62]

'金誠一願留疏'는 즉효했고, 이로부터 약 보름이 지난 9월 4일 선조
는 김성일을 경상우도 감사로 임명하는 인사 조처를 단행했다. 이에
다시 거창을 거쳐 산음으로 돌아온 김성일은 조종도·이로·오장 등과
재회하여 결의를 다지는 한편 김시민으로 하여금 진주를 방어하게 하
는 등 대비를 강화했다.

나아가 10월에는 결원이 발생한 수령직에 鄭起龍(상주판관), 金俊民
(거제현령), 姜德龍(함창현감), 朴思齊(의령현감), 朴廷琬(거창현감), 卞渾
(문경현감), 呂大老(지례현감), 李瀅(사근찰방), 鄭仁弘(성주목사) 등을 차
임하였다.[63] 이 가운데 박사제·박정완·이정 등이 남명·내암문인이
라는 점에서 김성일의 감사직 수행 또한 정인홍 계열과의 긴밀한 유
대에 바탕하고 있었다고 할 수 있다.

그러나 이런 노력에도 불구하고 김성일은 곽재우·정인홍·김면 등
과 마찰을 빚는 난항을 겪게 된다. 아래 『학봉연보』의 기사는 그런
정황을 압축적으로 보여주고 있다.

---

62) 金誠一, 『鶴峯逸稿』附錄 卷1, 〈願留疏〉(進士朴而文等).
63) 金誠一, 『鶴峯年譜』〈壬辰〉.

김면과 정인홍이 重望을 받고 있으면서 제재를 받는 것을 부끄러이 여겼으며, 곽재우도 고집이 세어서 자기 마음대로 하면서 제재에 따르지 않았다. 이에 선생은 공문을 보내어 영을 전할 즈음에 매우 엄하게 대하였다. 누군가가 이것을 가지고 말하자, 선생은 이르기를, "行朝와 멀리 떨어져 있어서 명령이 통하지 않으니, 어찌 여러 장수들이 영을 어기도록 내버려 둘 수 있겠는가. 그렇게 하는 것이 내가 충성을 다하는 자를 기리고 제 마음대로 하는 것을 막는 방편이다." 하였다. 당시에 두 사람이 명성과 지위가 모두 높아서 그들의 휘하와 문생들이 서로 시기하여 사이 좋게 지내지 못하였다. 이에 선생은 이르기를, "마땅히 마음을 합쳐 함께 일해 나가야지, 부박한 말에 현혹되어 틈이 벌어져서는 안 된다. 지금부터 요망한 말을 만들어 내어 이간질하는 자가 있을 경우에는 법으로 다스려서 용서치 않을 것이다." 하였더니, 그로부터 부박한 말이 줄어들고 헐뜯는 일도 조금 그쳤다.

곽재우는 한 때 군령을 어겨 군율로 다스려질 뻔 했으나 박성·오운의 만류로 위기를 간신히 면한 적이 있고,[64] 정인홍의 경우는 공을 과장한 그의 군교를 추문하는 등 크고 작은 갈등상이 노정되었지만 파국은 맞지 않았다. 그런 정황은 12월 4일 김성일이 가선대부에 승자된 것에 대한 정경운의 평론에서도 확인된다.

순찰사 김성일이 가선대부로 승진했고, 곽재우가 통정대부로 승진했다는 전갈이 왔다. 순찰사는 변란이 발발한 초기부터 본도를 담당하는 직무를 맡으면서, 힘을 다해 충성을 바치겠다는 마음을 천지에

---

64) 『한국간찰자료선집』 12(한국학중앙연구원, 2008)-安東 金溪 義城金氏 鶴峯(金誠一)宗宅 篇, 「先賢遺墨」 No.14 〈郭再祐 書翰〉(1592.9.18.)에 따르면, 9월 중순께만 하더라도 곽재우는 자신이 형조정랑에 임명된 것이 김성일의 성덕이라며 감사한 다음 놓어 세 마리를 禮物로 보낸 바 있다.

서약하고, 한 지방을 방어하여 흉측한 칼날을 막았으니, 공이 이보다 더 클 수가 없었다. 그런데도 비변사나 이조 등은 태만하여 왕에게 포상을 건의할 생각조차 하지 않았다. 왕이 특별히 품계를 올려 주라고 명령하자, 이 어지러운 때를 당하여 유감을 가진 자들이 더욱 심하게 입방아를 찧으며 가로막는 데 꺼림이 없었으니, 나라의 명맥이 위태롭구나.[65]

내암문인 정경운은 김성일에게 변함없는 신뢰를 보임은 물론이고 그에 대한 조정 또는 時論의 부당한 처우 및 비난을 개탄해 하고 있음을 확인할 수 있다.

한편 김성일은 11월에 접어들면서 병환에 시달리기 시작하면서도 유민의 수습과 진휼, 철환총통 등 병기의 제조, 의병유사의 慢勤을 점검하는 등 직무에 힘쓰던 중 1593년 1월 14일 거창에서 새로이 병사에 임명된 김면과 힐난을 벌이게 된다. 당시 김면은 진영을 순시 중이었는데, 대동한 군사가 200명에 달하는 등 그 위세가 극도에 달했다. 이에 김성일은 민폐를 우려하여 감사의 권위와 권한으로써 그 작태를 일갈하였는데, 『고대일록』에는 당시의 상황이 다음과 같이 묘사되어 있다.

> 순찰사가 큰소리로 "폐해를 끼치는 것이 심하니, 국가에 전혀 도움이 되지 않는 일이다."라고 했다. 대장은 기분이 좋지 않아 서로 오랫동안 힐난했다. 대장은 부득이 수행 인원을 크게 줄여, 단지 40여 기병만 거느리고 합천길을 순행했다. 대저 김 대장은 威儀를 펴는 데 힘쓰고, 폐단에 대해서는 생각하지 않았다. 그래서 사람들이 달갑게 여기지 않았다.[66]

위 인용문은 당시 강우 사민의 여론이 김성일을 신임하는 쪽에 무게가 실려 있음을 분명하게 보여준다. 이 사건을 계기로 두 사람 사이의 불화설이 더욱 파다해진 것은 분명했지만 이것도 잠시 뿐이었다. 이해 3월 11일 김면이 금산에서 병을 얻어 사망하자 김성일은 즉시 서장을 올려 그의 죽음을 보고하는 한편 포상을 건의함으로써 세간의 의구심을 일소하게 되었다.

> 김면은 의병장으로서 병사가 되었는데, 자못 自重하는 마음이 있어서 巡察使의 영을 어기는 일이 있었다. 선생은 節制가 엄명하였으므로 병사와는 사이가 몹시 안 좋았으며, 管下의 將士들도 선생에 대해서 의심을 품고 있었다. 그러다가 이 치계를 보고서는 여러 사람들이 비로소 선생의 처사와 마음의 공정함에 탄복하였다.[67]

한편 김성일은 진주로 돌아온 직후인 4월 19일 병을 얻었고, 열흘 뒤인 29일 진주 공관에서 향년 56세로 생을 마감하게 된다. 성심을 다해 그의 간병 및 상례를 도와준 사람은 초유사로 부임할 때부터 전장에서 고락을 함께 한 박성·이로·조종도·오운 등이었다.

2) 재조 관료를 통한 공무 수행의 원활성 추구

김성일은 1592년 4월 11일에 경상우도 관찰사에 임명된 후 초유사, 경상좌도 관찰사를 거쳐 다시 경상우도 관찰사를 역임하다 1593년 4월 29일 사망하기까지 한번도 조정에 들어간 적이 없었다. 그러나 그는

---

66) 鄭慶雲,『孤臺日錄』卷1,〈癸巳 1月 14日〉.
67) 金誠一,『鶴峯集』卷3,〈馳啓兵使金沔身死狀〉,"金沔將爲兵使 頗自重 違巡察之令 先生節制嚴明 兵使最不相能 管下將士疑貳於先生 及見此啓 羣情始服先生處心之公正."

약 25년의 사환 과정에서 구축해 온 정치적 입지가 견고했고, 동조 환우들과의 연계망 또한 광범위했다. 그러한 정치적 입지와 연계망은 임란 당시 공무 수행에 매우 중요한 영향을 미쳤다.

우선 그가 서울로 압송되던 도중 초유사로 임명될 수 있었던 것도 사실상 류성룡의 적극적인 구원이 있었기 때문에 가능했다.

> 경상우병사 김성일을 잡아다 국문하도록 명하였다가 미처 도착하기
> 전에 석방시켜 도로 본도의 招諭使로 삼고, 함안 군수 柳崇仁을 대신
> 병사로 삼았다. 이에 앞서 상은 전에 성일이 일본에 사신으로 갔다가
> 돌아와 적이 틀림없이 침략해 오지 않을 것이라고 말하여 인심을 해
> 이하게 하고 국사를 그르쳤다는 이유로 의금부 도사를 보내어 잡아오
> 도록 명하였다. 일이 장차 측량할 수 없게 되었을 때 얼마 있다가 성
> 일이 적을 만나 교전한 상황을 아뢰었는데, 류성룡이 성일의 충절은
> 믿을 수 있다고 말하였으므로 상의 노여움이 풀려 이와 같은 명이 있
> 게 된 것이다.[68]

이후에도 김성일은 초유사나 감사로 재직하는 동안 수시로 재조 환 우들과 통신하며 조정의 동향과 전세, 명나라 원군의 향배 등을 파악 하며 자신의 직무 수행에 중요한 지침으로 삼았다. 김성일이 통신 및 협력의 주요 대상으로 삼은 사람은 류성룡·김우옹·유근·김응남 등 동인[남인]의 중진 관료들이었다.[69]

---

68) 金誠一, 『鶴峯集』附錄 卷2, 〈行狀〉(鄭逑), "上問入侍宰臣曰 金誠一狀啓中有一死報國之語 誠一果能一死報國乎 柳成龍 崔滉對曰 誠一所見 雖或有蔽 其平生方寸 只是愛君憂國 其一死報國 臣等亦知之矣 王世子侍坐 亦極諫 上乃霽怒 公行到稷山 聞宣傳官疾驅而來 從者皆號哭遑遑 公顔色不變 從容指畫後事 宣傳官至 則乃齎宥命來也 且授公招諭使."

69) 이들과의 연계상은 『한국간찰자료선집』 12(한국학중앙연구원, 2008)−安東 金溪

김성일은 조정에 보고하거나 건의할 사안이 있어 장계를 올릴 때면
이들에게 편지를 보내 주선과 협력을 촉구하며 자신의 의지와 계획을
실현해 나갔다. 아래 유근에게 보낸 두 통의 편지는 김성일이 자신의
인적 연계망을 공무 수행에 어떻게 활용 내지는 적용하는지를 생생히
보여주고 있다.

> 모든 일은 계문한 가운데에 갖추어 적혀 있으므로 다시 길게 말하지
> 않겠습니다. 단지 임금을 侍衛하는 것을 안에서 게을리하지 말아서,
> 일찌감치 나라를 회복하는 공을 이룩하기를 축원드립니다.[70]

> 처음에는 그래도 병사나 변장 등을 節制하여서 그들로 하여금 적을
> 막게 하였는데, 지금은 晉陽만을 스스로 지키면서 적과 더불어 보루
> 를 맞대고 있으니, 그 위태로움을 잘 알 수 있을 것입니다. 본도는 호
> 남의 保障이 되는바, 보장이 무너지면 호남만 어찌 홀로 안전할 리가
> 있겠습니까. 응원하는 일과 곡식을 옮겨 오는 일, 곡식을 바치게 하는
> 일 등에 대해 부득이 장계를 올렸으니, 영공께서 잘 주선해 주시기를
> 바랍니다.[71]

때로 김성일은 권유가 아닌 강청의 방식으로 자신의 요구를 관철시
키기도 했는데, 류성룡이 바로 그 대상자였다. 1593년 3월 김성일은
호남의 곡식을 옮겨와서 진휼 및 군량에 쓰게 해 달라는 내용의 장계
를 올렸으나[72] 조정의 조처는 미온적이었다. 이에 그는 이로를 체찰

義城金氏 鶴峯(金誠一)宗宅 篇, 「先賢遺墨」에 수록된 서간을 통해 확인할 수 있
다. 「先賢遺墨」에는 李壽鵬·韓孝純·尹先覺·崔慶會·金沔·朴惺·宋言愼·洪世英
·金應南·柳根·郭再祐·李舜臣·金宇顒의 편지가 수록되어 있는데, 친필은 아니
고 그 내용을 초록해 둔 것이다.
70) 金誠一, 『鶴峯集』 卷4, 〈答柳晦夫根〉(壬辰).
71) 金誠一, 『鶴峯集』 卷4, 〈答柳晦夫〉.

사 류성룡에게 파견하여 협력을 촉구하려 했으나 이 또한 여의치 않자 편지를 보내 사안의 중요성을 기탄없는 어조로 피력한 바 있었다.

> 본 경상도가 함몰된다면 호남 지방이 그 다음 차례가 될 것인데, 일이 이 지경에 이르게 되면 아무리 지혜로운 사람이 있다 하더라도 계책을 세울 도리가 없을 것이니, 원통하고 원통한 일입니다. 호남 지방이 비록 마초와 군량을 운반하는 일에 시달렸다고 하지만, 다 떨어진 것은 民力이지 창고의 곡식은 실제로 모자라지 않습니다. 이런 뜻으로 전에 이미 계달하였는데, 대감께서도 또한 都事의 말만 믿고서 이에 대한 조처를 취하지 않은 것은 아닙니까? 보리를 수확하기 전에 만약 쌀과 콩을 각각 수천 석을 얻게만 된다면 그래도 눈앞의 위급한 형세는 버텨 낼 수가 있을 것입니다. 이에 감히 이같이 급함을 알리는 바입니다. 다행히 국가의 큰 계획에 유념하시기를 천만 간절히 기원합니다. 또 곡식 종자 수만 석 가운데에서 도사가 단지 9000석만 내주었는 바, 30여 고을에서 얻은 곡식은 수백 곡도 되지 않습니다. 그런데 하물며 左道까지 나누어 줄 수 있겠습니까. 이런 뜻으로 두 번이나 通牒을 보내고는 芒種이 이미 가까워졌기에 밤낮으로 회보가 도착하기만을 고대하고 있습니다. 南原과 順天의 耗穀이 각기 6, 7만 석이 있는데도 도사의 조치가 이와 같으니, 그러고서도 어진 마음이 있다고 하겠습니까.[73]

힐난 또는 책망에 가까운 김성일의 서신은 상대의 책무감을 일깨우기에 충분했고, 그 즉시 류성룡은 계사를 작성하여 선조에게 보고하였다. 이에 선조는 유지를 내려 호남에 있는 곡식 2만석을 제급하는 특별 조처를 단행하게 되었던 것이다.[74]

---

72) 金誠一, 『鶴峯集』卷3, 〈請酬功移粟募粟事宜狀〉.
73) 金誠一, 『鶴峯集』卷4, 〈答柳西厓(癸巳)〉.

한편 김성일은 김응남·김우옹·정철을 비롯한 중앙 관료들이나 최
경회·이순신·沙也可(金忠善) 등 관군의 지휘관들과도 다양한 방식으
로 네트워크를 형성하며 직무를 수행하였는데, 이에 대해서는 추후
별고를 통해 보론키로 한다.

4. 맺음말

①김성일은 퇴계학파의 본거지인 안동에서 생장했고, 이황의 문하
에서 수학하여 '계문3고제'의 한 사람으로 인식되었음에도 그 강고하
고 결단성이 두드러지는 기질, 검과 수양을 일치시키는 정신에 있어서
는 경의를 숭상하는 조식 및 남명학파와의 친연성이 매우 짙었다. 이
러한 친연성은 강우 남명학파권 사림들과의 유대 및 제휴를 촉진시킬
수 있는 개인적 자산으로 평가할 수 있다. 이 점에서 김성일은 퇴계학
적 학문과 남명학적 기상을 겸비한 인물로 규정할 수 있을 것 같다.

②특히 1591년 부제학 재직시에 발론하여 성사시킨 '최영경신원론'
은 남명학파의 숙원을 해결해주었다는 점에서 매우 특별한 사건이었
고, 이것은 또 남명·내암문인들이 김성일을 우호적으로 인식하는 계
기가 되었다.

③김성일의 초유사 활동에 있어 윤활유와 같은 역할을 한 사람은
조종도·이로 등 남명문인들이었고, 곽재우·김면·정인홍 등 거물급
남명문인의 창의활동은 김성일의 역할과 존재성을 배가시키는 의미
를 가졌다.

---

74) 金誠一, 『鶴峯年譜』〈癸巳〉 "有旨特題給湖南穀二萬石 李魯到稷山 聞西厓柳文
忠公 以體相駐節臨津 路梗不得達 因便順付 文忠公見先生書牒 卽具辭啓請 上爲
之惻然 特命湖南伯題給二萬石 先生分遣從事 水陸竝運 散糶列邑 使之及時耕種."

④김성일이 곽재우·김면·정인홍 등과 소통하며 상호 공조 및 제휴를 유지함에 있어 중요한 배경으로 작용한 것은 김우옹·정구와의 친분 및 동지의식으로 파악되는데, 이에 대해서는 보다 세밀한 논증이 필요할 것 같다.

⑤남명문인 못지 않게 김성일의 초유사 및 관찰사로서의 직무 수행에 도움을 준 집단은 정경운·노사상·노주·박사제·박성·강린·이대기·이정 등 내암문인들이었다. 특히 정경운의 『고대일록』에 나타난 '학봉인식'은 종전까지 주로 경쟁 구도에서 거론되어 온 퇴계학파와 남명학파 사이의 관계성을 새로운 틀에서 바라볼 수 있는 근거가 될 수 있다는 점에서 시사하는 바가 매우 크다.

⑥김성일은 '김수·곽재우의 갈등', 자신과 김면·곽재우·정인홍 사이에 노정된 약간의 불협화음으로 인해 난관에 봉착하기도 했지만 탁월한 조정 능력과 사론의 후원 속에 인적 네트워크를 훼손시키지 않으면서 직무를 수행하였는데, 이는 '영남재조론'의 관점에서 그를 평가하는 바탕이 되었다.

⑦김성일은 류성룡·유근·김응남 등 친분이 깊은 중앙 관료들과의 연계망을 바탕으로 현안과 난제를 해결하는 수완을 발휘함으로써 임란 타개에 매우 효과적인 방안을 모색했다. 결국 김성일은 남명학파로 요약되는 현지 또는 내부적 네트워크와 중앙 관료를 대상으로 하는 외부적 네트워크라는 양갈래의 인적 네트워크를 구성하여 임란 타개 활동을 전개했고, 그것의 효과적 작동을 통해 자신에게 주어진 책무를 충실히 수행한 것으로 평가할 수 있다.

김학수|한국학중앙연구원 한국학대학원 글로벌한국학부 조교수

참고문헌

1. 원전

金誠一, 『鶴峯年譜』

李滉, 『退溪集』

국역『학봉전집』(민족문화추진회)

金誠一, 『鶴峯集』

『宣祖實錄』

『선조수정실록』

吳希文, 『瑣眉錄』

鄭慶雲, 『孤臺日錄』

朴世采, 『南溪集』

『광해군일기』

『厚光世帖』

金宇顒, 『東岡集』

鄭逑, 『寒岡集』

張顯光, 『旅軒集』

『韓國簡札資料選集』12(한국학중앙연구원, 2008)-安東 金溪 義城金氏 鶴峯宗宅篇

2. 논저

이상필(2005), 『남명학파의 형성과 전개』, 와우출판사.

김학수(2012), 「조선후기 사림계의 김성일에 대한 인식과 평가」, 『한일관계사연구』
　　　43, 한일관계사학회.

권오영(2000), 「鶴峯 金誠一과 安東地域의 退溪學脈」, 『한국의철학』28, 경북대 퇴
　　　계연구소.

宋載卲(1993), 「鶴峯의 義理精神과 紀行詩에 나타난 劍의 이미지」, 『鶴峯의 학문과
　　　구국활동』, 학봉김선생기념사업회.

근세 일본의 김성일 인식에 대하여

1. 들어가며

다수의 다이묘들에 의해 분열되어 있던 전국시대 일본은 도요토미 히데요시에 의해 통일되었다. 그의 사망과 함께 전쟁은 끝나고 일본에서는 1600년의 세키가하라 전투, 1614~1615년의 오사카 전투를 거쳐 도쿠가와 이에야스의 정권이 확립되었다. 도쿠가와 가문이 지배한 근세 일본에서 임진왜란이라는 대외 전쟁은 현존 질서가 수립된 최근세사의 마지막 단계이자, 일본 역사상 백제 구원군 이래로 대규모의 일본군이 해외로 나아간 희유한 사례로서 인구에 회자되었다. 이에 따라 일본에서는 임진왜란에 대한 정보를 수집하고 정리하는 노력이 지속되었으며, 이러한 작업은 청일전쟁이 일어나는 19세기 말까지 활발히 지속되었다.[1]

일본의 지식인들은 단순히 일본 내의 정보만을 수집 정리한 것이 아니라, 전쟁 상대국이었던 조선과 명의 정보를 얻는 데에도 열심이었다. 필자의 연구에 따르면 근세 일본에서 임진왜란 문헌군이 형성될 때 가장 큰 영향을 준 외국 문헌은 명나라의『양조평양록』과 조선의『징비록』이었다. 명의『무비지』,『만력야획편』, 조선의『은봉야사

---

[1] 근세 일본의 임진왜란 문헌군과 담론의 전체상에 대하여는 김시덕(2010a; 2012) 참조.

별록』,『분충서난록』,『해사록』,『학봉선생문집』,『서애집』등도 선
행문헌으로서 이용되었으나『양조평양록』,『징비록』에 비하면 그 이
용 정도는 제한적이었다. 이 논문은 이상과 같은 전제에서, 김성일의
저작과 김성일 그 자신이 근세 일본에서 어떤 식으로 이해되었는지를
확인하는데 그 목적이 있다. 기존에도 김성일의 저작과 일본간의 관
계에 대하여는 논의가 있었으나[2] 근세 일본의 역사 문화적 전개 양
상에 대한 배려가 부족한 측면이 있었다. 또한 근세 일본으로 유출된
조선 문헌 가운데『징비록』의 유통과 파급에 대하여는 어느 정도 연
구가 축적되어 있으나[3]『해사록』,『학봉선생문집』에 대하여는 상대
적으로 연구가 미진한 측면이 있으므로, 이 논문에서는 이 두 가지
측면에 주목하였다.

2.『조선통교대기』의『해사록』,『학봉선생문집』이용과 김 성일 인식

1)『조선통교대기』에 이용된『해사록』,『학봉선생문집』의 저본에 대하여

임진왜란 이후에 일본으로 건너간 조선의 문헌을 확인할 수 있는
중요한 자료 가운데 하나가 1683년에 쓰시마번이 작성한『덴나 3년
목록(天和三年目錄)』이다. 여기에는 당시까지 번이 소장하고 있던 문
헌의 제목과 수량이 적혀 있는데, 여기에는『학봉선생문집』10책이

---

2) 이우성(1993). 이 문헌을 비롯한 관련 자료를 제공하여 연구의 편의를 도와주신
   의성김씨의 관계자 선생님들께 이 자리를 빌려 감사드립니다.
3) 김시덕(2013b) 해제 참조.

소장되어 있는 것으로 되어 있고『해사록』이라는 서명은 보이지 않는다.[4] 한편 이 논문에서 검토할『조선통교대기(朝鮮通交大紀)』는『학봉선생문집』및『해사록』을 인용한 근세 일본의 드문 문헌 가운데 하나로, 쓰시마번의 가신인 마쓰우라 마사타다(松浦允任)가 1725년에 자서(自序)를 썼다. 전 10권 가운데 권9-10에서는『해사록』의 몇몇 기사를 인용하고 일본어 번역과 안문(按文)을 수록하고 있으며, 안문에서는『해사록』과는 별개로『학봉선생문집』이라는 서명을 거론하고 있다.『조선통교대기』의 번각본을 간행한 다나카 다케오(田中健夫)는 이 책의 해제에서 마에마 교사쿠(前間恭作)의『고선책보(古鮮册譜)』에 수록된 8권 4책의『학봉집』이 쓰시마에 전래된 것이리라 적는다[5].『고선책보』에 언급된 8권 4책은『해사록』본문만으로, 부록 및 행장은 실려 있지 않은 것 같다.

한편, 1719년에 통신사 일행으로 일본을 방문한 신유한(申維翰)도 국가의 중요 정보를 담은『해사록』,『징비록』,『간양록』등이 오사카에서 간행되었다고 전하고 있다[6]. 이상의 사항을 정리하면, 17세기 말의 쓰시마번 장서 목록에는『학봉선생문집』만 존재하고『해사록』은 언급되지 않는 반면, 18세기 초기의 한일 양국 문헌에서는『학봉선생문집』과는 별도로『해사록』이 존재한 것처럼 보인다는 점이 문제가 된다.

『학봉선생문집』은 1649년에『학봉선생문집(鶴峯先生文集)』이라는 제

---

4) 藤本幸夫(1981), 216쪽.

5) 田中健夫 외(1978), 23~24쪽.

6)『海遊錄』중권 1718년 11월 4일, "而自與我邦關市以來, 厚結館譯, 博求諸書, 又因信使往來, 文學之途漸廣, 而得之於酬唱答問之間者, 漸廣故也. 最可痛者. 金鶴峯『海槎』, 柳西厓『懲毖錄』. 姜睡隱『看羊錄』等書, 多載兩國隱情." 이하 출처를 언급하지 않은 원문은 한국고전종합DB에 의한 것임을 밝힌다.

목으로 8권과 제문·행장 등의 부록 2권의 전 10권이 간행되었으며(초간
본), 이 중 제7-8권에『해사록』과 이식의 발문 등이 수록되어 있다.
이어서 1782년에는『학봉선생속집(鶴峯先生續集)』이 간행되었고, 1851
년에는 이들을 16권 10책(본집 7권 4책, 속집 5권 3책, 부록 4권 3책)으로
재편한 중간본이 간행된다. 한편,『해사록』의 성립에 대하여는『학봉
선생문집』초간본 권8 말미에 다음과 같은 기록이 보인다.

> 이『해사록(海槎錄)』한 질은 선생께서 경상우도(慶尙右道)에 있을
> 때 산음(山陰)의 수령으로 있던 김락(金洛)이 빌려 보기를 청했는데,
> 선생께서 그러라고 허락하였다. 선생께서 돌아가신 뒤에 진주성(晉州
> 城)이 함락되어 왜적들이 열읍(列邑)에 가득하였으며, 산음(山陰) 고
> 을 역시 분탕질을 당하였으므로 그때에 이『해사록』을 잃어버렸다.
> 그 뒤에 참판 박숙빈(朴叔彬 숙빈은 박이장(朴而章)의 자임)이 어떤
> 시골 마을에 도착하여 주인이 책 하나를 가지고 벽을 바르려고 하는
> 것을 보고는 자세히 살펴보니, 바로 이『해사록』이었다. 이에 즉시 쌀
> 몇 되를 주고 바꾸어 가지고 돌아와서는 선생의 본가(本家)에 연락하
> 였다. 이에 드디어 본가에서 도사(都事) 정자부(鄭子孚 : 자부는 정사
> 신(鄭士信)의 자임)에게 부탁하여 찾아가지고 오니, 사람들이 모두 천
> 행(天幸)이라고 하였다. 그리고 당초에는 한 책으로 합해져 있었는데,
> 책이 두꺼워서 보기에 불편하므로 김백암(金柏巖 : 백암은 김륵(金玏)
> 의 호임)이 빌려 갔을 때 세 책으로 나누었다고 한다. 계축년(1613, 광
> 해군 5) 겨울에 완산(完山) 최현(崔晛)은 쓰다. (『학봉선생문집』권8)[7]

---

7) 金誠一, 초간본『海槎錄』권8 11뒤-12앞, "此海槎錄一帙. 先生在右道時. 山陰倅
金洛請借見. 先生許之. 先生歿後. 晉城旣陷. 賊兵充斥列邑. 山陰亦被焚蕩. 此錄
失於其時. 厥後朴參判叔彬行到一村. 見主人持一冊. 將以塗壁. 視之則乃此錄也.
卽以米升易之以歸. 使傳說本家. 遂因都事鄭子孚推來. 人皆以爲天也. 初合爲一
帙. 卷重不便考覽. 金柏巖借去時. 分作三帙云. 癸丑冬月. 完山崔晛書."

이에 따르면 임진왜란 당시 사라졌던『해사록』이 전후에 다시 나타
나서 1613년에 최현이 발문을 썼다고 한다. 또한 이 발문의 뒤에는
1642년에 이식이 쓴 발문이 붙어 있고, 그로부터 7년 뒤인 1649년에
『해사록』을 권7-8에 수록한『학봉선생문집』전10권이 성립하였다.
따라서『덴나 3년 목록』의 소장(所藏) 상황과 아울러 생각한다면,
1725년의 자서를 갖는『조선통교대기』의 편자는『덴나 3년 목록』에
수록되어 있지 않은 독립된 형태의『해사록』을 보았다기보다는『덴
나 3년 목록』에 수록되어 있는 초간본『학봉선생문집』의 권7-8에 수
록된『해사록』을 이용하였을 것이다. 그렇다면 신유한이 증언한 간행
본『해사록』이라는 문헌도 초간본『학봉선생문집』의 일본 복각본[和
刻本]을 가리킬 가능성이 상정된다.

한편,『조선통교대기』권9에 수록된「허 서장관에게 보낸 예절을
논한 편지(與許書狀論禮書)」의 첫 구절,

某頓首言. 使臣見關白一節, 與足下面論. 非一再矣.[8]

은『학봉선생문집』초간본 권7의 해당 대목(15뒤)과 동일하고, 아래에
인용한『해행총재(海行摠裁)』[9] 수록『해사록』권3의 해당대목(18앞)과
는 다르다.[10]

某頓首焉. 使臣見關白禮[11]節, 與足下面論, 非一再矣.

8) "아무개는 머리를 조아리고서 말합니다. 사신이 관백(關白)을 만나 보는 한 절차
   에 관하여 족하와 더불어 면대해서 논한 적이 한두 번이 아니었습니다."(번역은
   한국고전번역원에 의함), 田中健夫 외(1978), 339쪽.
9)『해행총재』의 서지적 특성에 대하여는 오소미(2007), 13-20쪽 참조.
10) 참고로 이 구절은 보물로 지정된 현존 학봉선생 해사록 초본에는 실려 있지 않다.

즉『학봉선생문집』초간본 수록본『해사록』과『해행총재(海行摠裁)』
수록『해사록』은 서로 다른 본문을 가진 사본임이 확인된다.

또한,『조선통교대기』의 저자는 아래 표에서와 같이『학봉선생문
집』초간본 권7-8에 수록된『해사록』의 권7에서만 기사를 발췌하고
있으며, 권8의 「조선국 연혁고이(朝鮮國沿革考異)」(1앞~) 및 「풍속고이
(風俗考異)」(3뒤~)는 발췌대상에서 제외되어 있다. 이러한 취사선택의
이유를 단언할 수는 없지만,『조선통교대기』의 편자가 권8에 수록된
이들 2개 기사를『조선통교대기』라는 문헌의 성격과 맞지 않는다고
판단했기 때문일 것이다.

마지막으로,『학봉선생문집』초간본·중간본과『조선통교대기』권
9-10에 초록된 기사의 제목을 대조하면 다음과 같다. 이를 비교하면
『학봉선생문집』초간본과『조선통교대기』권9-10의 제목이 일치하
고『학봉선생문집』중간본과는 다르다는 것을 알 수 있다.

『학봉선생문집』 (초간본)	『조선통교대기』 (1725년 서문)	『학봉선생문집』 (중간본)
答上使書 上使黃允吉 (권7, 1앞)	答上使書 上使黃允吉 (권9)	答黃上使 允吉○庚寅○以 下海槎錄 (권5, 1앞)
答許書狀書 論國分寺被辱事書 狀許筬 (권7, 3앞)	答許書狀書 [論國分寺被 辱事, 書狀許筬] (권9)	答許書狀 筬 (권5, 3뒤)
與許書狀書 (권7, 11뒤)	與許書狀書 (권9)	與許書狀 (권5, 14앞)
與許書狀論禮書 (권7, 15뒤)	與許書狀論禮書 (권9)	與許書狀 (권5, 18앞)
答客難說答上使書 (권7, 22앞)	答客難說答上使書[12] (권10)	客難說答上使 (권6, 3뒤)
與許書狀論觀光書 (권7, 23뒤)	與許書狀論觀光書 (권10)	與許書狀 (권5, 26뒤)
副官請樂說 (권7, 44앞)	副官請樂說 (권10)	副官請樂說 (권6, 1앞)

---

11) 국립중앙도서관 한古朝90-2. 오소미(2007)는 이 사본을 18세기 후기의 조엄·성
    대중 친필 사본으로 판단하며(16쪽) 여기에는 "禮"자가 보이지 않는다. 해행총재
    본에는 "禮"자가 보인다.

入都出都辨 (권7, 46뒤)	入都出都辨 (권10)	入都出都辨 (권6, 5뒤)
倭人禮單志 (권7, 48뒤)	倭人禮單志 (권10)	倭人禮單志 (권6, 8앞)

2) 김성일과 통신사에 대한 『조선통교대기』 편자의 입장

『조선통교대기』 권9-10의 편자는 이상과 같은 9개의 기사를 인용하고 번역한 뒤 안문(按文)과 주석을 붙이고 있다. 조일관계 및 임진왜란에 대한 편자의 인식은 이 안문과 주석에 잘 드러나는데 그 전체적인 특징에 대하여는 별고에서 논한 바 있으므로 생략하고[13], 여기서는 김성일에 대한 편자의 인식을 검토하는데 그친다.

편자는 권9 서두에서 조선과 통신사에 대하여 다음과 같이 서술한다.

> 대저 저들(1590년 사행)은 우리 주(州)를 그들의 번신(藩臣)과 같이 보았다. 따라서 우리가 저들을 접대할 때 조금이라도 미치지 못하는 바가 있으면 저들은 "이는 저들(쓰시마)이 교만하여 우리(조선)를 저들 아래에 두려는 것이다. 오히려 저들로 하여금 우리가 하는 말을 듣게 해야 할 것이다"라고 생각했다. 그들에게 이미 이러한 의심이 있었으니 끝끝내 편안한 마음으로 우리와 일을 의논하지 못하고, 어떤 일에 임하여서는 특히 우리가 하는 말에 어긋나게 마음대로 해서 우리에게 위엄을 보여 교만한 기세를 굴복시키려 했다. 이후 (일본에 오는) 통신사는 모두 이러한 생각을 하였기에 우리가 이에 대처하는 것이 매우 어려웠다.
>
> 우리는 이들을 맞이함에 오로지 구례(舊例)에 따를 뿐 조금이라도 저들에게 아부하거나 빌붙는 마음이 없어야 할 것이며, 또한 우리 나라

---

12) 『학봉선생문집』 초간본·중간본의 제목은 "答客難說答上使書"라 되어 있으나 『조선통교대기』의 제목에는 "설(說)" 자가 빠져 있다.

13) 김시덕(2010b), 「일본 임진왜란 문헌 1 – 가이바라 엣켄 『구로다 가보』와 마쓰라 마사타다의 『조선통교대기』」, 『문헌과 해석』 52, 문헌과해석사, 2010.10. 참조.

의 위세를 빌어 저들을 멸시하는 일 없이 오로지 양국의 화호와 생민의 안도(兩國和好生民安堵)를 꾀하여 성신으로 교섭하는 결실이 있게 함에, 힘껏 마음을 다하여 양국 간을 주선하면 저들이 어찌 진실로 기뻐하며 심복하여 우리와 의논하니 무사함이 없을까 걱정하는 일이 있을 것인가. 무릇 두 나라의 일은 모두 이로써 미루어 생각할 것이다.[14]

이처럼 18세기 초의 쓰시마 번은 쓰시마에 대하여 강압적 자세로 일관한 1590년 사행에 대해 결코 좋은 감정을 지니고 있지는 않았으나, 그렇다고 해서 일본의 일각에서 임진왜란 당시의 위세를 빌어 조선 측을 협박하려는 자세[15]에 대해서도 부정적이었다. 한일 양국간을 교섭하는 위치에 있던 쓰시마번의 현실적인 방책이라 하겠다.

이처럼 현실적인 이유에서 선린외교를 주장한 편자였지만, 그 개인적으로는 김성일의 고압적인 자세에 대해 비판적이었다. 『조선통교대기』는 반일적인 태도가 강한 조헌에 대해 책의 서문에서 다음과 같이 노골적인 반감을 드러낸 바 있다.

---

14) "大抵彼れ我州を視ること其藩臣のことし. よりて我かこれを礼待するの間, 少しくも至らさる処あれは, 彼おもへらく, "これ驕傲して彼れか下に出す. かへつて彼れをして我かいふところを聴かしめむとするなり"と, 彼れ既にこの疑慮あり. 終ひに気を和し心を安して我と相議らす, 其事に臨むの間, ことさらに我かいふ処に戻り, 縦ひままにして我に威を示し, 驕傲の気を服せしむとせり. 此後, 信使来たることにこの念あらすといふことなく, もつて我をしてこれに処するの甚た難かたしむるに至る. 我これを待つの道にあつて宜しく唯旧例のことくし, 且少しくも媚を献し憑りたのむの心なく, また我か国の威を借りこれを蔑にしろ<ママ>にするのことなく, 両国和好生民安堵の関かるところを専らとして, 其誠信相与ミするの実ありて, 其間に周旋して務し心を尽さは, 彼れいかてか誠に悦ひ服し, 我と相議り, 無事を調ふるをもつて念とせさることあり. およそ両間の事, ミなこれによりて推し知へし"(田中健夫 외(1978), 312쪽).
15) 이 문제에 대해 아메노모리 호슈가 우려한 바를 김시덕(2010b) 70쪽에서 상술하였다.

양국간의 일을 고증함에는 저 나라(조선)의 책보다 나은 것이 없지만, 오류가 많고 망녕된 저 조헌의 중봉집과 같은 책은 의거하면 안된다.[16)]

그리고 편자는 권9 「答許書狀書 [論國分寺被辱事, 書狀許篋]」에서 『학봉선생문집』 초간본 권7의 원문을 번역하는 도중에 다음과 같이 조헌과 김성일을 같은 부류로서 언급하고, 역사상 논란이 되는 황윤길과 김성일의 엇갈린 보고에 대하여도 견해를 피력한다.

생각건대 이 때 포로를 돌려 보내고 해적을 잡아 보내며 통신을 청하신 것은 우리 쓰시마 주(州)가 양국 관계를 위해 주선한 것으로서 관백(도요토미 히데요시)의 아는 바가 아니었다. 또한 관백이 통신사를 오게한 것은 그 나라(조선)의 예의를 숭앙하고 그 나라를 중시하기 때문이 아니었다. 대저 성일의 사람됨은 지나치게 거만하여 남의 말을 받아들이는 일이 없으므로 사정에 어두웠다. 중봉 조헌의 사람됨과 백중(伯仲)을 이룬다. 『은봉야사별록』에서 임진년의 일로 그 나라를 잘못되게 한 죄는 오로지 성일에게 있다고 한 것이 전적으로 거짓된 말이라고는 할 수 없을 것이다.[17)]

『조선통교대기』는 쓰시마번의 번정(藩政)에 참고하기 위해 공식적으로 편찬된 책이다. 따라서 위와 같은 편자의 주장은 편자 개인의

---

16) "両国の事, 其考証たる彼国の書にしくはあらすといへとも, 其謬妄たる, かの趙重峰集のこときは拠るへからさるところなり"(田中健夫 外(1978), 49쪽).

17) "按に, 此時俘を還し海賊を送り, よりて通信を請はれし事, 我州両国の為に周旋せしものにして, 関白の知る処にあらす. また関白の信使を致さしむる, 其国の礼義を慕ひ, 且重きを彼に借らむとにはあらさりし也. 大抵誠一か人と成り高慢に過て人言を納る事なし. もつて事情に疎かなる, ここに至る, 趙重峰・伯中間の人たるに似たり. 隠峰野史に, 壬辰の事, 其国を誤まるの罪もつはら誠一にありといひし, 全く誣たりといふへからず"(田中健夫 外(1978), 328쪽).

관점이자 동시에, 김성일과 통신사를 바라보는 18세기 초 쓰시마의
공식적인 입장으로 간주된다.

여기서 필자의 사견을 말하는 것이 허락된다면, 필자는『학봉선생문
집』초간본 권8 말미에 수록된 이식의 해사록 발문의 취지에 동의한다.

> 왜적들이 침입해 올 조짐이 처음 드러났을 때를 당하여 조야(朝野)
> 의 사람들이 모두 의심하고 두려워하였다. 그 당시에 사신을 파견한
> 것은 그들의 요청에 따라 주면서 그들의 형세를 살피려는 것이었지,
> 서로 간에 믿음을 깊게 하여 우호를 돈독히 하려는 것이 아니었다. 왜
> 인들이 모욕하면서 제멋대로 날뛰어 함께 갔던 여러 사람들이 모두
> 겁을 내어 절조(節操)를 바꾸니, 그들이 더욱더 심하게 능멸하였다.
> 선생은 일개 부사(副使)로서 그 사이에 우뚝이 서서 확고하게 예(禮)
> 로써 스스로를 견지하여, 격동되지도 않고 꺾이지도 않아 왜인들로
> 하여금 간담이 떨리게 하였다. 그리하여 왜인들이 그들의 종을 죽여
> 서 사죄하기까지 하였으니, 당시 일행들 가운데 오직 선생만을 믿고
> 의지할 수 있었다.
> 돌아와서 아뢸 때에 함께 사신으로 갔던 사람들이 왜인들에게 굽실
> 거린 부끄러움을 감추고자 하여 장황스럽게 떠들어 댔는데, 선생은
> 그들과 힐난하다가 말이 넘쳐서 마침내 법에 얽혀들고 말았다. 그리
> 고 왜적들의 정세에 대해서는 모두 분명하게 알지 못하였으니, 애당
> 초 조정에서 선생의 말 때문에 방비책을 세우지 않아 왜적들을 불러
> 들인 것이 아니었다. 그러므로 형세가 기울고 기미가 박두할 때까지
> 대비책을 세우지 못하였던 것은 선생의 허물이 아니다. 선생께서 외
> 로운 군사를 거느리고 한쪽 구석을 보존하면서 흩어진 군사를 끌어모
> 으고 무너지는 것을 지탱하는 데에 미쳐서는, 왜적들로 하여금 꺼리
> 는 바가 있어서 감히 제멋대로 날뛰지 못하게 하였다. 그러므로 조령
> (鳥嶺) 이남이 역시 오직 선생만을 의지하였던 것이다.[18]

그리고 필자는 이 문제에 대하여 최근 간행한『교감·해설 징비록』
의 해설에서 아래와 같이 적은 바 있다.

> 1591년(선조 24)에 통신사로서 일본에 다녀온 김성일이 "도요토미
> 히데요시는 조선을 침략하지 않을 것이다"라는 결과적으로 잘못된 보고
> 를 했다는 사실로 인해, 그는 조선이 임진왜란을 방비할 기회를 놓치게
> 했다는 비판을 받는다. 그러나 역해자는 조선 조정이 김성일의 그 한마
> 디를 듣고 안심하는 바람에 일본군의 침략을 초기에 방어하지 못했다는
> 주장에 동의하지 않는다. 당시 조선은 북쪽의 여진인과 남쪽의 왜구에
> 의한 상당한 규모의 침략을 막아 낼 수 있는 효율적인 대비 체제를 갖추
> 고 있었다. 그리고 여러 문헌이 전하는 바에 따르면, 조선 조정은 임진
> 왜란이 일어나기 직전까지 통상적인 왜구의 침략을 상정하여 대비를
> 하고 있었다. 다만, 20여만 명이라는 대규모의 침공을 예상하지 못한
> 것이 조선 조정과 김성일의 잘못이라면 잘못이라 할 수 있으리라.[19]

3. 근세 일본의 김성일 인식 - 전환점으로서의『징비록』

1)『징비록』이전 : "내조사" 3인 가운데 하나로서의 김성일

앞서 살펴본 바와 같이『조선통교대기』의 편자와 18세기 초 쓰시마

---

18) 초간본 권8발 1앞·뒤, "當倭難之始兆也. 朝野莫不疑懼. 行李之遣. 姑爲塞其請
而覘其形. 非深相信而篤於交也. 彼方啓其狠狼. 跳踉百態. 同行諸公. 劫劫改操.
轉益其凌藉. 先生以一介輔行. 壁立其間. 截然以禮自持. 不激不挫. 使彼心怵魄
沮. 至自戮其僕. 以示推謝. 則當時一行之中. 惟先生是賴. 及其回奏也. 同行欲文
其巽懦之恥. 張皇已甚. 先生與之折難辭溢. 逐中文法耳. 要於敵情. 俱未明炳. 而
朝廷初不以此撤備致寇. 則其勢傾機迫. 不及施措. 非先生之咎也. 及先生提孤軍保
一隅. 莘渙撐潰. 使敵人有所惝憚而不敢肆. 則大嶺以南. 亦惟先生是賴."
19) 김시덕(2013b), 47쪽.

번의 김성일 인식은 결코 긍정적인 것이 아니었다. 한편, 이보다 한
세기 앞선 17세기의 일본 문헌에서는 김성일이라는 개인이 눈에 띄지
않으며, 일본의 위세를 두려워 한 조선이 세 명의 "내조사"를 파견했
다는 식의 간단한 서술만이 확인된다. 이러한 인식은 『징비록』이 일
본에 들어가기 전까지 유지된다. 일본 성리학의 개조인 후지와라 세
이카(藤原惺窩)의 제자로서 각각 막부와 나고야번에서 근무한 에도 초
기의 대표적인 성리학자 하야시 라잔(林羅山)과 호리 교안(堀杏庵)이
집필한 문헌에서 관련 대목을 인용한다.

> 조선의 관리인 세 명의 대부 황윤길, 김성일, 허잠지가 내조하였다.
> 히데요시가 이를 접견하고 회신을 보냈다. (『도요토미 히데요시 보』
> 중권)20)

> 이때 관백은 여러 다이묘들에게 서약서를 쓰게 하여 영원히 천자를
> 숭앙하고 때때로 배알하는 것을 게을리하지 않겠다고 굳게 약속하게
> 하고 이를 대궐에 바치셨다. 이 소문을 들은 조선국왕은 세 명의 사신
> 을 보내 하표(賀表)를 바치고 화의를 청했다. (중략) 이때 조선의 세
> 사신이 내조하니, 이에 (히데요시는) 방물을 받고 사신과 대면하여 회
> 신을 보내셨다. (『조선정벌기』 권1 「조선이 하표를 바치다. 관백이 여
> 러 병사들에게 명하다」)21)

한편, 『조선정벌기』의 저자인 호리 교안은 중국 명나라의 제갈원성
(諸葛元聲)이 지은 『양조평양록』을 중요한 선행문헌으로 이용하였는

---

20) "朝鮮官使三大夫黃允吉 · 金誠一 · 許筬之來朝. 秀吉接對, 投回翰."
21) 『朝鮮征伐記』 권1, 「朝鮮上賀表事附関白命諸卒事」, "朝鮮国王これを聞いて三使
   を来し, 賀表を奉り和を乞ふ. (중략) 此時朝鮮の三使来朝あり. 即ち方物を受け, 使
   者に対面し, 返牒を遣はさる."

데,『양조평양록』권4상에도 이와 같은 일본측 기록과 상통하지만 수
치적으로는 다른 서술이 보인다.

> (1590년) 2월에 (관백 도요토미 히데요시가) 다시 승려를 조선에 보
> 내어 관백의 이해를 설하니 조선은 놀라고 두려워하여 대두목 10인을
> 보내 투항케 하였다.[22]

이처럼 조선의 1590년 사행은 명일 양국에 일종의 조공사로서 인
식되었다.『양조평양록』을 비롯한 명나라의 문헌은 임진왜란 당시 조
선의 무능함을 강조함으로써 명나라 군대의 역할을 강조하는 논지를
펼치고 있기 때문에 이러한 서술이 이루어진 것으로 보인다.

2)『징비록』이후 : "충신"으로서의 김성일

이와 같이 김성일 등의 1590년 통신사를 일본에 대한 내조사로 파
악하는 관점은 17세기까지 명·일 양국에서 일정부분 공유되고 있었
다. 그러다가, 조선에서와 마찬가지로 일본에서도『징비록』이 유입
되면서 오늘날과 상통하는 임진왜란관이 일본 내에서 17세기 말~18
세기 초에 성립한다. 그리고 김성일에 대한 근세 일본에서의 양면적
평가, 즉 사행 보고의 실패라는 측면과 죽음으로써 국가에 충성한 충
신으로서의 측면에 대한 평가 역시 이로 인해 정립된다.

우선 류성룡은『징비록』에서 황윤길과 김성일의 엇갈린 보고를 언
급하는 한편으로, 김성일의 충신으로서의 이미지를 섬세하게 구축하
였다. 이는 류성룡의 자필 원고인『초본 징비록』과 간행본인 16권본

---

22) 諸葛元聲『兩朝平攘錄』권4상 再9앞, "二月, 復差和尙往朝鮮, 稱關白利害, 朝鮮
驚懼, 卽令大頭目十人投降,"

·2권본 『징비록』을 비교하면 두드러진다. 『징비록』에서 김성일의 충
성됨이 가장 잘 드러나는 기사는 「경상우병사 김성일을 체포하여 하
옥시키려 하였지만, 그가 체포되어 오는 도중에 그의 죄를 용서하고
도리어 초유사로 임명하다」23)이다. 유명한 대목이지만 논의의 전개
를 위해 인용한다.

　　처음에 김성일은 상주에 도착하였다가 적이 이미 국경을 침범하였
　　다는 말을 듣고는 밤낮없이 달려 본영(本營)에 이르렀다. 그 도중에
　　조대곤과 만나 경상우병사의 인절(印節)을 교환하였다. 그때 적군은
　　이미 김해를 함락시키고 부대를 나누어서 경상우도 각지의 고을을 약
　　탈하고 있었다. 김성일이 가다가 이들과 맞닥뜨리니 그의 부하 장병들
　　은 달아나려 하였다. 그러자 김성일은 말에서 내려 호상(胡床)에 걸터
　　앉아 움직이지 않으면서 군관(軍官) 이종인(李宗仁)을 불러 "너는 용
　　사이니 적을 보고 먼저 달아나면 안 된다"라고 말하였다. 그때 금가면
　　(金假面)을 쓴 적군 하나가 칼을 휘두르며 돌진하여 오자 이종인은 말
　　타고 달려 나가 화살 한 발을 쏴서 그 적군을 쓰러뜨렸다. 이를 본 적
　　들은 뒷걸음질쳐 달아났으며 감히 이종인 쪽으로 나아오지 못하였다.
　　김성일은 흩어진 병사들을 불러 모으고 각 군현(郡縣)에 격문을 보
　　내, 서로 연계하여 적을 막으려는 계책을 실행하려 하였다. 그런데 임
　　금께서, 김성일이 전에 일본에 사신 갔다 와서는 "적이 쉽사리 오지
　　못할 것이다"라고 말한 바람에 인심을 해이하게 하고 나랏일을 그르
　　쳤다는 이유로 의금부도사(義禁府都事)를 파견해서 그를 체포하여 오
　　라고 명하셨었으므로 사태가 어떻게 될지 예측할 수 없었다.
　　감사(監司) 김수(金晬)는 김성일이 체포된다는 말을 듣고 길 위에서
　　만나 작별을 고하였다. 김성일은 언사와 안색이 강개하고 자기 일에
　　대하여는 한마디도 없이 오로지 온 힘을 다하여 적을 토벌하라고 김

---

23) 이하의 원문 인용 및 검토는 김시덕(2013b), 169-172쪽 참조.

수를 격려할 뿐이었다. 이 모습을 본 하자용(河自溶)이라는 늙은 아전
은 "자기 자신의 죽음을 걱정하지 않고 오직 나랏일만을 걱정하니 참
된 충신이구나!"라고 감탄하였다.

　김성일이 직산(稷山)에 이르렀을 때 임금께서 노여움이 풀리고, 또
한 김성일이 경상도 사민(士民)의 민심을 얻은 것을 알았다. 그래서
그의 죄를 사하고 [그를] 경상우도 초유사로 삼아, 경상도 내의 인민
들에게 훈계하여 군사를 일으키도록 하였다.[24]

　위의 인용문은 간행본『징비록』에 의거한 것으로, 이 기사에 해당
하는 초본『징비록』과 비교하면,

　　길 위에서 만나 작별을 고하였다. 김성일의 말은 의기(意氣)가 북받
치고, 자기 일에 대하여서는 한마디도 없이 오로지 온 힘을 다하여 적
을 토벌하라고 김수를 격려할 뿐이었다. 이 모습을 본 하자용이라는
이름의 늙은 아전은 "자기 자신의 죽음을 걱정하지 않고 오직 나랏일
만을 걱정하니 참된 충신이구나!"라고 감탄하였다.[25]

라는 대목이 간행본의 제작 과정에서 추가되었음이 확인된다. 즉, 류

---

24) "初誠一到尙州, 聞賊已犯境, 晝夜馳赴本營, 遇曹大坤於路中, 交印節. 時賊已陷
　　金海, 分掠右道諸邑, 誠一進與賊邐, 將士欲走. 誠一下馬, 踞胡床不動, 呼軍官李
　　宗仁曰: "汝勇士也. 不可見賊先退." 有一賊, 着金假面, 揮刃突進, 宗仁馳馬而出,
　　一箭迎射殪之, 諸賊却走, 不敢前. 誠一收召離散, 移檄郡縣, 以爲牽綴之計, 上以
　　誠一前使日本, 言"賊未易至"解人心, 誤國事, 命遣義禁府都事拿來, 事將不測. 監
　　司金睟聞誠一被逮, 出別於路上, 誠一辭氣慷慨, 無一語及己事, 惟勉睟以盡力討
　　賊, 老吏 河自溶歎曰: "己死之不恤, 而惟國事是憂, 眞忠臣也!"誠一行至稷山, 上
　　怒霽, 且知誠一得本道士民心, 命赦其罪, 爲右道招諭使, 使諭道內人民, 起兵討
　　賊." 인용은 2권본『징비록』에 의함.

25) "出別於路上, 誠一辭氣慷慨, 無一語及己事, 惟勉睟, 以盡力討賊, 老吏 河自溶
　　歎曰: '己死之不恤, 而惟國事是憂, 眞忠臣也!'"

성룡은 이러한 가필 작업을 통하여 김성일의 충신으로서의 이미지를
섬세하게 구축한 것이다. 그리고 이러한 작업을 통해 구축된 충신 김
성일의 이미지는 일본측 문헌에 그대로 계승된다. 『징비록』의 일본판
인『조선징비록』이 교토에서 간행된 1695년으로부터 10년 뒤에 간행
된 군담『조선태평기』는 간행본『징비록』에서 추가된 대목을 더욱 문
학적으로 풀어 쓴다.

> "김성일은 이전에 통신사의 명을 받아 일본에 파견되었는데, 이때
> 왜군이 아직 조선에 이르지 않을 것이라고 보고하여 인심을 해이하게
> 하고 국사를 그르쳤다. 벌해야 한다. 성일을 옥에 넣어라"라고 하였
> 다. 그 사자가 이미 도착하니 할 수 없이 성일은 옥으로 향하려 하여
> 다. 이 때 경상도 감사 김수는 성일이 관직을 삭탈당하고 처벌받는다
> 는 소식을 듣고는, 성일의 충성심이 임금께 통하지 않아 지금 이 재앙
> 을 입음을 애도하고 그와 이별함을 슬퍼하여 배웅하였다. 다시 만날
> 기약이 없음을 슬퍼하여 울며 울며 길 위에서 헤어졌는데, 성일은 자
> 신에게 닥친 재난을 조금도 한탄하지 않고 김수에게 "공은 경상감사
> 이니 계책을 내고 힘을 다하여 왜병을 쳐 반드시 충성을 다해야 하며
> 이를 게을리하면 안될 것이다"라는 훈계를 남기고 헤어졌다. 늙은 아
> 전 하자용이 이에 "성일은 자신의 죽음을 슬퍼하지 않고 오직 국사만
> 을 걱정하여 그 충절을 잃지 않는구나. 이는 진실된 충신"라고 감탄
> 하였다. (『조선태평기』권5, 「고니시 유키나가와 김성일과 싸우다. 성
> 일이 우도 초유사가 되다」)26)

---

26) 『朝鮮太平記』권5, 「小西行長与金誠一戰並誠一成右道招諭使事」 8앞뒤, "金誠
一, 前二通信使ノ命ヲ蒙リ日本二使セリ. 此時, 倭軍未夕至ルベカラザル旨ヲ啓シテ
人ノ心ヲ解キ, 国事ヲ誤レリ. 罪セズンバ有ベカラズ. 急キ獄二下スベジ"ト. 其使者
既二到リケレバ, カラナク誠一獄二赴ントス. 爰二慶尙道ノ監司金晬ハ, 誠一官ヲ削
ラレテ罪二赴クト聞ヨリモ, 誠一ガ忠心上二通ゼズ, 今此災ニカカレルヲ悼ミ, 且其離
別ヲ悲ミ, 其道ヲ送リケルガ, 再会ノ期ナカラン事ヲ歎キ, 泣々路上二別レケルニ, 誠

이처럼 류성룡은『징비록』의 초본에서 간본으로 이행하는 과정에
서 섬세하게 김성일에 대한 기술을 우호적으로 증보 기술하였고,『징
비록』의 영향을 받아 성립된 18세기 이후의 일본에서는 류성룡의 의
도대로 김성일을 충신으로 이해하였다. 1683년 단계에서 이미『징비
록』을 소장하고 있던 쓰시마 번에서 18세기 초에 간행된『조선통교대
기』의 편자는 김성일에 대해 부정적 인식을 갖고 있었지만, 이는 쓰
시마에 고압적 태도를 보인 김성일에 대한 쓰시마 고유의 입장이 표
명된 것으로 보인다.

4. 결론과 전망

이 논문에서는 김성일의『해사록』과『학봉선생문집』이 근세 일본
특히 쓰시마 번에서 어떻게 유통되었는지에 대해『조선통교대기』를
중심으로 검토하였다. 또한 쓰시마번과 일본 본토에서 공히 김성일과
1590년 통신사행에 대해 부정적·경멸적 인식이 통용되다가,『징비록』
의 일본 유통으로 인해 본토에서는 그 인식이 일변하여 "충신" 김성일
상이 수립되었음을 확인하였다.

한편 이미『조선통교대기』에서도『징비록』이외에『해사록』,『학봉
선생문집』,『은봉야사별록』을 이용하고 있었지만,『징비록』은 일본의
임진왜란 담론에 가장 큰 영향을 미친 조선측 문헌이었다. 그러한 상
황에 변화가 생긴 것은 19세기 초에 미토번에서 애국주의적 성리학인

一己ガ身上ヲ歎ク事露計モナク, 金晬ニ向ツテ云ク, "公ハ慶尚監司タリ. 謀ヲナシ,
カヲ尽シテ倭兵ヲ討テ, 必ズ忠ヲ専ラトシテ, 怠ル事ナカレ" ト諫ヲ残シテ別レケレ
バ, 老吏河自溶是ヲ歎ジテ, "誠一, 己レガ死ヲカナシマズ, 惟国事是ヲ憂ヘテ, 其忠
貞ヲ失ハズ. 是真ノ忠臣ナリ" トソ感ジケル

미토학의 흐름에 속하는 가와구치 조주가 『정한위략』에서 『은봉야사
별록』을 본격적으로 이용하여 『징비록』의 일부 내용을 비판하면서부
터였다. 그러나 『정한위략』 역시 기본적으로는 『징비록』을 사료적 가
치가 있는 문헌으로 인정하여 광범위하게 활용하였기 때문에, 이 문헌
에서 김성일 상이 근본적으로 바뀌는 일은 없었다.[27] 『조선왕조실록』
등을 이용할 수 있게 된 근대 이후의 일본에서, 『징비록』의 서술에
근거한 이전 시대의 김성일 인식이 어떻게 전환되는지는 추후의 연구
과제이다.

김시덕 ┃ 서울대학교 규장각한국학연구원 조교수

참고문헌

堀杏庵, 『朝鮮征伐記』, 국립중앙도서관
金誠一, 초간본 『鶴峯先生文集』, 서울대학교 규장각한국학연구원 奎4250-v.1-4.
金誠一, 중간본 『鶴峯先生文集』, 경인문화사, 1999.
金誠一, 『海槎錄』, 『海行摠裁』 1, 국립중앙도서관 한古朝90-2.
金誠一, 『海槎錄』, 『海行摠裁』 1, 한국고전종합DB.
林羅山, 『豊臣秀吉譜』, 이바라키대학.
馬場信意, 『朝鮮太平記』, 개인.
申維翰, 『海遊錄』, 한국고전종합DB.
諸葛元聲, 『兩朝平攘錄』, 臺灣學生書局, 1969.

田中健夫 외(1978), 『朝鮮通交大紀』, 名著出版, 23-24, 49, 312, 328, 339쪽

---

27) 김시덕(2013a) 참조.

藤本幸夫(1981), 「宗家文庫藏朝鮮本に就いて―『天和三年目錄』と現存本を對照しつ
　　つ―」, 『朝鮮學報』 99・100, 216쪽.

이우성(1993), 「『학봉전집』의 일고찰」, 「학봉 김성일의 조선국연혁고이 및 풍속고이」,
　　「풍신수길 정권과 학봉선생의 「해사록」」, 『학봉의 학문과 구국활동』, 학봉선생
　　기념사업회.

오소미(2007), 「『해행총재』에 수록된 조선후기 일본사행록의 서지학적 연구」, 이화
　　여자대학교 대학원 문헌정보학과 석사학위논문, 13-20쪽.

김시덕(2010a), 『異国征伐戦記の世界―韓半島・琉球列島・蝦夷地―』, 笠間書院.

김시덕(2010b), 「일본 임진왜란 문헌 1 ― 가이바라 엣켄 『구로다 가보』와 마쓰라
　　마사타다의 『조선통교대기』」, 『문헌과 해석』 52, 문헌과해석사, 2010・10, 70쪽.

김시덕(2012), 『그들이 본 임진왜란 ― 근세 일본의 베스트셀러와 전쟁의 기억』, 학고재.

김시덕(2013a), 「임진왜란의 기억 ― 19세기 전기에 일본에서 번각된 조・일 양국 임
　　진왜란 문헌을 중심으로 ―」, 『동아시아한국학 연구총서 05 동아시아의 전쟁
　　기억 ― 트라우마를 넘어서』, 민속원.

김시덕(2013b), 『교감 해설 징비록 ― 규장각 새로 읽는 우리 고전 5』, 아카넷, 47,
　　169-172쪽.

김성일과 임진왜란

부록

鶴峯先生과 壬辰義兵活動

1.

　　대개 영남이 서로 이끌어 오랑캐 땅으로 변하지 않은 까닭은 비록 義士들이 군사를 일으킨 공로이지만, 義兵이 시종일관 목표를 달성할 수 있었던 것은 실로 학봉 선생이 참된 정성으로 사람을 감동시킨 데 말미암은 것이다. 진주성[임진년 10월]을 굳게 지켜 함락되지 않게 한 까닭은 비록 김시민이 힘껏 싸운 공로이지만, 이 또한 학봉 선생이 (이 성의 방어와 수비에 대하여) 지휘하고 헤아려 대응하는 것을 제대로 했기 때문이다. 그 몸이 살아서는 능히 한 도의 인심이 의지하는 長城이 되었고……돌아가신 뒤에는 대소 士民들이 눈물 흘리며 서로 조문하는 바 되었다.……1)

　　이상은 우리의 민족사상 미증유의 일대 危亂이었던 임진왜란에 있어서 嶺右(=경상우도) 의병활동을 주로 籌劃하고 이룩하였던 학봉 김성일 선생의 공훈에 대한 적절한 총괄이라고 믿어진다. 당시 의병의 倡起 및 그 활동과 진주성의 堅守 내지 영우 일대의 확보가, 특히 우

---

1) 『鶴峯先生文集』附錄 권3, 「言行錄」門人 崔晛記 "蓋嶺南之不胥爲夷 雖曰義士 倡率之功 而義兵之終始成就 實由於先生血誠之動人 晉城之不陷堅守 雖曰金時敏 力戰之功 而亦由先生指授策應之得宜也 其身存而能使一道人心倚爲長城 隨其去 留而爲之輕重 其身歿而能使大小士民 涕泣相弔……." 이외 같은 책 권1, 「연보」및 권2, 「행장」에도 동일 요지의 기술이 보인다.

리에게 전세가 크게 불리하였던 초전에 있어서, 그 얼마나 戰局의 대세를 만회하고 민족과 국가를 보위하는 데 결정적 관건이었던가에 대해서는,

○ 신이 살펴보건대 진주는 남쪽 지방의 巨鎭으로 (호남·영남) 양도의 요충지에 위치하였으니, 이곳을 지키지 못한다면 이 일대에 보존된 여러 고을이 토붕와해되어 朝夕을 보존할 수 없을 뿐만 아니라 적이 반드시 호남을 침범할 것입니다. 호남은 지금 勤王으로 인하여 도내가 텅비었으니 만약 또 적의 침입을 받는다면 더욱 한심하게 될 것입니다. 이곳은 바로 (당나라 안녹산의 난 때) 睢陽(城)의 1郡이 江淮 지역의 保障이 된 것과 같으니, 오늘날 반드시 지켜야 할 곳입니다.…… 신은 진주에 머물면서 독려 조치하며 이 고을을 견고하게 지키도록 할 것인데, 이로써 호남 및 내지를 방어하는 계책으로 삼으려고 합니다.[2]

○ 본도가 함락되고 나면 호남이 차례로 병화를 입을 것이니, 호남을 지탱하지 못하면 국가를 회복할 근거지가 남는 곳이 없게 될 것이라 두렵습니다.[3]

○ 그렇기 때문에 오늘날의 일은 그 어느 것이나 의병이 한 일이 아닌 것이 없으며, 의병들로 하여금 종시토록 성취하게 한 것은 (김)성일의 공인 것입니다.…… 몇 고을의 郡民이 성일을 인자한 어머니처럼 바라보고 長城같이 의지하여, 수없이 죽을 고비를 넘기면서 적들을 말끔히 소탕하였습니다.…… 생각건대, (영남)우도는 영남 좌도와 호남 사이에 끼어 있습니다. 왜적들이 밤낮으로 호남을 노리면서도 감히 못하는 것은 우리의 초유사가 士民의 마음을 얻어 싸우면서 지키고 있기 때문입

2) 『선조실록』권27, 선조 25년 6월 丙辰(28일), 「慶尙道招諭使金誠一馳啓」.
3) 『鶴峯先生續集』권3, 「請留義兵大將金沔狀」, 계사년 2월.

니다. 장차 만약 김성일이 없어서 關防이 엄히 방비되지 못할 경우에는
오직 우도의 몇 고을만이 함락되어 왜적의 땅이 될 뿐만 아니라, 호남
의 50개 고을도 입술이 없어서 이가 시린 걱정을 면할 수 없을 것입니
다. 현재 국가에서 조금이나마 믿고 의지할 곳은 전라도 한 도 뿐입니
다. 전라도 한 도를 보전하지 못하면 전하의 나랏일도 끝나고 말 것입
니다. 아! 김성일이 떠나고 머무는 것이 어찌 영남 우도 의병의 성패에
만 관계된 것이겠습니까?[4]

라 한 바 등의 기록을 통해서 능히 짐작하고도 남음이 있다.

위의 내용을 바꾸어 말하면, 가장 시급하였던 임란 초전에 있어서
국가 회복의 根基는 유독 호남에 있었고, 호남의 확보는 그와 脣齒 관
계에 있는 영우 지방의 보존 여하에 좌우되었으며, 그 영우의 보존은
오로지 의병의 활동으로 말미암았고, 그 의병의 활동을 촉구 보장하여
끝내 성취케 한 공은 바로 학봉 선생의 성의와 籌劃이었다는 것이다.

이는 다시 학봉→의병→영우→호남→국가회복 根底의 확보라는
일련 관계로 바꾸어 파악·표현할 수도 있을 것이다.

선생은 이 같은 대세를 처음부터 깊이 통찰하고 있었으니, 초유사
로서 진주에 당도한 처음에 이미,

> 晉陽(=진주)이 없으면 호남이 없고 호남이 없으면 나라는 이미 어
> 찌할 수 없게 된다. 賊이 항상 침 흘리면서 엿보는 바가 이 성에 있으
> 니, 방어와 수비를 조금이라도 늦출 수 없다. 나는 결코 이 성을 떠나
> 지 않고 끝까지 사수할 터이다.[5]

---

4) 『鶴峯先生文集』附錄 권4, 「慶尙右道儒生願留疏」, 進士鄭惟明等[임진년 8월].
5) 李魯(1960.12.), 『龍蛇日記』, 부산대학교 한일문화연구소, 91쪽 : "公曰 晉陽湖
   南之保障 無晉陽 無湖南 無湖南 國無可爲矣 賊之朶頤 長在於此防守 不可緩矣 不
   出此城 以死."

라고 지적하면서 그 결의를 굳게 표명하였던 것이다. 그리하여 이 같
은 초지와 사명을 끝내 지키어 동년 8월경에는,

　　이때 이순신은 수군을 거느리고 서해의 입구에 웅거하였으며, 김성
　　일 등은 진주의 關要를 지키고 있었다. 적이 金山의 길을 경유하여 호
　　남에 침입했으나[6] 여러 번 좌절당하였으므로 도로 종래의 길로 퇴각
　　하여 돌아가니 호서 또한 함락되는 것을 면하였다. 국가가 이 두 도에
　　의지하여 군대에 물자를 공급하여 부흥할 수 있었으니…[7]

라고 기록되어 있는 바와 같이 능히 이를 완수하고야 말았던 것이다.
그 공을 실로 바다에서 충무공 이순신이 한산도를 중심으로 하여 서
해에의 어구를 꽉 막았던 바와 병칭될 만큼, 진주성을 근저로 한 육
상에서의 호남 진출의 굳은 차단과 저지이었던 것이다.[8]

---

6) "賊由金山路云云"에 대해서는 본서 189쪽 참조.
7) 『선조수정실록』권26, 선조 25년 8월 戊子(1일) 및 『國朝寶鑑』권31, 「宣祖朝八」
　　선조 25년 8월. 그리고 아래 주 44)·49)·82) 참조. 학봉 선생의 임진의병 활동에
　　대한 총평으로서는 다음과 같은 기사도 주목된다.
　　"甲午[宣祖 27年] 2月 6日 朝講 領府事金應南進曰 金誠一盡心嶺南之事 當追贈
　　玉堂臣金宇顒亦曰 誠一爲招諭使 收合義兵 盡心捍禦 倭不得大肆 而湖嶺南 尙有子
　　遺皆誠一之力也 其功甚大 上曰此則然矣."(『鶴峯先生逸稿』附錄 권1, 「經筵奏對」)
8) 위에서 논한 바와 같이 당시에 있어 국가회복의 근기는 호남에 있었고, 호남의
　　확보는 영우의 보존에 있었음은 엄연한 사실이다. 그러나 영우의 확보, 다시 말해
　　서 湖南遮蔽(藩屏)의 공을 누가 이룩하였느냐에 이르러서는 각기 입장에 따라 달
　　라진다. 우선 상기 실록에서 보는 바와 같이 해상에서의 충무공 이순신을 비롯하
　　여 육상에서의 김성일 관하의 여러 의병[호남에서의 死守는 고경명·조헌·권율
　　등]을 들어 말할 수 있는데 그것은 다시 "湖南左水使李舜臣 與賊戰于釜山 鹿島萬
　　戶鄭運死亡 壬辰夏 4月 日本大擧入寇 13日 連陷釜山東萊……29日 舜臣與諸將大
　　會于南別館計事 諸將皆曰賊鋒甚銳 不可輕出外洋……獨鹿島萬戶鄭運 無一言張目
　　而坐……運曰……今賊未犯湖南 當以此時 急引兵逆擊 一以衛湖南 一以援嶺南可
　　也……舜臣曰 鹿島之言是也 微鹿島 大事去矣 卽下令諸軍 卽日登船……."[安邦俊
　　(1973.4.), 『隱峯全書』권7, 「釜山記事」, 한국사상연구회, 100쪽]이라 한 바와 같

지금까지 우리 국사학계에서는 우리 선민들이 수없이 겪었던 역대
의 모든 대내·외 전란에 대해서 그 승패를 막연히 그때의 정치정세의
불안 내지 외교상의 졸렬[패인]이나 몇몇 분의 초인적·영웅적 활동[승
인]만으로써 설명하는데 그치고, 당시에 사용된 피아의 主戰 무기를
중심으로 하여 군제나 지형지물의 이용[關防] 등을 포괄한 전략 및 전
술 면에서, 다시 말해 전쟁이란 본질 면에서 실증적이고 과학적으로
규명 파악하지 못하고 있는 아쉬움이 있다. 한마디로 전쟁[승패]의 본
질에서 파고 들어가는 제1차적 분석보다는 그 배경 내지 遠因인 정치
적·사회적·외교적 측면에서의 규명만이 주로 논란되는 데 그치는 혐
의가 없지 않다.[9] 그러므로 임란 당시의 의병활동에 대해서도 8·15
광복 이후 새로이 이에 대한 관심과 硏鑽이 적지 않게 이루어지게[10]
된 그 자체는 크게 환영하고도 남음이 있으나, 그것은 대체로 의병활
동에 대한 개개의 분석적 연구보다는 우선 "의병을 일으킬 수 있었던

이 특히 鄭運의 공을, 그리고 "自是 金大將威名大震……上奇其壯績 欲令奉其本部
上來勤王 泗聞命 卽欲刻日治裝 提兵往赴 嶺南諸處義徒 莫不妥嗟歎息曰 金大將若
離本道 吾儕無所依賴 倭賊無路討平 嶺南一路 將何以保守乎 至於遠近民庶 亦皆痛
哭曰 吾失金大將 吾不能保全也 一道之內喁然不能鎭定……"[이로, 『용사일기』,
232쪽]이라 한 바와 같이 특히 김면의 공을 또 "泗之寄書祐書曰 聞幕府名 尋常欽
仰……左右一乎 千百影從 水攻陸戰 凶賊遁散 使洛右一帶 安堵無虞者 實義士之功
也 所謂蔽遮江淮 沮遏其勢者 今亦有其人矣 令人欽賞不已……"[「金沔松庵先生遺
稿與郭忘憂書」, 임진 7월 및 이로, 『용사일기』, 139쪽]이라 한 바와 같이 특히 곽
재우의 공을 강조해서 말할 수 있다.

9) 졸고(1964.7·10·12.), 「麗末鮮初火器의 傳來와 發達」, 『歷史學報』 24·25·26
집 및 졸고(1973.10., 1974.4.), 「制勝方略 硏究」, 『震檀學報』 36·37 참조.

10) 崔永禧(1960.11), 「壬辰義兵의 性格」, 『史學研究』 8; 金錫禧(1962.12.), 「壬辰倭
亂의 義兵 運動에 관한 一考」, 『鄕土서울』 15; 金潤坤(1967.12.), 「郭再祐의 義兵
活動」, 『歷史學報』 33; 李載浩(1967.12.), 「壬辰義兵의 一考察」, 『歷史學報』 35
·36합집; 李章熙(1969.12.), 「壬亂海西義兵에 對한 一考察」, 『史叢』 14; 崔永禧
(1975.7.), 『壬辰倭亂中의 社會動態』, 韓國研究院 등.

사회적 배경과 의병장의 성분 또는 의병의 변천을 통하여 의병의 정치사회와의 관계에 있어서의 일반적인 성격을 살펴보려고 하는 것"[11] 이 주된 흐름인 듯하다.

물론 여기에는 다소의 예외가 없는 바 아니나,[12] 한마디로 임진왜란 중의 사회동태에 대한 연구 등으로 묶어 말할 수 있는 성질과 방향의 것이었다. 따라서 본고에서는 학봉이 임란 초에 南邊의 거의 모든 고을에서 수령과 鎭將이 다투어 성과 병기를 버리고 일반 백성보다도 오히려 앞장서 산림으로 逃匿하기에 바빴던 그 흉흉한 정황에서, 오직 一死殉國의 성심으로 몸 바쳐 의병을 倡起 조직 활약하게 한 그 정치적·사회적·군사적 배경에 대해서는 論及을 생략키로 한다.

다만 이미 상술한 바 학봉의 의병활동이 당시의 전세 일반과 국가 회복에 미친 그 전략상 중대 의의의 실상을 보다 상세히 설명하고, 아울러 당시가 비록 위급시이지만 관군이 있는데도 새로운 군사 집단으로서 대립케 된 의병의 출현으로 빚어진 관군·의병의 상충을 능히 조화시켜, 의병 활동으로 하여금 끝내 유종의 미를 거두게 한 선생의 유별난 공로를 힘주어 밝혀 두고자 한다. 관군 의병의 대립과 상극은 당시 비단 영우 지방에만 국한된 바 아니고 諸道에 다 있었던 보편적 사태이었는데 유독 학봉만이 이를 능히 調劑하였던 것이다. 즉,

> 모든 도에서 의병이 일어났다. ……이에 관군과 의병이 서로 견제하여 장수와 의병장이 서로 불화하는 경우가 많았지만, 유독 초유사 김성일만은 이를 시의적절한 방도로 조정하였으므로, 영남 의병들은 그를 믿어 높이 존중하고 敗死하는 자가 적었다.[13]

---

11) 최영희(1960.11), 위의 주 10), 앞의 논문, 2쪽.
12) 김윤곤(1967.12.), 위의 주 10), 앞의 논문.

라 한 바와 같거니와, 실상 당시 영우 지방은 유달리 순찰사 김수의
망동으로 망우당 곽재우의 의병활동이 그 밑뿌리에서부터 아주 궤산
전도당할 지경에 이르는 등 극심한 상황이었다. 그러므로 이를 능히
統攝하여 完護한 선생의 공은,『용사일기』의 저자 松巖 李魯로 하여
금 그 맺는 말로서,

　　만약 당시에 공이 잘 주선해서 적절하게 처리하지 않았더라면 모든
　　義士가 비록 마음을 다하여 賊을 토벌하고 싶어도 김수·田見龍 무리
　　의 모함에서 벗어나지 못했을 것이며, 모든 義將 또한 그들 틈에서 어
　　찌할 수가 없었을 것이니 영남 땅이 어찌 (일본처럼) 이빨을 (검게) 물
　　들인 소굴이 되는 것을 면했을 것인가?[14]

라고 표현케 하였으며, 휘하의 의병들이 임진년 8월 경상좌도 감사로
떠나는 선생의 수레를 잡고,

　　江右의 8, 9郡이 적에게 점령당함을 모면하게 된 것은 실로 閣下로
　　부터 지휘가 (일관되게) 나왔고 그 조치가 적절하였기 때문일 따름입
　　니다. 이제 綸音이 서쪽으로부터 내려와서 帷軒(=김성일의 가마)이
　　장차 左道로 가려하니, 사람들이 바라던 바는 이미 이지러지고 뭇사
　　람의 마음 속에 회의를 품게 하여 이미 모였던 사람들도 흩어질 것을
　　생각하고, 나아가려고 하던 사람도 돌아가 물러나려고 합니다.……생

---

13)『선조수정실록』권26, 선조 25년 6월 己丑(1일) "諸道義兵起時 三道帥臣 皆失衆
　　心 變作之後 督發兵粮 人皆嫉視 遇賊皆潰 及道內巨族名人與儒生等 承朝命倡義
　　而起 則聞者激動 遠近應募 雖不得大有克獲人心 國命賴而維持 湖南高敬命金千鎰
　　嶺南郭再祐鄭仁弘 湖西趙憲 最先起兵 於是 官軍義兵 互爲掣肘 帥臣多與義將不
　　協 惟招諭使金誠一調劑有方 故嶺南義兵 特以爲重 敗死者少."
14) 이로,『용사일기』, 274쪽.

각컨대 저 탐관오리들과 도살자와 같은 監司는 의병을 시기하고 질시
하여 백방으로 모해하고 심지어 (의병을) 가리켜 반역했다고 한 자도
많았습니다. 그러나 감히 마음대로 방자한 짓을 하거나 노여움을 드
러내지 못한 것은 相公이 계셨기 때문입니다.[15]

라고 칭송해 마지않게 하였던 것이다.

이 같은 문제 외에 학봉이 간직하였던 대 민생관의 기본감각 내지
는 그 구체적 시책과 실전에 대비한 軍備의 실상, 이를테면 조총의
제조·砲樓의 설치 등에 대해서도 크게 주목해야 마땅하나 본고에서
는 생략할 수밖에 없는 여러 가지 사정이 있다.

그리고 사족 같지만 임란의 戰局 추이를 크게 조감하면 우리 측으
로서 결코 일방적 패퇴가 아닌 승리의 終局이었다는 점과 당시의 의
병에는 크게 군세를 몰아 멀리 行在所 등 타 지방에까지 나가 赴援하
는 이른바 '勤王' 방향의 활동과 전선의 배후에 위치한 그들 자신의
향토를 굳게 지키면서 賊의 침습을 沮抑하고 나아가 敵의 후방을 교
란하며, 敵의 현지물자조달 내지 보급과 수송을 크게 위협하는 '掃寇'
라고 불린 두 가지 방향이 있었음을 전제로서 밝혀두고 싶다. 그러나
이 역시 한마디로 임란에 있어서 望風大潰 등의 우리 측 참패는 오직
초전의 2개월 정도에 불과하였고, 그마저 이와 비견되고도 남음이 있
는 평양성 탈환 이후에 그야말로 파죽지세의 승리가 있었으며 崔慶會
의 경우와 같이 근왕 방향에서 훌륭한 전공을 수립한 경우도 없지 않
으나 대체로 소구 방향의 활동이 일반적이었음을, 따라서 영우의 의
병 활동도 이 범주 내의 것이었음을 지적하는 정도에서 그치고 그 詳

---

15) 이로, 『용사일기』, 160쪽. 또 『鶴峯先生逸稿附錄』 권2, 文殊誌, 「鶴峯先生龍蛇
事蹟」, 「挽轅書」(草溪儒生李大期等30餘人), 아울러 위의 주 4) 참조.

論은 후일로 미룰 수밖에 없다.

2.

학봉 김성일 선생이 慶尙右兵使를 拜任하여 처음으로 남하케 된 것은 선조 25[1592]년 4월 11일이었다. 이는 물론 정읍현감 李舜臣의 全羅左水使 기용 등과 나란히 전운에 대비한 일선 邊臣(帥臣) 改替措置의 일환이기도 하였으나, 전년 2월, 일본 사행에서 돌아와 행한 정세보고[見解]에 대한 책임추궁의 일면도 없지 않았다. 이미 55세[1538년생]에 접어든 데다 평생 軍旅라고는 다루어 보지 않은 문관이었지만 선생은, 오로지 盡悴를 다한다는 것은 혈성으로써 勇躍 출발하였다. 그러나 충주의 丹月驛16)에 이르러서 왜구의 侵襲이 이미 4월 13일에 시작되어 疾上 중이라는 엄연한 현실과 부딪치게 되었다. 흔히 말하는 바와 같이 모든 백성은 말할 것도 없고 鎭將과 수령마저 다투어 북을 향해 山谷으로 逃入하기에 바빴던 당시에 있어서, 선생은 한층 晝夜兼行으로 걸음을 催促하여 창원의 慶尙右兵營을 향해 직행하였다[좌병영은 울산]. 도중 의령과 함안 사이의 南江[진주 쪽에서 내려오는 낙동강의 일대지류]의 渡津 鼎岩에서 對岸의 함안평야에는 이미 적이 침습하였을 것으로 염려한 麾下人들이 진주로 우회하도록 여러 가지 계책을 다했으나 선생은 단호히 이를 물리쳤다. 때에 이미 연로하였던 경상우병사 曺大坤은 그의 책임 구역인 김해가 적에게 함락당하는 데도 나아가 助援하지 않았고 海望原[창원 마산포]에 나와 있다가 갑자

---

16) 이는 학봉선생 「年譜」 및 「行狀」에 따른 기술이고, 이로의 『용사일기』와 서애 류성룡의 『懲毖錄』 등 擧皆의 기록에는 尙州로 되어 있다.

기 선생의 下來에 부딪치자 惶惶해 어찌할 바를 몰랐다. 그러나 交印 [사무인계]을 마치고는 다시 본영에까지 적이 쳐들어온다는 부하의 거 짓 정보를 그대로 믿어 급히 달아나 버리고야 말았다. 선생은 그곳에 서 약 30리 거리인 본영[內廂]에 천천히 들어가 恒怵한 자 13인을 목 벰으로써 기강을 바로잡아 군세를 가다듬는 한편, 때마침 당돌히 그 곳까지 迫進해 온 적의 探候軍을 맞아서는 조금의 동요도 없이 수하 의 용감한 군관으로 하여금 이를 逆擊하여 금색 갑옷의 2인을 사살케 하였다. 이는 아마 임란에 있어서 적이 상륙한 이후에 예봉을 꺾은 최초의 통쾌한 승리인 듯하다.

이러하던 중 郵驛편으로 선생에 대한 拿致 명령이 전해졌다. 혹자 는 명령에 확증이 없는 위에[금부도사의 下來가 없음] 敵前 상황이 위급 하니 따르지 말라고 말리는 이도 있었다. 그러나 선생은 국명은 촌시 라도 어길 수 없다 하고 곧 북상 길에 올랐다. 이미 적에게 점거된 조령로를 피하고 창원에서 호남로의 첩경인 함안-정암-삼가-거 창17)-안음[安義]을 거쳐 60嶺을 넘었다. 진안을 거쳐 전주로 접어들 고 차령으로 하여 직산에 이르렀을 때 선전관의 하래와 마주쳤는데, 뜻밖에도 죄를 용서하고 嶺南招諭使로 임명한다는 교지를 받았다.18)

17) 선생은 거창에서 겉으로 근왕을 핑계 삼아 호남으로 들어가려고 대기 중이던 경 상 순찰사 김수와 마주쳐, 그로부터 위로의 말을 들었는데도 다른 말은 한마디도 없이 "남은 슈公들은 오직 一心으로 토적하여 국은에 보답하기를 원한다."는 대답 뿐이었다. 이 광경을 목도한 진주 營吏 河自溶은 물러나와 동료들에게 "학봉은 主 上(임금)이 장차 자기를 죽이려 하는데도 이를 원망하지 않고 오로지 國事만을 생 각하니 참으로 충신이다"고 하였다 한다.

18) 앞서 문책의 뜻으로 내려진 나명이 그 후 초유사 임명으로 바뀌진 경위는 서울 탈출 직전에 책봉된 왕세자[광해군]의 進言이 있었던 위에, 선생이 창원에 부임하 여 적을 사살한 후 올린 장계 첫머리에 "一死報國 臣之願也"라는 대목이 있었던 바, 이에 대한 왕의 하문에 대해 서애 류성룡 등 중신이 "誠一所見 雖或未及 忠則 有餘."라는 요지로 적극 간청한 데서 말미암았다고 한다.

감격한 나머지 적전 상황과 그 防守策을 논한 장계를 급히 올리고 곧
남으로 되돌아섰다. 이번에는 전주에서 남원과 운봉을 거쳐 八良峙
(八良峴)로 들어섰다.

임란 발발 후 20여 일째 되던 5월 4일[19]에 선생은 준령을 넘어 드
디어 초유사로서 경상우도의 함양에 당도하였다. 심심산중의 이 고을
역시 모두 달아나고 主倅(수령)만이 老吏 數人과 더불어 쓸쓸히 앉아
있었는데, 천만 뜻밖에도 선생은 이곳에서 의병 창기의 뜻을 굳게 품
고 이미 그 실천에 착수한 趙宗道·李魯의 두 선비와 만났다. 단성 사
람인 조종도[號 大笑軒, 1537~1597, 전 군수]는 돌아간 그 外舅[장인]의
문상차, 그리고 의령 사람인 이로[號 松巖, 1544~1593, 전 直長]는 합천
군수 전현룡의 무고로 억울하게 豪强으로 몰린 그 외숙의 伸救를 위
해 서울에 머물고 있다가 전란이 발발하자 함께 귀향길에 올랐다. 도
중에 2인은 향리에 이르면 곧 동지들과 더불어 의병을 창기토록 굳게

---

19) 『선조실록』 권27, 선조 25년 6월 丙辰(28일)조에 수록된 선생의 「慶尙右道招諭
使金誠一馳啓」에는 "臣罪當萬死……不唯不誅, 又付以招諭之責……前月 29日 自
稷山南馳 本月初 5日到公州 傳聞大駕西幸 北望痛哭……."이라 하여, 직산 출발이
4월 29일, 공주 도착이 이미 5월 5일이었다고 보이니, 본고에서 채택한 『용사일기』
(46쪽)의 所錄과는 수일간의 參差가 있다. 그러나 직산·공주 간이 약 150리 정도
이니, 급히 남하하려고 서둘렀던 선생이 전쟁의 위험도 거의 없던 이 일대에서 5~6
일간(4월 29일 출발)이나 소요하였을 리가 없다. 그리고 『용사일기』의 기록은 전
후가 일관되어 있을뿐더러 선생 일행의 진주 당도가 늦어도 5월 중순이니 5월 4일
함양 도착이란 『용사일기』의 기록을 따르기로 한다. 직산·공주·전주·남원·운봉
·함양 간은 총 600리 정도에 불과하니 위급 시에 기마로는 능히 당도할 수 있는
거리이다. 성대 대동문화연구원 간(1972년) 『鶴峯全書』[따라서 이번의 국역본도
동일]에서 상기한 선생의 경상우도초유사치계는 『逸稿』 중에 넣지 않고 「史料抄存」
중에 들어 있다. 처음 문집을 편찬한 후 다른 곳에서 발견된 文筆을 모은 것이 일고
라면 위의 치계도 마땅히 일고에 들어가야 할 터인데 그렇게 하지 않는 이유는
쉬이 짐작되지 않는다. 우선 상술한 일정관계 기사나 이에 뒤따르는 의병창기의
전후사정 내지 곽재우와의 관계 등이 『용사일기』의 소록과 다른 점[아래 주 21)]
등을 고려한 듯도 하다.

相約하였고 그리하여 이미 그 취지를 적은 通文까지 작성해서 각 고을에 발송하고 있었다.[20] 그뿐더러 영우의 한 고을인 의령에서는 곽재우[號 忘憂堂, 1552~1617, 감사 월(越)의 아들]가 이미 의병활동을 전개하고 있다는 소식이었다.[21]

선생은 "내가 조·이 2公과 만나게 된 것은 하늘이 나를 도운 바이다"라 하면서 크게 기뻐하고, 곧 붓을 들어 사방 사·민에게 고하는 초유문을 草하였다.[22] 그야말로 폐부에서 우러나온 애정을 일필휘지로 써 내려간 이 격문의 요지는 미증유의 위란에 처하여 멀리는 국가, 가까이는 일가·일신의 보위를 위해서, 마지막 순간까지 護身의 보장이 없는 산림 속 은닉에서 분연히 일어나 토적의 대열에 흔연히 참가할 것을 사람이면 누구나 간직한 彝倫에 직접 호소한 것이었다. 이를 대충이라도 여기서 개관할 여가는 없는바, 필자는 그중에서 오직 "돌아보건대, 우리 영남 지방은 본디 인재의 府庫라고 일컬어져 왔다. ……또 근래의 일을 가지고 말하더라도, 퇴계와 남명 두 선생이 한 시대에 나란히 나서……"라 하여 특히 이 일대, 즉 영우지방 사림의 주축을 이루고 있었던 南冥 曺植(1501~1572)의 門徒를 선생이 크게 의식하였던 바와 그리고 "하물며 이 왜적들은 비록 강하다고는 하지만 군사를 이끌고 멀리 들어와 전쟁에서 꺼리는 것을 범하였다. 그러니 어찌 제대로 잘 돌아갈 수 있겠는가. 우리 군사가 비록 겁이 많다고는

---

20) 양인이 각 고을에서 통문을 받고 즉시 호응하여 선두에 서서 적극 창기할 것으로 기대한 동지는 이미 기병한 곽재우 외 鄭仁弘[前掌令 합천], 金沔[前佐郎 고령], 郭䞭[전 군수], 朴惺[전 좌랑 현풍], 朴思齊[學儒 삼가], 全致遠, 李大期[초계], 吳長[산음], 勸世春[단성], 李瀞[함안] 등이었다. 이 통문은 이로의 『용사일기』, 62쪽에 보임.
21) 이 전후의 倡義 경과와 상황은 선생의 상기 치계에 기록한 바에 따르면 다소 다르게 느껴진다. 이는 아마 선생의 겸허에 의한 표현 차이에서 연유된 것으로 믿어진다.
22) 『鶴峯先生文集』 권3, 「招諭一道士民文 壬辰」 및 이로, 『용사일기』, 47~50쪽.

하지만, 용감하고 겁내는 것이 어찌 일정한 것이겠는가? 충의가 북받치면 약한 자도 강해질 수 있고, 적은 군사로도 많은 군사를 대적할 수 있는 법이니, 단지 마음 한 번 다르게 먹기에 달려 있는 것이다. ……."라고 하여 처음부터 적의 패퇴, 我의 승리를 확신하고 있었던 점을 필히 강조해 두고 싶다.

승리에의 확신은 선생과 막역지간이었던 동문의 西厓 柳成龍 (1542~1670)이 피난길에 오른 왕 일행을 따라 임진강 岸의 東坡에서 이른바 內附[왕이 압록강을 건너 요동에 들어가는 것] 여하까지 논란하게 되었을 때 "지금 동북 지방의 병력이 예전과 같고 호남·영남에서는 忠義의 선비들이 머지않아 벌 떼처럼 일어나는 마당에 어찌 이런 중대사를 갑자기 결정지을 수 있겠습니까?……."[23]라고 하여 처음부터 확신을 갖고 엄하게 임하였던 바와 궤를 같이한다. 이는 오늘날 임란 초전에 대한 우리 일반의 관념을 크게 반성케 하는 중요 사실들이다.

퇴계와 同庚이었던 남명은 평생을 오직 處士로서 일관한 大儒賢으로 지리산 하 丹城의 德山(현 산청군 시천면)은 바로 그 만년의 藏修所이었으며, 따라서 조·이 2인은 물론, 이 이후 학봉 휘하에서 크게 호응, 활약한 곽재우[남명의 外孫壻], 정인홍, 金沔[호 松庵, 1541~1593]과 상기 통문에 보이는 모든 인사[24]는 거의 그 제자로서 깊은 훈도를 받았던 것이다. 남명은 致知보다는 차라리 存養에 보다 힘쓰고 평생 敬과 義로써 심신 수양[心學]에 정진하며 世利를 초월하고 是非에 엄하였던 전형적 山林高士이었다. 학봉은 말하자면 퇴계의 문하로서 右道로 내려와 남명의 지반 위에서 그 문생과의 협력 내지는 추앙을 받아 영우 의병의 창기와 指劃이란 偉功을 완수하였다 하여도 과언이 아닐

---

23) 李埈 撰, 『西厓先生行狀』 草本.
24) 위의 주 20) 참조.

것 같다. 퇴계와 남명의 문하는 서로 가까우면서도 임란 전에 이미
양자 간에는 이른바 南北의 알력이 없지 않았던 바 등을 아울러 생각
하면, 새삼 학봉이 이 전후에 이룩한 事功의 높은 의의를 짐작할 수
있을 것 같다. 이에 부수된 사실로써 선생이 전년[1591] 여름에 홍문
관 부제학으로 있으면서 경연의 강론을 통해 남명 문하의 高足으로
鄭汝立 逆獄에 冤死한 守愚堂 崔永慶의 伸雪을 행하게 한 바는 필히
여기서 상기해야 할 것 같다.

위와 같이하여 대충 모양을 갖춘 초유사 일행은 그 앞에 초유기를
내세우고 10일 山陰(山淸)으로 향하였다. 그곳에서 招諭使傳令木牌를
만들어 信標로 삼고 조종도는 의령, 이로는 삼가·합천 방면으로 각각
義兵召募官의 임무를 띠고 떠났다. 2일을 묵은 후 진주로 향하였는데
도중 단성에서 앞서 함양에서 편지를 보내 만나도록 한 의병장 곽재
우의 來謁을 받고 그 활동에 보장·격려하였으며 그와 함께 진주에 이
르렀다. 산중에 숨어 있다가 선생의 來到를 듣고 나온 判官 김시민을
단성에서 데리고 온 선생은 그를 격려하고 嚴勅하여 防守에 따른 布
置와 시설을 적극 조치토록 하는 한편, 스스로 晋陽城 사수의 결의를
분명히 하였다25). 그리고 이 무렵 이른바「三壯士詩」를 矗石樓상에
서 읊어 때의 비장한 심경을 토로하기도 하였다.26)

---

25) 위의 주 5) 참조.

26)『鶴峯先生文集』권2,「矗石樓一絶」"矗石樓中三壯士 一杯笑指長江水 長江之水
流滔滔 波不渴兮魂不死." 임란 이후 인구에 회자하게 된 이 시가 선생이 이때[임
진년 5월] 조종도·이로와 더불어 촉석루상에서 읊은 것임은 상기 문집에 수록된
이 시의 서문과 年譜記事 및 이로,『용사일기』96쪽의 기록, 그리고 1632년[인조
9년]에 이루어진 慶尙右道巡察使 吳翿[호 天坡]의『矗石樓三壯士詩幷序』의 기술
내용으로 미루어 의심할 여지없이 확실하다. 그런데 1974년 11월에 乙酉文庫本으
로 출간된『역주 용사일기』에서 역자 소圭泰씨는 아무런 근거의 제시도 없이 삼장
사를 김천일·최경회·梁山璹이라고 주기해 놓았다[동서, 204쪽]. 전거 제시가 없

　이후 1년간에 걸치는 선생의 행적을 위와 같이 차례대로 더듬어 가는 것이 마땅하나 지면 기타 사정상 이를 멈추고 그 중요 사항만을 월일을 좇아 摘記하면 대략 다음과 같을 것으로 믿어진다[186쪽의 활동도 및 경로 참조].

5월　○의병의 군사활동에 따른 科條를 정하여 列邑에 傳令함.
　　　○조종도를 단성·산음·함양 방면, 이로를 삼가·의령·합천 방면으로 보내어 열읍의 군세를 觀兵케 함.

6월　○선생 자신이 열읍을 친히 巡閱하려고 진주를 떠났으나 도중에서 거창 방면[牛峴: 牛馬峴]의 의병대장 김면의 군이 위급하다 함을 듣고 삼가를 거쳐 직행함.
　　　○거창에서 함양·산음 軍의 내원까지 얻어 김면 軍을 도와 적을 크게 무찌름, 이로부터 적의 기세가 頓挫케 됨.
　　　○의병장 李瀞을 함안으로 보내어 군병을 수급하고 군량을 모집케 함.
　　　○거창으로부터 합천에 이르러 의병대장 정인홍을 진중에서 만남.
　　　○영산·창녕·현풍 등 각 고을 假將과 소모관 등을 임명하는 한편, 通諭士民文을 보내어, 적어도 낙동강 대안의 좌도 일대는 수복하여 좌우도의 통로를 개척토록 도모함.
　　　○열읍에 마치 鄕約에서와 같이 善惡簿를 두어 討賊者는 善籍에, 附賊者는 惡籍에 등재케 함으로써 백성들을 크게 흥기시킴.

　　　　　는 독단인 위에 이 註記는 이 역서 자체의 전후 문맥과도 상호 抵捂하니 무어라 더 논박할 여지[필요]조차 없을 것 같다. 한때 晉州陷城[계사년 6월] 당시의 三節士(황진·최경회·김천일)를 이때의 삼장사와 혼동하려는 폐단도 없지 않았으나, 上記 註는 그것과도 다르니[황진 대신에 양산숙] 어디서 이 같은 前後撞着의 誤註가 나왔는지 이해하기 힘들다.

7월 ○ 진주 방면의 위급을 듣고 급히 거창에서 달려 내려와 곤양 군수 李光岳, 의병대장 곽재우 등을 부근의 관·의군으로 하여 금 내원케 하고, 판관 김시민이 適宜 善處토록 督察하여 진주 성에 逼近한 왜적을 물리침. 여세를 몰고 나아가 사천·진해· 고성 등 해변 諸邑을 수복케 함.

○ 三道勤王軍에 참가하였던 본도순찰사 김수가 6월 용인에서 대패한 후 다시 산음에 되돌아와 의병의 潰裂을 책동함으로써 여러 의병장, 그 중에서도 특히 곽재우와의 관계가 크게 악화 됨. 선생은 두 사람에게 글을 보내고 조정에 장계를 올리어 이 를 中和·무사케 함.

○ 멀리 좌도의 영천 지방에서 60여 인이 사람을 보내어 선생 에게 節制 받기를 원해 왔으므로 前奉事 權應銖를 그곳 의병 대장으로 差任하여 그 일대 興復에 두서를 잡게 함.

○ 우도이지만 김산·개령의 저쪽 너머에 있어, 소식이 불통하 던 상주·함창·문경 지방에도 李逢을 의병장, 鄭經世 등을 소 모관으로 차임하여 그 수복에 힘쓰게 함.

8월 ○ 11일 처음으로 조정에서 내린 교지를 전달 받아 [선전관 來到] 경상좌도 관찰사로 임명되었음을 앎.[27] 아울러 평양성의 함락, 왕의 의주 파천, 세자의 安峽 留住 등 사실을 비로소 확인함.

○ 우도 형편을 알리는 장계를 올리고 곧 좌도로 향하려 하였 으나 길이 막힌 위에 우도 士民들의 적극적인 만류로 쉬이 떠 나지 못함. 이때 초계의 사·민 李大期 등은 선생에게 挽轅書 를, 합천 유생 朴而文 등과 함양 유생 鄭惟明 등은 請留金誠一 疏를 각각 올림.

---

27) 중앙에서 선생을 경상좌감사로 임명한 것은 이미 6월 1일의 일이었다 하니 그간 길이 막힌 실정을 가히 짐작할 만하다. 그리고 원래 하나이던 경상 감사를 좌우도 로 나누어 2명 두게 된 것은 좌우도의 두절 등 상시의 실정에 비춘 임시조치였다.

9월   ○4일, 비로소 초계에서 낙동강을 건너 잠행하여 현풍·영산·
      밀양·경산 등 지경을 거쳐 하양에 이름.
      ○부근 일부의 假守 등을 임명한 후 신령에 이르러 다시 경상
      우도 감사 임명을 통고받음.
      ○향리인 안동은 불과 2日程이었으므로 급히 달려가 성묘를
      마치고 곧 임지를 향해 되돌아섬.
      ○14일 대구 桐華寺에 이르러 좌병사 朴晉과 만나 방비책을 논
      하고 특히 관군 측에서 의병을 沮抑하는 폐단이 없도록 開諭함.
      ○16일, 팔거·하빈을 거쳐 낙동강을 건너 우도인 고령에 당도함.
      ○19일, 거창에 이르러 김수와 만나 交印한 후, 산음으로 내려
      가 자리 잡음. 선생이 좌도로 떠난 후 산곡으로 일시 들어갔던
      조종도·이로·박성을 비롯한 여러 의병장이 다투어 쫓아 나와
      서로 축하하고 고무함.
      ○선생 부재중 다시 진주를 버리고 거창의 김면에게 가 있던
      판관 김시민을 엄명하여 급히 돌아가 진주성을 고수토록 하
      고, 한편 부근의 諸將은 물론 멀리 호남 의병장[최경회·任啓
      英]까지 청하여 외곽수비 및 赴援 布置를 튼튼히 함.

10월 ○10일, 앞서의 조정 지시를 좇아 상주 판관 鄭起龍, 성주 목
      사 정인홍 등 管下 10여 군현의 수령 등을 임명한 후 馳啓함.
      ○진주성이 적에게 포위당했다 함을 듣고 의령으로 급히 달려
      가 독전함. 성내에서 목사 김시민과 곤양군수 이광악 이하 諸
      將兵이 선전한 위에, 9월말부터 적의 침습에 대비하여 外援의
      태세가 갖추어 져 있었으므로 7일 간에 걸친 적의 치열한 포위
      공격을 끝내 물리치고 유례없는 대승을 거둠[임진 3대첩].
      ○「晉州守城勝捷狀」을 급히 올리어 진주성 선전의 전후 경위
      를 보고함. 김시민은 후일 경상우병사로 승임됨.
      ○진주성에 들려 장병을 위로하려 하였으나 개령 방면의 적은

지례를, 성주 방면의 적은 고령을 범하여 형세가 자못 위급하다 함을 듣고 곧 달려가 [三嘉 경유] 휘하 장사로 하여금 아군을 도와 적을 크게 무찌름.

○ 김村察訪 金壽恢를 全羅都事 崔鐵堅에게 보내어 군량과 구황곡을 청함.

○ 산음으로 돌아와 정인홍의 軍校를 推治하고, 당시 명성이 대단하였던 정인홍 및 김면에 대해서도 기강이 嚴立되도록 조처함.

12월　○ 嘉善大夫(종2품)로 陞階됨.

○ 장계를 올려 그동안 力戰한 모든 장사에게 하루빨리 포상 [除職·許通·免賤 등]을 내려 민심을 수합하도록 역설함.

○ 병란의 여독으로 날로 기근과 惡疫이 심해갔으므로, 열읍에 공문을 보내 賑濟場을 설치하여 성심으로 구제케 함. 松葉米를 많이 만들어 쌀가루에 섞어 양을 늘리도록 하고, 연달아 전라도 도사에게 사람을 보내어 양곡 이송을 청함.

○ 산음 智谷寺에서 현감 金洛의 책임 하에 焰焇煮取와 鳥銃주조에 힘쓰게 함.

○ 이 무렵 모든 大事는 물론 小事에까지 선생은 誠勞를 다하므로 휘하들이 건강을 염려하여 만류하기도 함.

癸巳年(1593년)

1월　○ 元旦을 山陰[산청군의 옛 이름] 縣衙에서 지냄.

2월　○ 새로이 경상우병사를 拜任한 김면과 거창에서 만나 군사 정세를 논하고 특히 기강 확립의 조치를 취함.28)

---

28) 김시민은 진주성 善守의 공으로 병사로 승임하였으나 그때 입은 戰傷으로 끝내 卒去하였고, 김면은 이보다 앞서 그 간의 혁혁한 공훈으로 義兵都大將을 배임받았다. 의병도대장 김면은 뒤이어 奉兵勤王하라는 왕의 지시가 내리자 곧 출발하려

○이로를 보내어 평양성 탈환 이후의 明의 남하 사정을 알아 보고, 아울러 조정과 三南都體察使 서애 류성룡에게 군량과 賑穀 및 來春穀種을 화급히 호남에서 옮겨올 수 있도록 청함.

3월 ○4일 下回를 기다린 나머지 다시 軍校를 보내 하루빨리 賞格의 공정한 시행으로 군민들의 노고에 필히 보답하고, '以人爲糧'의 극한 事況에까지 이른 본도의 困飢相에 비추어 호남곡 수 만 석을 시급히 移給토록 요청함. [선생의 마지막 장계].
○상기 2啓와 특히 서애 류성룡의 주선으로 호남곡 2만 석의 이급이 윤허되었으나 호남의 현지사정으로 1만 석만 이급토록 조치됨.
○12일, 난후 流行의 癘疫으로 쓰러진 병사 김면의 不起를 장계로써 보고하는 한편, 글을 보내어 성심으로 그 공을 闡揚하고 英靈을 조위함.
○진주로 돌아와 목사 徐禮元을 董督하여 飢民의 賑濟와 炮樓의 신축 등, 수성시설의 완비 및 조총·火箭 등 군기의 제조에 힘씀. 앞서 題給받은 호남곡을 옮겨와 각 읍에 나누어서 급한 대로 饑荒을 구하고 신년의 穀種에 맞추게 함.
○19일 진주 입성 후 惡疫의 유행으로 주위 공기가 심히 위태로운데도 愛民의 정성으로 필히 新北門의 樓上에 나가 앉아 진두지휘한 나머지 마침내 癘氣에 觸傷하여 臥病케 됨.
○진주 公館에서 임종함[56세].[29]

※ 12월 향리 안동으로 返葬함.

하였으므로 선생은 「請留義兵大將金沔狀」을 올려 영남 지방의 당시 형세를 논하여 그대로 유임해 있게 했음.
29) 선생의 몰후 불과 2개월인 동년 6월 말에 진주성은 드디어 왜적에게 함락당하고 말았다.

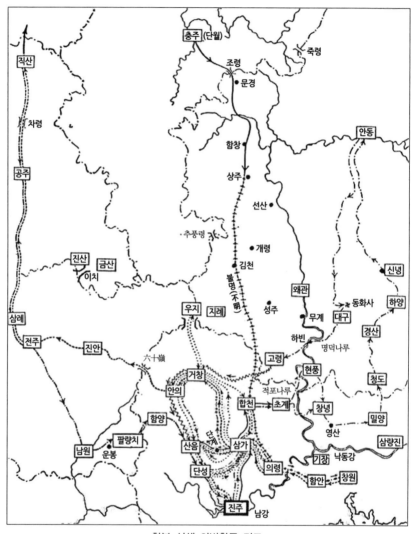

학봉 선생 의병활동 경로

다음은 임진년(1592) 4월에서 다음 계사년(1593) 4월에 이르는 동안
의 선생의 활동경로를 필자가 適宜 몇 단계로 구분하여 그 대략만 표
시한 것이다. 위의 활동도와 아울러 참조하기 바란다.

1. 경상우도병마절도사 배임[4월 11일], 서울출발-단월[충주, 이곳에서 왜적 내습을 들음]-조령-유곡[문경]-상주……이하 경로불명…….

2. 정암진[의령, 直渡함]-함안-창원[경상우병영, 到任. 金鎧 왜적 2인 사살의 승첩을 거둠. 郵驛을 통해 拿命이 내려 옴]-함안-정암-삼가-거창-안음[안의]-육십령-진안-전주-삼례-공주-차령-직산(선전관을 통해 초유사로 배임함).

3. 직산[출발 4월 29일]-차령-전주-남원-운봉-팔량치[팔량현]-함양[5월 4일, 조종도·이로의 도움을 얻어 초유일도사민문을 발하고 의병 창기의 활동을 시작함]-산음[5월 11일]-단성[의병장 곽재우를 初見함]-진주[도착 13일경. 판관 김시민을 시켜 방비를 맡게 하고 진주성 사수의 결의를 표명함. 이 무렵 촉석루상에서 「三壯士詩」를 읊음].

4. 진주[봉기한 관하 각 의병의 巡閱에 나섬]-삼가-거창-우지[牛馬峴, 김면군을 성원하여 적을 물리치게 함]-합천[정인홍과 진중에서 만남. 이 전후에 이미 가야산 이남 영우=서부경남의 방비선이 구축됨. 대체로 거창-고령 방면을 김면이, 고령·합천·초계 방면은 정인홍이, 초계·의령 전면의 낙동강선은 곽재우가, 진주성은 김시민이 맡고, 적진 쪽으로 나가 李瀞이 함안에서 전초기지를 만들게 함]-삼가-거창[이 무렵 낙동강 대안 좌도의 영산·창녕·현풍에도 초유문을 돌리고 假將과 소모관 등을 차임함]-안음-산음[이 무렵 열읍에 선악부를 둠]-단성-진주[7월, 제1차 진주성방어. 장계를 올려 감사 김수와 크게 맞선 곽재우를 신구함. 영천의 權應銖를 左界義兵將으로 차임함. 상주 지방에도 李逢을 의병장, 정경세 등을 소모관으로 차임함]-삼가-단계-산음.

5. 산음[8월 11일에 선전관이 비로소 당도하여 그 간에 내린 여러 교
   지를 전함. 6월 1일부로 경상우도 감사로 임명되었음을 앎]-단계
   -삼가-초계-합천[거창에서 온 김수와 만남]-초계[甘勿倉津 지금
   의 赤浦, 9월 4일 渡江, 좌도에 들어감].

6. 초계-현풍-창녕-영산-밀양-청도-경산[이상은 각 郡邑이 아니
   고 潛行으로 경과한 그 지역을 말함]-하양[부근 각 읍의 假將을
   차임함]-신령[여기서 바꾸어 경상우도 관찰사를 배임함]-안동[성
   묘, 留1日]-동화사[대구, 9월 14일]-팔거-하빈-渡江, 우도에 돌
   아옴[도강 지점은 아마 開山江浦, 지금의 고령 멍덕나루일 터임].

7. 고령[9월 17일]-거창[김수와 交印]-안음-산음[이 무렵 조정의 지
   시를 좇아 상주 판관 정기룡, 성주 목사 정인홍 등 隣邑官員을 適
   宜 差除함]-단계-삼가-의령[10월 상순, 진주성 대첩을 거둠].

8. 의령-삼가-거창[星州敵을 맞은 고령 방면의, 그리고 開寧敵을 맞
   은 지례 방면의 아군을 도와 승전케 함]-안음-산음[이 무렵부터
   전라도에 사람을 보내 양곡을 청함. 산음 현감으로 하여금 焰焇煮
   取와 조총 조제에 힘쓰게 함. 11월에는 가선대부로 승계하고, 12
   월에는 力戰有功人들을 포상토록 장계를 올려 力請함. 각 읍에 賑
   濟場을 설치하여 기민을 성심으로 구휼하게 함].

9. 산음[계사년=1593 元旦을 맞음]-안음-거창[우병사로 승임한 김
   면과 회견함. 이로를 보내 明兵의 남하 사정을 알아보고 양곡 移給
   을 조정에 청하도록 함]-안음-함양[3월 4일에 군교를 다시 보내
   화급히 賞格을 시행하고 양곡을 이급토록 청함]-산음-단성-진주
   [도착 4월초, 19일 羅患, 29일 임종].

3.

이상은 학봉 선생이 그 말년 1년간 영우 일대에서 활동한 행적의 대략이다. 각 행적의 내용과 배경 등을 모두 상세히 밝혀야 하지만, 여기서는 우선, (1) 당시 호남 내지 국가회복 근기로서의 영우 일대 방어의 布置 실상 및 그 의의[효능], (2) 부당한 관의 억압을 저지하고, 의병을 개유하여 관군과 의병의 대립을 해소 조화시킴으로써 관하 의병을 끝까지 보호, 그 사명을 다하게 한 점, (3) 진주성[임진년 10월] 대첩을 전후하여 진주성을 고수해 내게 한 선생의 기본 주획과 조치 등에 대해서 중점적으로 살펴보기로 한다.

(1) 초유사로 南來한 선생이 처음에 조종도·이로 등의 각별한 도움을 얻어 각처에서 의병을 창기케 하고, 그리하여 영우 일대의 방수 태세를 대충 이룩한 것은 동년 6월에 접어들어서였다. 영우, 즉 경상우도는 원래 상주·성주·진주로 연결되는 낙동강 이서의 경상도[영남]를 말하는데, 이때 선생이 활약한 영역은 진주 중심의 지금 서부경남 일대였다. 동남의 김해·창원 일대와 가야산 이북의 성주·상주 방면, 그리고 영산·창녕·현풍을 비롯한 좌도 일대는 이미 적이 점거하고 있었음은 더 말할 나위도 없다. 그런데 적은 처음부터 영남에서 오직 남은 서부 영남을 마저 점유하려고 하였음은 물론, 더 나아가 그곳을 지나 호남 지방으로 침습해 들어가는 길을 개척하려고 서둘렀던 것이다. 더욱 이 전쟁의 진전 과정에서 처음에 기대하였던 남해를 통한 서해, 즉 호남 진출이 충무공 이순신의 활약에 의해 완전히 여의치 않게 되어서는, 하루빨리 육상, 즉 서부 경남을 통한 호남침공을 이룩하려고 그야말로 안간힘을 다하였다.

부산·김해 방면에서 호남의 首府 전주로 향하는 길은 그 제1첩경이 창원·함안을 지나 정암[진]에서 남강[낙동강 지류]을 건너 의령·삼가·거창으로 하여 안음[안의]에서 육십령[嶺]30)을 넘어 장수·진안으로 나가거나, 더 내려와 함양 팔량치로 향하는 길이고, 다음은 진주로 진출하여 단성·산음[산청]으로 하여 함양에서 팔량현을 넘어 운봉으로 나가거나, 더 올라가 안음 육십령으로 향하는 길이고, 또 하나는 남쪽 평야지대를 따라 하동으로 하여 섬진강[鴨綠江]을 건너 광양으로 나가는 길 등이다. 이 외 우회로로 창원·영산·창녕으로 나가 낙동강[적포]을 건너 초계·합천을 지나 거창에 이르는 길, 그리고 더 북으로 올라가 낙동강을 건너 고령에서 합천을 지나거나, 아니면 金山(金泉)·지례로 하여 牛늡(牛馬縣, 우두령)를, 크게 말해 가야산 줄기를 넘어 거창에 이르는 길 등이 그 중요 통로이다.

한마디로 호남과 영우의 경계는 오직 지리산으로 뻗는 소백산맥의 준령뿐인데 이를 넘나들 수 있는 목[關要]은 남에서부터 섬진강·팔량치·육십령뿐이고[이 외 추풍령을 둘 수 있으나 그것은 훨씬 북쪽에 위치했을 뿐더러, 먼저 충청도와의 경계라 해야 한다] 위의 각 관요에 당도할 수 있는 외곽의 요충지가 바로 진주 및 정암[津]과 초계[적포]·고령·우지현 등이라 할 수 있다.

그러므로 동쪽에서 오는 적에 대하여 영우와 더 나아가 호남 지방을 지키려면 우선 上記 진주 이하의 각 요충지를 고수해야만 하는 것이다. 영우 및 호남의 점유 여하가 피아에 있어서 다 같이 보급로의 차단과 병참기지의 확보라는 점에서 그 얼마나 관건적 핵심이었는가

---

30) 후일 정유재란 때 영우 지방에서 있는 격전으로 안의의 黃石山城 전투를 손꼽는다. 이 싸움에서 학봉 막하에서 크게 활약한 대소헌 조종도도 안의 현감 곽준과 함께 전사하는데, 황석산성은 바로 이 육십령의 길목인 것이다.

에 대해서는 여기서 재삼 논할 필요조차 없다. 선생이 초유사로서 진
주성에 당도한 처음[5월 중순]에 스스로,

> 공이 진양은 호남을 보장하는 곳이다. 진양이 없으면 호남이 없게
> 되며, 호남이 없게 되면 국가는 어찌할 도리가 없게 될 것이므로, 적
> 의 침 흘림이 오랜 동안 여기에 있었으니 방어와 수비를 소홀히 할 수
> 없다고 하더니 이 성을 벗어나지 못하고 돌아가셨다.[31]

라 한 바는 이미 전술하였거니와, 그것은 바로 위와 같은 영우의 전
략적 위치에 비추어서 행한 자신의 관찰과 결의 표명이었던 것이다.
  따라서 선생이 영우 일대의 방수를 완수함에 있어서 가장 주력한
곳이 상기 각 요충지임은 말할 나위도 없거니와 이는 바꾸어 말하면
당시 영우의 핵심적 의병장들은 모두 상기 각 요충지에서 적의 침습
을 목도하고 분연히 궐기하였다고 할 수 있다. 선생이 판관 김시민으
로 하여금 진주성을 맡게 한 외에, 학봉 관하의 영우 의병은 크게 정
암진을 중심으로 의령·초계 연안 일대에 곽재우 군이, 합천을 후방기
지로 초계 연안에서 가야산 東麓의 고령 일대를 전선으로 하여 정인
홍 군이, 거창을 기지, 우지를 전방으로 하여 가야산 西麓에 김면 군
이 포치되어 있었고, 의병장 이정은 선생의 指劃을 받아 적진 쪽으로
쑥 나가 함안에 전초기지를 구축하였던 것이다.[32] 당시의 대소 전투

---

31) 위의 주 5) 참조.
32) 이로, 『용사일기』에서는 이와 같은 포치를 다음과 같이 기록하고 있다.
  ○ "再祐領二縣之兵 設大陣於鼎湖·世干兩處 交馳互往 一以拒昌原·熊川出沒咸
  安之賊 一以捍充斥洛江之寇……鄭仁弘悉發陝人爲兵 屯于冶爐 以撼星州據城之
  盜……金沔所領 卽高靈·居昌二邑之軍……而留屯牛旨之下 以禦知禮·金山·開寧
  留屯之賊 號令紀律頗嚴肅 軍容極壯 由是 三人皆以義兵大將稱之."[85~86쪽]
  ○ "公於是卽傳令 以居昌安陰私儲付金大將 陝川高靈私儲付鄭仁弘咸安私儲付其

가 거의 위의 각 요충지에서 일어났고, 赫功을 세운 의병장의 봉기와
활약 역시 모두 이 일련의 전선 요충을 배경으로 한 것임은 물론이다.

그리고 서부 경남은 진주를 중심으로 할 때 그곳에서 단성·산음·
함양·안음·거창에 이르는 지역과 삼가·의령·합천·고령에 이르는 지
역[당시로서는 일선에 가까운 전면 지대]으로 크게 나누어지는데, 선생은
이 양 지대의 통로를 따라 자주 諸軍을 순열·고무하였으며, 주로 留住
한 곳은 전 전선을 쉬이 총괄할 수 있고 위치상 중심이며, 후방기지로
알맞은 산음 일원을 택하였던 것으로 짐작된다[활동도 및 경로 참조].

전략상 위와 같은 지리와 포치에 있는 영우 지방의 수호에 있어서
그 초기에 偉功을 세운 의병대장은 바로 망우당이었고, 그러므로 망
우당의 활약과 그 활약을 외부의 저해를 물리치고 끝까지 보장한 선
생의 공로는 길이 우리의 민족사에서 유별나게 빛나고 있는 것이다.
곽재우는 처음 기병하여 낙동강을 오르내리는 적선을 쳐부순 다음 차
차 자못 병세가 떨치게 되자,

> 군사를 砥山에 머무르게 하고 강을 따라 수천 리 사이에 포진하여
> 江左의 적을 막아내니 적이 낙동강 서쪽으로는 가지 못하고 한 갈래
> 는 울산으로부터 경주……인동로를, 또 한 갈래는 밀양으로부터 영
> 산……개령로를 취해 바로 서울에 진격하고, 경주……대구·성주……
> 부산……김산 등지를 나누어 점거하여 진영을 천리에 연결하고 앞과
> 뒤가 서로 猗角의 형세를 이루면서도 낙동강은 건너지 못하였다. 왜
> 장 安國使라고 하는 자는 전라 감사를 자칭하고 창원으로부터 함안에
> 와서 先文(通牒)을 보내게 하니, 재우가 이를 보고 크게 노하여 불살
> 라 버리고 정암진에 달려가서 진을 치고……[적에 투항한] 白丁들을
> 끌고 와서 종아리를 때리고, 배를 침몰시켜 막게 하니 적이 감히 가까

郡 宜寧私儲付郭大將 使之撙節繼用……."[113쪽]

이 오지 못하고 좌도로 되돌아 물러가서 金山을 향하여 무주·錦山을 거쳐 전주에 이르렀다……[33]

케 하였다. 즉 곽재우는 충천한 적의 군세로써도 호남 진격의 제1첩 경인 정암진에서 어찌할 수 없게끔 굳게 저지하였던 것이다.[34] 낙동 강 遮遏에는 정인홍군의 활약도 적지 않았으니 우리는,

　　의병장 김준민이 왜병을 茂溪縣에서 물리쳤으며, 곽재우가 또 왜병을 현풍과 창녕 사이에서 잇따라 물리치니 적이 주둔지에서 철수하여 도망하였다. 이로부터 우도의 賊路가 단절되어 적병이 대구의 中路로 왕래하였다.[35]

라는 기사를 발견할 수 있고 김준민은 바로 정인홍의 막하이었던 것이다. 이에 적은 북으로 우회하여 고령 쪽에서 거창으로 진출하거나 金山·지례에서 우지를 넘으려고 계속 침습하였지만 영우의 의병은 그곳에서도 끝까지 拒却하였다. 이에 적은 위의 글에서 말하는 바와 같이 추풍령을 넘어 무주·錦山 방면으로 나가는 도리밖에 없었다.

북방 고령·거창 방면에서의 방수는 정인홍과 특히 김면의 공훈인바,

　　공이 (이)로의 말을 듣고 크게 기뻐하며……내가 장차 의령·초계· 합천을 두루 돌아보고 거창까지 가려한다고 말하였는데 다음날 일찍

---

33) 이로, 『용사일기』, 71~72쪽.
34) "金海賊 連陷釜山 會昌原衆數萬餘 不得橫渡鼎津 合勢長驅 直擣晉陽……." [이로, 『용사일기』, 190쪽]이라 한 바와 같이, 임진년 10월에 우리가 진주대첩을 거두게 되는 적의 진주 침공도, 역시 호남을 목적으로 한 정암진 돌파가 불가능하였기 때문에 있게 된 것이다.
35) 『선조수정실록』 권26, 선조 25년 7월 戊午(1일).

출발하였다……거창에서 보고가 오기를 지례·금산·개령에 있는 적이
합세하여 공격해 오는데 장차 우지를 넘어 오려고 하니 사태가 매우
위급하다고 하였다. 공이 말을 세우고 (이)정과 (이)로를 돌아보고 본
래는 여러 고을을 돌아보며 점검하고자 하였는데 지금 듣건대 거창이
위험하다고 하니 내가 장차 그 곳으로 가려 한다고 말하였다. 곧바로
삼가로 갔다.……공이 거창에 도착하니 산음·함양·안음의 군병이 일
시에 모두 모였다. 공이 후방에 머물며 독전하니 군사가 모두 사력을
다하므로 적이 넘어 오지를 못하였다……거창 山尺 수십 인은……한
사람이 백 사람을 당하지 않음이 없으니 적의 기세가 이로부터 갑자
기 꺾이었다…….36)

라 하는 기사를 발견할 수 있다. 이는 동년 6월 초의 우지 방어전이
다. 그 후에도 10월 진주성 대첩 직전에는,

○(김)시민은 일찍이 (김)수에게 아부하였다. 수는 공이 좌도에 간 것
을 틈타서……전령을 시민에게 내리어 급급히 와서 우지의 위급함을
구하도록 하니 시민이 本州를 버리고 거창에 이르러 김 대장의 陣中
에 투신하였다. 때 마침 개령의 적이 성대히 무리를 이루어 도달하여
장차 우지를 엿보려 하니 시민이 김 대장이 지례에서 힘껏 싸운다는
말을 듣고 몸을 버티고 용기를 돋아 일면 나아가고 일면 싸워서 적의
예기를 꺾어 물리치니…….37)

라 한 바와 그 직후에는,

36) 이로, 『용사일기』, 105~108쪽.
37) 이로, 『용사일기』, 180~181쪽.

○공은 장차 진양에 가서 장수와 군사들을 위로하여 주려다가 개령과 성주에 적이 바야흐로 급박하다는 소식을 듣고 都事를 파견하여 진주에 들러 군사를 위로하게 하고 삼가를 향하여 출발하였다.……38)
○개령의 적이 지례를 침범하고 성주의 적은 고령을 엿보니 휘하 용사를 나누어 보내어 싸움을 돕고 또 나머지 군사는 聲援함으로써 돕도록 하니 적이 모두 패하여 돌아갔다…….39)

이라는 기사 등을 발견할 수 있다. 그리고 『선조수정실록』에도 다음과 같은 기사가 보인다.

○왜병이 지례에서 거창으로 침범하자, 의병장 김면이 격퇴시켰다.40)
○영남 의병장 정인홍 등이 호남 의병장 최경회 등과 약속하고 개령·성주에 주둔한 적을 공격할 것을 의논하였다. 그리하여 체찰사부에 구원병을 요청하니 정철이 전라 좌도의 운봉 등의 관병을 파견하여 돕게 했는데, 도합 5천여 명이었다. 그러나 성주 등지에 주둔한 적을 공격하였다가 크게 패하여 돌아왔다.41)

이같이 하여 북상하던 적이 鼎津과 牛旨를 넘어 영우 통과의 호남 침입이 불가능해지자, 마침내 그들은 충청도로 우회하여 錦山 방면에

38) 이로, 『용사일기』, 193쪽.
39) 이로, 『용사일기』, 202쪽.
40) 『선조수정실록』권26, 선조 25년 7월 戊午(1일).
41) 『선조수정실록』권26, 선조 25년 10월 丁亥(1일). 물론 이는 성주 공격에서 우리가 패한 기록이지만, 이를 통하여 정인홍 등이 성주·개령 방면의 방어에 진력하고 있었음과 영우의 방어를 위해 호남 의병장들이 내원하여 합력한 사실을 알 수 있다. 이 성주 전투에 관해 「鶴峯先生 年譜」(『文集 附錄』권1) 10월조에는 「推治鄭仁弘軍校」라 題하고 "……又以不稟輕動 取敗星州 推致首牙 論以軍律而杖之."라 기록하고 있다.

서 전주로 돌진하려고 하였다. 동년 7월에 접어들면서 이치·금산·진산·전주 등지에서의 일련의 격전은 이리하여 전개되었던 것이다.42)

여기서도 우리의 선민들은 사력과 計謀를 다해 전후 몇 번이고 적의 공격을 능히 물리쳐 민족과 국가수호의 귀감이 되고 우리에게 더할 수 없는 긍지를 안겨주고 있는 것이다. 바로 權慄 및 黃進의 이치에서의 대첩,43) 금산에서의 7월의 高敬命과 8월의 趙憲·處英(僧將) 등의 역전[700 義士塚]이다. 이리하여 적은 7월 한때 전주에까지 들어가기도 하였으나 조헌 등의 死戰 이후 이를 두려워한 나머지 다시 물러가고 우리는 호남을 끝내 完護할 수 있었던 것이다. 당시 왜장 小西行長으로 하여금 평양성에서 逗留하고, 강화교섭에 적극화하게끔 직접 작용한 호남 확보의 그 중요 의의에 대해서는 재삼 논할 바 없으나 어떻든 그 배후[기초]로서 해상의 이순신과 더불어 육상에서 김성일·곽재우·김면·고경명·조헌·권율 등 여러 將士가 이룩한 그 드높은 공훈을 간과해서는 아니 되는 것이다. 그러므로 우리는『선조수정실록』에서 조헌의 錦山力戰을 기록한데 바로 이어,

---

42)『선조수정실록』권26, 선조 25년 6월 己丑(1일)에는 이같은 사정을 다음과 같이 기술하고 있다. "倭賊犯全羅忠淸郡縣初 湖南兵潰歸本道……唯光州牧使權慄 團束州兵 傳檄旁郡 爲守禦計……時倭兵自星州茂溪縣 由金山知禮之境 入茂朱龍潭縣 屯據錦山入忠淸道沃川永同諸縣 屯據淸州 四出焚掠……."

43) 7월 이치 전투가 벌어지기 전 6월 己丑(1일)의 기사로『선조수정실록』권26에 "全羅道助防將李由義 南原判官盧從齡 初屯八良峙以防賊 旣而移陣錦山松峙(賊入南原之路也) 以權慄移拜羅州牧使."라 한 바가 보인다. 이는 바로 영우 방수로 팔량치 방비가 필요 없게 되자 그 군세를 錦山 前面으로 옮긴 사실을 가리킨다. 그리고 이치에서의 血守에 대해 "全羅節制使權慄 遣兵敗倭賊于熊峙 金堤郡守鄭湛死之 倭兵又犯梨峙 同福縣監黃進敗之 是時 賊自錦山踰熊峙欲入全州……終日交戰 賊兵大敗 伏尸流血 草木爲之腥臭 是進中丸少沮 慄督將士繼之 故得捷 倭中稱朝鮮三大戰 而梨峙爲最 李福男·黃進由此著名 賊聚熊峙陣亡之尸 埋路邊 作數大塚 書其上曰 弔朝鮮國忠肝義膽."이라 기록하고 있다.

　　이때 이순신은 수군을 거느리고 서해의 입구에 웅거하였으며, 김성일 등은 진주의 關要를 지키고 있었다. 적이 金山의 길을 경유하여 호남에 침입했으나 여러 번 좌절당하였으므로 도로 종래의 길로 퇴각하여 돌아가니 호서 또한 함락되는 것을 면하였다. 국가가 이 두 도를 의지하여 군대에 물자를 공급하여 부흥할 수 있었으니, 한때의 장사들이 防守한 공이 또한 대단하다 하겠다.[44]

라 한 기사가 그 얼마나 실감 있는 기술인가를 새삼 감탄하게 되는 것이다.

　　남은 또 하나의 중요 통로가 진주 경유의 남방로이다. 그러나 진주성에 대한 적의 침공은 전쟁의 초기에는 차라리 적극적이 아니었다. 그 까닭은 첫째 적군의 진격 방향이 당시에는 모두 서울을 향해 되도록이면 북상하려는 것이었고, 둘째 진주에서 산음·함양을 거쳐 팔량치를 넘을 계획이면[또는 안음으로 나가 육십령을 넘을 경우에도] 차라리 전술한 정암 경유의 거창·안음·함양로가 훨씬 첩경이며 또 진주에서 하동·광양으로 나가는 길은 전주를 목표로 할 때 너무나 우회하는 후방로이었기 때문인 듯하다. 그러므로 진주성에 대한 상당 규모의 적침은 하술하는 바와 같이[45] 6월 접어들어 비로소 나타나는데, 그마저 진주성 이서의 진출보다는 진주성을 최종 목적지로 하는 진해·고

---

44) 위의 주 7) 및 위와 같은 전투 경과로 보아 이 기사가 『선조수정실록』권26, 선조 25년 8월 戊子(1일)조의 후반부에 실려 있음은 적절하다고 할 수 있다. 그런데 앞의 성대 대동문화연구원 刊 『학봉전서』에서는 우선 「史料抄存」에서 7월조로 오기하였고[610쪽], 『文集附錄』권1의 「年譜」에서도 이를 선조 25년 5월欄[289쪽]에 註記해 넣었음은 착각이라고 믿어진다. 그리고 우리는 문화면에서도 충주·성주사고와는 달리 전주사고가 유일하게 남았던 사실을 주목하는데, 이 역시 다른 여하한 요인보다도 호남 지방에는 적침이 미치지 못했다는 사실에서 이해되어야 한다.
45) 본서 208~209쪽 참조.

성·사천 등지의 점거가 더 중요 목표이었던 듯하다.[46]

호남진출을 기본 전제로 한 적의 진주성에의 대규모 침공은 훨씬 후인 9월 말 10월 초에 이르러서 나타났다.[47] 그 때는 상술한 바 정암·우지·금산 방면에서의 적의 침공이 모두 실패한 다음이며 북상은 고사하고 평양성에서의 小西軍의 두류가 이미 장기화하였고 그들이 원하는 강화교섭의 진행마저 여의치 않던 때이었다. 더욱이 이 무렵은 이순신 장군의 활동에 부딪쳐 해상을 통한 서해진출의 가망은 완전 좌절된 지 이미 오래이었음은 물론이다. 이때의 진주성 대공격은 말하자면 적으로서 호남침공이란 숙원달성을 목표한 임진년간 마지막의 몸부림이었다. 이 승전의 대략과 특히 이를 거두게 한 선생의 원대한 전후 주획에 대해서는 아래에서[48] 서술할 터이나, 어떻든 이 승첩이 갖는 그 큰 의의에 관해서는 다음의 기사가 웅변으로 말하여 주고 있는 것이다.

　　이보다 앞서 임진년 여름(?)에 적이 수륙으로 나누어 호남 지방을 侵寇하려고 꾀하였다. 그러나 해상에서는 한산도에 이르러 수사 이순신에게 격파당하고 육상에서는 진주성에 이르러 判官(牧使?) 김시민에게 拒却당한 바 되었다…….[49]

---

46) 이로, 『용사일기』, 148쪽에 "公久住居昌 賊之據昌原者 覘知晋陽無備 昌原賊與鎭海賊相應……大擧侵晋 公聞急星馳……督金時敏 使不敢動 又勅昆陽郡守李光岳及崔堈·李達等 公左右翼以救之 郭再祐不待傳令 而先走入城……公繼至督戰 於是諸將益用命 合勢進擊……遂復泗川鎭海固城……."이라 한 바는 이 같은 사정을 잘 전하는 것 같다. 선생이 거창에 오래 머문 까닭은 상술한 바 우지[峴]를 지키는 김면 군을 후원하기 위해서였음은 물론이나, 이 이전까지는 진양성은 無備의 상태로 두어도 무방하였던 실정이다.

47) 이로, 『용사일기』, 190쪽[위의 주 34)]에 보이는 바와 같이 이때에도 적의 기본 진격목표는 鼎津을 건너 嶺右奧地를 경유하여 호남에 진출하는 것이었다.

48) 본서 209~210쪽 참조.

호남 수호라는 차원에서 진주성 승첩은 바로 한산도 대첩과 병론되고 있다.[50] 우리는 흔히 임진 壬辰三大捷에 이 兩戰을 다 같이 거론하는 바, 그 까닭은 무엇보다도 양 승첩이 거둔 위와 같은 그 전략적 효과에서 근원하는 것임을 새삼 분명히 인식하여야 할 것 같다.

여기에 덧붙여 호남 수호를 배경으로 하는 전략상의 포치와 善守 문제는 아니지만 곽재우를 비롯한 낙동강 연변 여러 의병장의 활약이 그 制水權을 완전히 장악함으로써, 亂初의 횡행하던 적선의 왕래를 거의 두절시키고 그리하여 적의 통로 및 수송로를 단절케 한 공훈에 대해서 필히 언급해 두어야 할 것 같다.[51] 이 역시 크게 학봉 선생 관하의 의병활동이었음은 물론이다. 우선,

처음 의령의 곽재우는 난을 만나자 發憤하여 家僮 10여인을 거느리고……岐江을 타고 올라오는 적의 배 30여 척을 몰아낸 다음……날쌘 장정 수백 인을 모집하였으며 혹은 싸우고 혹은 물러가서 낙동강을 거슬러 올라오는 적을 막았는데……[52]

---

49) "萬曆 21年 癸巳 6月 倭賊陷晋州 守城諸將 皆死之 先是 壬辰夏[10月?]賊 分路水陸 謀寇湖南 一路至閑山島 爲水使李舜臣所破 一路至晋州城 爲判官[牧使?]金時敏 所拒 皆不得志 由是 賊常憤恨 是年春 天將與賊連和 京外諸賊 俱集嶺南 於是 兵勢 大熾 賊酋淸正 聞于秀吉 請復攻晋州 仍擊湖南 秀吉許之[安邦俊(1973.4.), 『隱峯全書』 권7, 「晋州叙事」, 韓國思想研究所刊, 10~56쪽]." 또 위의 주 7) 참조.

50) 이 외에도 이 두 승첩은 충무공이 한산도해전에서 龜[甲]船을 사용한 것과 같이 김시민은 진주성전투에서 龜甲車를 새로이 만들어 사용하였다 한다. 이 전후에 일본 측에서 얼마만큼 진주성을 중시하였던가는 그들이 이 성을 牧使城이라고 통칭한 데 잘 나타나 있다 한다. 즉 德富猪一郎 著, 『朝鮮役』 中卷[1922년 1월刊, 東京], 394쪽에 다음과 같이 보인다. "일본에서 もくそ(牧使)城이라 한 것은 곧 이 진주성이고, 또 木曾(もくそ)判官이라 한 것은 晉州牧城을 일컬은 것이다. 목사성은 진주에만 국한된 것이 아니었으나 일본군이 銳意 이 성을 공격한 결과 일본에서는 거의 이곳이 고유명사로 化하고 말았다……[원문 日文]."

51) 金潤坤(1967.3), 앞의 논문, 22쪽 이하 참조.

라는 기록을 자세히 살펴보면 곽재우의 처음 의병 활동은 낙동강상의
적선 소탕을 목표로 憤發되었음을 알 수 있고, 장군은 그 목적을 십분
달성하였던 것이다. 선생이 다음 馳啓에서 지적한 바와 같이 당시 적
선은 낙동강상에 수없이 絡繹하였고 그것은 모두 이 땅에서 약탈한
劫物을 제 나라로 수송하는 것이었다.

> 낙동강에 왕래하는 적선이 혹은 1백여 척, 혹은 수십 척씩이나 강을
> 뒤덮고 끊임없이 오르내리는데 이는 모두 약탈한 물건을 운송하는 배
> 들입니다.53)

동년 6월에는 의병장 孫仁甲이 초계[적포 일원]에서 역시 노략물을
싣고 내려오는 적선을 쳐부수고 전사한 바가 있으며,54) 거창의 김면
도 멀리 성주 역내의 茂溪浦55)까지 나가 왜선을 격파하고 노획한 그
寶貨 數駄를 진주에 머물던 선생에게 수송하기도 하였다.56) 7월에
들어서는 의병장 김준민이 다시 무계에서 적선을 쳐부수고, 또 곽재
우가 현풍·창녕의 연안 일대에서 연달아 공파함으로써57) 이후 적은

---

52) 이로, 『용사일기』, 71쪽. 『용사일기』는 이보다도 조금 지난 시기에 가서[85쪽],
   "再祐領二縣之兵 設大陣於鼎湖·世干兩處 交馳互往 一以拒昌原熊川出沒咸安之
   賊 一以捍充斥洛江之寇."라고 기록하고 있다.
53) 『선조실록』 권27, 선조 25년 6월 丙辰(28일) 「慶尙道招諭使 金誠一馳啓」.
54) 『선조수정실록』 권26, 선조 25년 6월 己丑(1일) "義兵將孫仁甲 敗賊于草溪……
   先是 仁甲屯草溪 聞賊自上流 擄掠財貨 乘船下江 邀擊敗之."
55) 『新增東國輿地勝覽』 권28, 「星州牧」 山川條에 다음과 같이 보인다.
   ○茂溪津, 在州南 49里 東安津下流.
   ○東安津, 在州東 26里 卽所耶江之下流.
56) 이로, 『용사일기』, 96쪽 "金大將沔 茂溪之捷 花艦所得寶貨 領輸數駄于公 俾之
   轉送行在所 公在矗石樓 點數觀之."
57) 『선조수정실록』 권26, 선조 25년 7월 戊午(1일), 위의 주 40).

낙동강 통로를 완전히 잃고[屯塞마저 철거], 오직 대구를 경유하는 육로에만 의존케 되었던 것이다.

평시에도 물자 수송에 있어서 해운이 육운보다 훨씬 편리한 방법임은 물론이나 하물며 오늘날과 달리 오직 인부의 노역에만 의지해야 하고, 특히 당시의 적과 같이 그들 자체의 노역이 아니고 점거한 我國人의 노력을 빌어서 수행해야만 하는 경우에 있어서는 더 말할 나위도 없다. 이리하여 적의 통로 그 중에서도 물자수송[보급]망은 결정적으로 불리해졌으며, 이는 곧 또 한 측면에서 적에게 진격[북상] 중지와 강화교섭 전개를 여지없이 강요하였던 것이다. 근세 조선시대에 있어서 낙동강의 수운은 일본사신의 내왕에도 일부 이용될 정도이었다. 김해에서 배로 무계·화원 등지를 지나 지금 경부선상의 倭館에까지 이르렀으니, 왜관은 바로 왜인의 사행과 관련하여 생긴 명칭이며 취락이었던 것이다.

(2) 다음은 선생의 주선과 開諭로 당시 봉기한 여러 의병과 종전의 관군 사이에 빚어졌던 불화와 충돌을 해소하여 사태를 수습하고 특히 의병활동을 보증 격려 고무하여 완수케 하였던 점이다. 임란 당시 관군과 의병의 불화는 비단 영우에서만의 일이 아니고 보편적 通弊이었는데 오직 선생만이 이를 능히 조화하여 크게 有功하였다 함은 위에서 이미 지적한 바 있다.[58]

어떻든 선생의 이 방면의 배려는 멀리 좌도에까지 미쳐 좌병사 朴晉을 개유하여 의병장 權應銖·李逢 등의 활동을 沮抑 못하게 한 바[59] 등 적지 않지만 무엇보다도 곽재우의 의병 활동을 보호 완수케 한 그

58)『선조수정실록』권26, 선조 25년 6월 己丑(1일), 위의 주 13).
59) 이로,『용사일기』, 147~148쪽 및 175~176쪽 참조.

事功은 아무리 높게 평가60)하여도 남음이 있을 것 같다.

곽재우는 처음 家財와 私奴를 다 내놓고 奮起하였다. 하지만 점증하는 군세를 뒷받침하기 위해서는 이미 수령이 달아나 주인이 없게 된 초계·신반[의령] 등지의 관곡 기타를 가져다 이용하지 않을 수 없었다. 그러나 이 같은 행위는 당시 관군의 위신에 비추어 의병 봉기 자체를 시기하고, 특히 자신들이 亂前에 저질렀던 온갖 가렴주구로 백성들의 원한이 가득 차 있던 합천 군수 전현룡 등 隣邑守令에게 좋은 모함거리가 되었다. 그들은 곧 곽재우를 土賊 내지는 頑悍大盜로 몰고 이를 저들과 다를 바 없이 못난 벼슬아치인 감사 김수에게 보고하여 장차 해하려고까지 하였다. 이에 곽재우의 부하는 그들도 죄를 입을 까 두려워 많이 달아나고 그 군세는 유지조차 할 수 없게 되었다. 하는 수 없이 곽재우는 만사를 버리고 지리산에 들어가려고 하기까지에 이르렀다. 이 위급한 시기에 선생이 초유사로 下來하여 그를 단성에서 만나[5월 10일], 그 활동을 보장하고 격려하였기 때문에 비로소 곽 장군의 군세는 다시 본격적으로 떨치게 되던 것이니,

> 의령군의 곽재우는 난이 처음 일어났을 때 앞장서 의병을 일으켰는데 집안의 재산을 다 풀어서……간혹 수령의 없는 고을의 창고 곡식을 징발하여 군량으로 삼으니 혹자는 그를 미쳤다고 비난하였다. 인근 고을의 수령이 (곽재우를) 土賊이라고 보고하니 감사 김수가 여러 고을에 關文을 보내어 그를 체포하라고 명하였다. (곽)재우 군의 사기가 꺾이어 모두 사방으로 흩어질 마음을 품으니 장차 다 포기하고 頭流山

---

60) 『忘憂堂先生文集』권5, 附錄「事實摭錄」. 이 외 이로, 『용사일기』, 71쪽 및 80쪽 참조. 그리고 『선조실록』권27, 선조 25년 6월 丙辰(1일)에 수록되어 있는 선생의 치계에서 전하는 이 언저리의 상황은 상술한 바와 약간 다르다. 그 까닭에 대해서는 위의 주 21) 참조.

[지리산]으로 들어가고자 하였다. (학봉) 선생이 그것을 듣고 놀라 탄
식하며 재우에게 서간을 보내어 다시 일어나도록 격려하였다.……이
때 (재우가) 자기를 알아주는 사람이 있다고 스스로 말하며 분연히 다
시 일어나 선생의 편지를 깃대에 걸어두고 향리에 두루 보여주었다.
이로 말미암아 사람들이 비로소 재우가 의거하였음을 믿기 시작하였
고, 감사와 수령 역시 함부로 저지하지 못하니 군대의 기세가 다시 진
작되었다.[61)

이라 한 바와 같다. 이 얼마나 아슬아슬한 순간이 아니었던가.

당시 경상도 수호의 총책임자이었던 김수는 난초에 밀양이 위급할
때에도 아무런 赴援 활동 없이 근방에서 머뭇머뭇하다가 형세가 끝내
불리해짐에 영산·초계를 거쳐 거창으로 들어가 겉으로 근왕을 내세
우면서 운봉[호남]으로 넘어 들어갔다. 그곳에서 때마침 초유사로 하
래한 선생을 만나 그 준엄한 개유에 못 이겨 마지못해 함께 되돌아왔
다. 하지만, 끝내 다시 불과 수십 명의 군졸로써 이른바 근왕을 크게
부르짖는 삼도순찰사군[전라도 李洸, 충청도 尹國馨]의 일원으로 북상하
였는데 6월 초에 용인에서 대패하고 말았다. 후안무치하게도 재차 본
도에 들어와 산음에 자리잡고는, 거의 없어진 관군을 그나마 재구성
할 욕심에서 당시 선전하고 있던 각 의병 부대의 군사를 마구 빼앗아
갔다.[62)

---

61) 崔晛, 『訒齋先生文集』 권13, 「鶴峯先生言行錄」.
62) 임란 당시 영남에서의 관군과 의병의 對敵抗戰相에 대해서는 선조가 김면과 곽
재우 등 영우 의병들의 공훈을 비로소 듣고 크게 감격하여 벼슬을 제수하면서[정
인홍 濟用監正, 김면 합천 군수, 곽재우 幽谷察訪 등]내린 교서(『선조수정실록』
권26, 선조 25년 8월 戊子(1일) 및 『松庵 金沔先生遺稿附錄』 所收)에 "自子西次
已絶南望 豈意……揚兵鼎津 則遁賊褫魄 接刃茂溪則流屍混江 官軍一何善崩 義旅
一何齊勝 是由彼之所懷者刑 而刑不施律 此之所結者義 而義不思退 始知除城池之
功而厚養民力 移節鎮之封而固結士心 則遊魂何散於東萊之野 毒鋒豈至於平壤之

궤란의 위기에 직면한 모든 의병장이 敢然 일제히 일어나 수를 반대 공격하였음은 물론이다. 그 중에서도 곽재우는 김수를 하루빨리 주살 하여야만 영우와 나아가 국가의 안위를 비로소 도모할 수 있다는 요 지의 격문을 사방에 돌리면서 거사를 서둘렀다. 이에 전일부터 곽재 우를 토적으로 몰던 김수는 비겁하게 피해 숨어 다니면서도 이번에는 장군을 역적으로 몰아 왕에게 그 처단이 부득이하다고 장계함은 물 론, 선생[초유사]과 의령 군수에게 알리어 그를 나포토록 지시하였다.

적을 앞에 두고 아군끼리 대적하려는 이 기막힌 위급 사태를 구하기 위해 선생은 우선 양인에게 각각 글을 보내어 순리로써 개유하되, 특히 곽재우에게는 감사가 비록 죄악을 저질렀음이 확실하여도 그를, 즉 관원을 처단하는 조치는 민이 아닌 국가에서 취할 바이라는 요지로 설득하였다.[63] 한편 「申救郭再祐狀」을 조정에 올리어 사건의 진상을 알리고 곽 장군을 容赦하여 후일을 기대하도록 청하였다. 조정에서는 먼저 김수의 장계를 받고 그 처리에 곤란하였는데, 때마침 선생의 장계 가 올라옴으로써 선처할 수 있었다 한다. 이로의 『용사일기』에,

---

城 由予不明 雖悔何益."이라 한 바와 『선조실록』 권27, 선조 25년 6월 丙辰(28일) 에 수록된 선생의 치계에 "奉命招諭 不得擅便離任 血誠開喩 激以忠義 庶得虵蜉蟻 子之力……本道陷沒之餘 四散崩壞者 非但逃軍敗卒爲然 大小人民 擧入山林 鳥棲 獸伏 雖反覆開諭 而無人應募 自近日高靈居前佐郎金沔……臣在道 目擊列城陷沒 之由 諸將取敗之狀 談者皆言 軍不用令 臨敵潰散 將帥束手無策 以臣所見則左水 使朴泓 不發一失 首先棄城 左兵使李珏 繼遁東萊 右兵使曹大坤 年老惟怯 終始退 縮 右水使元均 焚營下海 只保一船 兵水使爲一道主將 所爲如此 其下將卒 安得不 逃且散哉 梁山假將密陽府使朴晋 焚倉庫兵器而遁……海中列邑 望見賊艘 一時奔 潰出陸 將帥以走爲上策 守令以城爲死地 一道皆然 以致賊兵不血刃 勢如破竹 數 十日間 已入京師 自古陷人國都之易 未有如今日者 軍法若嚴……不罪將帥守令 而 罪軍卒之逋亡 抑末矣……"이라 한 바로써 대충 짐작할 수 있다.
63) 『鶴峯先生文集』 권4, 「與義兵將郭再祐書」. 이때 의병장 김면도 곽재우에게 書 를 보내어 개유하였다(이로, 『용사일기』, 139쪽).

  (김)수가 용인에서 대패하고 돌아와 산음에 머물렀는데 여러 고을에
통문을 돌리고 군사를 여러 장수에게 나누어 의병들로 하여금 무너지
고 흩어지게 하여 아무 일도 못하게 하였다. 이에 민심이 더욱 끓어올
라 여러 사람들의 분노가 한꺼번에 폭발하였다.……재우가 드디어 이
백성들의 분노로 인하여 드디어 죄를 헤아려 격문을 돌리니……공이
일찍부터 도민들의 (김)수에 대한 원망이 뼛골에 사무쳐 있음을 알았
으므로 혹시 이로 인하여 불의의 변이라도 일어날까 염려하여서 즉시
재우에게 문서를 보내어 逆順의 理로 깨우쳤다.……(김)수가 함양에서
거창으로 돌아와 재우를 誣啓하여 역적으로 몰아 장계를 올려 말하기
를……공이 또한 조정에서 (김)수의 장계를 들어 혹시 역적으로 몰아
죽일까 염려하여 곧 사유를 갖추어 치계하되 (곽)재우가 다른 뜻이 없
음을 밝혔다.……재우는 곧 순순히 들어주었습니다. 그리고 진주의 위
급함을 듣고 이에 군사를 거느리고 달려가서 구원하려고 이미 초3일
에 떠났습니다.[64]

라 한 일련의 기사에 의해서 저간의 경위를 대충 짐작할 수 있다. 위
와 같은 선생의 주선과 애호가 특히 곽재우의 의병활동에 대해서 얼
마만큼 뒷받침되고 크게 有意義했던가는 우선,

  의령의 郭義士 재우는 칼을 차고 창의하여서 忠憤이 늠름하오나 다
만 일을 처리함에는 익숙치 못하니 方伯의 비위를 거슬려 맏는 바는
오직 閤下뿐이온데, 합하가 그를 버리고 가시면 형편이 장차 일하기
어렵게 될 것입니다. 재우가 없으면 의령이 없고 의령이 없으면 삼가
의 서쪽은 장차 다시 차례로 지키지 못하게 될 것입니다. 이것으로 본
다면 합하의 거취가 어찌 의병의 聚散과 국가의 존망과 관계된다 하
지 않겠습니까?[65]

---

64) 이로, 『용사일기』, 122~131쪽.

라 한 바 등으로 능히 짐작할 수 있다. 그것은 실로 의병의 聚散과 국가의 존망이 좌우되는 관건이었다. 이 같은 선생의 공로를『선조수정실록』의 撰者는 선생의 卒去를 기록하면서

그러다가 용서하는 왕명을 받고서는 더욱 감격하여 사력을 다해 적을 칠 것을 맹세하였다. 평소 軍旅에 대한 일은 알지 못했으나 지성으로 군중을 타이르고 관군과 의병 등 모든 군사를 잘 조화시켰는데, 한 지역을 1년 넘게 보전시킬 수 있었던 것은 모두 그가 훌륭하게 통솔한 덕분이었다.[66]

라고 표현하였던 것이다.[67]

곽재우를 비롯한 영우의병의 공이 크면 클수록 이를 완호한 선생의 존재는 새삼 높이 평가되어야 마땅할 터이다.

(3) 끝으로 진주성 수호에 대한 선생의 배려와 주획에 관해서는 결론부터 말하면, 진주성은 선생의 주획이 없었던들 처음은 고사하고 그 뒤에도 몇 번이나 버려져[棄] 버리고 말았을 것이다. 선생과 진주성의 고수라는 문제는 동년 10월에 있었던 이른바 진주대첩의 전후뿐만 아니라, 임란 발발[초기]이후 전 과정을 통해서 고찰해야 마땅하고, 그것은 대략 다음의 2, 3단계로 구분지어 볼 수 있을 것 같다.

---

65)「草溪儒生李大期等軼轅書」, 앞의 주 15) 참조. 이 외 이 같은 사실을 적은 기록이 적지 않다.

66)『선조수정실록』권27, 선조 26년 4월 乙酉(1일).

67) 곽재우도 오직 선생에게는 심복하였음을 우리는 선생의 연보(『文集 附錄』권1)에 수록된 다음의 기사로써 짐작할 수 있다. "壬辰 10月 推治郭再祐違令之罪 初耀兵鼎津也……朴惺吳澐力請乃止 其友謂再祐曰 爾何不若昔日之倔强也 再祐曰 非此人何能制我之命 我亦安肯受制也.", 아래 주 74) 참조.

먼저 진주성 고수는 이미 서두에서 지적한 바와 같이 영우→호남→국가회복근기확보를 대전제로 한 선생의 기본 시책의 하나이었다. 진주성에서도 난초 열읍이 망풍대궤하는 지경에 있어서 牧使 李璥과 판관 김시민이 모두 지리산 산곡으로 逃匿해 버렸다. 5월 12일경 선생이 초유사로 단성에 이르렀을 때 이경은 불러도 끝내 나오지 않았고[뒤이어 병사], 선생은 판관 김시민만을 일행 중에 거느리고 진주에 당도하였다.68) 곧 김시민으로 하여금 軍民을 모으고 소모관을 정하며 城과 壕를 다스리게 董督하면서, 상술한 바 있듯이 진양성이 전략상의 요지임을 강조하면서 사수의 결의를 굳게 천명하였던 것이다.69)

다음은 동년 7월 초에 거둔 제1차 진주성 승첩과의 관련이다. 이보다 앞서 선생은 6월 초 이래 봉기한 관하 각지의 의병을 순열하고, 특히 거창 우지[峴]에서 지례 방면의 적을 맞아 분전하던 김면군을 성원키 위해 오랫동안 거창에 머물렀는데, 이 틈을 타서 창원·진해 방면의 적이 고성·사천 등지를 휩쓸고, 성의 將臺(촉석루) 아래 남강 대안에까지 逼近해 왔다. 이 소식에 접한 선생은 급히 단성으로 달려가 성중의 김시민으로 하여금 경동치 말게 하는 한편, 북에서 함양·산음·단성의 군이 남에서 곤양 군수 이광악·고성 의병장 崔堈, 그리고 동에서는 막 김수와의 대결을 그만두기로 결심한 곽재우가 일제히 부원

---

68) "公自丹城 直抵晋州 牧使李璥 判官金時敏 竄在智異山上院洞 時敏聞公行出待 璥稱病不出 公傳令致之 璥罔知所爲 疽發而死……[이로, 『용사일기』, 90쪽]……公之初到晋陽也 牧使在山 軍民不集 城中寥寥 江中茫茫 公徘徊惆悵 不堪悲愴 宗道自宜至 握手謂公曰 晋陽巨鎭 牧使名官 今若此 前頭事勢 更無下手 不如遁死爲得 願與令公同沈此水 不必死於凶鋒……"[이로, 『용사일기』, 95~96쪽]. 위 선생의 치계(『선조실록』 권27, 선조 25년 6월 丙辰(28일))에는 "州精兵 已赴監兵使 皆已潰入山林 其餘城守者千餘人 牙兵能射僅 六七十名……"이라고 기술되어 있다. 선생의 「삼장사시」는 이때에 읊어진 것이다.

69) 위의 주 5) 참조.

케 하였다. 뿐만 아니라 선생 자신도 뒤 미처 성내에 당도하여 몸소 독전함으로써 적은 아측의 협격에 못 견디어 무수한 사상자만 낸 채 물러나고야 말았으며, 아군은 그 여세를 몰아 사천·진해·고성까지 한숨에 수복하였던 것이다.[70] 별로 알려져 있지 않은 이 7월 초의 승전을 우리는 제1차 진주성 승첩이라 명명하여 널리 인식해야 마땅할 것 같다.

세 번째가 동년 10월에 이른바 진주성 대첩과의 관련이다. 진주성 대첩은 뭐니 해도 목사[陞任] 김시민과 이를 도운 곤양 군수 이광악 이하 모든 장사가 성내에서 선전한 공에 직접 말미암았음은 多言을 요치 않는다. 그러나 우리는 이 전투가 있기 약 1개월 전부터 김시민은 진주성을 버리고 타처로 떠났고, 그 김시민으로 하여금, 우선 진주성에 돌아가 대비케 한 분이 바로 선생이었음을 거의 간과하고 있다. 그 실상은,

> (김)시민은 일찍이 (김)수에게 아부하였다. 수는 공이 좌도에 간 것을 틈타서 진양은 지킬 수 없으니 성을 방어하는 것은 위태한 방도이며 평지에서 싸우면 살아날 길이 있을 것이라고 생각하여 傳令을 시민에게 내리어 급급히 와서 牛旨의 위급함을 구하도록 하니 시민이 本州를 버리고 거창에 이르러 김 대장의 陣中에 투신하였다. 때 마침 개령의 적이 성대히 무리를 이루어 도달하여 장차 우지를 엿보려 하니 시민이……몸을 버티고 용기를 돋아……적의 예기를 꺾어 물리쳤다. ……그러나 (시민은) 왼 발이 총알에 맞았으므로 그 진중에 머물렀다. 공이 진양에 수비가 없음을 듣고 크게 놀라 군관을 보내어 시민을 붙잡아 오게 하니 시민은 죄를 받을까 두려워하여…….[71]

---

70) 이로, 『용사일기』, 148쪽. 이 기록에서 처음 선생이 진주에 부재한 동안의 정세를 "公久住居昌 賊之據昌原者 覷知晋陽無備……."라고 표현하고 있다.

라 한 바와 같다. 즉 선생이 경상 좌감사로 9월 초에 낙동강을 건너간 후, 김시민은 "晉陽 不可守云云"하는 감사 김수의 말을 그대로 좇아서 진주성을 버리고 거창의 김면 휘하로 옮겨갔던 것이다. 그는 우지 전투에서 殊勳을 세우고 계속 그곳에 머물렀다. 좌도에서 돌아와 9월 19일 거창에서 이 사실을 안 선생은 '晉陽城 無守'라는 이 엄청난 사실에 크게 놀라면서 곧 군관을 시켜 시민을 押來하여 엄히 타이른 후 진주로 가서 성을 지키게 하였던 것이다.

　이러는 한편 선생은 대세의 어려움을 미리 간파하고 멀리 호남 의병장 최경회·任啓英 등의 내원을 청하여 薩川倉(진주 경내)에 유둔케 하고,[72] 9월 하순부터 적의 전초적 공격이 시작되자, 동쪽에서는 삼가 의병장 尹鐸·宜寧假將 곽재우·草溪假將 鄭彦忠, 북쪽에서는 陝川假將 김준민, 서쪽에서는 전라 의병장 최경회, 남쪽에서는 固城假將 趙凝道·伏兵將 鄭惟敬 등으로 하여금 사방에서 위급에 대비하여 성원토록 먼저 포치하였다.[73] 그리고 적의 포위공격이 본격화되었을 무렵에는 선생도 직접 산음에서 의령으로 진주[74]하여 진주성 내에

---

71) 이로, 『용사일기』, 180~181쪽. 이 전후의 사정을 『선조수정실록』 권26, 선조 25
　년 8월 戊子(1일)에서는 다음과 같이 기술하고 있다. "擢判官金時敏爲晉州牧使 時
　敏安集晉州 出戰屢捷 金山以下留屯之賊皆遁 時敏還屯晉州爲固守計." 이 기사는
　8월이 아니라 9월조에 기록되어야 마땅하다. 『선조수정실록』에 대해서는 아래 주
　77) 참조.

72) "釜山等地屯賊 合兵大擧 圍晉州 初……金誠一請援於湖南義將崔慶會·任啓英赴
　之……[『선조수정실록』 권26, 선조 25년 10월 丁亥(1일)]." 이 외 이로, 『용사일기』,
　189쪽 참조.

73) 『선조실록』 권33, 선조 25년 12월 辛卯(5일) 「慶尙右道觀察使金誠一馳啓」. 또
　이로, 『용사일기』, 191쪽 참조.

74) 이때 선생이 진주성 구원을 목적하면서 산음에서 의령으로 이주한 것은 布置(地
　理)상 쉬이 이해되지 않는다. 아마 선생은 이미 진주성의 승리, 즉 적의 퇴각을
　확신하고 그 퇴로를 차단 섬멸하려는 계략이었던 듯하다. 그것은 선생의 「연보」
　(『文集附錄』 권1)에 진주성 대첩을 기록한 다음, 「推治郭再祐違令之罪」라 題하

편지를 보내어 목사 김시민에게 곤양군수 이광악 등 여러 장졸과 진심으로 협력, 끝까지 슬기롭게 사수하도록 개유하고 아울러 군기 등을 間道로 성내에 수송해 넣었다.[75]

이 진주성에서의 力戰과 승전, 다시 말해 그 고되고 영광된 전투상황은 선생이 올린 「馳啓晉州守城勝捷狀」[76]에 잘 나타나 있다. 외원부대중 진주의 북방 단계와 단성에서 크게 적을 무찌른 김준민 군, 진주성의 북쪽 대봉 비봉산까지 진출하여 성원을 과시한 곽재우 군, 그리고 양곡이 많이 쌓여 있던 살천창에 주둔하여 적의 분탕을 막게 한 최경회 이하 호남군의 활약 등은 우선 우리의 주목을 끈다.

4.

이상에서 학봉 선생의 의병활동과 관련하여 필자가 중히 다루고자 하는 몇 가지 과제에 대해서 대충 논술해 보았다. 이 외에도 이와 못지않은 비중에서 필히 정리 검토되어져야 할 여러 가지 문제가 있다.

고 "始耀兵鼎津也 令再祐 留陣宜寧咸安之境 出奇擊敗歸者 再祐不聽指揮 使賊安歸 故拿入庭 將治以軍律 朴惺吳澐力請乃止……[앞의 주 66) 및 同上書 「先生行狀」 참조]."라 한 바가 있는데 이 두 사실을 아울러 생각하면 그 籌略이 이해될 듯도 하다.

75)『선조실록』권33, 선조 25년 12월 辛卯(5일)[앞의 주 73)]. 그리고『선조수정실록』권26, 선조 25년 10월 丁亥(1일)에는 이 대목을 "金誠一遣義兵將郭再祐李達等 援晉州 間道輸軍器 牧使金時敏 大破賊兵 晉州圍解……"라 기술하고 있다. 그러나 선생은 「馳啓晉州守城勝捷狀」의 말미에서 "大槪一國崩陷之餘 無一人敢爲守城之計 牧使獨能堅守孤城 不藉外援 能却大敵 不特保全一道 抑又捍蔽湖南 使賊不得長驅內地 牧使之功 於是尤大云云."이라 하여 김시민의 공을 크게 稱道하였다. 김시민은 후일 兵使로 승임되었다.

76)『鶴峯先生文集』권3, 그리고 그 요지가『선조실록』권33, 선조 25년 12월 辛卯(5일)에 수록되어 있다.

첫째로 선생의 對民生觀이다. 언제나 일반 백성의 민생을 무엇보다도 중시하고 그 보장을 위한 합리적이며 순차적인 행정개혁의 실시, 그리고 이를 통해 민심의 진정한 수합을 목표하였던 선생의 경륜과 열의이다. 특히 임진년 가을부터 점차 심각해진 군량과 기민구제 및 新年種穀의 조달을 위한 선생의 처절한 배려, 그리고 민에 대한 정부의 '失信吝賞'을 크게 경계하면서 공정하고도 적극적인 賞格(除職·許通·免賤) 실시를 力請한 戰後 건의 등은 모두 이 같은 범주에서 새로이 분석 이해되어져야 할 과제인 것이다. 다음은 뭐니 해도 실제 승부에 직접 작용하는 무기와 시설의 정예화라는 전쟁의 본질에서 출발한 선생의 안목과 대비, 예컨대 焰焇煮取, 조총 제조 및 진주성의 포루 설치 등의 조치도 간과할 수는 없는 중요과제이다. 아울러 영남 좌도에 대한 선생의 대응과 포치, 이를테면 임진년 6월의 낙동강 左岸 三縣 假將差除 등과 對士民檄諭, 7월의 영천 지방 의병장 차임과 그 격려, 그리고 9월의 좌병사 박진과의 회견 및 개유 등은 「학봉 선생과 임진의병 활동」이란 논제에서는 필히 언급되어야 할 과제이나 이는 모두 후일의 숙제로 미루기로 한다.

임란 중의 사실과 기록을 수십 년 후에 재정리한 『선조수정실록』[77]의 기사는 그 내용의 성질 여하에 따라서는 전적으로 정확하다고 할 수 없는 대목이 있다. 어떻든 『선조수정실록』 권26의 선조 25년 6월 己丑(1일)에 "諸道義兵起……"라고 하고, 같은 책의 선조 27년 4월 己

---

77) 한 왕에 대한 실록이 전후에 두 번 편찬되는 예는 『선조수정실록』에서부터 시작되었다. 그 까닭은 여기서 길게 설명하지 않아도 당쟁의 발생 등으로 대충 짐작할 수 있을 것이다. 『선조실록』[총 221권]은 북인 주도하에 광해군 8년[1616] 11월에 완성되었다. 인조 집권 이후 서인이 주동이 되어 동왕 24년[1646] 1월에 선조 초부터 29년까지의 『선조수정실록』[총 30권]이 편찬되고 [李植 主幹], 나머지 선조 41년까지의 12년분[총 12권]은 효종 8년[1657] 9월에 편찬되었다[蔡裕後 주간].

酉(1일)에는 "罷諸道義兵……"이라고 보인다. 물론 이 이후에도 「奮義復讐軍」이 없지 않았으나 그것은 초기 의병과는 구별지어 생각할 존재이다. 그리고 선조 26년[계사년, 1593] 정월 당시에 조정에서 대충 파악한 전국의 병력 수는 관군 84,500, 의병 22,600, 계 107,100이었는데[78], 의병 22,600 중 그 거의 반수가 바로 선생 관하의 영우의 병이었다[정인홍군 2,000, 곽재우군 2,000, 김면군 5,000].

여기에서 우리는 의병의 활동이 정식으로 인정된 상기 약 2년 중에서도 선조 26년 4월[즉 왜군의 서울철퇴] 이후는 사실상 전쟁이 거의 중지된 휴전기였다는 사실과 병력 통계를 보여주는 1593년 1월경은 영남 일대에서는 특히 극심한 식량사정의 곤핍으로 의병의 수가 현저히 줄어들 수밖에 없었던 무렵이었음을 잊어서는 아니 된다.

위와 같은 사실 등을 아울러서 고찰하면 임란 발발 이후 만 1년간 계속된 선생 주획하의 영우 의병은 우선 시기상에서 가장 먼저 盛히 일어난 임진의병 활동의 효시[곽재우 창기: 4월 22일, 선생의 「초유일도사민문」: 5월 4일]이었을 뿐만 아니라, 적의 치열한 侵襲을 배경으로 하여 의병 활동이 실제로 절실히 요구되고 갈구되는 시기의 바꾸어 말하면 실제 임란의병 활동의 전시기를 포괄하는 것이었다. 또 그것은 참가[봉기·동원]한 인원수, 즉 병력 상에서 임란의병의 과반수 이상을 차지하는 大宗적인 존재이었으며, 다시 망우당 의병활동의 완호 등 선생의 적절한 전후 조치[79]로 거의 유일하게 관·의군의 마찰이 調劑

---

78) 『선조실록』 권34, 선조 26년 1월 丙寅(11일). 우리의 군세를 명군에 대해 보고할 필요에서 작성된 이 문서는 각지의 관군과 의병을 장수와 주둔지로 나누어 일일이 詳錄하고 끝에 가서 "右各處軍馬合 172,400……兼又軍數或添或分 多寡無定."이라 하였다. 최영희씨의 연구에 의하면 처음부터 정확성이 결여된 이 숫자는 대체로 실수보다 과대하게 책정된 것이며 172,400명은 수군을 합친 수라 한다[최영희 (1960.11), 앞의 논문, 14쪽].

통솔80)된 존재이었다. 아울러 그 활동방향은 당시에 '勤王'이라고 불리어진 表出的 방향보다는 '掃寇'라고 표현된 오늘날 흔히 민중의 저항이란 감각81)에서 파악되는 방향의 전형적인 것이었다.

그러므로 그 성과는 능히 영우일대를 온전히 보전하였을 뿐더러 호남을 지키는 藩屛의 구실을 다하여 국가회복의 근기를 종시 확립하고 유지해 내었던 것이다. 이 같은 공로에 대하여 『선조수정실록』의 찬자는,

때에 이순신은 배로써 서해 입구를 점거하고 김성일 등은 진주의 요충지를 지켰다. [이에] 적은 [하는 수 없이] 金山(金泉)로를 거쳐 호남지방에 들어갔으나 여러 번 꺾이고 상(傷)하여 다시 온 길로 해서 되돌아갔다. 이리하여 호서[충청] 지방도 또한 적에게 淪陷당함을 면하니 국가는 이 두 도에 힘입어 軍興을 이룩할 수 있었다. 당시 將士들이 防守한 공이 또한 크다.82)

라 하여, 국가회복 근기[호남·호서]의 확보에 충무공 이순신과 선생을 위시한 영우와 호남에 있어서의 여러 의병 장사들의 공훈을 똑바로

---

79) 『선조수정실록』 권27, 선조 26년 4월 乙酉(1일), 앞의 주 66).
80) 『선조수정실록』 권26, 선조 25년 6월 己丑(1일), 앞의 주 13).
81) 근왕은 率軍移動하여 왕의 주변을 호위하거나 타군의 위급을 구원하는 데 주력한다. 이에 대해 소구는 우선 어느 일방이라도 확실히 굳혀, 전체 승리의 기반을 구축하는 한편 적에 대한 전후방 차단과 보급 단절 등으로 그 진퇴를 크게 掣肘하는 방향의 투쟁이라고 할 수 있다. 이 같은 문제는 임란 당시의 왜군의 점령이 전면 점령이 아닌 점선 점령에 불과하였던 점, 그리고 왜군의 보급 그 중에서도 특히 식량의 조달과 輸運이 현지에서, 현지인에 의해 이루어질 수밖에 없었던 점, 따라서 그들도 군량 爲始의 여러 보급 면뿐만 아니라 병력과 사기 면에서도 심히 부족·곤란·저상되어 있었다는 점 등과 아울러, 다시 곧 상론해야 할 과제의 하나이다.
82) 『선조수정실록』 권26, 선조 25년 8월 戊子(1일) 및 『國朝寶鑑』 권31, 「宣祖朝八」 선조 25년 8월조, 앞의 주 7), 그리고 앞의 주 49) 참조.

지적하고 높이 천양하고 있는 것이다. 4월 중순 왜군상륙, 5월 초순 서울함락, 6월 중순 평양 실함, 왕의 의주 파천이라고 하는 그 다급하였던 난초 수개월의 위기에 있어서, 능히 호남번병 수호의 구실을 다한 영우의 의병 활동은 당시에 있어서 하나의 대표적 핵심적 존재이었음을 쉬이 짐작할 수 있다.

평생 군려를 닦지 않았던 몸으로[平生不解軍旅] 오직 一死報國, 誓死討賊의 일념으로써, 바꾸어 말하면 시종일관된 국가애와 민족애로써, 선생이 주로 창기하고 주획한 영우의 의병 활동은 분명히, 우리 先民들의 거룩하고 강인하고 슬기로운 대외항쟁[민족저항]이었던 임진의병 활동에 있어서, 하나의 大宗이며 전형이며 핵심이었다. 이를 냉철한 사실파악과 규명 위에서 다시 한 번 정리 체계화하여 새로이 이해하고 평가하고 고양하는 일은 바로 지금을 사는 우리에게 負荷된 하나의 역사적 임무이며 사명일 것이다.[83]

1976년

허선도(作故: 1927~1993)|前 국민대학교 국사학과 교수

---

83) 追記: 본고와 같은 성질의 논고는 마땅히 이에 대해 상세한 연구를 발표한 다음, 이를 축약 내지 綜觀하는 성과로서 집필되어야 할 것이다. 그러나 본고는 미처 그러하지 못하였기 때문에 의외의 누락이나 오류 또는 형평을 잃은 논단을 범하지 않았는가 심히 두렵다. 諸彦의 叱正과 海諒을 빈다.

鶴峯 金誠一의 慶尙右道 討賊救國活動

- 官·義兵의 領導와 飢民 救活의 功勞에 대하여 -

1. 서언

"鞠躬盡瘁 死而後已", 國事를 위하여 盡心竭力하다가 자신이 殞命한 후에야 맡은 바 직무를 그만두겠다는 이 말은 중국의 삼국시대 蜀漢의 승상 諸葛武侯(諸葛亮의 시호)가 북방의 曹魏 정벌에 출병할 때 後主에게 올린 表文에서 자기의 결심을 표명한 마지막 구절이고,[1] "盡瘁王事 卒於軍中", 국사를 위하여 盡心竭力하다가 軍中에서 운명했다는 이 말은 우리나라의 임진왜란 당시 경상도관찰사 鶴峯 金誠一이 경상우도에서 倭賊討滅에 盡力하다가 군중에서 殉國했다는 史官 논평[2]의 한 구절이다.

이 두 분 위인의 사적을 고찰하면, 그들이 직면했던 시대적 정세와 맡은 바 직무의 대소는 물론 다르지만 자신의 心力을 최대한 발휘하여 국가를 위하여 盡瘁하다가 과로로 陣中에서 운명한, 즉 忘身殉國한 사실은 유사하다고 할 수 있다.[3]

---

1) 『古文眞寶』後集, 「後出師表」.

2) 『宣祖實錄』卷211, 40년 5월 乙亥條, "史臣曰……誠一剛毅篤實 風裁峻整 以直道 不容於朝 而大節卓落 人無異議 歲在癸巳 盡瘁王事 卒於軍中"

3) 諸葛武侯는 五丈原에서 魏將 司馬懿와 장기간 대치하다가 食少事煩하여 결국 53세로서 陣中에서 운명했으며, 金鶴峯은 義兵領導와 飢民救活에 노심초사하다

특히 제갈무후는 "前·後出師表"에서 조위 토벌의 정당성과 자신에게 부하된 使命을 후주에게 남김없이 진언하여, 후방에 있던 촉국 군신들에게 상하협력하여 전쟁수행에 차질이 없도록 했으며, 김학봉은 「招諭慶尙道士民文」에서 倭賊討伐과 국토수호의 당위성을 경상도 士民들에게 간절히 告諭했는데, 그 내용이 忠義가 분발하고 辭旨가 격렬함으로써 전도의 사민들을 감동 분기시켜[4] 그들로 하여금 討倭戰列에 분기 동참케 했던 것이다. 그런데 제갈무후의 사적은 중국의 정사인 『三國志』·『資治通鑑綱目』 등 史書에 소상히 기록되어 있기 때문에 1750여 년이 지난 지금까지도 그가 六出祁山하여 盡力討賊한 사실을 후인들이 비교적 잘 알고 있지만, 김학봉의 경우는 조선왕조의 역사기록이 앞 시대 역사인 『高麗史』·『高麗史節要』처럼 정리편찬된 正史가 없기 때문에 그가 임란 당시 경상우도에서 不避險難하고 盡瘁殉國한 실상을 순국한 지 4백 년이 된 지금까지도 우리 국민이 잘 알지 못하고 있다.

임진왜란은 우리 민족이 당한 가장 큰 국난이었는데, 이 국난을 극복한 주체는 그 당시 정부군인 官軍과 구원군인 明軍보다 우리 민중의 義勇軍인 '義兵'이었던 것이다. 전란이 발발하자 국방을 담당한 관군은 모두 쉽사리 붕괴되어 전국토가 적군의 점거 하에 들어가게 되니, 당시에 각지방의 義士들이 率先倡義하고 軍民들이 이에 호응하여 討倭戰列에 나섬으로써 비로소 침략군을 물리치고 국토를 收復할 수 있는 전기를 마련하게 되었다.

그러나 전국 각지에서 일어난 義兵은 처음부터 정부군인 官軍과는

가 역질에 걸려 결국 56세로서 晉州公館에서 운명하였다.
4) 『宣祖實錄』 卷60, 28년 2월 己酉條, "史臣曰……金誠一 爲人勁直而慷慨 有大節……其招諭一檄 忠義奮發 辭意激烈 雖使愚夫愚婦聞之 必皆心動而淚落也……"

서로 牽制對立하는 관계가 되어, 관군의 통솔자인 帥臣(監司와 兵使)과 의병의 영솔자인 義兵將 사이는 서로가 시기 상극하는 실정이었다. 그런데도 유독 영남지방의 의병만은 학봉의 領導力에 힘입어 관군과 서로 협조하여 타도에 비하여 적병에게 敗死한 사람이 적었으며5), 또 의병장인 鄭仁弘·金沔·郭再祐 등은 모두 의병을 일으켜 적병을 토벌하여 큰 공훈을 세우게 되었으니, 이것이 모두 김학봉이 관군과 의병을 잘 調停 領導한 힘이었다.6)

오늘날 우리들이 임란 역사를 연구함에 있어, 대부분 기본사료로 『宣祖實錄』과 『宣祖修正實錄』을 사용하고 있지만, 이 양종 기록에는 史實의 虛點이7) 많이 나타나 있다. 그러므로 본 논고에서는 이 實錄들을 비교 취사하고, 그 밖에 필요한 자료는 관계 제현의 文集 등에서 뽑아 썼다.

학봉의 임진 의병관계의 연구로는 수년전 발표된 許善道 교수의

---

5) 『宣祖修正實錄』 卷25, 25년 6月條, "諸道義兵起……湖南高敬命·金千鎰 嶺南郭再祐·鄭仁弘 湖西趙憲最先起兵 於是 官軍義兵互爲掣肘 帥臣多與義將不協 惟招討使金誠一調劑有方 故嶺南義兵恃以爲重 敗死者少."

6) 『宣祖實錄』 卷72, 29년 2월 癸丑條, "吏曹參判金宇顒上箚曰 : 金誠一……受任嶺南 糾率義徒……當時鄭仁弘·金沔·郭再祐之徒 倡義討賊 顯立功勳 無非誠一主張成就之力……"

7) 『宣祖實錄』·『宣祖修正實錄』의 史實의 허점. 『선조실록』은 임진왜란 이전의 記事는 사료가 모두 兵火에 소실된 때문인지 기사가 매우 간략하여 15년의 기사는 분량의 3장 반, 17년의 기사는 7장 반, 19년의 기사는 7장 반, 23년의 기사는 6장 반에 불과할 뿐이고 임진왜란 이후의 기사는 내용과 체재가 粗雜·顚倒된 부분이 많이 나타나고 있으니 김학봉 기사의 경우에는 『선조실록』 卷38, 26년 4월 癸丑條에 '慶尙右道觀察使金誠一卒' 또 동년 5월 戊辰條에 '慶尙右道觀察使兼巡察使金誠一卒'이라는 중복된 기사가 있으며, 또 史評은 卒年 밑에 수록되는 것이 편집체재의 상례인 데도, 학봉의 경우는 별세한 지 2년 후인 『선조실록』 卷60, 28년 2월 기유조에 수록되어 있으며, 『선조수정실록』은 그 기사에 쓰인 사료가 대부분 사관이 초록한 史草가 아닌 개인의 行狀·碑文 및 雜記 등이었으니 이런 것이 兩種 기록의 史實의 허점이라 할 수 있다.

「鶴峯先生과 壬辰義兵 活動」이란 논문에서 의병 활동의 개황에 대해서 상세히 서술되었다. 본 논고에서는 학봉이 왕명을 받아 의병을 招募한 經緯와 그 당시 의병과 관군이 서로 견제 시의한 상황에서, 학봉이 이들 官·義兵을 調停 領導하여 湖南侵犯의 관문인 晉州城을 잘 保全하고, 적군에게 점거되었던 영남일대를 거의 收復하여 國家中興의 터전을 마련한 것을 중점적으로 구명하고, 아울러 飢民救活 등의 공적을 곁들여 서술하려 한다.

2. 전란의 발발과 학봉의 出陣

학봉은 품성이 剛直 慷慨하고 大節이 있어 조정에 있을 때 군주에게 敢言直諫하고 권세가들을 기탄없이 탄핵하니, 그 당시 조정 상하가 모두 그를 두려워하여 '殿上虎'[8]라고 일컬었다.

선조 23년(1590) 3월에 통신부사로서 일본에 갔을 때 강직한 자세로써 倭酋의 능멸 방자한 행동을 질책하고, 또 왜국의 국서에 悖慢한 언사가 있는 것을 엄중히 항의하여 다시 고쳐서, 이듬해 정월에 본국으로 돌아왔다.

이때 일본에 갔던 두 통신사의 귀국 보고에 正使인 黃允吉은 선조에게,

---

8) 궁전 위에서 군주에게 준절히 직간하는 사람을 일컫음. 宋나라 劉安世가 諫官이 되어 직간한 고사에서 유래된 말. 학봉이 사간원 정언이 되어서는, 선조에게 '善政을 하면 堯舜이 될 수가 있고 拒諫을 하면 桀紂가 될 수도 있다'고 극언하였으며, 사헌부 장령이 되어서는, 宗室 河源君의 불법을 엄중히 다스렸기 때문에 사람들이 그를 두려워하여 '殿上虎'라고 일컫었던 것이다.

平義智는 奸雄이고 平行長은 朴實하여 그들이 싸우면 반드시 이기게 되니 가장 염려가 됩니다.

하는 데도, 학봉은 그와는 반대로 平秀吉의 경망무례한 행동을 보고서,

秀吉은 상대하기가 쉬우니 일본은 염려할 것이 없습니다. 秦王 苻堅이 百萬의 大兵으로 침범하였을 때 東晉의 재상 謝安은 이 소식을 듣고도 자세를 搖動하지 않았으니 이 왜적을 어찌 두려워하겠습니까.

하므로, 선조는 김성일이 수길에게 속임을 당한 것이 명백하다고 하였다.[9]

이와 같이 두 사신의 보고가 상반되므로 西厓 柳成龍은 학봉에게 묻기를,

그대의 말은 황윤길과 다른 점이 있으니 만일 왜적이 과연 침범해 온다면 어찌하겠는가.

하니 학봉은 대답하기를,

난들 또한 왜적이 끝내 침범해 오지 않을 것을 期必하겠는가마는, 다만 황윤길의 말이 너무 지나쳐서 마치 왜적이 使臣(우리)을 뒤따라 오는 것처럼 떠벌려서 人心이 흉흉한 까닭으로 이와 같이 말했을 뿐이라네.[10]

---

9)『宣祖實錄』卷60, 28년 2월 己酉條.
10)『西厓全書』本集 권16,「書壬辰事始末示兒輩」, "……當初黃允吉 金誠一等回自 日本 二人所言賊勢不同 余一日親見誠一問之曰 君言與黃使有異 萬一倭果來則如 何 誠一曰 吾亦豈必倭之終不來耶 但黃言太重 似若倭踵使臣而來 人情洶洶 故如

라고 하였다. 뒷날 白沙 李恒福도 선조에게 말하기를,

　신은 김성일과 서로 모르는 사이인데, 그때 승정원에 함께 있으면서
일찍이 물어보니 김성일도 또한 왜적의 動兵에 대해 매우 걱정하고
있었는데, 다만 말하기를 '南道의 人心이 먼저 動搖하므로, 내가 아무
리 큰소리로 鎭定시키려고 하여도 오히려 解惑하지 않고 있을 뿐이
오.'라고 하니 그의 말하는 바가 반드시 이런 염려를 하지 않은 것이
아니고, 어전에서 아뢴 말이 꼭 잘못 주달한 것은 아닙니다.[11]

고 하였다.

　통신사가 일본에서 돌아온 후에 조정에서는 갑자기 '防備策'을 마
련하고는, 백성들을 동원하여 성을 새로 축조하게 하였으나, 작업은
예정대로 되지 않고 號令만 煩苛하여 마을이 騷然해지고 人心이 離散
되는 실정이었다. 학봉은 이때 홍문관부제학으로 재직하였는데, 선
조에게 올린 啓辭에서,

　"今日所可畏者 不在島夷 而在人心 人心若失 則金城湯池 堅甲利兵 皆
無所用之矣 請宜姑停 以紓民怨 以鎭人心"(『鶴峯集』附錄 卷2, 「行狀」).

　즉 오늘날 두려워할 것은 섬 오랑캐(日本)에 있지 않고 人心에 있으
니 인심을 만약 잃게 된다면 방비가 아주 견고한 城池와 예리한 武器

此言之耳"
　『宣祖修正實錄』卷25, 24년 3月朔 丁巳條, "柳成龍謂誠一曰 君言故與黃異 萬一
　有兵禍 將奈何 誠一曰 吾亦豈能必倭不來 但恐中外驚惑 故解之耳"
11) 『宣祖實錄』卷60, 28년 2月 己酉條, "上御別殿 講周易……李恒福曰 臣與誠一不
　相識 其時同在政院 嘗問之 誠一亦深以爲憂 但言南中人心 先自動搖 我雖大言鎭定
　而猶不解惑云 渠之所言 未必非爲此慮 而榻前之啓 必爲誤達也"

가 있을지라도 모두 소용이 없을 것입니다. 우선 이를 정지시켜 民怨
을 풀어주고 인심을 鎭定시켜야 할 것입니다.

하였다.

이러한 일련의 기사들을 세밀히 고찰해 본다면, 학봉은 그 당시 시
국대처의 방안으로는 다른 어떤 조치보다도, 이 일(倭賊來侵) 때문에
들떠 있는 인심을 진정시키는 것이 급선무임을 강조하고 있었다.

선조 25년(1592) 4월 11일에 학봉은 특명으로 慶尙右道兵使에 제수
되었다. 이때는 벌써 왜국의 動兵 소식이 들려오기 때문에 조정에서
는 南道의 動搖되는 민심을 진정시키기 위하여 朝臣들의 추천에 따
라, 특히 영남 士林의 重望을 지닌 청렴 강직한 학봉을 閫帥(兵使)의
중책에 임명했던 것이다.

학봉은 임명을 받은 즉시 곧 길을 떠나려 하니 조정의 친우들은 모
두 嗟歎하면서 애석하게 여기고, 혹은 길에서 위문하는 사람도 있었
으나, 그는 '마땅히 國事를 위하여 盡心竭力할 뿐이고 일의 성패는 말
할 것이 못 된다'는 忘身殉國할 결연한 의지를 표명했으니 이러한 그
의 心懷는 부임하는 도중, 한강을 건너면서 읊은 「漢江留別」12)이란
五絶에 잘 나타나 있다.

国防(兵使)의 중책 맡고 南方으로 떠나가니,　伏鉞登南路
외로운 신하 한번 죽음 이미 각오하였네.　孤臣一死輕
눈앞에 늘 보던 저 南山과 漢江 물은,　終南與渭水
뒤돌아보니 마음속 깊이 잊혀지질 않는구나.　回首有餘情

12) 『鶴峯集』卷2, 詩「漢江留別」의 小註에 "以兵使出都時 知舊來餞 以此留贈"이라
했으니, 학봉이 경상우도병사의 임명을 받고 도성을 떠날 때 知舊들이 와서 전송
하므로 이 시를 지어 주면서 자기의 결심을 표명했다.

학봉은 남하하는 도중, 충주 단월역에 이르러 왜적이 벌써 부산진
과 동래성을 함락시켰다는 소식을 듣고는, 더욱 빨리 직행하여 의령
현에 이르렀는데, 이때 적병이 右道를 가로막고 있었다. 휘하의 장사
들이 서로 의논하기를,

> 정암진은 賊所에 迫近하므로 바로 행진하면 반드시 위태할 것이다.
> 진주를 경유하여 함안으로 나가서 적병의 형세를 살펴보고서 창원 本
> 營으로 가는 것이 좋겠다.

하고는 정암진에 배가 없으니 진주로 가는 것이 편리하다고 진언하였
으나, 학봉은 "事勢가 急急하니 길을 둘러서 갈 수는 없다."고 하면서
바로 정암진에 달려가 보니 배가 있는지라, 즉시 배가 없다고 거짓
보고한 軍校의 목을 베려고 하였으나, 부하들이 叩頭謝罪하고 立功自
贖할 것을 청하므로, 일단 용서해 주었다.

정암진을 건너 길을 재촉하여 창원 본영으로 행진하고 있는데, 전
병사 曺大坤은 30리 밖에 물러나와 屯치고 있었으나 군졸마저 다 흩
어지자 도주하려고 하다가 학봉을 보고는 몸 둘 바를 모르고 허둥지
둥하였다. 印節을 교환(事務引繼)하고는 곧 떠나려 하므로, 학봉은 그
에게 준절히 책망하기를,

> 장군은 병사로써 金海의 함락을 구원하지 못했으니 마땅히 군율에
> 처해야 할 것이오. 더구나 世臣 宿將의 신분으로서 이 같은 전란을 당
> 하고도 의리상 도망할 수가 있겠소.

하였다. 때마침 조대곤의 비장이 창원 병영으로부터 와서 "본영이 이
미 함락되고, 虞侯도 도망갔습니다."고 하므로 학봉은 그것이 허위보

고임을 알고 명령하기를,

 너는 병사의 휘하로써 성을 지키고 있으면서 왜병 한 놈도 목베지
못하고서 빈 손으로 도망해 왔으며, 또 亂言을 하여 여러 사람들을 미
혹시키는가.

하고는, 곧 목을 베어 군중에 돌리니 조대곤이 놀라서 얼굴빛이 변하
였다.

 이튿날 새벽에 정탐병이 보고하기를 왜적의 선봉이 이미 이르렀다
하므로, 학봉은 날랜 군사를 뽑아 대기하고 있었는데, 조금 후에 백마
를 타고 金假面을 쓴 적병 두 명이 칼을 휘두르면서 백보 안에까지 바
싹 다가오니 장사들이 왜적의 선봉을 처음 보고는 모두 간담이 떨어
져 넋을 잃고 있었다. 학봉은 곧 繩床에 걸터앉아 부동의 자세로 군사
들에게 호령하여 감히 동요하지 못하게 하고, 뽑은 수십명의 군사로
왜적을 돌격하라고 하였으나 모두 서로 돌아보고 머뭇거리면서 감히
앞서지 못하였다. 학봉은 즉시 말에 오르지 않는 군사를 목베게 하고
는, 군관 金玉에게 명령하여 앞장서게 하니 수십명의 군졸이 그제야
한꺼번에 돌진하여 數里를 추격했는데, 왜적의 복병이 사방에서 일어
나 한바탕 어지럽게 어울려 싸웠다. 이때 학봉이 거느린 군교 李崇仁
이 금가면을 쓴 왜적의 魁帥를 쏘아 넘어뜨리니 남은 적병이 마침내
달아나므로, 우리 군사들이 이긴 기세를 타서 연달아 적병 두 놈의 목
을 베고 健馬·金鞍·寶劍을 빼앗아 돌아왔으니 이것이 전란 초기의
첫 번째 勝戰이었다. 군졸은 천명도 되지 못하고 무기도 전연 없는 상
태에서 갑자기 강적을 만났는데도 그 銳氣를 꺾게 되었으니 이 때문
에 우리 군대의 士氣가 조금 떨치게 되었다. 학봉은 즉시 군관 이숭인
을 보내어 선조에게 적병의 首級을 바치고 전과를 아뢰었는데, 그 啓
辭의 첫머리에,

一死報國 臣之願也.

라고 자신의 決意를 표명했다.

학봉의 이 첫 번 전투는 비록 소규모의 승리에 불과했지만, 열세의 군병으로 갑자기 강성한 적병을 만났는데도, 그는 臨陣不退의 용기로 부하 군교를 지휘하여 왜적의 선봉장을 사살함으로써 돌진하는 흉적의 기세를 꺾은 것에 그 意義가 있었다.

이 전투의 성과에 대하여 당시의 史官은 다음과 같은 논평을 하였다.

　　임진년 봄에 김성일이 경상우도병사의 임명을 받고 빨리 달려서 남방으로 내려가니 적병은 이미 이르러 列郡이 土崩瓦解되어 望風奔潰하는 상태이었다. 그런데도 성일은 흘연 부동의 자세로서 국토를 保守할 계책을 세웠으며, 적병이 웅천에 쳐들어오니 그는 말에서 내려 胡床에 걸터앉아 비장을 독려하여 적병과 싸워서 왜적의 선봉장을 베어 죽였으므로, 흉악한 賊勢가 이 때문에 조금 꺾이게 되었던 것이다.[13]

3. 招諭使 임명과 학봉의 活動

학봉은 곧 散亡한 軍兵을 收集하고 列郡에 격문을 보내 사태 수습의 계책을 세우려고 하는데, 갑자기 拿命이 있을 것이라는 소식을 듣고는 금부도사가 도착하기도 전에 즉일로 길을 떠나 서울로 올라갔다. 이때 변방의 전황보고는 날로 위급한 상태만 알리므로, 서울이 크

---

13) 『宣祖實錄』 卷60, 28년 2월 己酉條, "史臣日 金誠一……壬辰春 受嶺南節度使之命 馳往南邊 賊已至矣 列郡瓦解 望風奔潰 誠一獨屹然爲保守計 賊之入熊川也 下馬據胡床 督褊裨戰之 斬得先鋒將倭兜鋒以此少退"

게 진동하니 선조는 '김성일이 전일에 왜적이 쉽사리 動兵하지 않을
것이라고 보고하여, 人心을 解弛시키고 국사를 그르치게 했다'는 책
임을 물어 금부도사를 시켜 학봉을 잡아오라고 명하게 된 것이다.

　이 무렵에 경상감사 金睟는 鳥嶺을 遮截한다는 핑계로 거창에 물러
가 주둔하고 있었는데, 학봉이 삼가·거창을 지나 안의현의 60현으로
가다가 길에서 김수를 만나 辭氣가 慷慨하여 자기의 危迫한 실정은
조금도 말하지 않고 다만 김수에게 心力을 다하여 왜적을 討滅할 일
만 勉勵하니 老吏 河自溶이 이러한 학봉의 忘身 救國하는 태도를 보
고서 참으로 忠臣이라고 감탄하였다.

　李崇仁이 학봉의 狀啓를 가지고 서울에 이르니 선조께서 宰臣들에
게 묻기를 "김성일의 장계에 '一死報國'한다는 말이 있는데, 그가 과
연 실천할 수 있겠는가." 하니 柳成龍과 崔滉은 대답하기를 "성일의
소견은 혹시 미급한 점이 있지마는 忠誠은 남음이 있으므로 그가 이
말을 어기지 않을 것입니다. 신이 이것을 책임지겠습니다." 하였고,
王世子(뒤의 光海君)도 또한 힘써 구하니 선조가 그제야 노기가 풀어
졌다. 또한 학봉이 경상도 士民들의 마음을 얻고 있음을 알기 때문
에 그 죄를 용서했던 것이며, 곧 잇달아 경상도 招諭使로 임명하게
되었다.

　이상이 각종 기록에[14] 나타난 학봉이 경상도 초유사로 임명된 槪要
인데, 다음에 인용한『宣祖實錄』권26, 25년 5월 임오조의 기사에는
그 임명의 經緯에 대하여 구체적으로 기록하고 있다.

---

14)『鶴峯集』附錄 卷1,「年譜」, 卷2,「行狀」,『龍蛇日記』李魯 撰.

선조가 대신 崔興源·尹斗壽……이하 19명을15) 인견하고 적군에게 대처할 방안을 물었다.

柳根　경상도민은 대부분 山谷에 들어가 있는데, 그들이 처음에는 비록 무지하여 출전하지 못했지만, 그들의 부형과 처자가 모두 왜적에게 사로잡혔으니 만약 사람을 보내어 강원도를 경유하여 경상도로 가서 召募한다면 반드시 死力을 다하여 전장에 나올 것입니다. 예전부터 반드시 義士를 얻어야만 큰일을 할 수가 있었습니다.

선조　이 말이 어떠한가.

尹斗壽　좋기는 합니다마는, 경상도는 길이 멀어 조정의 號令이 통하지 않습니다.

선조　김성일과 金玏을 이 일 때문에 보내었다.

鄭崑壽　김성일이 지금 막 내려갔는데, 어떤 일을 조치하겠습니까?

沈忠謙　유근의 말이 매우 타당하니 義兵을 募集해야만 成事할 수가 있습니다.

윤두수　김수(경상감사)는 당연히 遞職시켜야 할 것인 데도, 적임자를 구하지 못하고 있습니다.

선조　이런 시기에 감사를 체직시킬 수 있겠는가?

윤두수　직책에 알맞는 사람만 있으면 遞差시키는 것이 당연합니다.

李恒福　비록 감사를 遞改하지 않더라도 좌도·우도에 監司를 設置하는 것이 적당할 듯합니다.

선조　경상도에 감사를 差送하기가 어렵겠으니 어떻게 처리하겠는가?

이항복　김성일이 이미 경상도에 갔으니 差任시키는 것이 적당할 듯

15) "大臣崔興源, 尹斗壽, 右贊成崔滉, 禮曹判書尹根壽, 戶曹判書韓準, 兵曹判書金應南, 大司憲李恒福, 同知中樞府事李誠中, 副提學沈忠謙, 大司諫鄭崑壽, 同知李德馨, 兵曹參判李挺立, 參議黃暹, 參知鄭士偉, 承旨柳根, 注書朴鼎賢, 假注書韓禹臣, 翰林金善餘, 金義元等." 이때 선조가 평양에 있었는데, 영의정 유성룡은 갓 파면되었기 때문에 이 회의에 참석하지 못했던 것이다.

합니다.

선조   이 말이 어떠한가?

윤두수 모두 이런 말이 있지마는, 김성일은 너무 剛直하여 仁愛로서
      軍民을 무마할 사람이 못 되기 때문에 臣은 그 사람이 적임인
      줄을 알지 못하겠습니다.

俞泓   윤두수의 말은 김성일이 관용에 부족한 점이 있다고 여기지마
      는, 剛直하고 慷慨한 것은 김성일의 장점이니 시험해 보는 것
      이 어떻겠습니까.

윤두수 여러 사람의 의견이 옳다고 하니 김성일을 차송하는 것이 적
      당하겠습니다.

심충겸 김성일은 반드시 退縮하는 일이 없을 것이니 그가 당연히 盡力
      하여 일을 해낼 것입니다.

李德馨 유근의 召募에 대한 진언은 참으로 좋은 계책입니다. 경상도
      ·강원도의 武術을 학습한 사람들도 또한 대부분 피난하고 있
      으니 강원도를 경유하여 경상도로 들어가서 일반 평민들에게
      '死中求生' 하는 뜻으로써 골고루 開諭한다면 兵卒을 모집할
      수가 있고, 屯聚하여 도적이 된 사람까지도 개선시켜 우리 軍
      隊로 만들 수가 있습니다.

선조   이런 일을 할 수가 있겠는가? 반드시 誠心이 있는 사람을 얻어
      야만 이 일을 할 수가 있을 것이다.

윤두수 강원도에는 黃廷彧이 있고, 경상도에는 김성일과 김륵이 이미
      갔습니다.

崔興源 백성을 잘 招諭만 한다면 그 중에 어찌 義士가 없겠습니까.

선조   나는 이미 宗社(國家)의 죄인이 되었으니 경 등은 祖宗의 은덕
      을 생각하여 國家를 恢復하도록 힘써야 할 것이다.

이 기사를 검토해 보면 학봉의 초유사 임명은 조정의 중신들이 어
전에서 모여 의논하여, 경상도 人民의 招募와 安集의 중요성을 인식

하고, 학봉은 초유사로, 柏巖(金玏의 호)은 安集使로 임명했던 것이며,
또 경상도를 좌·우 양도로 分設¹⁶⁾하는 방안과 경상감사 김수를 체직
시키는 문제도 이때 이미 결정되었음을 알 수 있다.

이와 같이 학봉은 나명을 받고 서울로 올라가다가 직산에 이르러,
다시 초유사로 임명한다는 傳旨를 급히 내려오는 宣傳官을 통하여 받
게 되었다.

이에 학봉은 초유사란 직명으로 바로 경상도로 돌아와서 도내의 사
민들을 招募 奮發시켜 討賊救國의 戰列을 정돈하려고, 5월 초 4일에
함양에 도착하였다. 이때 우연히 평소에 친분이 있던 전현령 趙宗道
(호 大笑軒)와 전직장 李魯(호 松巖) 두 분을 만나게 되었으므로, 학봉
은 '이 일은 하늘이 나를 도운 것이라'고 하면서 매우 기뻐하였다.

학봉은 즉시 경상도 사민들에게 초유하는 글을 지어 道內에 布告했
으니 그 招諭文의 개요는 다음과 같다.

> 國運이 중간에 否塞해져서 섬오랑캐(倭賊)가 몰래 침범하여 국토를
> 마구 짓밟고 동서로 충돌하여 수십일 동안에 鳥嶺을 넘어 와서 서울
> 을 점거하게 되었다. 主上께서 播遷하고 온 국민이 도망해 숨었으니
> 우리나라 생긴 이후 오랑캐의 침범한 禍變이 오늘날 같이 참혹한 때
> 는 없었던 것이다.
> 賊勢가 이와 같은데도 國防을 담당한 방백·수령들은 望風奔潰하고
> 惟怵退縮하여 한 사람도 抗義 奮忠하여 先登 擊賊하는 자가 없으니
> 불쌍한 우리 軍民들은 누구를 믿고서 흩어져 도망하지 않겠는가. 사
> 나운 물결 앞에 한번 무너진 둑은 막아낼 도리가 없게 되어, 각 고을
> 에는 무기를 들고서 대항하는 병졸이 없기 때문에 적병은 무인지경같
> 이 침입하여 마침내 嶺南 一道가 적병의 소굴이 되어 수습할 수 없는

---

16) 明宗 10년(1555)에 경상도를 좌·우 兩道로 分設하였다가 중간에 폐지하였음.

(土崩瓦解) 지경에 이르게 되었으니 이것이 어찌 邊將·守令들만의 過失일 뿐이겠는가. 士民된 사람도 또한 그 책임을 辭避할 수가 없는 일이다.……

다만 이 왜적들은 우리 땅에 한번 들어와서는 곧 점거할 뜻을 가지고서 우리의 婦女를 잡아가서 저들의 妻妾으로 만들고, 장정을 마구 죽여 남기지 않으며 땅에 가득찬 民家는 모두 불타 잿더미가 되었고, 공사의 저장물은 모두 저들이 차지하게 되어, 毒氣는 사방에 가득 차게 되고 죽은 사람의 피는 천리에 흘렀으니 백성의 참화는 어찌 차마 말할 수가 있겠는가.

이때는 志士와 忠臣이 무기를 들고서 나라를 위하여 목숨을 바칠 시기인 데도, 慶尙道 67州 중에서 아직까지 용기를 내면서 義兵을 일으키는 사람은 없고, 오히려 남보다 먼저 도망하지 못할까, 깊은 산속에 들어가지 못할까를 두려워하고 있으니 어찌 歎息을 금할 수가 있겠는가. 설사 산속에 들어가서 적병을 피하여 자신과 가족을 保全시킨다 하더라도 烈士는 오히려 이일은 수치로 여길 것인데, 하물며 자신과 가족을 보전할 방도가 절대로 없을 것이니 어찌하겠는가?

당직(학봉의 자칭)은 事理를 자세히 말하여 士民들의 의혹을 환하게 깨우치려고 한다.

賊兵은 서울을 침범하는 일을 서둘러서 행군을 지체하지 않은 때문에 참화가 여러 고을에 두루 미치지 않았지마는, 적병이 제 목적을 달성한 뒤에 우리 國內에 가득히 차게 된다면 그때에도 산골짜기가 과연 죽음을 도피할 만한 곳이 되겠는가. 이를 비유한다면 마치 큰 물결이 하늘까지 漲溢하듯이, 거센 불길이 들판을 태우듯이 될 것이니 가련한 우리의 많은 백성들은 다시 어느 곳에서 몸을 용납하겠는가. 산골짜기에서 나오지 않는다면 시일이 오래가서 식량이 떨어져 앉아서 깊은 산속에서 굶어 죽게 될 것이고, 산속에서 나온다면 父母나 妻子가 왜적에게 사로 잡혀 辱을 당할 것이며, 禮義를 지키는 士族은 짓밟혀 결단이 나게 될 것이다. 왜적에게 항복하면 영원히 梟獍[17]과 같은 종족이 될 것이고, 항복하지 않으면 모두가 왜적의 칼에 맞아 죽은 귀신이 될 것이니 이것이 어찌 지혜 있는 사람만이 알 수 있는 일이겠는가.

그러나 이것은 다만 利害와 生死만을 가지고 말한 것뿐이고, 그 위에 임금과 신하 사이의 큰 義理로서 이른바 사람이 지켜야 할 떳떳한 道理가 있는 것이다. 어찌 이 땅에서 생활하고 있는 사람으로서 주상께서 피난가고 국가가 장차 滅亡할 지경인 데도, 아무런 관심도 없이 태연히 그냥 보고만 있다면 그것은 천지의 큰 法則과 義理에 어떻게 되겠는가. 더구나 父母가 적병의 칼날에 죽게 되고 兄弟가 서로 보전하지 못하게 되어 제 家門의 禍變이 또한 위급한 처지인 데도, 자제된 사람들이 머리를 움켜쥐고 쥐처럼 숨고서 죽을 각오를 하고 같이 살아남기를 생각하지 않는다면 그것이 어찌 子息된 道理이겠는가.

지난 일을 생각해 보건데 嶺南地方은 본래 人才의 府庫(많이 저장된 곳)로 일컬어져 왔으며, 一千年의 國運을 유지한 新羅와 500년의 국운을 지탱한 高麗, 우리 조선의 200년 동안에도 忠臣·孝子의 忠義 節槪는 역사에 빛나고 있어, 아름다운 節義와 淳厚한 習俗은 우리나라에서 으뜸이 되었으니 이것은 진실로 士民들이 다 같이 알고 있는 바이다.

또 근년의 일로써 말하더라도 退溪·南冥 두 선생이 한 시대에 나란히 나서 道學을 倡明하여 人心을 純化시키고 倫紀를 바로잡는 일로써 자기의 任務로 삼았으니, 배우는 선비들이 두 선생의 교육에 感化되어 興起 敬仰하는 사람이 많았던 것이다. 이들이 평일에 많은 聖賢의 글을 읽었으니 이들의 自負가 어떠했겠는가. 그런데도 갑자기 倭變을 만나게 되자 다만 살기만을 구하고 죽기를 피하는 일을 서둘러서 스스로 君主를 버리고 어버이를 소홀히 하는 罪惡에 빠지게 된다면, 세상에 구차스럽게 살더라도 장차 어찌 다른 사람과 한 하늘 아래에서 같이 살 수가 있겠으며, 죽어서 地下에 들어가더라도 또한 우리 先賢

---

17) 올빼미[梟]와 獍은 모두 나쁜 짐승임. 梟는 나면서 어미를 잡아먹고, 경은 나면서 애비를 잡아먹는다고 함. 悖倫無道한 왜적을 지칭한 것.

(退溪·南冥)들을 뵈올 수가 있겠는가.

衣冠·禮樂을 가진 文化民族으로서 恥辱을 당할 수가 있겠으며, 斷髮·文身의 野蠻 風俗을 따를 수가 있겠는가. 200년을 지켜 내려온 宗社(국가)를 차마 왜적의 손에 넘겨줄 수가 있겠으며 수천리나 되는 江山을 차마 왜적의 巢窟로 버려 둘 수가 있겠는가. 文明한 나라가 변하여 오랑캐 나라가 되며, 인류가 변하여 禽獸가 될 것이니 이것을 참을 수가 있겠으며 이 짓을 할 수가 있겠는가……

이런 무지한 왜적은 얼마나 더러운 종류인데도, 그들에게 우리의 토지를 점거하고, 우리의 백성을 욕보이도록 맡겨 두고서, 이들을 몰아내고 이들을 베어 죽일 것을 생각하지 않고 있겠는가.

어떤 사람은 말하기를 '왜적의 兵卒은 勇敢한데 우리의 병졸은 겁을 잘 내고, 왜적의 무기는 銳利한데 우리의 무기는 무디니 비록 군사를 일으키더라도 일을 할 도리가 없을 것'이라고 하지만, 이것은 너무도 생각이 모자란 말이다.

옛날의 忠臣과 烈士는 일의 成敗로써 意志를 변경하거나 힘의 强弱으로써 氣勢를 좌절하지 않았다. 義理上 당연히 할 일이라면, 비록 백번 싸워서 백번 敗退하더라도 화살이 없는 활시위를 당기고, 시퍼런 칼날을 무릅쓰고서 강적과 맞서 싸워 만 번 죽어도 후회하지 않았다. 하물며 왜적은 비록 병력은 강하지마는 後援 없는 軍隊로서 우리 땅에 깊이 쳐들어 왔으니 이것은 전쟁에서 꺼리는 일을 범하고 있는데, 어찌 狼狽를 당하지 않고서 잘 돌아갈 수가 있겠는가?

우리 군졸이 비록 겁을 낸다고 하지마는 용감하고 겁내는 것이 어찌 늘 그렇겠는가. 忠義가 激發하면 弱卒도 强兵이 될 수가 있고, 적은 兵力으로도 많은 賊兵을 對敵할 수가 있을 것이니 이것은 다만 단시일에 대처할 수 있는 문제일 뿐이다.

현재 도망한 병졸이 山谷에 가득 차 있는데 처음에는 그들이 비록 몸을 빠져나와 살려고 도망했지마는 끝내는 한번 죽음을 면하기 어려운 줄을 알게 된다면 모두가 분발하여 나라를 위해 힘쓸 것을 생각하

고 있을 것인데, 다만 이 일을 先倡하는 사람이 없을 뿐이다. 이런 시
기를 당하여 한 사람의 義士라도 奮起하여 한번 큰소리로 외친다면 遠
近地方에서 많이 모여서 빨리 따라올 것이니 그 자리에서 計策을 세
울 수가 있을 것이다.

더구나 聖上께서는 自身을 責望하는 敎旨를 내리셨고, 보잘것없는
小臣(학봉 자기를 謙稱함)에게 招諭하는 책임을 맡기셨으니, 옛날 당
나라의 武夫·悍卒들도 오히려 興元의 詔書를[18] 보고는 감동하여 울
었던 일이 있었는데, 하물며 우리나라의 禮義를 숭상하는 선비들이야
어찌 팔을 걷어붙이고 義奮心을 일으켜 君主와 아버지의 위급함을 救
援하려고 戰場에 나오지 않겠는가?

내가 진실로 원하는 것은, 이 격문이 도착하는 날에 守令은 그 고을
백성을 曉諭하고, 邊將은 그 士卒을 激勵하고, 文官·武官이나 父老·
儒生 등 모든 사람들은 서로가 전달 告諭하여, 同志를 먼저 불러 모
아 忠義로써 團結하여 혹은 防備 施設을 만들어 지키기도 하고, 혹은
軍卒을 이끌고 싸움을 도우기도 하며, 富民은 柳車達처럼 곡식을 운
반하여 軍糧을 補給하고, 勇士는 元沖甲처럼 武器를 휘둘러 적병을
무찔러서, 집집마다 사람마다 각자가 싸우겠다는 각오로써 한꺼번에
똑같이 일어난다면 軍聲이 크게 떨쳐져서 義氣가 백배나 날 것이므
로, 괭이·곰방메·몽둥이 같은 기구로도 단단한 갑옷과 날카로운 무
기구실을 할 수가 있으니, 적병이 비록 長槍·大劍이 있더라도 우리가
무엇을 두려워할 것인가. 일이 성공한다면 나라의 羞恥를 완전히 씻
을 수가 있을 것이며, 성공하지 못하더라도 義로운 鬼神이 될 수가 있
을 것이니 諸君들은 힘쓰기를 바란다.

당직은 한 사람의 쓸모없는 儒士이므로 비록 군사관계의 사무에는

---

18) 興元은 唐나라 德宗의 연호. 叛賊 朱泚가 僭號稱帝하고 수도 長安을 침범하므
로, 덕종은 奉天縣(陝西省 乾縣)에 피란했는데, 興元 원년(784)에 피란했던 그곳
에서 자신을 罪責하는 詔書를 發布하여 장병들을 격려하니 渾瑊·李晟 등 諸將이
이 조서를 보고는 용기가 나서 적병을 敗退시키고 장안을 수복하였음.

배우지 못했지마는, 君臣의 大義에 대해서는 대강 듣고서 알고 있었
는데, 慶尙 一道가 뒤엎어진 뒤에 招諭하는 임무를 맡게 되었다.〈그
러므로〉祖國을 保存시킬 뜻은 간절하지마는 申包胥의[19] 忠誠은 본받
을 수가 없으며, 祖廟(玄元皇帝廟)에 통곡한 뒤 군병을 일으킨 張巡
의[20] 忠烈을 사모할 뿐이다. 그래도 義士들의 힘을 힘입어 기울어진
國家를 恢復[取日]시키는 功을 세우기를 바라고 있다. 朝廷의 賞格(賞
주는 格例)은 후면에 있으니 아울러 마땅히 잘 알아야 할 것이다.

 학봉이 이 초유문에서 특히 강조한 것은 우리 국토를 짓밟고 우리
민족을 屠戮하는 왜적을 우리가 어찌 좌시할 수 있으며, 의관 문물을
갖춘 우리 문화민족이 염치습속을 가진 오랑캐 왜적에게 어찌 굴복할
수가 있겠는가? 비록 무기의 우열과 군병의 강약은 있을지라도 잔학
무도한 왜적에 대한 적개심, 문화민족으로서의 긍지로써 왜적을 물리
치고 국토를 수호할 수 있는 결의를 표명하고 있다. 또 학봉은

---

19) 春秋時代 楚나라의 대부, 伍子胥가 吳나라 군사를 이끌고 초나라 수도 郢에 침입
  하니 申包胥는 秦나라에 가서 구원병을 청할 적에 7일 동안 음식을 먹지 않고 庭牆
  에 기대어 통곡하니 秦나라 哀公이 감동해서 구원병을 내어주므로 그 군사를 거느
  리고 돌아와 국난을 평정하였음. 우리나라에서는 임진란 때 陳奏使 鄭崑壽가 明나
  라에 들어가서 병부 상서 石星의 앞에 가서 3일 동안 통곡을 하니 석성이 감동하여
  구원병을 내어 보낸 일이 있었는데, 이때는 아직 명나라에 請兵使가 떠나지 않았
  기 때문에 학봉이 신포서의 충성을 본받을 수 없다고 했지마는, 청병문제가 결정
  된 후에는 학봉 자신이 신포서가 했던 일을 능히 실행할 수 있다고 여겨진다.
20) 唐나라 玄宗 때의 충신. 安祿山의 반란 때 그는 처음에 眞源令으로 있으면서
  吏民들을 인솔하고 玄元皇帝(唐王室의 시조)의 廟前에 나아가 통곡하고서 起兵하
  여 적병을 잘 방어하였으며, 나중에는 江·淮의 보장인 睢陽城을 끝까지 사수했으
  나 결국 糧盡力竭하여 성이 함락되니 親友 許遠과 함께 적에게 不屈 死節하였음.
  이때 학봉도 張巡과 같이 盡力殉國할 결심이 있었던 것임.

"왜적은 비록 병력은 강하지만 後援없는 軍隊로서 우리 땅에 깊이
쳐들어 왔으니 이것은 전쟁에서 꺼리는 일을 범하고 있는데, 어찌 狼
狽를 당하지 않고서 잘 돌아갈 수 있겠는가?"

라고 兵法에서 지극히 꺼리는 바를 왜적이 범하고 있음을 정확히 지
적하여, 왜의 군사전략상 致命的 虛點을 말하고, 종국에 왜가 敗退할
것임을 강조하였다.
또 영남지방의 유구한 忠義傳統과 淳厚한 습속에 대해서,

顧惟嶺南 素稱人才之府庫 一千年之新羅 五百載之高麗 及我朝二百
年之間 忠臣孝子 英聲義烈 輝映靑史 節義之美 習俗之厚 甲于東方 此
固士民之所共知也.

즉 嶺南地方은 人材의 集積地로서 신라·고려를 거쳐 조선왕조에 이
르기까지 1700백년 동안 忠義의 英名이 역사상에 빛나고, 아름다운
절의와 순후한 습속이 우리나라에서 으뜸이 된 것은 진실로 사민들이
다 같이 알고 있는 사실이라고 했다.

이 말은 학봉이 영남출신이기 때문에 자기 지역을 과찬한 것이 아
님은, 다음에 인용한 임진년 7월에 선조가 경상도 사민에게 내린 敎
書의 한 구절이 이를 증명하고 있다.

本道人民信厚 素多忠義 爾多士 苟相奮勵 則未必不爲恢復之根柢也
(『宣祖修正實錄』 卷26, 25年 8月條).

경상도의 인민은 信實 淳厚하여 본디부터 忠臣과 義士들이 많았으
니, 그대들 많은 義士들이 서로 분발하여 힘쓴다면 반드시 국가를 恢

復할 수 있는 기초가 될 것이다.

또 뒤이어 退溪·南冥 양선생의 道學思想과 節義精神을 훈도 전수
한 이 지방 儒士들에게 민중의 선두에 서서 토적구국할 것을 호소 촉
구하고 있는데, 그 문장이 마음속에서 우러나왔기 때문에 붓에 먹을
여러 번 묻힐 여가도 없이 단시간에 작성되었던 것이며,21) 그 내용은
충의가 분발하여 여러 사람들을 감동시켰던 것이다.22) 이런 이유로
그 당시에 의병을 일으킨 領導者(義兵將)는 대부분 퇴계·남명 양선생
의 門徒들이었다.23)

이때는 이미 경상우도에서는 의병을 먼저 일으킨 사람도 있었
고,24) 대부분 의병을 일으킬 준비를 하고 있었는데, 학봉의 이 초유
문을 보게 되자 모두가 고무 격려되어 토적구국의 전열에 일제히 勇
躍參加하였으니, 이로부터 경상도의 官·義兵은 모두 학봉의 영도하
에서 본격적으로 활동하게 된 것이다.

1) 경상우도의 殘敗現狀

경상우도의 잔패현상은 임진년 6월 28일에 학봉이 선조에게 올린
啓辭에 의거하면 대개 다음과 같다.

---

21) 『龍蛇日記』, "公立草檄文 文從肝膈中流出 筆不暇濡"
22) 『宣祖實錄』卷60, 28년 2월 己酉條, "……鄭經世曰……倡義督戰 無如誠一者 觀
其招募檄書 忠義奮發 令人感動矣"
23) 金誠一·金沔·金玏·吳澐·曺好益(江東에서 起兵) 등은 모두 퇴계의 문인이고,
鄭仁弘·郭再祐·趙宗道·李魯·李瀞·李大期·郭赳 등은 모두 남명의 문인이다.
24) 의병장 곽재우는 4월 24일 의령에서 맨 먼저 의병을 일으켰다.

경상우도는 陷敗된 후에 군졸들이 四散崩壞했을 뿐만이 아니고, 人民들도 모두 山林으로 들어가서 짐승처럼 숨어있었기 때문에 募兵에 어려운 점이 많았으며, 사변이 발발한 초기에 도내의 병사·수사·방어사·조방장 등이 각 고을의 武器를 운반하여 對戰하던 장소에 모아 두었는데, 패전 도망 할 때에 혹은 물에 던지거나 불에 태우기도 하고, 혹은 중로에 내버려서 무기가 전연 없어졌으며, 倉穀도 수령들이 적병이 이르기도 전에 먼저 겁을 내어 창고를 불태우고 백성에게 훔쳐 먹도록 한 때문에 軍糧이 전연 없어졌으니, 의병이 일어나더라도 무기와 군량이 모두 없어졌으므로 매우 痛悶한 실정이었다.

또 거제현령 金俊民과 함안군수 柳崇仁 등은 자기 경내를 死守하고 있었는데도, 순찰사 金睟가 勤王한다는 이유로서 이들을 불러갔기 때문에 그 지방의 군민이 潰散하여 왜적이 城中에 들어가서 占據하고 있었으며,

대개 경상도는 순찰사 김수가 근왕을 핑계하고서 상경한 후로, 兵使는 軍士가 없고, 水使는 水營을 버렸기 때문에, 남은 고을은 다만 거창·안음·함양·산음·단성·진주·사천·곤양·하동·합천·삼가 등 右道 西部의 十餘邑 뿐인데, 이런 고을에서도 인민들은 모두 심산에 들어가 숨고, 다만 空城만이 남이 있을 뿐이니, 비록 수령과 假將(임시장수)이 있더라도 號令이 행하지 않아서 병졸을 징발하여 응원할 계책이 없으므로, 며칠 안에 모두 왜적의 근거지가 될 것이니 애통하고 절박한 정상은 차마 말할 수 없는 실정이었다.(『宣祖實錄』 卷27, 25年 6月 丙辰條)

2) 학봉의 召募方案

학봉은 趙宗道·李魯 두 사람을 시켜 각 읍에 招諭文을 보내어 명망이 있어 衆人이 신복할 만한 사람을 가려 각읍의 召募官으로 임명하고 그들에게 권려하여 군졸을 징발하였으니, 이때 고령에 거주하던

전좌랑 金沔은 거창에서 起兵하고, 합천에 거주하던 전장령 鄭仁弘은 합천에서 기병했는데, 그의 동지인 전군수 곽율, 전좌랑 朴惺, 유학 權濂 등은 鄕兵을 소집하여 따르는 사람이 매우 많았다.

학봉은 김면과 정인홍을 의병대장으로 임명하여 이들 의병을 통솔하도록 하고, 또 수령이 없는 곳에는 忠勤 純實한 사람을 가려서 假守(임시군수)로 임명하고, 용감하고 재략이 있는 사람은 假將으로 임명하니, 그제야 고을에는 郡守가 있게 되고, 군대에는 主將이 있게 되어, 원근 지방에서 서로 호응하여 점차 회복될 형세가 있게 되었다. (『鶴峯集』 附錄 卷1, 「年譜」)

의병장 郭再祐는 의령 출신인데, 소시 때부터 무술을 익혔으며, 가산도 부유하였다. 왜변이 발발하자 맨 처음(4월 24일) 家財를 흩어 군졸을 모집하니 수하에 장사들이 많이 모여들었다. 재우는 버려둔 稅米를 취하기도 하고, 혹은 수령이 없는 고을의 倉穀을 내어 군량으로 충당하면서 왜적토벌의 준비를 하고 있었다. 초계현의 空城에 들어가서 무기와 군량을 취하니 합천군수 田見龍이 재우를 土賊으로 의심하여 감사·병사에게 보고하므로, 감사·병사는 이 말을 믿고서 공문을 보내어 체포하려고 하였다. 재우의 군사들은 意氣가 沮喪하여 장차 흩어져 가려고 하니, 재우는 일을 할 수 없음을 알고서 장차 지리산으로 들어가려고 하는데, 학봉이 함양에 이르러 비로소 재우의 일을 듣고는 즉시 공문을 보내어 부르니 며칠 후에 재우가 단성현에 와서 학봉과 만나게 되었다. 학봉은 재우와 더불어 담론하고는 그를 격려하므로 재우는 感動 奮發하여 다시 병졸을 모아 擧事하니, 감사와 수령이 감히 沮害할 수가 없게 되어 軍勢가 재차 떨치게 되었다.

(1) 晉州城 守備의 중요성

학봉은 함양에서 산음(산청)·단성을 거쳐 진주에 이르렀는데, 이때 목사 李璥과 판관 金時敏은 도망해 智異山에 숨어 있다가 학봉이 도착한 소식을 듣고서 나와 기다리고 있었다.(이경은 病死). 학봉은 즉시 判官을 督勵하여 軍兵을 수집하고 武器를 수선하여 진주성을 守備할 계획을 세웠는데, 학봉은 선조에게 올린 啓辭에서 진주성 수비의 중요성과 조치에 대하여 다음과 같이 말하고 있다.

　晉州는 南方의 巨鎭으로서 영남·호남 양도의 要衝에 있으니, 만약 진주를 지키지 못한다면 보존된 嶺右와 西部 일대의 고을도 단시일에 土崩瓦解의 형세가 되어 보전하지 못할 뿐 아니라, 왜적은 반드시 湖南까지 침범하게 될 것입니다. 진주성은 마치 당나라 때 睢陽城이 江淮地方의 保障이 된 것처럼 오늘날 영·호 兩道의 保障이 되었으니 이곳은 반드시 수비해야 할 지역입니다. 그런데도 경상도내는 지금 監司의 근왕병 소집으로 도내가 텅 비어 있으며, 진주의 精兵도 이미 감사·병사의 召集에 응하여 가다가 모두 무너져 山谷으로 들어가 버렸으며, 나머지 守城하는 군병이 천여 명인데 활쏘는 牙兵은 겨우 6,70명 뿐입니다. 臣이 本州(晉州)에 留屯하여 軍兵을 감독 조치하여 이 진주성을 굳게 지켜, 湖南과 內陸 지방을 방비할 計策을 세우려고 합니다. 臣이 편의에 따라 진을 버리고 달아난 수령·변장 등에게는 功을 세워 나라를 위하여 진력하도록 하고서, 이미 자수한 가덕첨사 田應麟과 고성현령 金絢에게는 의병장 郭再祐와 함께 의령의 鼎巖津을 把守하도록 하고, 權管 朱大淸 등에게는 판관 金時敏과 더불어 진주성을 지키도록 조치하였습니다.

(2) 軍令 確立의 강조

학봉은 그 당시 解弛한 軍令에 대해서는 위의 啓辭에서 다음과 같이 말하고 있다.

　　臣의 소견으로는 左水使 朴泓은 적병과 접전해 보지도 않고서 맨 먼
저 성을 버리고 도망했으며, 左兵使 李珏도 잇달아 동래로 도망했으
며, 右兵使 曺大坤은 노쇠 광겁하여 시종 退縮하였으며, 右水使 元均
은 水營을 불태우고 바다로 내려와 제가 탄 배 1척만 보존하고 있으
며, 밀양부사 朴晉은 창고·무기를 불태우고 도주했습니다. 兵使와 水
使는 一道의 主將인데도 그들의 하는 짓이 이와 같았으니 그 아래에
있는 장졸들이 어찌 도망하여 흩어지지 않겠습니까.
　　海中의 여러 고을에서는 왜적의 배를 바라보고는 한꺼번에 무너져
달아나 陸地로 나와서 將帥는 逃走하는 것을 上策으로 여기고, 守令
은 守城하는 것을 死地로 여겼기 때문에, 왜적은 접전도 하지 않고서
파죽지세로 진격하여 수십일 동안에 벌써 서울에 침입하게 되었으니,
예로부터 외적이 남의 國都를 쉽사리 陷落시킨 것이 오늘날과 같은
적은 없었습니다.
　　軍法이 만약 엄중하여 패군한 사람, 逗溜한 사람, 棄城한 사람들은
모두 반드시 죽이고, 사변이 발생한 후에 장수된 사람도 능히 軍法을
시행하여 犯罪한 군졸을 즉시 斬首하였더라면, 사람마다 退却하면 반
드시 죽임을 당할 것을 알게 될 것이니 어찌 오늘날처럼 粉潰하는 지
경에까지 이르겠습니까. 將帥와 守令을 처벌하지 않고서 도망한 軍卒
을 처벌하는 것은 枝葉的인 처사에 불과합니다.[25]

　학봉은 이 계사에서 晉州城 守備의 중요성과 軍令의 엄중한 施行을
강조하고 있으며, 맨 끝에서는 근래 賦役이 煩重하고 刑罰이 苛酷하
기 때문에 군민의 怨氣가 滿腹하고 있으니, 지금 관대한 명령을 내려
平亂된 후에는 군민에게 해독이 되는 모든 악법을 제거한다는, 백성

---

25) 『宣祖實錄』 卷27, 25년 6월 丙辰條.

들에게 弊政改革의 확고한 의지를 보인다면 민심이 感悅되어 단시일에 왜적을 討滅할 수 있을 것임을 말하고 있다.

이때 군대에 紀律이 없어 聚散이 무상하기 때문에, 학봉은 군령의 科條를 정하여 列邑에 傳令하였으니, 즉 군졸 10명이 도망하면 統將을 斬刑에 처하고, 통장이 도망하면 都訓導를 斬刑에 처하고, 一軍이 다 도망하면 領將을 斬刑에 처한다는 내용이었다. 이로부터 軍情이 두려워하여 감히 도망하지 못하였다. 학봉은 또 幕佐인 趙宗道를 단성·산음·함양에, 李魯를 삼가·의령·합천에 나누어 보내어 軍隊를 檢閱하도록 하였다.

6월에 학봉은 진주에서 삼가를 거쳐 거창으로 가서 金沔 등 諸將을 督戰하고, 의병장 李瀞을 함안으로 보내어 軍兵을 收集하고 軍糧을 모으도록 하였다. 거창에서 합천으로 돌아와 정인홍 등 제장을 독전하였다.

영산·창녕·현풍의 假將·別將·召募官을 差定하고, 檄書를 지어 사민들에게 開諭하였다. 이때 영남의 길이 中分되어 江左(左道)가 텅 비게 되어 왜적이 마음대로 剽掠하니, 士族들은 모두 가야산으로 숨고 남아 있는 吏民들은 왜적에게 服役하고 있었다. 학봉은 이런 사태를 보고서 탄식하기를,

> 左道의 內地는 그만두고라도, 洛東江을 사이에 둔 세 고을(영산·창녕·현풍)을 내버릴 수가 있겠는가.

하고는, 그 고을 사람을 뽑아서 가장·별장·소모관으로 임명하고, 이내 檄書를 지어 忠義로써 勉勵하니 사민들로 附賊한 자가 서로 뉘우치고 두려워하여 앞을 다투어 募兵에 응하였다. 또 列邑에 '善惡簿'를

비치하여 討賊한 자는 善籍에 기록하고, 附賊한 자는 惡籍에 기록하
도록 하니, 이에 附賊한 자가 왜적의 首級을 다투어 가지고 와서 전일
의 죄를 贖罪하기를 원하였다.

　7월에 창원을 점거한 적병이 진주를 침범한다는 말을 듣고서, 학봉
은 거창에서 빨리 달려와 단성에 이르러 함양 등지의 여러 고을 병졸을
동원하여 赴戰하니 적병은 南江까지 왔으나 감히 가까이 오지 못하였
다. 학봉이 잇달아 진주에 도착하게 되고, 金時敏·郭再祐 등 諸將이
학봉의 명령을 잘 따르게 되니 왜적은 밤에 도망하였으므로, 마침내
적병에게 占據된 사천·진해·고성 등 세 고을을 收復하게 되었다.

　또 郭再祐를 보내어 현풍·창녕·영산 세 고을의 적병을 進討시켰
다. 이에 세 고을의 적병이 모두 물러가고, 金沔·鄭仁弘 두 將帥와
초계의 全致遠·李大期 등이 낙동강 연안의 적병들을 擊逐하여 茂溪津
에서 鼎巖津에 이르기까지 적병이 함부로 들어오지 못하니, 洛東江
左·右가 비로소 通하게 되었다.

4. 官·義兵의 牽制 相剋과 학봉의 領導力

　이때 각지에서 기병한 義兵將이 지방의 閫帥(監司·兵使)들과 서로 牽
制·猜剋하는 일이 발생했는데, 그들의 대립 상극하는 원인에 대해서는
右參贊 成渾의 上疏[26)]에 구체적으로 논술되어 있다. 이를 요약하면,

　　첫째 義兵은 관의 지시를 받지 않는 독립된 民間 義勇軍이고, 官軍
　　은 관에서 징발하여 元帥의 통제하에 있는 군대이기 때문에 그 性格

---

26) 『宣祖修正實錄』卷26, 25년 12월조.

이 다른 점이고, 둘째 義兵은 鄕里 親舊關係를 유대로 굳게 단결하였
으므로, 愛鄕心을 발휘하여 용감히 싸우게 되며, 官軍은 병졸이 평소
에 苛斂誅求에 시달려 그 상관을 怨望하고 있으므로, 적과 싸우지 않
고 곧 달아나기 때문에, 그 活動面에서 對立相을 나타내고 있으며, 셋
째 즉 창의소모한 義兵將은 대부분 讀書守義한 儒生들로서 그들은 모
두 忘身殉國하려는 기백과 정신의 소유자이고, 관군의 장인 帥臣(감
사 · 병사)은 대개 無能 惛㥘하여 국사에 盡力하지 않고 있으므로, 그
들의 가진 氣尙이 판이한 것이다.

즉 이러한 性格 · 活動面 · 氣尙이 서로 다른 의병장과 관군장은 서로
견제 시극하여 통합할 수가 없음을 말하고 있다.

이때 이와 같은 실상이 각 지방에서 일어나고 있었는데 그 중 대표
적인 것을 다음에 거론하기로 한다.

1) 湖西 義兵將 趙憲과 帥臣과의 관계

의병장 趙憲은 임진년 8월에 청주성을 收復하였다. 이보다 먼저 조
헌은 수십명의 동지들을 규합하여 공주 · 청주 사이를 왕래하면서 丁
壯들을 김募하니 순찰사와 수령들은 관군에게 불리하다고 여겨 갖은
방법으로 이를 沮止 방해하였으며, 청양현감 任純이 병졸 백여 명을
보내어 조헌을 도우니 순찰사 尹國馨은 자기 지령을 어겼다는 이유로
써 임순을 囚繫治罪하므로 조헌이 서신을 보내어 윤국형을 책망하기
도 하였다.

조헌은 이 때문에 충청우도로 가서 병졸 1천 6백 명을 모집하고,
공주목사 許頊과 義僧將 靈圭와 합세하여 청주 서문에 진격하여 적군
을 물리치고 입성했으나, 防禦使 李沃이 와서 '이곳은 적병이 다시 점
거할 것이므로, 머물러 있을 수 없다.'고 하면서 倉穀을 불태워 버렸

으므로 조헌의 군사는 먹을 것이 없었다. 조헌은 하는 수 없이 군대를 분산시키고 다시 모여 북상하도록 지시하였다.

조헌이 다시 병졸을 모아 북상하여 온양에 이르니 순찰사 윤국형이 幕下士 張德益을 시켜 조헌을 달래기를 '금산의 적병이 高招討(高敬命)가 패전한 후에는 더욱 기세가 창궐하여 장차 兩湖(전라·충청)까지 침범할 형세가 있으니 금산의 적병을 먼저 토벌한 후에 합력하여 근왕하는 것 보다 못할 것이다.'라 하였고, 조헌의 장사들도 또한 순찰사와 화해하고 먼저 금산적병을 토벌하기를 권하므로 조헌은 이에 공주로 돌아왔는데, 순찰사는 다만 조헌의 勤王 北行하는 일만 저지했을 뿐이고 또 그의 군사계획까지 방해하였으므로 사졸이 점차 흩어져서 600명의 의사만 남아 있을 뿐이었다.

즉 이러한 이유로 조헌은 僧將 靈圭와 함께 700명의 義士만 인솔하고 錦山의 왜적을 치다가 衆寡不敵으로 결국 全員이 장렬한 戰死를 하고 말았다.[27]

그 당시 義兵將 趙憲과 帥臣(巡察使)과의 견제 상극하는 실정은 다음의 기사가 설명하고 있다. 『重峯集』 卷8, 「起兵後疏」에서,

……金晬則殘虐於嶺南 以積一道之怨 賊至則先自退縮 民莫有敢格
以至舉國被禍 徐禮元名爲勇將 而賊向金海 先自驚退 未聞發一矢却敵
以至一道摧陷 李洸不急君父之憂 初領湖南之衆 至公州而前却 繼爲勤
王之行 到振威而遲遇 以致三道兵散 永難收拾……恝視國亂 全軀債師
若此巨罪 汔保首領……繼斫晬·洸·禮元之首 懸之漢江南邊 則華夷之
人 心有聳動聽聞……

---

27) 『宣祖修正實錄』卷27, 25년 7월조, 8월조.

즉 경상감사 金睟·전라감사 李洸·김해부사 徐禮元 등은 적병을 막
아 지키지 않고 먼저 도망을 했던 까닭에 온 나라가 화란을 당하도록
했으니 그들의 머리를 잘라 漢江南邊에 매달아야만 중국과 우리나라
사람들이 반드시 정신을 차리게 될 것이라는 것이다.

또 조헌 등 義兵將에게 帥臣이 견제 협력하지 않은 사례를 다음의
기사에서도 살펴볼 수 있다.

司諫院啓曰 全羅道防御使郭嶸 自變生以後 每以逗遛爲得計 無一番
勇往力戰之勢……至於高敬命之戰死也 約會而不赴 趙憲之戰死也 聞急
而不援 南方之人 莫不痛惋 欲食其肉……28)

즉 전라도 방어사 郭嶸은 高敬命과 趙憲을 원조하지 않아서 그들을
戰死하도록 했기 때문에 남방 사람들이 모두 몹시 한탄하면서 곽영을
잡아먹고자 한다는 것이다.

이와 같이 의병장 조헌은 그 당시 帥臣들의 退縮 敗軍한 죄상을 거
론하면서 그들의 처형을 조정에 上疏 촉구하고 있었던 반면에, 다음
에 거론할 의병장 곽재우는 경상감사 김수의 퇴축 패군한 죄상을 열
거하고는, 자신이 직접 擧兵 斬殺하려는 행동을 취하고 있었다.

2) 慶尙義兵將 郭再祐와 監司 金睟와의 상극

의병장 곽재우는 임진년 4월 24일에 의령에서 의병을 일으켜 왜적
을 토벌했으니, 뒤에 호남의 金千鎰 등이 비록 의병을 먼저 일으켰다
는 "倡義使"란 칭호를 받았지마는, 사실 전국에서 맨 처음 의병을 일

---

28) 『宣祖實錄』 卷33, 25년 12月朔 丁亥條.

으킨 사람은 재우였으며, 왜적이 의령의 정암진을 건너서 호남지방으로 전진하지 못한 것도 곧 재우의 공로였다.29)

처음에 경상감사 金睟는 자신은 적병을 피하여 싸우지도 않고, 다만 열읍에 공문을 보내 의병장에게 예속된 군병을 많이 빼앗아 가니 의병들이 潰散 분열하여 衆人들이 크게 분노하였다. 再祐가 격문을 보내 그를 베어 죽이려 하므로, 학봉이 재우에게 서신을 보내어 開諭하니 재우는 感悟하여 이 일을 중지하고 뒤에 군병을 이끌고 와서 晉州城의 포위를 구원했다.

이때에 김수가 근왕한다는 핑계로서 용인까지 갔다가 패전하고 돌아오니 중인의 분노가 한꺼번에 폭발하였다. 재우는 분연히 金睟의 罪狀 8條目을 열거하여 그를 베어 죽여야 한다면서 김수에게 다음과 같은 격문을 전송하였다.

> 夫使民心離散者 金睟也 金睟再爲此道監司 苛政甚於猛虎 聖澤壅而
> 不下土崩之形 已見於無事之前 及其寇來 身先退竄 使一道之守將 一未
> 嘗交兵相戰 開城門 納大賊 若喜夫倭賊之滅我國者然 金睟之罪 擢髮而
> 誅之 猶不足以厭人心……汝若知臣子之分 則使汝軍官 斬汝之首 以謝
> 天下後世 如其不然 我將斬汝頭 以洩神人之憤……30)

즉 김수는 재차 경상감사로 부임하여 학정을 행하여 民心을 離叛시켰으며, 뒤에 적군이 쳐들어오자 자신이 먼저 도망하여 한번 교전하지도 않고서 적군을 맞아들였으니 김수의 죄상은 낱낱이 들추어내어 목 베어 죽여도 人心을 만족시킬 수 없다고 극언하고, 중간에 김수의

---

29) 『宣祖實錄』卷27, 25년 6월 丙辰條 中間小註, "再祐於四月二十四日 起兵討賊 金千鎰等後雖以倡義使爲名 而最先起兵者 實再祐也 賊之不敢越鼎嚴而向湖南 乃 再祐之功也"

30) 『忘憂集』卷1, 「倡義時自明疏」.

죄상 8조목을 거론하고는, 끝에 가서 네가 臣子의 本分을 안다면 네 군관을 시켜 네 머리를 베어서 천하·후세에 謝罪해야 할 것이고, 그렇지 않는다면 내가 곧 네 머리를 베어 神·人의 憤怒를 풀어야겠다는 것이다.

이 격문을 받은 김수는 매우 두려워하여 어쩔 줄을 모르다가 군대를 배치하여 자위책을 강구하고는, 시급히 조정에 '재우의 하는 일이 逆賊과 같다.'는 啓辭를 올렸다. 이때 비변사의 여러 관원들도 재우의 심사를 모르기 때문에 그를 의심하고 있었으니 이때 곽재우와 김수의 상극 상황이 一觸卽發의 위기에 놓여 있었던 것은 다음의 기사로써 넉넉히 推察할 수가 있겠다.

　　……上曰 郭再祐有欲殺金睟之意 無乃恃其兵勢 而欲殺之耶 柳根曰 再祐通文于金睟禰神曰 汝不殺金睟 則我當擧兵殺之云 上曰 金睟不可 遞差 而郭再祐亦不可譴責 何以爲之乎 斗壽曰 使金誠一 開諭禍福爲可 上曰 金睟想必勢急 故 其啓本曰 臣之生死 在於旬月之間云……31)

즉 선조는 곽재우가 김수를 죽이려고 하는 것은 그 兵勢를 믿고서 행동하려는 것이 아닌가 하고 의심하면서 김수도 遞差시킬 수가 없고, 곽재우도 譴責할 수가 없으니 윤두수의 건의를 받아들여, 김성일로 하여금 禍福을 開諭하여 사태를 收拾하도록 하고, 김수의 계사에 '신의 생사가 단시일에 달려 있다.'는 말을 하면서 김수의 형세가 想必 危急한 것을 인정하고 있었다.

맹자의 말씀에 "天時가 地利만 못하고, 地利가 人和만 못하다."32)

31) 『宣祖實錄』卷29, 25년 8월 甲午條.
32) 『孟子』卷4, 公孫丑 下篇에 있는 말인데, 天時는 시일의 干支·孤虛·王相의 等

고 했는데, 이 말은 전쟁에 있어 民心을 얻는 일이 가장 중요함을 의미한다. 하물며 이때 의병장 곽재우와 감사 김수의 대립 상극은 왜적과 對戰하는 상황에서 의병과 관군의 統率者가 敵前分裂을 하는 실정이므로 國事가 낭패될 것은 明若觀火한 일이다.

이에 학봉은 곽재우와 김수에게 서신을 보내어 서로가 화해하기를 강력히 권고하였으니 이때 학봉이 재우를 강력히 말리지 않았다면 김수는 죽음을 면하지 못했을 것이다.

한편 학봉은 朝廷에서 김수의 말만 듣고 재우의 心事는 살피지 않고서 悖逆의 誅刑을 가한다면 一道의 人心을 잃을 것을 염려하여 즉시 계사를 올려 곽재우를 申救했는데, 그 啓辭의 개요는 다음과 같다.

郭再祐는 일개 사민으로서 道主(監司)를 犯하려고 격문을 보내어 죄상을 성토했으니 그 자신은 나라를 위하여 분개했다고 하지마는 행동은 亂民에 관계됩니다. 재우는 온 나라가 함몰된 뒤에 능히 孤軍을 일으켜 분발하여 왜적을 쳐서 도내의 잔민들이 그를 依支하여 干城으로 여기고 있는데, 지금 亂言한 죄로써 곧 그를 죽인다면 왜적을 막아낼 計策도 없고 軍民들도 실망하여 한꺼번에 潰散될 것입니다. 臣이 사태를 수습하기 위하여 재우에게 재삼 戒勅했더니 이미 명령을 따르고 있는데, 이 일 때문에 순찰사(김수)에게 득죄하여 형세가 서로 용납할 수가 없기에, 臣이 또 김수에게 서신을 보내어 재우를 잘 대우하도록 하였으니 근심할 만한 變故는 없을 듯합니다. 다만 김수가 재우를 叛賊으로써 이미 啓聞하였고, 또 타인이 指嗾한 것으로서 말을 하고 있으니, 이 같은 일로써 誅刑을 가한다면 그가 服罪하지 않을 뿐 아니라, 一道의 人心을 수습할 수 없을 것입니다. 그의 忠義가 奮發하여

___
屬을 이름이고, 地利는 산천의 險阻와 城池의 견고를 이름이고, 人和는 민심의 화합을 이름임.

용기를 내어 왜적을 討伐한 形狀은 一道에 널리 나타나서, 兒童과 走卒이 모두 郭將軍을 일컫고 있으니, 狂妄에 대한 誅罰을 용서해 주신다면 반드시 成效가 있을 것입니다.[33]

이때 行朝에서는 김수의 장계를 보고서 처치를 어렵게 여기고 있었는데, 김학봉의 狀啓를 보고서는 그제야 의심이 확 풀려서 즉시 김수를 불러 영남으로 돌아가게 하니 人心이 크게 服從하게 되었다.

이와 같이 영남의 의병장 곽재우와 감사 김수의 對立 相剋했던 危機는 학봉의 영도력에 의해서 완전히 和解되었는데, 이것을 타도의 의병장과 수신이 상호 견제 불화했던 사실과 비교하면, 영남에서는 학봉과 같은 官·義兵을 統率 領導한 분이 있어[34] 사태를 잘 수습했기 때문에 郭再祐(義兵將)·金時敏(官軍將) 등이 상호 협력하여 왜적을 무찌르고 성공할 수 있었던 반면에, 다른 도에서는 그 당시에 관·의병을 영도할 수 있는 중추적 인물이 없었기 때문에 의병장 高敬命·

33)『宣祖修正實錄』卷26, 26년 6月朔 己丑條.
34)『宣祖實錄』卷32, 25년 11월 辛巳條, "시 判尹金睟 以慶尙監司 遞來入朝……上
日 賊兵幾何 睟日 以臣意料之 可二十餘萬矣 本道民心 頗異於初 皆欲擒賊 而曩日
附賊者 亦皆見戮矣 上日 兩湖兵力 可以抗賊乎 湖南之兵 雖稍似精强 而曾於金山
敗衄之後 遂生怯怯 仍致龍仁之敗 不足恃也……上日 湖南無據險之處耶 睟日 茂朱
有險阨處 阿其拔都所不能入 而人心散 則金湯無益也……上日 嶺南義兵 各守其邑
而已乎 睟日 嶺南則不然 有統領 或與賊戰 或把截要害矣"
즉 이때 漢城判尹에 체임된 전직 경상감사 김수가 선조의 적세에 관한 下問에
대답하기를 '적병은 20여 만 명이나 되지만, 경상도의 인심은 亂初와는 많이 달라
져서 모두가 賊兵을 사로잡으려 하고 있으며, 호남의 병졸은 조금 精强한 듯하지
만 金山에서 패전한 후에는 적병을 두려워하여 마침내 龍仁에서도 패전하게 되었
으며, 호남에는 茂朱와 같은 험준한 곳이 있지마는 인심이 離散되었으니 견고한
방비도 소용이 없을 것이며, 다른 곳의 의병은 각기 所居邑만 지키고 있지마는,
영남 지방은 그렇지 않아서 의병의 통솔자가 있기 때문에 서로 협력하여 적병과
싸우기도 하고, 요해지도 把守한다'고 하였다.

趙憲 등은 起兵 즉후에 모두 敗死하고 성공하지 못했던 것이라[35] 여겨진다.

의병장 곽재우는 현풍·창녕 사이에 있던 왜병을 연달아 물리치니 적병이 진을 걷어 도망하였다. 진주판관 김시민은 사천현감 鄭得悅 등과 합세하여 현풍·고성·진해의 적병을 쳐서 물리치고 沿路의 列邑을 수복하였다.

朝廷에서 의병장 鄭仁弘은 濟用監正으로, 金沔은 陜川郡守로, 朴惺은 工曹佐郞으로, 郭再祐는 幽谷察訪으로 제수하여 그들의 戰功을 表獎하고, 判官 金時敏을 발탁하여 晉州 牧使로 임명하였다. 시민이 진주를 안정시키고 나가 싸워서 여러 번 이기니 金山郡(김천) 이하에 留屯한 적병이 모두 도망하였다. 시민이 진주에 돌아와서 굳게 지킬 계책을 세우고 있었다.[36]

이 당시의 戰勢에 대하여 史官은 다음과 같이 기록하고 있다.

時 李舜臣 以舟帥據西海口 金誠一等 守晉州關要 賊由金山路 入湖界 屢見挫傷 還從來路退歸 湖西亦免淪陷 國家賴此二道 以濟軍興 一時將士防守之功 亦居多矣.[37]

이때 李舜臣은 水軍을 거느리고서 西海의 入口를 지키고 있었으며, 金誠一 등은 晉州의 關門을 지키고 있었으니, 賊兵은 金山郡을 경유

---

35) 高敬命은 錦山의 왜적을 공격할 때 방어사 郭嶸 등 관군이 적극적으로 협조하지 않았기 때문에 敗死했던 것이며, 趙憲도 전라감사 權慄과 충청감사 許頊이 동시 진격하기로 약속했다가 또한 연기했으며, 僧兵 靈圭가 관군의 후원을 기다려 진격할 것을 固爭했으나 조헌이 듣지 않고서 孤軍獨進하다가 敗死하였으니 이런 일들은 모두가 의병과 관군을 통솔 지휘하는 중추적인 인물이 없었기 때문이다.

36) 『宣祖修正實錄』 卷26, 25년 8月朔 戊子條.

37) 『宣祖修正實錄』 卷26, 25년 8月朔 戊子條.

하여 湖南의 경계로 침입하려다가 여러 번 좌절되어, 왔던 길을 도로 따라 물러났으므로 湖西(忠淸道)도 또한 적군에게 함몰되지 않게 되었다. 國家에서는 이 二道(慶尙·全羅)의 防禦에 힘입어 軍用物資를 供給하게 되었으니 그때 將士들의 防守한 功勞가 또한 컸던 것이다.

이것은 진주성 방어 보전이 임란 전체 전황에 미친 치명적인 전략적 중요성을 말한 것이다.

이때 左道 영천의 鄭世雅·曺希益·郭懷瑾 등 60여 명이 학봉에게 切除(統率·指揮)받기를 自願하고, 또 守將들이 산곡에 도망해 숨어 있다가 이제 와서 나타나 의병을 沮抑하고 있는 실상을 陳情하므로, 학봉은 이들을 慰諭하고는, 전훈련원봉사 權應銖를 義兵大將으로 임명하고, 각 읍마다 의병장을 差定하여 권응수의 지휘를 받도록 하니 應銖가 感激 奮勵하여 여러 고을의 병졸을 영솔하고서 마침내 영천을 수복하게 되었다.

또 전검열 鄭經世·전찰방 權景虎·사인 申譚을 상주·함창·문경의 召募官으로 差任하였다.

이 해 6월에 조정에서 경상도를 나누어 좌·우 감사를 설치하고서 李聖任을 右道巡察使로, 金誠一을 左道巡察使로 임명했으니, 대개 영남은 지역이 넓어서 적병이 중로에서 진영을 연해 설치하여 좌도와 우도가 소식이 서로 통하지 않았기 때문이었다. 조금 뒤에 右道의 士民들이 조정에 上疏하여 김성일을 우도에 종전대로 두기를 청하니 이에 誠一을 右監司로, 영해부사 韓孝純을 左監司로 임명하고, 뒤이어 경상감사 金睟를 漢城府判尹으로 임명하였다.[38]

38) 『宣祖修正實錄』 卷26, 25년 6月朔 己丑條.

5. 觀察使로서의 학봉의 治績

학봉은 左監司의 임명을 받고 좌도로 가다가 도중에 右監司의 임명을 받고는 낙동강을 건너 도로 돌아오니 趙宗道·李魯·吳長 등이 士民들을 거느리고 나와서 서로 축하하기를 "우리 公께서 다시 왔으니 우리들이 蘇生하게 되었고, 國家의 恢復을 기필할 수가 있겠다."고 하였다.

이때 좌·우도의 수령이 결원이 많았는데, 학봉은 조정의 명령에 따라 鄭起龍을 상주판관으로, 金俊民을 거제현령으로, 姜德龍을 함창현감으로, 朴思齊를 의령현감으로, 朴廷琬을 거창현감으로, 卞渾을 문경현감으로, 呂大老를 지례현감으로, 李瀞을 사근찰방으로, 鄭仁弘을 성주목사로 임명하여 보내고 조정에 계문하였는데, 守令의 布置 用捨가 衆望에 아주 합당하였으므로 民心이 일치 服從하게 되었다.

1) 진주성의 勝捷

이 해 10월에 부산·김해 등지에 屯親 왜적이 합세하여 진주를 침범하므로, 학봉은 의령으로 달려와서 의병장 郭再祐·李達 등을 보내어 晉州를 구원하고, 사잇길로 軍器를 수송하니 목사 김시민이 적병을 大破하였다.

이때 왜병 수만명이 진주성에 進迫하니 城中의 병졸은 겨우 삼천명뿐이었으나 김시민이 독전하여 주야로 분전하였다. ……萬戶 崔德良 등이 冒死拒戰하면서 일제히 방어하니 성중의 木石과 蓋茨(이응짚)도 거의 다 없어졌다. 시민이 적병의 총탄을 맞아 쓰러졌으나 곤양군수 李光岳이 적장을 쏘아 죽이니 적병이 그제야 퇴각하면서 시체를 불태우고 포위를 풀고 흩어졌다. 성이 포위된 지 10여일에 4~5일 동

안을 크게 싸웠는데, 성 안팎에서 있는 힘을 다하여 싸우니 적병이
마침내 도망했던 것이다.

학봉은 즉시 조정에 戰捷한 장계를 올려서 金時敏을 左兵使로 승진
시키고 그 밖의 제장들도 승진시켰는데, 김시민은 조금 후에 戰傷으
로 병사하고 말았다.

이때 의병장 李瀞이 함안·진주의 경계에 갔다가 돌아와서 학봉에
게 진언하기를

> 戰死한 군졸의 骸骨이 무더기로 쌓여 있으니 諸陣의 將帥로 하여금
> 이것을 收葬해 주기를 청합니다.

하니, 이때 밤이 벌써 깊었지만 학봉은 즉시 營吏를 불러 공문을 발송
하면서 '좋은 말은 밤을 새울 수 없다.' 하고는, 곧 실행하도록 하고,
이내 이정에게 事變 初期에 死節한 사람을 收錄하도록 지시하였다.

2) 軍中의 秩序 확립

이때 의병장 중에서 金沔과 鄭仁弘이 盛名을 自負하고서 학봉의 節
制(統率·指揮)받기를 부끄럽게 여기고 있으며, 郭再祐도 또한 强伉自
專하면서 節度(命令)를 듣지 않으므로, 학봉은 공문을 보내어 傳令할
즈음에는 이들에게 매우 嚴格하게 대처하였다. 어떤 사람이 이 문제
에 대하여 말하니 학봉은,

> 行朝가 아주 먼 곳에 있어 명령이 통하지 않는데, 어찌 제장들에게
> 명령을 어기도록 放任할 수가 있겠는가. 이것이 내가 盡忠한 사람은
> 襃揚하고, 自用한 사람은 防止하는 所以이다.

라고 하였다.

한편 김면과 정인홍 두 사람이 명망과 지위가 다 높은 이유로써 피차의 휘하 문생들이 서로가 시기하여 사이가 좋지 못하였다. 학봉은 그들에게 마땅히 협심하여 함께 성공해야만 할 것이고 浮薄한 말을 듣고 嫌隙을 이루어서는 안 된다는 것을 말하고, 지금부터는 서로 헐뜯어 이간을 일삼는 사람은 마땅히 刑律을 적용하여 용서하지 않겠다고 하니 이 때문에 그들의 부박한 행동이 조금 저지되어 서로 헐뜯는 일이 그치게 되었다.

또 各陣에서 戰功의 虛僞報告가 많아서 진위를 분변할 수가 없으니 이 때문에 인심이 분개하고 사기가 해이해지므로, 학봉은 허실을 명백히 심사하여 엄중히 警責을 가하였다. 이때 정인홍이 학봉의 지령을 받지 않고서 경솔히 행동하다가 성주에서 패전한 일이 있으므로, 그 군교를 잡아와서 軍律로써 論罪하여 곤장을 치게 하였다.

10월에 조정에서 학봉에게 嘉善大夫(종이품)로 加資했으니 그것은 경상감사로써 民心收拾에 공로가 많았기 때문이었다. 이에 대해 史官은 다음과 같이 기록하고 있다.[39]

> 誠一이 弘文館副提學으로 있을 때, 箚子를 올려 시폐를 논하면서 말이 매우 切直하니 宣祖께서 겉으로는 優容함을 보였으나 속으로는 좋아하지 않았었다. 전란이 발발하자 병사로서 부임하는 도중에 賊將을 射殺하여 적군의 氣勢를 꺾었으며, 招諭使로서 부임해서는 道民을 招撫하여 安定을 얻게 했으니 성일의 공로가 컸던 것이다. 이때 절도사·순찰사 등 여러 진영의 관원들이 모두 의관 차림도 없이 군중 속에 섞여 있으니 성일은 '어찌 우리나라 軍門의 儀容을 변경할 수가 있겠

---

39) 『宣祖實錄』卷31, 25년 10月 癸丑條 小註.

는가.' 하고는, 軍官들에게 紅衣에 새 깃 冠을 쓰도록 했으니 그가 平
時에서나 戰時에서나 節操가 동일한 것은 이런 일에서도 徵驗할 수가
있겠다. 이때에 와서 선조께서 성일이 功勞가 많은 이유로써 嘉善大夫
로 陞資시킨 것이다.

12월에 적병과 力戰하여 공로가 있는 사람에게 특별히 포상할 것을
조정에 계청하여 그대로 윤허되었다.

3) 飢民의 救活

학봉은 평상시에도 民生問題에 특별히 주의하여 그 구제방안을 조
정에 절실히 계청한 적이 있었는데,[40] 이때에 와서 자신이 인민의 飢
饉상태를 목격하게 되니 그 賑救대책에 부심하여 관내 열읍에 공문을
보내어 賑場을 개설하여 飢民을 救恤하도록 하였다.

이때 병화가 지나간 후에 凶年까지 겹치게 되니 일도의 유민들이
도처에 울부짖으면서 감사가 길을 가면 길을 가로막고, 머물고 있으
면 뜰에 가득히 와서 호소하는 실정이었다. 학봉은 자기가 이르는 곳
마다 반드시 소금과 쌀을 가지고 가서 나누어 주었으며, 이내 열읍에
명령하여 賑場을 설치하고 나누어 救恤하도록 하고, 특별히 見識이
있는 사람을 差定하여 이 사무를 맡도록 하면서, 그들에게 心力을 다
하여 구휼하고 형식적으로 하지 말도록 申敕하였다. 그리하여 학봉
이 순찰하는 날에는 직접 그 음식을 먹어보기도 하고 병자에게는 약
을 지어 치료하기도 하였다.

이와 같이 학봉의 기민을 구휼하는 행정이 한결같이 至誠에서 우러
나왔으니 사무를 집행하는 사람들도 감히 태만히 할 수가 없었다. 비

---

40)『鶴峯集』권3,「請遇災修省箚」.

록 소소한 공문 통첩이라도 반드시 몸소 살펴보고 어떤 때에는 밤중
에 이르러서야 취침하게 되니 피로에 지치고 煩渴이 심해져서 장차
큰 병을 얻을 지경이었다. 친우들이 자질구레한 사무는 보지 말라고
권하니 학봉은 한참 동안 탄식하면서 말하기를,

　　朝臣들이 불화한 이유로 民心이 離叛되어 왜적의 禍亂을 초래하였
　　으니 우리 무리들은 만 번 죽더라도 속죄할 수가 없는데, 번쇄한 노고
　　쯤이야 어찌 감히 싫어서 피할 수가 있겠는가. 더구나 큰일을 다스리
　　지 못하고서 작은 일까지 소홀히 처리한다면 어찌 내 마음이 편안할
　　수 있겠는가 하였다.

　학봉은 明나라 救援兵이 온다는 말을 듣고는,

　　원병이 와서 적병을 제압하면 기필코 剿滅할 수가 있으니 우리 백성
　　의 다행이 될 것이다. 그러나 다만 明年의 穀種을 미리 준비하지 못하
　　면 적병이 비록 물러가더라도 백성이 장차 목숨을 유지할 수가 없을
　　것이다.

하고는 전후로, 조정에 곡식을 운반해 주기를 계청한 것이 두세 번에
이르렀지마는, 혹은 중간에서 막혀서 진달되지 않기도 하고, 혹은 외
부에서 저지하여 보고되지 않기도 하였다. 학봉은 國事를 근심하고
民情을 걱정하여 밤을 새우면서 잠을 못 자기도 하니, 이 때문에 수염
과 눈썹이 허옇게 세어 버렸던 것이다.
　계사년(1593) 3월 4일에 학봉은 군교를 서울에 보내어 호남의 곡물
수만석을 빨리 옮겨와서 기민을 진휼하고, 또 시기에 맞추어 播種해
야만 호남의 保障을 튼튼하게 하여 국가를 恢復하는 기초가 될 것임

을 주상에게 남김없이 진달하니, 特旨로써 湖南의 양곡 2만석을 題給
하게 하였다. 이때 학봉의 종사관 李魯가 직산에 이르러 西厓 柳成龍
이 體察使로 임진강에 주둔하고 있다는 말을 듣고 그곳으로 가려 했
으나 길이 막혀 이르지 못하고 書牒만 인편을 통하여 부송했더니, 서
애는 학봉의 서첩을 보고 즉시 선조에게 상세히 계청하고, 충청도에
있던 체찰부사 金瓚에게 공문을 보내어 전라도로 빨리 내려가서 南原
등지의 倉穀 2만석을 제급하도록 지시하였다. 학봉은 從事를 나누어
보내어 수로와 육로로 곡식을 함께 운반하여 열읍에 분산 공급하여
그들에게 시기에 맞추어 播種하도록 조처하였다.

즉 이때 경상도 飢民에 대해서는 감사인 학봉 뿐만 아니라 安集使
金玏의 장계에서도 그 참상이 여실히 진달되었으므로, 선조께서 전
라도의 관곡을 운반하여 경상도의 기민을 구제하도록 지시했다는 기
사가[41] 있다.

4) 官·義兵의 兵力 現勢

그 당시 전국에 분산 주둔한 관·의병의 병력 총수는, 선조 26년 정
월에 明將 李如松에게 보고한 기사에 대략 나타나 있는데,[42] 우선 경
기와 下三道(충청·전라·경상) 병력의 現勢를 살펴본다면, 경기도는 관
군이 1만 3천명, 의병이 5천 9백 명으로, 합계 1만 8천 9백 명이고,
충청도는 관군이 5천 8백 명, 의병이 5천여 명으로, 합계 1만 8백여
명이고, 경상도는 좌도의 관군이 3만 5천명, 의병이 2천명으로, 合計

---

41)『宣祖實錄』卷37, 26년 4月 乙巳條, "安集使金玏馳啓曰……且本道飢荒日甚 疾
病相仍 僵屍相枕 慘不忍言 凡百種子 亦皆缺乏 日望全羅轉運之穀 而尚無聲響 朝
廷請移文于全羅監兵使 使之督運本道官穀 接濟慶尚飢民 上從之"

42)『宣祖實錄』卷34, 26년 정월 丙寅條.

3만 7천명이고, 우도의 관군이 3만 명, 義兵이 1만 명으로, 합계 4만

경기도의 관군	경기도의 의병
江華府에 주둔한 전라도순찰사 崔遠의 병졸 4천명	강화부에 주둔한 倡義使 金千鎰의 병졸 3천명
강화부에 주둔한 경기도순찰사 權徵의 병졸 4백명	강화부에 주둔한 義兵將 禹性傳의 병졸 2천명
水原府에 주둔한 전라도순찰사 權慄의 병졸 4천명	楊根郡에 주둔한 의병장 李軼의 병졸 6백명
楊州에 주둔한 방어사 高彦伯의 병졸 2천명	安城郡에 주둔한 助防將 洪季男)의 병졸 3백명
驪州에 주둔한 경기순찰사 成泳의 병졸 3천명	
합계 1만 3천 4백명	합계 5천 9백명
충청도의 관군	충청도의 의병
稷山縣에 주둔한 본도 절도사 李沃의 병졸 2천 8백명	각지의 수백 명을 합계하면 약 5천 여 명
平澤縣 등 각처의 將官들이 거느린 병졸 3천 여명	
합계 5천 8백여 명	

전라도의 경우는 관군과 의병이 全然 보이지 않는데, 관군은 수원부에 주둔한 전라순찰사 권율의 병졸이 전라도의 관군에 해당되고, 의병은 강화부에 주둔한 창의사 김천일의 병졸이 전라도의 의병에 해당된다고 여겨진다.

경상좌도의 관군	경상좌도의 의병
安東府에 주둔한 좌도순찰사 韓孝純의 병졸 1만명	昌寧縣에 주둔한 의병장 成安義의 병졸 1천명
蔚山郡에 주둔한 좌도절도사 朴晉의 병졸 2만 5천명	靈山縣에 주차한 의병장 辛砠의 병졸 1천명
합계 3만 5천명	합계 2천명
경상우도의 관군	경상우도의 의병
晉州에 주둔한 우도순찰사 金誠一의 병졸 1만 5천명	陜川郡에 주둔한 의병장 鄭仁弘의 군사 3천명
昌原府에 주둔한 우도절도사 金時敏의 병졸 1만 5천명	宜寧縣에 주둔한 의병장 郭再祐의 군사 2천명
	居昌縣에 주차한 의병장 金沔의 군사 5천명
합계 3만명	합계 1만명

이 외에 강원도에 주둔한 병졸 2천명, 황해도에 주둔한 병졸 합계 8천 8백명, 평안도에 주둔한 병졸 합계 1만 3천 7백명, 함경도에 주둔한 병졸 합계 합계 1만 2백명이 있으며, 수군은 전라도 順天府 前洋에 주둔한 전라좌수사 李舜臣의 수군 5천명, 우수사 李億祺의 수군 1만명, 각처에 分屯한 措備 수군 1만명과 大同江 하류에 주둔한 金億秋의 수군 3백명으로 합계 2만 5천 2백명이 있었다.

명으로 기록되어 있다(전라도는 없음).

이와 같이 全國의 義兵 총수 2만 2천여 명 중에서 慶尙右道의 의병이 1만 명으로서 거의 절반을 차지하고 있으며, 官軍(육군)의 총수 11만 8천여 명 중에서 慶尙左·右道의 관군이 6만 5천여 명으로서 반수 이상을 차지하고 있다. 더구나 경상도는 적병을 방어하는 관문이므로 적병이 침범하던 초기에 帥臣(감사·병사)들이 모두 望風逃遁하여 軍兵이 四散全無한 상태에서, 학봉이 초유사로 부임하여 逃散된 官軍을 收集하고 지방의 義兵을 招募하여, 반년 동안에 賊軍을 防禦할 수 있는 이만한 軍容을 整備하게 되었으니, 우리는 여기서도 학봉의 難局 對處의 力量과 士民招撫의 誠心이 얼마나 至極했던가를 넉넉히 推察할 수가 있겠다.

6. 학봉의 盡瘁殉國

계사년 2월에 학봉은 거창으로 가서 兵使 金沔을 만나보고 격려했다. 이때 김면은 김시민의 후임으로 병사가 되었는데, 얼마 되지 않아 癘疫에 걸려 운명하였다. 학봉은 놀라 슬퍼하면서 '長城이 무너졌으니 국사가 걱정이 된다.'하고, 그의 창의기병한 사실을 조정에 진계하였다.

김면은 書生으로써 義兵을 일으켜 마침내 右兵使에 임명되어 盡力 討賊하다가 병으로 군중에서 운명하니 사람들이 모두 애석하게 여겼다.[43]

4월에 학봉은 晉州에 돌아와 머물렀다. 그가 가는 곳마다 굶어 죽

---

43) 『宣祖實錄』 卷37, 26년 4월 戊戌條 史官의 논평.

은 시체가 길에 가득 차 있고, 뼈만 남은 기민들이 울면서 살려주기를 애원하니 학봉은 목사 徐禮元에게 이들을 구휼하는 일을 전담하게 하고, 죽을 쑤고 약을 달이는 일도 몸소 보살폈다. 이때 疫疾이 곳곳에 퍼져 있었는데, 기민들이 모두 城中으로 모여들어 울부짖고 앓는 소리가 비참하여 차마 들을 수 없었다. 학봉은 이들을 가엾게 여겨 눈물을 흘리면서 밥상을 대하면 숟가락을 놓기도 하니 측근 사람이 "음식을 들지 않으시면 病이 발생할 것인데, 國事를 어찌 하렵니까." 하므로, 학봉은 "음식이 저절로 목구멍에 넘어가지 않는구나." 하였다. 어떤 이가 학봉에게 집안에 누워서 사무를 보시고 역질 기운을 피하기를 간청하니 그는 말하기를 "다른 사람을 대신 일을 보게 하면 의례히 내 뜻에 맞지 않으니 내 몸을 아끼지 않는 것은 아니지만 하는 수 없는 일이다. 또 죽고 사는 것은 운명이니 어찌 이를 피할 수 있겠는가." 하였다.

4월 19일에 병이 나서 자리에 눕게 되었다. 학봉은 초유사의 임명을 받아 경상우도에 온 뒤로부터 밤낮으로 勞心焦思했는데, 이때에 와서 內傷과 外感이 겹친 끝에 癘氣가 들게 되니 병세가 점점 위독하여졌다. 경험이 많은 의원이 와서 병증을 진찰하고는, "이 병은 치료할 수가 없겠습니다." 하였다.

이때 朴惺·李魯 등이 곁에 모시고 있다가 약을 드실 것을 청하니 학봉 "나는 약을 마시고 살아날 사람이 아니니 그대들은 그만두게." 하였다. 이때 아들 㳦도 또한 역질에 걸려 옆방에서 앓고 있었으나 한 번도 병세가 어떤가를 묻는 일이 없었으며, 다만 박성·이로 두 사람에게 늘 말하기를 "명나라 군대가 근일에 이곳에 도착할 것인데 그들을 어떻게 支待할 것인가! 제군들은 힘써 잘 처리하게." 하였다.

목사 吳澐이 와서 문병하니 학봉은 그와 더불어 말하기를,

한번 병들어 이 지경에 이르게 되었으니 그것이 運數인데 어찌하겠는가. 다만 내 뜻을 이루지 못하고 내 몸이 먼저 죽을 뿐이구나.

하였다. 비록 정신이 昏迷하여 의식을 잃고 있는 때일지라도 曲盡하게 꿈속에서 말하는 것처럼 타이르는 것이 모두가 國家에 관계된 일뿐이었다.

이 달 29일 진주 公館에서 별세하였다. 박성·이로·조종도와 생질 柳復立이 처음부터 학봉을 모시고 있었는데, 이때에 喪事를 主幹하였다. 진주성 안팎에서 학봉에게 依賴하여 생활하던 士民들은 서로가 엎어지고 넘어지면서 가슴을 치고 발을 구르고 흐느끼고 울부짖어 목이 쉬어 소리를 내지 못하면서 사방으로 흩어져 가려고 하여도 갈 곳을 찾지 못하여,

하늘은 어찌 우리 사정을 모르고서 우리 父母를 빼앗아 가는가. 이제 그만이구나 命運이 다했구나.

하였다. 訃音을 듣고는 원근지방에서 모두 놀라고 傷心하여 마치 父母가 별세한 듯하였으며 길 가던 사람까지도 몹시 슬퍼하면서 말하기를,

忠臣이 逝去하고 烈士가 殉命했으니 나라는 누구에게 의지할 것이며, 節義는 누구에게 맡길 것인가?

하였다. 학봉이 운명한지 겨우 두 달 후에 진주성이 陷落되어 右道의 조금 完實한 고을이 모두 賊兵의 屠戮을 당하고 一道의 保障(堡壘)이 모두 賊兵의 근거지가 되어 버렸으니 견식이 있는 인사는 길게 한숨을 쉬면서,

학봉이 殉命하지 않았다면 일이 이 지경에 이르지는 않았을 것이다.

하였고, 또 그의 운명이 진주성의 陷落과 관계된 사실을 매우 哀惜하
게 여기는 이도 있었다.[44]

학봉의 事蹟에 대해서 그 당시의 史官은 다음과 같이 기록하고 있다.

金誠一의 자는 士純이며 안동 출신이다. 인품이 剛直 慷慨하여 大節
이 있었으며, 조정에 재직해서는 敢言 直諫하였다. 기축년(선조 22년)
에 통신부사로 일본에 가서 正直한 자세로 조금도 疑懼함이 없었으
며, 倭奴의 書契가 悖慢한 내용이 많으므로 엄중한 말로써 이들을 꾸
짖어 물리치고 받지 않으니 賊酋(平秀吉)가 두려워하여 뒤따라 이를
고치게 되었다.

還國해서는 玉堂의 長官(弘文館副提學)이 되어 여러 번 疏·箚를 올
렸는데 모두가 時病에 切中하였다. 奸臣 鄭澈이 기축년의 逆獄(鄭汝
立事件)으로 처사 崔永慶을 構殺(없는 죄를 씌워 죽임)하니, 國人들이
모두 그의 冤痛한 것을 알면서도 감히 말하는 사람이 없었는데, 성일
이 御前에서 抗言辨誣하여 雪冤 復官시키니 一脈 淸論이 이에 힘입어

----

44) 訒齋 洪進은 경연에서 선조에게 '김성일이 慶尙兵使로 부임도중에 적병의 침범
을 만나 군관을 시켜 적병을 사살하여 왜적의 기세도 꺾었던 일을 거론하면서, 성
일이 만약 생존하였더라면 진주성도 보전할 수가 있었을 것'이라 하였고, 『선조실
록』 권60, 28년 2월 己酉條.
　西厓 柳成龍은 자기가 前年(임진년)에 安州에 있을 때 慶尙右監司인 鶴峯이 서
신을 보내어 '진주성을 수리하여 사수할 계획을 세우려고 한다.' 하므로, 서애는
회답하기를 '왜적을 방비하려면 마땅히 砲樓를 세워서 대비하여야 걱정이 없을 것
이오.' 하고는 서신 중에 그 제도를 상세히 설명해 주었더니 학봉은 좋은 계책이라
고 칭찬하면서 곧 지형을 순찰하고 재목을 베어 砲樓 建造의 役事를 시작했는데,
학봉이 病沒하여 그 공사가 마침내 정지되고, 뒤이어 진주성이 함락했음을 듣고
는, '아아, 士純(학봉의 字)의 불행(殉命)은 진주성 千萬人(많은 사람)의 불행인
것이다. 이것은 진실로 운수이므로 인력으로서는 할 수가 없는 것이다.' 하면서
학봉의 운명을 진심으로 슬퍼하고 있었다.(『懲毖錄』, 「錄後雜記」)

사라져 없어지지 않았다.

임진년 봄에 嶺南節度使에 임명되자 南邊으로 급히 달려가니 賊兵
은 벌써 이르러 列郡이 土崩瓦解되어 望風奔潰하는 상태이었다. 그런
데도 성일은 屹然不動하면서 國土를 保守할 계책을 세우고 있었다.
적병이 웅천에 들어올 적에 그는 말에서 내려 胡床에 걸터앉아 裨將
을 독려하여 선봉 倭將을 목 베어 죽이니 흉악한 賊勢가 이 때문에 조
금 꺾이게 되었다. 그때 朝廷에서는 성일이 倭寇는 두려워할 것이 없
다고 말하여 防備를 廢弛하게 했다는 이유로 잡아와서 鞫問하려 하다
가 특별히 용서하고, 이내 招諭使로 임명하니 도로 嶺南에 들어가서
同志를 倡率하여 義兵을 糾合하였다. 이에 원근지방에서 죽 따라 일
어나서 적군에게 점거된 고을을 收復한 것이 10분에 6,7분이나 되었
다. 그가 경상도 사민들에게 招諭한 檄文은 忠義가 奮發하고 辭旨가
激烈했으므로, 비록 어리석은 民衆이라도 이 내용을 들으면 반드시
모두가 마음이 감동하여 눈물을 흘렸을 것이다. 右道巡察使로 陞進되
었는데, 계사년 여름에 病으로 陣中에서 운명하니 이 소식을 들은 사
람들이 모두 悲痛하게 여겼다. 아아, 성일은 옛날의 '遺直'45)이라고
말할 수 있겠다.46)

또 다른 史官은 다음과 같이 기록하고 있다.

이때 兵亂의 상처를 받고 백성들은 굶주리고 있었는데, 疫疾이 크게
熾盛하므로 성일이 몸소 나가서 飢民을 賑救하고 밤낮으로 勞悴하다
가 이내 疫疾에 감염되어 殞命하였으니 일도의 군민들이 친척의 喪을
당한 것처럼 슬퍼하고 있었는데, 얼마 있지 않아서 진주성이 함락되
고 말았다.

45) 直道를 지켜 古人의 遺風이 있음을 말함.
46) 『宣祖實錄』 卷60, 28년 2월 己酉條.

성일은 天性이 剛直 英秀했으며, 李滉을 師事하였다. 少時부터 激
昂 慷慨하여 氣節이 남보다 뛰어나서, 조정에 재직했을 때 기탄없이
權貴를 탄핵하니 士大夫들이 모두 그를 두려워하였다. 일본에 使臣
가서는 禮節로써 자신을 지키니 倭人이 존경 복종하였다. 그런데도 同
行과 서로 意見이 不合하여 왜적의 정세를 잘못 奏達했기 때문에 거
의 처형될 뻔하였다. 뒤에 용서되어 招諭使로 임명되자, 憂憤 感激하
여 죽기를 맹서하고 왜적을 토벌하였다. 그는 평생에 군대 관계의 일
은 알지 못했는데도, 至誠으로 民衆을 開諭하고 官軍과 義兵을 調停
和解시켜 경상도 한 방면을 일년여 동안 保全시켰으니 이것은 모두
그의 통솔한 효과이었다. 운명할 적엔 私事는 말하지 않았으며, 아들
涍이 옆방에서 같이 역질에 감염되어 위독하였으나 한 번도 병세에
대하여 물어본 적이 없었고, 다만 國事로써 그의 從事官들에게 勉勵
했으니 사람들이 그의 義烈에 감복했던 것이다.[47]

   이 두 사관의 기록을 검토해 본다면, 모두가 학봉의 稟性이 剛直 慷
慨하고 氣節이 있어, 조정에 재직해서는 권귀의 不法을 탄핵하여 국
가의 紀綱을 확립시키고, 일본에 사신 가서는 왜추의 오만을 질책하
여 국가의 威信을 세운 점을 강조하고 있으며, 전란이 발발하자 그는
招諭使로 경상우도에 내려와 의병을 규합하여 적군에게 점거된 지역
을 收復 保全시킨 공적을 강조하고 있다. 앞의 사관은 그가 사민을 초
유한 격문이 忠義가 奮發하고 辭旨가 激烈함으로써 민중을 感動 奮起
시켜 그들을 討賊救國의 전열에 同參시켰음을 특히 강조하고 있으며,
뒤의 사관은 그가 至誠으로 사민을 開諭시키고 관군과 의병의 대립상
극을 調停 和解시켜 경상도 방면을 收復 保全시킨 공적을 특히 강조
하고 있다.

---

47) 『宣祖修正實錄』 卷26, 26년 4月朔 乙酉條.

7. 결론

이상에서 논술한 학봉이 경상우도에서 活動 殉國한 實相을 다시 요약 설명한다면, 임진왜란이 발발한 초기에 국방을 맡은 帥臣(감사·병사)들은 적병과 한 번도 교전하지 않고서 거개가 望風逃走하였으니 이런 이유로 적군은 파죽지세로 진격하여 단시일에 우리의 國都를 점거하게 되었던 것이다.

이러한 위박한 시기에 학봉은 招諭使의 중책을 맡아 경상도에 내려와서 산망한 관군을 수집하고 지방의 의병을 초모하여 토적구국의 전열을 정비하고 있었는데, 이때 가장 난처한 문제는 관군과 의병이 서로 대립하여 시기하고 상극하는 일이었다.

義兵과 官軍은 그 성격과 기상에서 서로 대립되는 면이 있었는데, 그 중 주요한 것은 창의소모한 義兵將은 대부분 讀書守義한 儒士들로서 이들은 국난을 당하여 망신순국하려는 결심으로써 戰陣에 나왔는데, 그 당시 方伯 連帥의 직책에 있던 官軍將은 거개가 無能卑怯하여 적군을 보고는 싸우지도 않고 먼저 도주하여 救命圖生에만 서두르고 있었으니 즉 이러한 수신들의 국가를 저버리는 행동을 본 의병장은 모두가 매우 분개하고 詬罵하고 있는 실정이었다.

그 당시 의병과 관군의 이러한 실례 중에서 대표적인 것은 의병장 郭再祐와 경상감사 金睟의 對立相剋하는 행동이었으니 이 두 사람의 상극관계는 학봉의 調停 領導가 없었다면, 김수가 곽재우 등 의병들에게 그 목숨을 잃든지, 곽재우가 김수에게 역적으로 몰려서 조정의 죄벌을 받든지, 양편에 아주 불행한 사태가 발생했을 것이다. 다행히 학봉과 같은 영도자가 있었기 때문에, 다른 도에서는 관·의병이 서로 시기하여 의병장이 대부분 패사했는데도, 경상도에서는 官·義兵이 서로 和解 協力하여 왜적을 물리치고 全道를 收復 保全하게 되었다.

그 위에 학봉은 飢民을 구휼하는 일에도 너무 노심초사하여 밤낮을 가리지 않고 몸소 그들을 상대하여 구휼작업을 계속하다가 결국 역질에 감염되어 운명하고 말았다. 임종시에도 私事는 일절 언급하지 않고 다만 국사만 근심하고 있었으니 그의 忘身殉國하는 면모를 여기서도 새삼 엿볼 수가 있겠다.

그 당시 학봉이 초유사로 처음 부임하여 도내에 招諭文을 포고하였으나, 아직 사방에서 의병의 응모자가 그다지 많이 나오지 않았는데, 게다가 영남의 巨鎭인 진주에 당도하자 목사 李璥은 도망가 숨었고 성중은 텅 비어 수비할 사람은 전연 없는 상태이었다.

이러한 절박한 정세를 통감한 학봉은 종사관인 대소헌 조종도·송암 이로 두 분과 함께 촉석루에 올라가 성중의 민가에서 구해 온 술을 한 잔씩 마시고는 시를 지어 읊었으니 그 시는 이러하다.

> 촉석루 위에 마주앉은 세 장사들은   矗石樓中三壯士
> 한 잔 술로 웃으면서 장강 물을 가리키네   一盃笑指長江水
> 장강 물은 주야로 쉬지 않고 흘러만 가니   長江之水流滔滔
> 강물이 마르지 않는 한 우리들의 넋(정신)도 죽지 않으리
>   波不渴兮魂不死

이 시는 학봉이 이렇듯 곤란 절박한 주위환경에서도 자기의 誓死報國하려는 일편단심으로써 이 亂局을 극복한다는 결심을 표명한 뜻이 엿보인다.

학봉은 그 후에 官·의병을 규합 통솔하여 진주의 要害地를 지키고, 忠武公 李舜臣은 水軍을 거느리고 西海의 入口를 굳게 지켰다. 학봉은 陸地에서, 충무공은 海上에서, 賊軍의 호남침범을 차단 방어함으

로써 國家中興의 기초를 세웠던 것이다.

오늘날 우리들이 제갈무후의「出師表」를 읽고서 무후의 仗義討賊, "死而後已"하려던 충성을 알고 있듯이, 학봉의「招諭慶尙道士民文」을 읽고서 학봉의 討賊救國, 誓死殉國하던 義烈을 감지할 수 있을 것이라 여겨진다.

1993년

이재호│前 부산대학교 한국사 명예교수

'임란의병과 진주대첩'
학술대회 토론 정리

주 제 : 임란의병과 진주대첩 -학봉 김성일의 활동을 중심으로-
일 시 : 2013년 11월 27일 (수)
장 소 : 성균관대학교 600주년 기념관

[종합토론]
토론 사회 : 고영진(광주대학교)
토론 1 : 노영구(국방대학교) → 허태구(서울대학교 규장각)
토론 2 : 원창애(한국학중앙연구원) → 김학수(한국학중앙연구원)
토론 3 : 장원철(경상대학교) → 김시덕(서울대학교 규장각)

[토론 1] 노영구 학봉 김성일의 임진왜란 초기 초유사 활동에 관한 적지 않은 연구는 주로 김성일과 경상우도 의병의 봉기에 초점이 맞추어진 경우가 대부분이었습니다. 그러나 초유사로서 김성일의 의병 봉기를 권유한 주요 자료인 초유문에 대해서는 분석이 소략하며, 경상도 주민에게 의병참여를 설득하는 논리에 대한 검토는 거의 이루어지지 못했습니다. 이러한 상황에서 초유문에 대한 해석과 그 내용에 관련된 의병 참여 설득 논리, 그리고 '招諭'라는 용어의 의미를 분석한 본 발표의 의의가 적지 않습니다, 다만 논문의 완성도를 높이기 위해 몇 가지 질문과 점검이 필요하다고 봅니다.

첫째, 아주 중요한 것이 '초유'라는 용어인 것 같습니다. '초유'라는 용어를 어떻게 보느냐 왜 초유사냐 하는 것이지요. 경상도가 그 때 전쟁 초에 불리한 상황이었기 때문에, 실록의 용례에서 보이는 것처럼 당시 변경에 버금가는 지역으로 심각하게 우려하였다는 방증으로 자료를 보고 있습니다만, 과연 그럴까 하는 점에 대해서 말씀을 드리고 싶습니다. 초유의 의미가 '불러서 깨우치게 한다'라는 교화에 있다는 점을 고려한다면, '초유'를 지나치게 좁게 해석해서 군사적으로 큰 위기가 있는 지역에 사용한다고 곧바로 언급한 것은 다소 한계가 있다고 생각합니다.

둘째, 김학수 선생님의 발표와 겹치는 부분이 있습니다만, 김성일을 왜 남명학파의 영향력이 강한 경상우도 지역에 초유사로 보냈느냐는 내용입니다. 김성일이 경상도 재지 사족의 지지를 받는 인물이었다는 점에서 초유사로 임명되었다는 주장이 이미 알려진 것이지만, 제가 볼 때는 학봉 김성일의 어떤 개인적인 캐릭터도 중요합니다만, 그 직전에 경상우병사로 임명되었지 않습니까? 퇴계 학맥을 이은 학봉을 남명학통의 경상우도에 초유사로 보냈다는 사실과 관련해서 경상우도 지역과 김성일의 연계를 드러내는 자료, 김성일의 전쟁이전의 행적 등을 보다 면밀하게 점검할 필요가 있습니다. 왜 그러냐면 의병의 존재가 초창기에 우리가 알고 있듯이 관군에 대한 재편성에 관심을 두고 있거든요. 그렇기 때문에 학봉 김성일이 경상우도에 초유사로 온 것을 경상도 재지사족의 지지만 가지고 설명하기에는 좀 어려운 부분이 있지 않겠느냐는 생각을 합니다.

셋째, 김성일의 초유사 시절 활동을 보다 자세하게 분석할 필요가 있습니다. 이를 위해 경상우도 의병 봉기에 대한 자료의 추가 검토와 함께 초유사의 현지에서의 역할이 무엇인지 구체적으로 밝힐 필요가 있습니다. 특히 진주성 전투에서 김성일의 역할을 분석할 때, 당시 조선의 군사 지휘 체계, 그 다음 의병과 관군의 관계, 연락 지휘 체계에 등에 대한 유익한 내용을 알 수가 있습니다. 기존의 연구가 막연히 김성일에 초점이 맞추어져 있거나 아니면 단위 의병에 집중되었던 것을 고려하면, 초유사의 활동 분석을 통해 지역 관군과 의병의 연관 구도를 볼 수도 있고, 의병을 상당한 규모를 갖춘 조직화 된 군사집단으로 볼 수 있는 의미 있는 성과를 기대할 수 있을 것입니다.

마지막으로 자료의 외연을 확대하는 문제입니다. 특히 당시 의병과 관련된 다양한 일기와 문서, 지역 향토사회의 자료 등이 활발하게 연구되고 있는 점을 고려한다면, 김성일의 초유사 활동 연구가 임진왜란 의병에 대한 새로운 이해와 재해석을 가능하게 해준다고 생각합니다.

[토론 사회] 세 가지 질문을 해 주셨습니다. 첫 번째 '초유'라고 하는 용어에 대한 것, 그 다음 두 번째 초유사 시절 활동을 더 자세하게 소개할 필요가 있다는 것, 마지막으로 자료를 좀 더 확대해서 의병을 다양한 성격으로 봐야 되지 않겠냐 하는 지적을 해주셨습니다. 허태구 발표자의 답변이 있겠습니다.

[답변] 허태구 노영구 선생님의 논평에 감사드리고, 준비한 답변을 말씀드리겠습니다. 먼저 초유의 의미를 너무 무리하게 해석한 게 아니냐는 지적을 하셨는데요, 저도 약간 보완이 필요하다고 생각합니다.

조선 전기에는 확실히 초유의 대상이 여섯 건의 사례 외에는 변경에 거주하거나 국경을 침입한 여진인·일본인이었습니다. 조선 후기에는 '불러서 깨우치다'라는 용어로 많이 사용된 것을 볼 수 있으므로, 좀 더 검토 하겠습니다. 이장희 선생님은 선행 논문에서 초유사

·창의사·안집사·소모사 등 다양한 칭호를 연구하셨는데, 이것은 그 특정한 의미라기보다도 재주 많은 사람을 관직에 따라서 구별을 하는 게 아닌가라고 보았습니다. 이런 점을 같이 고려해서 학술지에 실을 때는 보완을 하도록 하겠습니다.

두 번째 지적으로는 사실 제가 향촌사회사 전공자가 아니기 때문에 경상우도라고만 생각을 했지, 솔직하게 말씀드리면 남명학파냐 퇴계학파냐 좌도냐 우도냐 이런 것까지 세세하게 신경을 못 썼습니다. 원래 저는 초유사가 되기 직전에 김성일이 경상우도 병마절도사로 발령을 받았는데, 자연스럽게 경상도 지역에 연고가 있었기 때문에 발령을 받은 것이 아닌가라는 생각을 했습니다. 노영구 선생님이 의병의 관군적인 성격도 지적하셨는데 저는 거기까지는 생각이 미치지 못 했습니다. 또한 오늘 김학수 선생님 발표에서 학봉과 남명학파의 연계라는 주제를 굉장히 중요하게 다루고 있습니다. 저도 개인적으로 공부가 굉장히 많이 되었다고 말씀을 드리고 싶습니다.

세 번째 지적도 아주 당연한 지적이라고 할 수 있습니다. 원래 제가 진주성 전투 이전 초유사 시절의 활동도 살피는 내용의 논문을 구상했는데, 시간도 없고 이전 연구에서 많이 다루었기 때문에 생략하고, 제가 말씀드리고 싶은 포인트만 정리를 했는데요, 당연히 다음 논문에서는 좀 더 보완을 하도록 하겠습니다. 원래 주최 측에서 요청했을 때 진주성 전투 이전은 다루지 말라고 해서 굳이 다루지는 않았고, 전주성 전투는 다른 분이 다루기로 한 부분이라서…. 노영구 선생님의 질문은 좀 더 거시적인 시각에서 학봉 선생과 관련된 군사 활동 전반을 살펴보라는 지적으로 받아들이고 다음에 보완을 하도록 하겠습니다.

마지막 질문도 너무나 당연한 지적이라는 생각이 듭니다. 제가 머리말에도 썼지만 기존의 의병 연구들이 질릴 정도로 다양한 축적이 있고, 또 굉장히 상세한 사료들도 발굴해서 연구했기 때문에, 제 입장에서는 이것을 전부 따라가다가는 이 논문 자체를 어떻게 보면 쓸 수 없는 상황이라서 사료는 실록을 중심으로 한정을 하고 이 글을 정리를 했습니다. 앞으로 연구에서는 지금 나온 것을 참고로『고대일록』을 비롯하여 다른 사료를 더 보완하도록 하겠습니다. 기존 사료의 재해석, 의병의 준 관군적인 성격에 대한 지적 등 유의해서 보완하겠습니다.

[토론 사회] 발표에서는 김시덕 선생님이 먼저 하셨는데, 토론은 원래는 순서대로 하겠습니다. 그럼「김성일의 임란 중 활동과 인적 네트워크」를 발표하신 김학수 선생님의 글에 대해서 한국학중앙연구원의 원창애 선생님께서 토론을 해 주시겠습니다.

[토론 2] 원창애 김학수 선생님의 발표는 김성일이 임란 중에 경상도 지역에서 경상우도병사, 초유사, 감사로서 활동하던 시기의 인적 네트워크 형성 요인과 활용 양상에 대한 것입니다. 김성일의 임란 중 활동에 대한 연구 논문은 이미 몇몇 선생님들이 발표한 바 있습니다. 그런데 본 발표는 김성일의 인적 네트워크에 초점을 두었다는 점에서 기존의 연구와 차별화되고, 거기에 이 논문의 의미가 있다고 생각됩니다.
　저도 정경운의『고대일록』을 바탕으로 함양 사족의 동향(動向)이라는 글을 쓴 적이 있습니다. 정경운의『고대일록』이라고 하는 글은 임란 중에 일어난 일들을 정리한 것인데, 그것을 바탕으로 사족의 동향을 고찰하면서 느낀 점은 '김성일의 개인적인 네트워크', 이것이 대체

무엇일까 하고 굉장히 궁금하게 생각해왔기 때문에, 이 발표에 대해서 더 관심을 가졌습니다. 이 논문에서 김성일의 활동상을 중심으로 상세하게 서술하고 있어서 저에게도 많은 도움이 되었습니다. 느낀 점 몇 가지를 말씀드리고자 합니다.

첫째, 발표자는 김성일의 활동상과 인적 관계망을 상세하게 다루고 있습니다. 하지만 좀 더 체계적으로 인적 관계망을 서술하면 어떨까 하는 아쉬움이 있습니다. 인적 관계망이라는 것은 일차적으로는 혈연·지연·학연, 그리고 그런 관계가 있는 사람과의 네트워크를 통해서, 또는 이런 관계가 있는 사람을 매개로 형성되는 네트워크 등으로 그 관계망이 확산되어 가기 마련입니다. 의병 조직 당시 김성일의 경상우도 지역 인적 관계망 특징은 김성일과 직접적 혈연·학연·지연, 그리고 그런 관계 사람들의 일차적 관계망이라기보다는, 관계를 가진 사람을 매개로 형성된 관계망을 통해서 활동한 것이 특징이라는 생각이 듭니다. 그래서 김성일과 직접 관계가 있는 인물인 이로(李魯)를 김학수 선생님 발표에서는 문과 동방이라고 말씀을 하셨는데 사실은 문과 동방이 아니고 사마시 동방이었습니다. 사마시 동방 이로와 조종도를 매개로 해서 형성되는 관계망, 그다음에 김성일과 각별한 교계를 맺어온 김우옹·정구 등과의 학연을 매개로 형성된 교우 관계망이 특징이라는 생각을 해보았습니다.

이로와 조종도가 매개가 되어 형성된 관계망과 김우옹·정구 등을 매개로 해서 형성되는 관계망은 완전히 별개의 것이 아니라, 두 가지 관계망은 다시 서로 인적 교류가 있는 관계망이기 때문에 결속력이 더욱 커지고, 여기에다가 김성일의 인품, 최영경의 신원, 리더십 이런 것들이 상승효과를 내면서 견고하고 긴밀한 인적 관계망을 형성했다고 이해했습니다. 의병을 모집할 단계에 김성일이 처음 활동을 시

작하면서 함양·안의·산음·단성 그리고 진주·함안·의령 등으로 의
병이 형성 되고 활동을 하게 되는데, 김학수 선생님이 발표한 관계망
이 혹시 이로나 조종도를 중심으로 하는 인적 관계망과 김우옹·정구
를 중심으로 하는 인적 관계망이 갈래를 나누어서 설명될 수 있는 관
계망인지 궁금하게 생각합니다.

둘째, 김수(金睟)와 곽재우와의 분쟁 조정부분을 선생님은 '재가동
된 인적 네트워크다'라는 주제를 달아서 설명하고 계시는데, 인적 네
트워크를 재가동했다는 것이 무엇인지 발표문에서는 확연히 드러나
지 않습니다. 김성일이 관인의 입장을 대변하면서 다른 한편으로 의
병을 조직하면서 형성되었던 관계를 잘 유지하기 위해서, 이 분쟁을
슬기롭게 대처한 것으로 보입니다. 이 부분은 재가동된 인적 네트워
크라기보다는 이미 형성되었던 인적 네트워크의 관리를 굉장히 치밀
하게 잘 한 그러한 결과가 아닌가 하는 생각이 들었고요.

셋째, 김성일의 원류소를 올린 부분에 대해서 인적 관계망이 굉장
히 견고했다 선생님은 이렇게 설명하고 있는데, 김성일의 원류소, 유
생들의 소를 올리기 위한 여러 가지 격식들, 이러한 것들이 굉장히
긴밀한 네트워크를 가지고 있는 것이지, 이것이 김성일의 네트워크는
아니지 않는가 하는 생각이 들었습니다.

이미 의병 활동이 상당한 성과가 있었고, 그리고 그 성과에 따라서
경상우도의 사민들이 또 나름대로 생각하는 바가 있었겠지요. 경상우
도 의병 활동에 대한 자신감이라든지 이걸 발판으로 해서 더 발전시
켜 나가고 싶다 는 경상우도 사민들의 의도가 있었기 때문에 김성일
의 좌도 부임을 막고자 한 것은 아닌가 하는 것이 저의 생각입니다.
그래서 이것을 '인적 네트워크의 견고성' 이라고 설명하는 것은 무리
한 설명은 아닐까 하는 생각을 해보았습니다. 이상입니다.

[토론 사회] 네, 세 가지 질문을 해주셨습니다. 첫 번째는 관계의 네트워크, 직접적인 네트워크보다는 일차적 관계를 넘어선 네트워크를 좀 더 구체적이고 체계적으로 정리를 했으면 좋겠다. 그것이 지역적 네트워크와 연관을 지어서 설명할 수 있는지 하는 것이고요. 두 번째는 재가동된 인적 네트워크가 무엇인가, 그리고 세 번째는 김성일이 원류소를 올린 것에 대해서 김성일의 인적 관계망의 견고성이라는 관점만이 아니라, 지역 사민의 관점에서도 종합적으로 설명을 해야 하지 않겠느냐 하는 질문이었습니다. 이에 대해서 답변해 주시겠습니다.

[답변] 김학수 네, 원창애 선생님의 세밀한 토론을 아주 감사하게 잘 들었습니다. 현재 대략 크게 세 가지로 질문을 해주셨는데 대체로 다 옳으신 말씀입니다. 우선 특별히 반론은 없습니다. 좀 더 체계적으로 다듬으면 좋겠다고 말씀을 해주셔서 논지가 더욱 분명해질 수 있도록 어떻게 체계적으로 다듬을 수 있을지는 앞으로 방법을 궁리를 해보도록 하겠습니다. 그래서 오늘은 산뜻하게 질문을 다듬어서 발표의 질문을 풀어보겠습니다.

　두 번째 질문은 사실 제가 도대체 무슨 말을 써야하는지 일절 몰랐었는데, 이렇게 정확하게 짚어 주셨습니다. 사실 제가 이 편을 쓸 때도 이 편은 이렇게 쓰면 안 되는데 했지만 시간은 없고 해서 이렇게 되었습니다만, 그 부분은 정밀하게 짚어주셨듯이 어색한 것이 많습니다. 어색한 것이 많기 때문에 오늘 돌아가면 토론문에 주안점을 두고 제가 한 번 변론을 해보도록 하겠습니다.

　그다음 세 번째 질문도 맞습니다. 저는 학봉의 입장에서 이야기를 하고 학봉 선생의 이야기를 썼고 상대가 되는 경상우도 사민은 그들 나름의 목적과 수긍하는 바가 있기 때문에 논제에 관해서 이야기를

하고 있습니다. 이것도 일단 논제자가 인정해 주었기 때문에 학봉 집
안에서 보는 주제이다 보니 다소 더 일반적인 것이고, 토론자 선생님
께서 말씀해 주신 논제를 살리는 쪽으로 경상우도 사민의 입장에서
바꾸도록 하겠습니다. 꼼꼼하게 지적해 주셔서 수정 보완하는데 큰
도움이 될 것 같습니다.

[토론 사회] 마지막으로「근세 일본의 김성일 인식에 대하여」를 발표
해 주신 김시덕 선생님의 글에 대해 경상대학교 장원철 교수님께서
토론해 주시겠습니다.

[토론 3] 장원철 경상대학교 한문학과에 근무하는 장원철입니다. 오
늘 서울대 규장각 김시덕 선생님의 발표문을 듣고 여러 가지 많은 생
각을 해보았습니다. 저는 전공이 역사가 아니고 문학이기 때문에 대
체로 이런 역사적 관심의 심포지엄에 참석하는 느낌은 참신합니다.
  대개 우리나라 임진왜란 관계의 연구가 전반적으로 보면 분명히 전
쟁이라고 하는 것이 상대가 있는 어떤 사건인데, 일본을 상대로 해서
벌어졌던 임란이라는 전쟁에 대해서 일본이라고 하는 어떤 타자에 대
한 인식이 지금까지는 사실 본격적으로 이루어지지 않았습니다. 그런
데 오늘 김시덕 선생이야말로 일본학을 전공하고 그다음 일본에 대한
박사 학위를 하고, 또 아주 보기 드물게 일본의 고전을 집중적으로
파헤친 문헌학을 전공했기 때문에 이 학계에서는 아마 거의 독보적인
중요한 적임자가 아닌가 합니다. 그래서 앞으로 임진왜란에 대한 연
구가 한 단계 더 도약하기 위해서는 특히 일본이라는 타자에 대한 여
러 가지 학문적 요구가 전개되어야 되는데, 그것을 담당할 대표 주자
의 한 분이 될 것이라고 생각하고 있습니다만 역시 오늘 발표도 그런

점에서는 대단히 흥미로운 것 같습니다. 제 발표의 요지는 청중들이 가지고 계신 토론문에 수록된 것을 읽는 것으로 대체하겠습니다.

학봉 선생 순국 420주년을 맞이해서 열리는 이 학술회의에 제가 토론자로 참석하면서 느끼는 개인적인 소회는 좀 남다르다고 하겠습니다. 주지하다시피 요사이 가깝고도 먼 이웃 나라 일본과의 관계가 다시 격랑에 휩싸이고 있는 시점에서 어떻게 보면 한국 역사에서 일본과의 관련 속에서 가장 논쟁적인 인물이라고 할 학봉 선생에 대해서 본격적으로 생각하고 토론할 기회를 가진다는 것은, 저뿐만 아니라 모든 사람에게 시사하는 바가 여러 가지로 많지 않을까 생각합니다.

짐작하시겠지만 근래 100년은 한-일 역사에서 중요한 역사적 기록들이 새삼 상기되는 시기였습니다. 2009년은 아시다시피 근현대의 한일 관계에서 가장 원흉, 우리에게 원흉이지만 일본의 입장에서 보면 가장 역사적 공적이 큰 원훈이라 평가하는 이토 히로부미의 사망 100주년이 되는 해였고, 그 다음에는 당연히 2010년입니다만, 그 이토 히로부미를 척살한 안중근 의사의 순국 100주년이 되는 해이자 일본에 의해서 대한제국이 강제 병합된 100년 째 되는 해였습니다. 제가 이런 생뚱맞은 연상을 하게 된 것은 바로 우리가 100년 전에 겪어야 했던 비극적 역사와 거의 유사한 상황이 벌어졌던 16세기 말엽, 저는 '운명'이라고 말을 쓰고 있습니다만, 그 운명의 1590년 경인통신사로 수행하신 얼마 후 당시로서는 적어도 동아시아의 범위에서 보면 세계대전에 가까운 전쟁이 일어났기 때문입니다.

청중께서도 다 짐작하시겠지만 최근에 보면 이명박 대통령이 독도를 방문하신 이후 상황이 매우 복잡해진 것 같습니다. 제가 일 때문에 일본이나 중국을 왕래하면서 느끼는 외국의 언론이 굉장히 **빡빡**해지는데, 최근에 중국 언론의 구상이나 논조를 보면 제3차 중일 전쟁을 불사하겠다 이런 표현을 지금도 쓰고 있습니다. 그래서 저는 개인적으로 물론 중국이 쓰는 제3차 중일전쟁이라는 것은 갑오농민전쟁으로 촉발된 청일 전쟁이 첫 번째 중일 전쟁이고, 9.18 만주사변에서 촉발되는 중일전쟁이 두 번째이고, 이번에 일본식으로 생각해보면 중국을 중심으로 하는 3차 중일전쟁을 불사하겠다고 라고 하는데 임진전쟁을 포함하면 사실 4차가 아니냐 하는 생각입니다.

결국 조선, 한반도를 중심으로 해서 일어난 임진전쟁까지 치면 4차 중일 전쟁이라고 중국 언론사에 투고를 해볼까 생각을 했습니다만, 그렇게 본다면 학봉선생으로부터 벌어지는 그런 여러 가지 복잡한 문제가 동아시아에서 보면 거의 세계사적 상황에 역시 학봉이라는 한 개인이 놓여져 있었습니다, 어쨌든 학봉이라는 한 개인을 둘러싸고 벌어졌던, 그리고 지금까지도 벌어지고 있는 그 수많은 논쟁과 격론을 도대체 어떻게 이해하고 이해시켜야 하는가 하는 문제이기 때문이기도 합니다.

학봉의 경우가 특히 대표적인 사례라고 할 수 있지만 한 역사적 인물의 언행과 행적을 평가하는 문제는 단지 당사자만의 문제에서 그치지 않고, 한국사의 경우에는 당파라든가 집안이라든가 또는 후손 문제 등과 얽히고설키면서 실상 이상으로 민감하고 과열된 주제가 되기 십상입니다. 저는 그런 열기에서 다소 비켜서서 역사가 전문이 아니라 비교적 자유로운 상상이나 논리를 넘어선 비약을 허용하는 문학쪽을 공부하는 입장에서 학봉이라는 한 인물을 본다면, 적어도 일본과의 관계 속에서 보자면 선생이야말로 우리 역사에서는 안중근 의사와 더불어서 일본이라고 하는 외세, 그 분에 있어서는 적대 세력이라고 할 수 있죠. 그 적대세력에 대해서 이를테면 가장 치열하게 정신주의적으로 맞서야 된다고 생각했던 대표적인 인물이 아닌가 하는 생각이 듭니다. 이런 저의 입론에 대해서 상세하게 논의할 시간도 없고 그냥 제 생각으로 대신하겠습니다.

다른 예를 들면 신숙주라든가 근대 이후의 김옥균 선생 같은 계열의 인물들은 비교적 일본에 대해서는 학봉 선생과는 대척적인, 그것을 실용주의라고 할까 현실주의라고 할까 용어가 잘 떠오르지 않습니다만, 그런 입장이 아닐까 하고 가정한다면 저의 관점이 다소간 이해되리라 믿습니다.

제가 이런 생각을 가지게 된 또 하나의 배경은 학봉 선생이 운명의 경인통신사로 교토에 가셨을 당시에 당시 60년간의 내란을 종식시키려고 마지막으로 정벌을 나간 도요토미 히데요시를 교토 인근에서 5개월 남짓 기다려야 했던 학봉이라는 인물이 당시 일본이라고 하는 미지의 세계에 대해 취했던 태도입니다. 사실 학봉이 통신사로 가기 이전까지 거의 100년 동안 조선은 쓰시마를 통한 몇 차례의 접촉은 있었지만 일본 내륙하고는 거의 교섭이 없었다고 볼 수 있었던 시기에 일본이라는 미지의 세계에 대해서 한 사람의 학자 내지 지식인으로서 무엇을 보고 어떻게 느꼈을까 하는 것에 대한 저의 개인적 호기심 때문이기도 합니다.

잘 알다시피 당시의 일본이라는 세계를 학문이나 지식의 양상, 그리고 그에 기반한 활동을 영위하는 학자 내지 지식인의 존재 양태라는 시각에서 보자면, 조선이나 중국과는 전혀 다른 별세계였습니다. 중국이나 조선의 경우에는 이른바 사대부나 선비가 되기 위해서는 필수적인 학문적 교양으로 유학을 익혔고, 그렇게 습득한 유학 내지 유교 사상의 영향권 내에서 이를테면 개인의 수양이라는 그런 입장에서 시작해서 현실에서의 실천적 행동을 매우 중시하였고, 논의나 주장 또한 도덕성에 근거한 가치 판단의 영역을 대단히 중시했다고 하겠습니다.

　이런 유학적 지식인이 역사의 주류를 차지했던 집단이 한편으로 도학자로 불리면서 세간의 존경의 대상이 되고 동시에 현실적인 정치권력을 행사했던 것이 대체로 중국의 명나라, 청나라 혹은 한국의 조선시대에 해당됩니다. 그러나 비슷한 시기의 일본이라는 세계의 사정은 매우 달랐습니다. 유학적 배경을 지닌 '도학자'나 '학자'라는 존재는 애초부터 존경의 대상과는 거리가 멀었고, 그러한 호칭은 때로는 경멸과 멸시의 어감마저도 띄는 경우가 적지 않았습니다. 역사적으로 보아도 과거 제도가 전혀 실시되지 않았던 일본에서는 이른바 유학을 공부한 유학자는 세상과 동떨어진 존재가 되기 십상이었습니다. 그 결과 일본이라는 세계에서는 유학자가 정치에 관여하는 사례도 일반적이 아니었고, 유학과 유교가 일본 사회의 주류를 차지하였던 경우는 거의 없다고 해야 할 것입니다.

　흔히 인용되는 예이지만 18세기 초에 조선통신사 일행으로 일본을 방문하였던 신유한(申維翰)이 일본이라는 사회에는 병농공상(兵農工商)이 존재했지 사농공상(士農工商)의 '사(士)'라고 하는 것은 존재하지 않는다는 예리한 지적을 했는데, 매우 공감이 가는 바입니다. 이런 맥락에서 또 예기치 않게 오랜 시간을 일본이라는 미지의 세계를 관찰하면서 학봉이 드디어 도요토미 히데요시라는 압도적인 힘을 지닌 병영 사회의 정점과 맞닥뜨렸을 적에 학봉이라고 하는 한 인물이 그 힘에 맞서기 위해서 선택할 수 있는 유일한 방법은 아마도 치열한 정신주의 이외에 달리 방법이 없지 않았을까 하는 상상을 해봅니다.

　제가 이미 말씀드렸지만 문학적 이해의 입장을 조금 가미하는데요. 학봉선생이 대단한 것은 도요토미 히데요시를 직접 보았던 분이라는 거죠. 물론 김시덕 선생님도 임진왜란 세미나를 많이 하셨겠지만, 일본 학자들하고 심포지엄이 끝난 후 토론 시간에 제가 도요토미 히데요시가 이순신 장군의 존재를 알았는가를 물어본 적이 있습니다. 일본 학자들이 문헌적인 실질 연구를 많이 합니다만 일본 학자들의 입장은 도요토미 히데요시는 죽을 때까지 아마도 이순신이라는 존재를 몰랐을 가능성이 더 크다고 합니다. 왜냐하면 지금까지 일본에 남아 있는 어떠한 고문서에도 이순신 장군이라고 하는 이름이 명기되어 있는 경우가 없다고 합니다. 김시덕 선생님이 정확하게 학문적으로 파악해주시겠지만 전쟁이라는 것이 그렇겠죠.

이러한 맥락에서 학봉 선생은 우리가 임진전쟁의 원흉이라고 하는 도요토미 히데요시를 직접 만났고 그리고 거기에 맞섰고, 결국은 오늘 세미나에서 집중적으로 다루어집니다만, 본인의 목숨까지 바친 거의 유일한 분이 아닌가. 그런 측면에 대해서는 오늘 발표를 하시는 분들은 역사학자 입장에서 별로 내용에 포함하시지 않았습니다. 도요토미 히데요시의 군사와 맞서 싸웠던 사람으로 사신단의 일행이었던 황진 장군이 히데요시를 직접 보았는지 잘 모르겠습니다만, 아마도 학봉 선생이 유일한 경우가 아닌가라고 생각합니다. 어쨌든 학봉 선생이 도요토미 히데요시에 맞서기 위해서 결국 선택했던 것은 치열한 정신주의의 노선이 아닌가 생각합니다.

16세기 말 학봉과 마찬가지로, 20세기 초 안중근 의사는 자신이 주장하는 동양 평화의 이상을 만 천하에 알리기 위해서 무력하지만 단 몇 발의 총알, 7발 중에 6발을 쏘았습니다. 그 6발 총알로써 자신의 조국을 삼키고 나아가 제국의 영토 확장을 꾀하던 이토 이로부미라는 거악의 존재를 척살하고자 했던 안중근 의사의 행동 역시 같은 측면에서 치열한 정신주의의 산물이 아닐까 생각해 봅니다.

우리가 소설에서 많이 보았습니다만, 안중근 의사는 총알의 탄두에 십자가를 새깁니다. 안중근 의사가 천주교 신자이시기 때문에 하나님의 힘을 빌려서 총알이 반드시 명중하라 이렇게 십자가를 이용해서 탄두에 새겼다고 주장하는 학자들도 있고, 군사 학자들은 탄두에 십자가를 새기면 탄두의 회전률이 굉장히 높아져서 맞았을 경우에 치명상을 입을 가능성이 높다고 생각해서 안중근 의사가 그렇게 했다고 합니다. 그러나 현실적으로 탄두에 정확성을 높이기 위해서 새기셨다 이런 결론도 내릴 수 있겠습니다. 안중근 의사의 그런 행동 역시 정신주의적이라는 것이 마지막 결론입니다만, 안중근 의사를 보면 안중근 의사는 본인이 이토 히로부미를 저격하기 전까지 이토 히로부미의 얼굴을 몰랐다고 직접 이야기를 합니다. 이토 히로부미를 직접으로는 알지 못하고 언론에 사진이 공개된 적도 없고 전혀 보지도 못한 상황에서 그런 행동을 했습니다만, 이 점이 더욱 더 치열한 정신주의의 산물임을 나타낸다고 저 나름대로 생각을 합니다. 이 두 분의 행동은 역사적 시차를 두었지만 그분들의 고뇌나 그분들의 선택에 있어서는 궤를 같이 하는 행동이 아니었나 하는 생각을 해봅니다.

이런 맥락에서 본다면, 학봉 선생의 일본 인식과 귀국 보고 그 뒤 임진전쟁에서의 행적에 대한 역사적 인식과 평가는 학봉이 내면적으로 고뇌하면서 선택할 수밖에 없었던 치열한 정신주의적 태도에 공감하느냐 공감하지 않느냐의 여부에서 방향이 갈라져야 한다고 보아야 할 것입니다.

오늘 여러 분들이 발표해 주셨지만 당파에 따라 시각을 달리 하면서 학봉의 정세 판단 착오를 비판하는 '실보오국론(失報誤國論)'이라는 견해, 임진전쟁 이후의 활동이나 공적을 평가하는 '영남재조론(嶺南再造論)'이라던가 김학수 선생님이 적절하게 설명해주셨습니다만, 그런 입론들이 모두가 나름의 근거를 지니고 있지만 문제는 그 모든 공

(功), 그 모든 과(過)를 다 안고 있는 학봉이란 역사적 인물을 어떻게 입체적이고 어떻게 유기적으로 설명하고 이해할 것인가 하는 문제점에서 다시 논의를 시작해야 되지 않겠나 그렇게 생각합니다.

김시덕 선생님이 오늘 소개해 주셨던 일본 문헌에서의 학봉에 대한 평가, 곧 『조선통교대기』 등에서 나타나는 학봉에 대한 부정적인 평가와 『징비록』이 일본에서 전파되고 나서 새롭게 충의 관점에서 재평가되는 긍정적 평가의 흐름 역시도 결국은 학봉에 대한 우리 역사에서의 그런 평가의 흐름과 크게는 다르지 않다고 보아야 할 것입니다.

선생님의 발표 내용에 대해서 제가 아는 것이 별로 많지 않은 관계로 질문보다는 제 평소의 생각을 장황하게 이야기하는 것으로 토론을 대체하고 말았습니다. 아직은 아마 완성되지 않은 것으로 보이는 선생님의 발표 내용에 대해서 그리고 향후에 생각하시는 연구의 전망이라든가 문제점의 소재 등에 대해서 좀 더 말씀해 주실 것을 부탁드리면서 토론을 마치겠습니다.

[토론 사회] 장원철 교수께서 문학적 해석을 가지고 색다른 관점에서 학봉 선생을 어떻게 봐야 할 것인가 하는 것을 말씀해 주셨습니다. 이에 대해 김시덕 선생님께서 짧게 답변을 해주시겠습니다.

[답변] 김시덕 감사합니다. 존경하는 선배 연구자로부터 격려의 말씀을 받으니, 가일층 연구에 분발해야겠다는 마음을 새로이 가지게 됩니다. 방금 전 선생님의 말씀은 저의 발표에 대한 질문이라기보다는 평소 선생님의 소견을 말씀하신 것으로써 이해했습니다. 특히 "정신주의"라는 키워드로 김성일의 행적을 평가하고 그의 행적을 안중근의 행적과 비교할 수 있다고 하신 대목은 제가 착안하지 못한 부분입니다. 앞으로

저의 연구에 크게 살릴 수 있는 아이디어라고 이해했습니다.

[토론 사회] 모든 발표에 대해 토론자께서 질문을 하시고 또 발표자께서 답변을 해주셨습니다. 저도 오늘 학술대회 토론 사회를 맡으면서 느낀 점이 조금 있습니다. 제가 호남 의병장인 고경명 선생의 후손이고, 직접적으로는 고경명 선생의 둘째 아들인 고인후의 직계 후손인데, 우연찮게 고인후의 호와 김성일 선생의 호가 같이 학봉입니다. 또 고경명 선생 아드님 중의 한 분이신 고용후가 임진왜란 때 안동 학봉가에 가서 전란을 보낸 그런 인연도 있습니다. 오늘 이 발표의 제목처럼 임란의병과 진주대첩으로 결국 호남이 보전되는데, 호남이 보전되는데 기여한 금산성싸움에서 고경명 선생과 고인후 부자가 모두 전사하게 됩니다.

그래서 오늘 강연을 들으면서 저 개인적으로 감회가 새롭습니다. 그러면서 드는 생각은 장원철 선생님과 김학수 선생님 등 여러분들이 지금까지 말씀하셨지만, 근본적으로 인간에 대한 평가 또는 사건에 대한 평가를 할 때는 역시 한 부분만 봐서는 안 된다는 것이 중요한 깨달음이었습니다.

사실 고경명 집안 같은 경우도 고경명의 아버지 고맹영이 척신 이량의 당파로써 사림과 배척적인 입장에 있다 보니 뒤에 이량이 실각할 때 같이 귀양을 가게 되고, 그로 인해서 고경명은 19년 동안 결국 벼슬을 못하고 나아가지 못하게 됩니다. 그럼에도 불구하고 임진왜란이 일어났을 때 결국 의병을 일으켜 싸우다가 순절했습니다. 우리가 한 인간을 평가할 때 그 인간이 가지고 있었던, 여러 번 말씀드리지만 부정적인 측면도 있고 또 긍정적인 측면도 있으므로 그것을 아울러 함께 볼 수 있어야 하겠습니다. 그리고 그런 부정적인 측면을 목숨을 바쳐서 또는 자기의 역량을 최대한 발현해서 만회하려고 했던 노력들을 있는 그대로 받아들이는 것이 당사자를 평가하는 데도 옳은 것이 아닌가 하는 생각입니다.

오늘 학술대회에서 여러 분들이 각각 발표했지만, 발표한 그 글들을 하나로 합쳐보면 바로 학봉 선생의 인간 모습이 그대로 드러나는 것 같습니다. 그래서 저는 조금 전 김학수 선생님이 말씀하신 것처럼 사심이 없는 태도, 진정성 이러한 것들이 남명학파의 특징이라기보다는 그 당시에 사람들이 갖고 있었던 일반적인 덕목이었고, 그것을 실현하려고 했던 사람 중의 하나가 학봉 선생이 아니었는가 그런 생각이 듭니다.

그래서 저는 첫 번째 기조 발표에서 이태진 선생님께서 발표하시면서 당파적 인식을 극복해야 된다고 말씀을 하셨는데 그 부분에 대해 전적으로 동의합니다. 그리고 조선 시대를 볼 때 자꾸 대의만 찾으려고 하고 서로 차이만을 강조하는데, 앞으로는 오히려 차이를 찾아내기 보다는 당시 사람들이 가지고 있는 공통적인 측면들 즉 공통적인 가치관, 공통적인 특성들을 우리가 주로 다뤄야 하지 않을까. 그래서 공통적인 특성들이 당파나 지역과 세대를 떠나서 도도히 흘러가는 흐름, 그러한 흐름의 변화에 주목을 해야 하고 그래야만 후인들의 평가가 제대로 이루어지지 않을까 생각합니다.

장황하게 말씀 드렸지만, 토론자로서 더 질문이 있으시면 해주십시오. 학봉선생의 초유사와 관련된 경위를 함께 고려하면서 많은 질문이 있었는데, 이것들을 참조로 하시구요. 그리고 이태진 선생님께 드리는 질문은 본인이 자리에 안 계셔서 대답하지 못하지만 결국은 이렇습니다. 조금 전 이야기한 것처럼 학봉 선생이 왜적이 침입하지 않는다고 이야기 한 것에 대한 반론으로써 학봉 선생의 첫 번째 보고에서는 왜적의 침입시기를 정확히 예측하였고, 두 번째 보고에서는 침략의 이유에 대해 대단히 자세하게 보았다. 따라서 이런 것들을 이분법적으로 보지 말고 종합적으로 보아야 한다는 말씀이신 것 같습니다. 그밖에 특별한 것은 없는 것 같습니다.

네, 오늘 학술발표를 통해서 많은 생각을 했습니다. 학봉 선생의 임진왜란 당시 여러 가지 활동들이 구체적으로 살펴졌고, 또 그것을 통해서 학봉 선생의 역량이 재조명 되었다고 생각합니다.

앞으로 오늘 나왔던 여러 문제점들을 참조해서 더 좋은 글이 되도록 발표자들께서 신경을 써주셨으면 합니다. 또한 앞으로 이와 같은 학술대회를 통해서 임진왜란사에 대한 좋은 논문들이 더욱 많이 나오기를 바라마지 않습니다. 그럼 오늘 학술대회를 이것으로 마치겠습니다. 감사합니다.

┃ 필진 소개 (원고 수록 순)

이태진　서울대학교 명예교수
허태구　가톨릭대학교 인문학부 국사학전공 조교수
하태규　전북대학교 인문대학 사학과 명예교수
김학수　한국학중앙연구원 한국학대학원 글로벌한국학부 조교수
김시덕　서울대학교 규장각한국학연구원 조교수
허선도　前 국민대학교 국사학과 교수
이재호　前 부산대학교 사학과 명예교수

경상대학교 남명학연구소 남명학연구총서 21

김성일과 임진왜란

2019년 10월 18일 초판 1쇄 펴냄

저 자 이태진·허태구·하태규·김학수·김시덕·허선도·이재호
발행인 김흥국
발행처 보고사

책임편집 이경민
표지디자인 손정자

등록 1990년 12월 13일 제6-0429호
주소 경기도 파주시 회동길 337-15 보고사 2층
전화 031-955-9797(대표)
     02-922-5120~1(편집), 02-922-2246(영업)
팩스 02-922-6990
메일 kanapub3@naver.com / bogosabooks@naver.com
http://www.bogosabooks.co.kr

ISBN 979-11-5516-939-1 93810
ⓒ 이태진·허태구·하태규·김학수·김시덕·허선도·이재호, 2019

정가 25,000원